光文社古典新訳文庫

太平記（下）

作者未詳

亀田俊和訳

kobunsha classics

光文社

Title : 太平記（下）
Author : 作者未詳

凡例

一　本書は、全四〇巻に及ぶ『太平記』のうち、訳者が九〇話を選定したうえで、現代語訳をおこなったものである。選定の基準については「解説」（一　本書の構成）を参照されたい。

四〇巻に収められた全話については、巻末にその目次〈本書が底本とした西源院本の影印本翻刻である『軍記物語研究叢書』〈第一～第三巻、クレス出版、二〇〇五年〉をもとに作成し、適宜、現代通行の文字遣いに改めた〉を記した。

二　本作では登場人物の数が非常に多いため、人物説明を本文訳注と巻末人物一覧（上下巻とも）によっておこなった。歴史上の著名人等を取り上げる際、日本人を中心としていることをお断りする。

『太平記』下巻　目次

※表記【1-8】は『太平記』原本における巻の一、第八話であることを示す。

第三部

第四部

第五部

〈上巻目次〉

第一部

【10-8】鎌倉の市街戦のこと／【10-9】北条高時の自害

第二部

【12-1】公家が天下を統一して行った政治／【12-4】千種忠顕について／【12-5】文観僧正について／【12-7】広有が怪鳥を射殺したこと／【12-9】兵部卿護良親王が流罪にされたこと／【13-3】北山殿西園寺公宗が後醍醐天皇暗殺の陰謀をめぐらせたこと／【13-4】中先代の乱／【13-5】兵部卿護良親王を殺害したこと／【13-7】足利尊氏の東国下向／【14-8】箱根の戦い／【14-20】結城親光の戦死／【15-3】三井寺の戦い／【15-18】多々良浜の戦い／【16-2】新田義貞が出陣したこと／【16-7】楠木正成が兵庫に向かい、子息に教訓を遺したこと／【16-9】本間重氏が鳥を射落としたこと／【16-10】楠木正成の戦死／【16-14】楠木正行が父正成の首を見て悲嘆に暮れたこと／【17-10】新田義貞が足利尊氏と戦ったこと／【17-13】堀口貞満が後醍醐天皇の帰京を制止したこと／【17-18】北陸地方に転進した新田軍に

太平記（下）

第三部

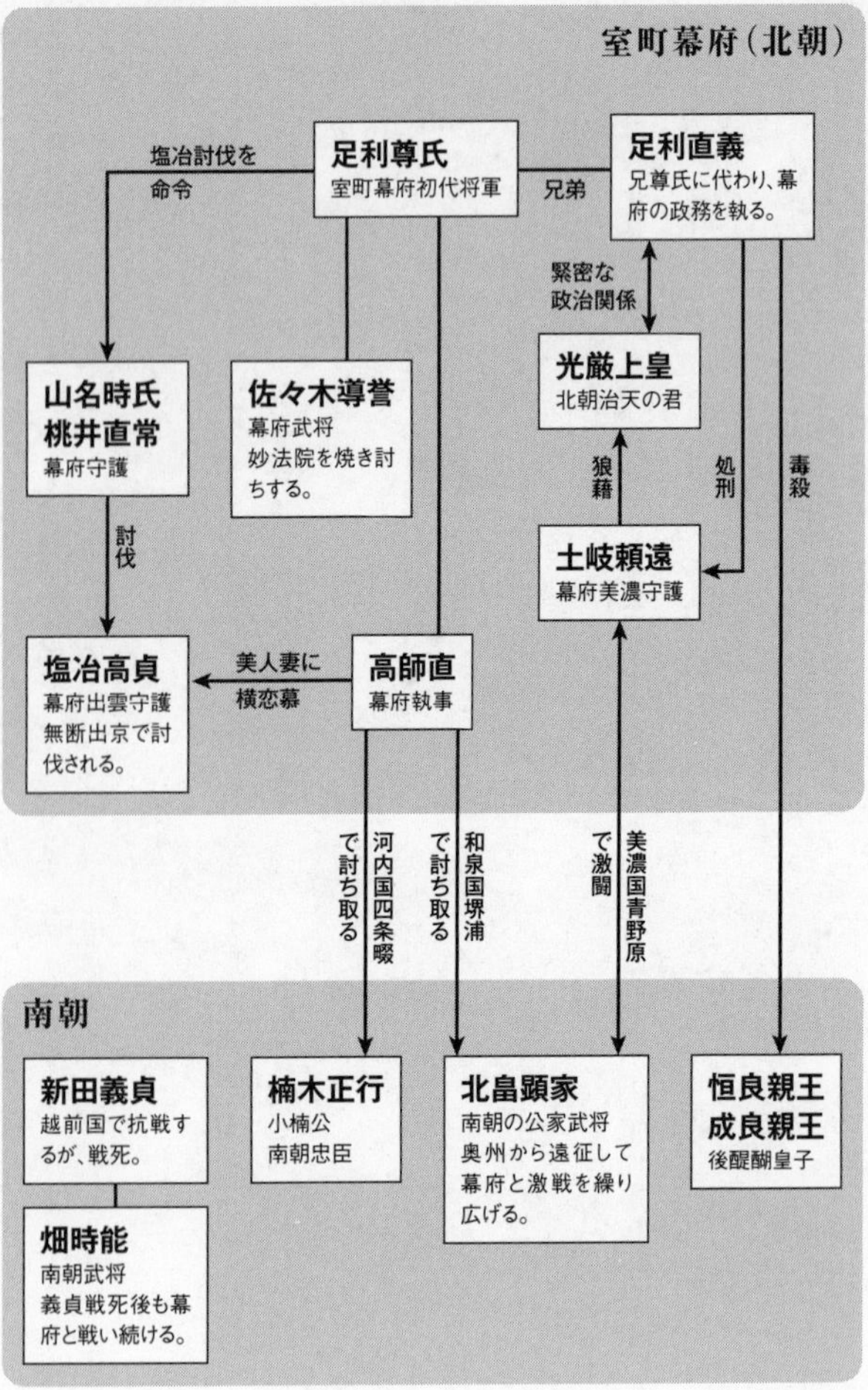

室町幕府（北朝）
足利尊氏
室町幕府初代将軍
塩冶討伐を
命令
兄弟
足利直義
兄尊氏に代わり、幕府の政務を執る。
緊密な
政治関係
光厳上皇
北朝治天の君
狼藉
処刑
毒殺
山名時氏
桃井直常
幕府守護
佐々木導誉
幕府武将
妙法院を焼き討ちする。
討伐
土岐頼遠
幕府美濃守護
塩冶高貞
幕府出雲守護
無断出京で討伐される。
美人妻に
横恋慕
高師直
幕府執事
河内国四条畷
で討ち取る
和泉国堺浦
で討ち取る
美濃国青野原
で激闘
南朝
新田義貞
越前国で抗戦するが、戦死。
畑時能
南朝武将
義貞戦死後も幕府と戦い続ける。
楠木正行
小楠公
南朝忠臣
北畠顕家
南朝の公家武将
奥州から遠征して幕府と激戦を繰り広げる。
恒良親王
成良親王
後醍醐皇子

第三部　あらすじ

後醍醐《ごだいご》天皇は吉野へ亡命し、自らが正統な天皇であることを主張した。ここに、南朝と北朝の二人の天皇が並び立つ狭義の南北朝時代が幕を開けた。

発足当初の室町幕府は、北畠顕家《きたばたけあきいえ》・新田義貞《にったよしさだ》といった南朝の有力武将との戦いに勝利して軍事的な優位を築いた。そうした中、後醍醐天皇が崩御し、南朝はさらに劣勢となった。

優位を築いた幕府だが、佐々木導誉《ささきどうよ》が妙法院《みょうほういん》を焼き討ちし、土岐頼遠《ときよりとお》が泥酔して北朝光厳《こうごん》上皇に狼藉《ろうぜき》を働くなど、皇室や寺社の権威をないがしろにする不祥事が続出する。幕府執事高師直《こうのもろなお》に至っては、出雲守護塩冶高貞《えんやたかさだ》の美人妻に横恋慕した。これを恐れた高貞は無断で京都を脱出し、幕府から討伐軍を派遣されて戦死した。

やがて、楠木正成《くすのきまさしげ》の遺児正行《まさつら》が成長し、南朝の武将として河内国で挙兵した。正行に脅威を感じた幕府は、師直・師泰《もろやす》兄弟を派遣した。正行は師直の大軍に勇猛果敢に突進し、幕府軍を窮地に陥《おとしい》れる。しかし、窮地を脱した師直は正行を討ち取る。

軍事的にはいっそう優勢となって南朝を圧倒した幕府であるが、戦勝に驕《おご》った師直・師泰兄弟はいっそう専横をきわめる。彼らの権勢に嫉妬した上杉重能《うえすぎしげよし》・畠山直宗《はたけやまただむね》が足《あし》利直義《かがただよし》に師直の悪行を讒言《ざんげん》し、幕府は内部分裂を始めた。

【21-2】日本で流行していたファッションおよび佐々木導誉が妙法院の御所を焼き討ちしたこと

この頃、特に時流に乗って、その栄華で世間の人々を驚かせていたのは、佐々木佐《ささきさ》渡判官入道導誉《どのほうがんにゅうどうどうよ》[1]であった。彼の一族や家来たちが、例の婆娑羅《ばさら》[3]を尽くし、西山《にしやま》[2]と東山の紅葉《もみじ》を観賞したことがあった。その帰りに妙法院《みょうほういん》の御所の前を通りがかった際、南庭の紅葉の枝を折るように召使いたちに命じた。

そのときちょうど、妙法院の門主《もんしゅ》[4]が御簾《みす》の中から暮れゆく秋の景色を眺め、「霜で赤くなった木の葉は、二月の花よりも赤い」と静かに詩を吟じて興《きょう》じていた。そこに、不届きな下っ端の召使いたちが色あざやかな紅葉の枝を選んで折るのを見つけて、「誰かいないか、あれを止めろ」と命令した。そこで一人の房官《ぼうかん》[5]が庭に出て、「御所の紅葉をこのように折っているのは誰か」と制した。しかし彼らはそれを無視したばかりか、「御所とは何か。バカバカしい」などと嘲笑し、さらに大きな枝を引き折った。折しも妙法院に仕える比叡山の僧侶が多数夜勤に詰めていたが、これを見て「憎たらしい奴らが狼藉《ろうぜき》を働いている」と言って紅葉の枝を奪い返し、さんざん殴りつけて、門の外へ追い出した。

導誉はこれを聞いて、「どのような門主でいらっしゃろうと別にかまわない。だが、この時勢に導誉の御内《みうち》の者に向かってそのように振る舞うのは許せない」と怒った。そして三〇〇騎あまりを率いて妙法院の御所へ押し寄せるや否や、即座に放火し始めた。ちょうど風が激しく吹いて炎が四方八方に燃え広がったので、建仁寺《けんにんじ》[6]のお経を収める倉庫、開祖栄西《えいさい》を祀《まつ》る御堂、瑞光庵《ずいこうあん》も同時に炎上した。門主は密教の儀式を行っている最中で持仏堂にいたが、急いで北門から裸足《はだし》で祇園社南方の光堂《ひかりどう》へ避難した。門主の弟子の若い皇族は、門主が普段いる御所の板敷の下へ逃れていた。そこに、導誉の子息源三判官秀綱《げんぞうほうがんひでつな》が走り寄って刺殺した。その他の出世《しゅっせ》[7]・房官・稚児《ちご》・武装僧

【21-2】1　【12-9】注9等を参照。
2　現、京都市西京区の桂川近くの山。
3　妙法院は現、京都市東山区妙法院前側《まえかわ》町にある寺院で、比叡山の三門跡の一つ。当時は、祇園に近い綾小路《あやのこうじ》小坂あたりにあった。
4　後伏見院の第九皇子である、亮性《りょうしょう》法親王（一三一八～六三年）が当時の門主だった。
5　寺の実務を担当する妻帯の僧。
6　現、京都市東山区にある、臨済宗建仁寺派の大本山寺院。妙法院と隣接していた。

侶たちが逃げ場を失って許しを乞うてきたのを、「今さらそんなことをしても無駄だ」と追いつめて縛りあげた。

夜中の出来事だったので、鬨《とき》の声が京・白河に響き、兵火《ひょうか》が四方に延焼した。在京の武士たちは「これは何事か」とあわて騒いで、上京《かみぎょう》と下京《しもぎょう》を馬で駆け回った。皆、事情を知ってから帰宅し、「ああ、ひどいことだ。前代未聞の悪行《あくぎょう》である。山門の嗷訴《ごうそ》[8]が今にあるだろう」と評した。

【21-3】比叡山延暦寺が日吉大社の神輿を動かして嗷訴しようとしたこと

比叡山の衆徒は佐々木導誉が妙法院を焼き討ちした事件を聞いて、「古代から現代に至るまで、紛争は何度も起きましたが、門主や貫長《かんちょう》[1]の御所を焼き払い、出世や房官を縛り上げるほどの乱暴狼藉は聞いたことがありません。熟慮した結果、導誉と秀綱の身柄を賜り、斬罪《ざんざい》[2]に処したいと我々は思います」と北朝に奏聞《そうもん》し、幕府にも訴えた。

妙法院の門主は北朝光厳上皇《こうごんじょうこう》の兄弟である。そのため、上皇も導誉の振る舞いに憤り、斬罪か流刑に処したいと思っていた。しかし時勢柄、北朝単独の判断で処罰するのが難しい状況なので、比叡山は仕方なく幕府へも訴えるしかなかった。だが将軍尊氏《たかうじ》も左兵衛督直義《さひょうえのかみただよし》も導誉を贔屓《ひいき》していたので、山門の訴訟は停滞し、嘆願書も放置されて積み重なるばかりだった。導誉は法律を軽視し、ますますぜいたくな生活を送った。

そのため、強硬派の若い僧侶たちが日吉大社《ひよしたいしゃ》の大宮・二宮・八王子の神輿《しんよ》を比叡山の根本中堂《こんぽんちゅうどう》へ上げ、その後宮中へ振り入れて北朝の行政業務を停止させようと議論した。そしてストライキを起こし、諸院や御堂で行われる仏法の学問講義や北朝の祈願による仏事を中止し、末寺や末社の門を閉じて法事や祭礼の開催も取りやめた。山

7　妻帯していない僧侶。

8　公に対して、徒党を組んで訴え出ること。強訴。延暦寺や興福寺の僧徒が盛んに行った。

【21-3】1　天台座主のこと。比叡山延暦寺のトップに位置する。

2　斬首刑のこと。

門の安否と朝廷の大事は、この時にかかっているように思えた。

幕府もさすがに山門の嗷訴《ごうそ》は無視できないと思ったので、「導誉の件は、死罪一等を減じて、遠流《おんる》処分とすべきでしょうか」と北朝に奏聞した。上皇はすぐにこれを認める院宣《いんぜん》を山門に伝達した。以前であれば、当初の要求どおりに死罪でなければ衆徒の嗷訴は収まらなかったであろう。しかし、「時勢によって状況を判断しなければならない。律令で定められた五種類の刑罰の一つをもって山門が勝訴となった以上は、大勢の訴えが面目《めんぼく》を施したということになる」と長老たちが若い僧侶たちをなだめたのでストライキは収まり、四月一二日[3]に比叡山は三社の神輿を日吉大社のある近江国坂本へ戻した。

同月二五日、導誉と秀綱の配流先が上総国山辺郡《かずさのくにやまべのこおり》[4]と決まった。

導誉が近江国の国分寺に到着したとき、若党およそ三〇〇騎が見送りのため、彼の前後に従った。その連中は、全員日吉大社の神獣である猿の皮で作った矢入れを装備し、猿の皮の腰当《こしあて》を着用し、ウグイスの鳥かごを持っていた。そして道中で酒宴の席を設け、遊女を呼んで遊び、その様相は通常の流罪の受刑者とは異なって美しく見えた。これもまた、幕府の処分を軽んじ、山門の鬱憤《うっぷん》を嘲弄《ちょうろう》した言動であった。

ところで、古くから伝わるジンクスを読者は聞いたことがあるだろうか。それは、山門に提訴された者は一〇年以内に必ず滅亡するというものだ。治承《じしょう》年間（一一七七〜八一）には新大納言藤原成親《しんだいなごんふじわらのなりちか》卿・西光《さいこう》・西景《さいけい》[5]、安元《あんげん》年間（一一七五〜七七）には二条関白師通《にじょうかんぱくもろみち》[6]卿、その他マイナーな人物まで含めると数え切れないほどである。そのため、導誉も行く末はどうなるであろうと、智恵のある者はいぶかっていた。するとジンクスどおり、文和《ぶんわ》三年（一三五四）[7]六月一三日に持明院の新帝後光厳《ごこうごん》天皇が山《やま》名《な》伊豆守時氏《いずのかみときうじ》に襲撃されて近江国へ避難した際、導誉の最愛の嫡子源三判官《げんぞうほうがん》秀綱が堅《かた》田《だ》で比叡山の法師に討たれた。その弟四郎左衛門秀宗《しろうざえもんひでむね》は、大和国宇智郡《やまとのくにうちのこおり》[8]で野伏《のぶし》に射殺された。嫡孫近江判官秀詮《ひであきら》とその弟次郎左衛門尉氏詮《じろうざえもんのじょううじあきら》の二人も、摂津国中島の

3　史実では暦応三年（一三四〇）一〇月の出来事。
4　現、千葉県山武《さんぶ》郡南部地方。
5　成親も西光も西景も、後白河法皇の側近。
6　正確には「後二条《ごにじょう》」。師通が嗷訴を阻止したため滅んだのは、史実では承徳三年（一〇九九）。
7　史実では文和二年（一三五三）。
8　現、奈良県五條市。

戦いで南朝軍に討たれた。[9]

これらを見聞きした人はみな、医王《いおう》[10]と山王《さんのう》（日吉山王権現）の冥罰《みょうばつ》を蒙ったためであろうと、非常に驚いて恐怖を感じたという。

【21-5】 後醍醐天皇の崩御

康永《こうえい》三年（一三四三）[1]八月九日から吉野の先帝（後醍醐天皇）が病気となった。病状は次第に悪化し、今は医王善逝《ぜんぜい》（薬師如来）に祈っても効果なく、耆婆《ぎば》[2]や扁鵲《へんじゃく》[3]が調合したようなよい薬を飲ませても効かなかった。

天皇の身体は日に日に衰え、冥途《めいど》に旅立つ日も遠い先ではないように思えた。そこで大塔《おおとう》の忠雲《ちゅううん》僧正[4]が陛下の枕元に近づき、涙をこらえてこう言った。「神路山《かみじやま》[5]の花がふたたび咲く春を待ち（皇室がふたたび栄えるのを待ち）、石清水《いわしみず》の流れがまた澄む日が来れば（皇位の継承が正しくなる日が来れば）、北朝と室町幕府が優勢な現在の情勢であっても、仏も神も我が南朝を見捨てることはまさかあるまいと頼もしく思っておりました。しかし、陛下の脈拍がもう弱っていると典薬頭《てんやくのかみ》6が気づいて報告してきました。つきましては、今はただ退位され、過去・現在・未来を悟る仏の道に旅立たれることのみをお考えになっていただきたく存じます。さて経文には、臨終の一念によっては、輪廻《りんね》して迷いの世界にふたたび生まれ変わってしまうと書かれております。そこでまず、陛下が心配されていることをすべて遺言《ゆいごん》なさってください。その上で、ひたすら来世の極楽往生《ごくらくおうじょう》の希望のみをお気にかけてください」。陛下は苦しそうに呼吸しながら、以下のような詳細な遺言を遺した。「『妻子も宝物《ほうもつ》も王位も、死後の世界

9　現、淀川沿いにある大阪市北部の地で行われた戦い。
10　【18-13】注10参照。延暦寺の本尊。
【21-5】1　史実は暦応《りゃくおう》二年（一三三九）。
2　釈迦の弟子。古代インドの名医。
3　中国戦国時代の伝説的な名医。
4　公卿・中院光忠《なかのいんみつただ》の子。僧侶となり、後醍醐天皇に仕えていた。
5　伊勢神宮内宮の南にある山。山すそに五十鈴《いすず》川が流れる。
6　幕府で医療・調薬を管轄する組織の長官。天皇の主治医。

には持って行けない』という。これは如来の金言であり、私が日頃から肝《きも》に銘じていることである。秦《しん》の穆公《ぼくこう》に三人の老臣が殉《じゅん》じ[7]、始皇帝が墓地に多数の宝玉を埋葬した[8]ことも、私はまったく何とも思わない。ただし、未来永劫私の妄執《もうしゅう》となるのは、朝敵を滅ぼして日本全土を太平《たいへい》にしたいという願いだけである。私が死んだ後は、第八宮（義良《のりよし》親王）[9]を即位させ、忠実で賢明な臣下たちが戦略を話し合い、新田義貞《にったよしさだ》と脇《わき》屋義助《やよしすけ》の忠誠心を評価して、彼らの子孫にも不義の行動がなければ、手足となる臣として天下の戦乱を鎮めさせよ。たとえ遺骨は南の吉野山に埋もれても、魂はいつも北の京都の空を飛んでいたいと思う。もし私の命令に背き、正義を軽視すれば、天皇といえども皇位を継承する資格はない。臣も忠実とは言えない」。そして左手に法華経の第五巻を持ち、右手に御剣《ぎょけん》を持ち、八月一六日の午前二時頃に、享年五二でついに亡くなった。

悲しいことに、北極星[10]は空高く輝き、大勢の官僚が星のように連なり従ってはいても、冥途への旅には付き従う家臣は一人もいない。またどうしようもないことに、吉野は僻地《へきち》であり、多数の兵士を雲のように集めることはできても、死という敵が天皇に襲ってくるのを防ぎ止める兵はいない。それは川の中ほどで舟が沈み、波に漂う一個の瓢箪《ひょうたん》に助けを求めるようなものである。そして暗い夜に灯火が消え、深夜の雨の中を歩くような心細さでもあった。

葬儀は事前の遺言どおり、厚く作った棺の中に臨終時の座った姿勢のまま遺体を入れて行い、蔵王堂《ざおうどう》[11]の北東の林の奥に円形の丘陵を高く築き、北向きに埋葬した。無人の寂しい山中で、鳥だけが鳴いて日が暮れる。墓は背の高い草に覆われ、そこに行くまでに涙が尽きるとしても、悲しみが尽きることは決してない。高い位の臣下や后妃《こうひ》は、中国の黄帝《こうてい》が昇天した雲[12]を思って涙に暮れた。そして朝敵に対する恨みを天上の月に託し、漢の文帝《ぶんてい》の墓に吹く風を思い浮かべ、朝から晩まで先帝とのはかない別れを惜しんだ。気の毒なことである。

7　『史記』「秦本紀」の故事による。
8　『史記』「始皇帝本紀」の故事による。
9　一三二八～六八年。のちの後村上天皇。
10　天皇の位を指す。
11　現、奈良県吉野郡吉野町吉野山にある金峯山《きんぷせん》寺の本堂のこと。
12　『史記』「封禅書」の故事による。黄帝は、中国古代の伝説上の皇帝。

【21-8】塩冶判官高貞が讒言に遭って死んだこと

北陸地方で南朝軍が頻繁に蜂起し、尾張守《おわりのかみ》斯波高経《しばたかつね》の守る越前国黒丸城《えちぜんのくにくろまるのじょう》[1]が攻め落とされたというニュースが入った。京都の室町幕府は大いにあわてて、急遽援軍を派遣することを決めた。幕府はすぐに四つの部隊の大将を定め、それぞれの大将の勢力圏の国々の軍勢を従わせた。

まず、高上野介師治《こうのこうずけのすけもろはる》[2]が正面の大将として、加賀・能登・越中の軍勢を率い、甲斐《かい》を経由し宮腰《みやのこし》[3]から越前に向かった。土岐弾正少弼頼遠《ときだんじょうのしょうひつよりとお》は背面の大将として、美濃・尾張の軍勢を引き連れて穴間《あなま》・求上《ぐじょう》[4]を経由し、大野郡《おおののこおり》[5]へ進撃した。佐々木三郎《ささきさぶろう》判官氏頼《ほうがんうじより》[6]は近江国の軍勢を従え、木目峠《きのめとうげ》[7]を越えて敦賀津《つるがのつ》を経由した。そして塩冶判《えんやほう》官高貞《がんたかさだ》[8]は水軍の大将となり出雲《いずも》・伯耆《ほうき》の軍勢を引率し三〇〇艘《そう》の兵船《ひょうせん》を海上に並べる作戦であった。そして味方の三方の攻撃軍が敵に接近するのと連携し、越前各地の港湾や砂浜から上陸して敵の背後を襲って敵陣を遮断し、戦争を短期間で終結させる。このような計画を事前に綿密に立てていた。

陸上の三方面の大将はすでに京都を出発し、自身の勢力圏の軍勢を招集していたので、塩冶判官も自分の国に下って戦争の準備をしようとした。ところがその最中に、思いもかけない出来事が起こって、高貞は高武蔵守師直《こうのむさしのかみもろなお》のために討たれてしまった。すそこで、師直がかねてから高貞にどのような恨みを抱いていたのかと調べてみた。すると、長年愛し合っていた夫人に師直が言い寄ったために、罪もないのに討たれたという噂であった。

【21-8】1 現、福井県福井市にあった二つの城の総称。
2 生没年未詳。高「師春」とも言い、高師直の叔父にあたる。
3 現、石川県金沢市金石地区。
4 穴間は現、福井県大野市朝日の九頭竜川上流域。求上は現、岐阜県郡上市。
5 現、福井県大野市。
6 【19-9】注14参照。
7 【17-18】注3参照。
8 【14-8】注8参照。

当時、高武蔵守は病気となり、しばらく幕府に出勤もしないでいた。そこで師直から恩を受けている人々が、毎日お酒と肴《さかな》を準備し、各方面の芸能者を呼び集めてパフォーマンスをさせ、病人を楽しませた。

ある夜更けのことであった。月が出て、荻《おぎ》の葉を揺らす風の音も身体に染み込むような時刻に、琵琶法師の覚都《かくいち》検校《けんぎょう》と真城《しんじょう》[9]が掛け合いで『平家物語』を演奏していた。

「近衛《このえ》天皇の時代、紫宸殿《ししんでん》の上に鵺《ぬえ》という怪鳥が飛来し、毎夜鳴いていたのを、源三《げんさん》位《み》頼政《よりまさ》[10]が天皇の命令を承けて射落とした。鳥羽《とば》上皇《じょうこう》は非常に感心し、『この褒美には、官職や国を与えるのでは足りない。聞くところによると、頼政は藤壺舎《ふじつぼしゃ》[11]に住む菖蒲《あやめ》という女性に思いを寄せ、恋い焦がれて落ち込んでいるというが本当だろうか。今夜の褒美には、この菖蒲を頼政に与えよう。ただし、彼女を頼政は噂にしか聞いておらず、まだ直接姿を見たことがないという。そこで、菖蒲と姿形の似た女房を大勢出して、頼政はあやめもかきつばたも見分けられない恋をすると笑ってやろう』[12]と言った。そして後宮の三千人の侍女《じじょ》の中から、花や月と美しさを競う一二人の女房たちを選んで同じような衣装を着せ、なまじ雰囲気で見分けられぬように金糸を混ぜた薄い絹の織物の前に並ばせた。

それから、頼政を清涼殿《せいりょうでん》の孫廂《まごびさし》[13]へ呼び出し、更衣《こうい》[14]を使者として『今夜の褒美として、浅香沼《あさかのぬま》の菖蒲草《あやめぐさ》を与えよう。鵺を射て疲れているだろうが、また自ら弓を引いて、菖蒲を射落として自分の妻とせよ』と命令した。上皇の命令だったので、頼政は断ることができなかった。清涼殿の大床《おおゆか》[15]に手をついてかしこまっていたのは、いずれも一六歳くらいの女房であった。彼女たちは、絵に描くことも筆で書くこともできないほど美しく、金と翡翠《ひすい》でコーディネイトし、桃のような顔を媚《こ》びるように微笑《ほほえ》ませて並んでいた。頼政はいよいよ迷って、目もうつろとなり、誰が菖蒲か選べる気がしなかった。更衣は笑って、『水かさが増えれば、浅い沼という意味の浅香沼でも菖蒲は

9　覚都は「覚一」とも。当時の名人と言われた琵琶法師。真城も同じく当時人気のあった琵琶法師。
10　【12-7】注4参照。
11　【12-1】注31参照。
12　『古今和歌集』詠み人知らずの歌「郭公《ほととぎす》鳴くや五月のあやめぐさあやめも知らぬ恋もするかな」を踏まえる。
13　「清涼殿」は【9-7】注5参照。「孫廂」は、【12-7】注6参照。
14　平安朝の後宮で、女御の次に位の高い女官。女御は后《きさき》候補。
15　ここでは、「孫廂の間」の床のこと。

区別できないでしょう』と言った。そこでとりあえず頼政は、

五月雨《さみだれ》に沢辺の真薦《まこも》水越えていづれ菖蒲《あやめ》と引きぞわづらふ

（五月雨が降り続き、沼のほとりの真薦の草さえ隠れてしまったので、どれが菖蒲なのか引き当てることができません）

という和歌を詠んだ。このとき、近衛《このえ》関白《かんぱく》太政大臣《だじょうだいじん》忠通《ただみち》がこの歌に非常に感激し、思わず自ら菖蒲御前《あやめごぜん》の袖を引き、『これこそ、お前の妻である』と言って、頼政に与えた。

頼政は鵺を射て武芸の名声を高めただけではなく、一首の和歌で感動させて長年恋い焦がれていた菖蒲御前を賜《たまわ》った。風流の道にも通じているのは名誉なことである」。

このように真城が最高の音域、覚都が最低の音域で合唱したので、師直は枕を押しのけて耳をそばだて、簾中《れんちゅう》と簾外《れんがい》の人々[16]も一斉に感動した。

平家の演奏が終わった後、居残った家来《けらい》や遁世者[17]たちは、「頼政が鵺を射た褒美に美女を賜ったのは名誉なことではあるが、所領を拝領するのには大いに劣っているか

な」と評した。武蔵守はこれを聞き終わらないうちに「お前たちはひどく不当なことを言うものだな。この師直、菖蒲ほどの美女ならば、国の一〇個や所領の二〜三〇カ所に替えてでもぜひ賜りたい」とたしなめた。

その場に、侍従殿《じじゅうどの》という女房がいた。侍従殿は昔、公家の上達部《かんだちめ》[18]に仕えており、公家が栄えていた時代も知っているが、現在は衰えて身寄りがなく、この武蔵守の屋敷にいつも立ち寄っていた。この女房が師直の発言を聞いて笑い、こう語った。「あら、その御意見には同意できませんわ。推察するに、昔の菖蒲御前はそこまでの美人ではなかったのではないでしょうか。楊貴妃《ようきひ》がひとたび微笑むと、そのあまりの美しさに後宮の女性たちは皆青ざめたといいます。たとえ千人万人の女房を並べ置かれたとしても、菖蒲が本当に世に優れた美しい女性であるならば、頼政はきっと選ぶことができたでしょう。この程度の女であっても多くの所領に替えたいと思われるのであれば、先帝後醍醐天皇の外戚《がいせき》にあたる早田宮《はやたのみや》[19]の娘で、弘徽殿《こきでん》の西の対《たい》[20]に住んでいた女

16　高貴な者は簾《すだれ》の内側におり、それ以外の者は簾の外に仕えていた。
17　身分の高い人に仕える僧侶。
18　身分の高い公卿の総称。

性をご覧になられた日には、武蔵守殿は中国やインドとも引き替えようとするに違いありません。この方の美しさがどれほど類いまれなものかお教えいたしましょう。先年の春、花が咲くのを待ちわびていた退屈な折に、殿上人《てんじょうびと》たちが集まって、天皇や上皇の側室《そくしつ》たちの美しさを花にたとえたことがありました。この方は根もとの枝のまばらな紫の萩《はぎ》[21]、あの方は水波に映る姿さえもあでやかな井出のほとりの山吹[22]、その方は遍照僧正《へんじょうそうじょう》が落馬したときにふざけて詠んだ秋の嵯峨野《さがの》の女郎花《おみなえし》[23]、光源氏の大将がその名を尋ねた[24]白く咲いた[25]、夕暮れ時の夕顔の花、見ると思いが深くなる牡丹《ぼたん》[26]と、色もとりどりで種類もさまざまな花にもたとえられていました。その中で、件《くだん》の女性は『梅は香りがいいが、枝はしなやかではない。桜は、花の外見は特別であるが香りは大したことがない。柳は露を含んだ緑の糸のような葉が垂れ下がる枝はすばらしいが、香りも花もない。梅の香りを桜に移し、その花を柳の枝に咲かせれば、この方の容姿にたとえられるだろう』。このように、ついにどの花にもたとえられなかったほどで、かえって言葉にできないくらいの美しさなのでございます。このような人こそ、二つとない命にも代えてもよいと思われるべきでありましょう」。

武蔵守は、この話を聞くや否や本当におもしろそうに笑って、「さて、その女性皇族は今どこにいらっしゃるのですか。またおいくつなのでしょうか」と質問した。侍従の局《つぼね》は、こう答えた。「最近は、地方の人の妻となったので、きっと容姿も雲の上の女性であった昔と異なり、年齢もピークを過ぎただろうと想像しておりました。ところが先日、終日寺社参詣をした帰りに立ち寄って見てみると、この女性は古代の春

19 宗尊《むねたか》親王（一二四二〜七四年）の子。
20 「弘徽殿」（【12-1】注35参照）の西側にある対の部屋が「西の対」。
21 『古今和歌集』詠み人知らずの歌「宮城野の本《もと》あらの小萩露を重み風を待つごと君をこそまて（待て）」を踏まえる。
22 「長元二年大納言家歌合《うたあわせ》」で源《みなもとのちかのり》親範が詠んだ歌「浪のよるかげさへ花と見ゆるかなさかりに咲ける井手の山吹」を踏まえる。
23 『古今和歌集』秋に見える遍照僧正の歌「名にめでて折れるばかりぞ女郎花われ落ちにきと人に語るな」を踏まえる。
24 『源氏物語』「夕顔巻」の描写を踏まえる。
25 『古今和歌集』雑体に見える歌「打ち渡す遠方人《おちかたびと》にもの申す我そのそこに白く咲けるは何の花ぞも」を踏まえる。
26 『新古今和歌集』太宰大弐《だざいのだいに》重家《しげいえ》の歌「形見とて見れば嘆きのふかみ草なになかなかの匂ひなるらん」（「ふかみ草」は牡丹の別名）を踏まえる。

を待ちわびる若木《わかぎ》の花よりも色あざやかでよい香りを漂わせ、夜明けの月の光がかげりなく差し入っていたところに南向きの簾《すだれ》を高く上げさせて、琵琶を演奏していました。はらはらとこぼれかかった耳際の髪の毛のはじっこからほのかに見えた、眉のにおいや蓮《はす》の花のように清らかな目元、赤い花のような唇。これを見れば、さすがの笙《しょう》の岩屋《いわや》[27]で修行した日蔵上人《にちぞうしょうにん》も心を迷わせるに違いないと、女である私さえも目を奪われるほど上品で美しく思いました。恨めしいのは、縁結びの神様の計らいごとです。天皇陛下のお后としてどのような女性になられるか、そうでなければ現在日本の実権を握っている実力者の妻となられるかと思っておりましたのに、そうはなりませんでした。後醍醐天皇はこの女性を出雲国の塩冶判官高貞という田舎武士に与えたので、現在は地方の卑しい住居に世を逃れるようにして住んでいます。夫の塩冶判官は、声には唐のハトが鳴くような東国訛《とうごくなま》りがあり、夜の床でもさぞ無骨だと思われます。絶世の美女として知られる漢の王昭君《おうしょうくん》が異民族の匈奴《きょうど》の王に嫁いだのもこのような感じであったと思われ、見るもかわいそうに思います」。

師直は、いよいよ目を細めて微笑み、「お話があまりにおもしろいので、まずプレゼントをあげましょう」と言って、美しい一〇枚の小袖《こそで》に沈《じん》の香木[28]で作った枕を添えて、侍従の局の前に置いた。侍従は思いがけず得をしたと思ったが、不審なプレゼントであり、これはどういうことなのか判断しかねて帰ろうとした。だが師直は、「少し待っていただきたい。話があります」と引き留めたので、侍従は退出できないでいた。武蔵守はこの侍従を二間四方《にけんしほう》の部屋へ呼び寄せて、こう頼んだ。「お話のおもしろさに、師直の病気は治ったような気がしますが、また別の病にかかってしまったようです。さて、平《ひら》にお願いいたします。この塩冶判官の女房を、どんな手を使ってでも私にください。それがかなったら、所領であっても財宝であっても、ご希望どおりに進上しましょう」。

侍従は予想外の依頼を受け、この女房は独身ではないし、師直に何と言って断ればいいのかと思った。しかし、絶対無理であると言って一命を失ったり、思いも寄らぬ目に遭ったりするかもしれないと恐ろしくなったので、その場では「女房に伝えてみましょう」と答えて帰宅した。

27　吉野の奥にある修行場。
28　沈《じん》は、沈丁花《じんちょうげ》科の常緑高木で、代表的な香木の一つ。

その後、侍従は二～三日の間あしようか、こう言おうかとためらって考え込んでいた。しかし、武蔵守が毎日さまざまな酒肴《しゅこう》を送ってきて「お返事が遅い」とせかしてきたので、やむを得ず女房（塩冶高貞の妻）の許《もと》へ行って、密かにこう伝えた。「このようなこと（師直が女房に恋をしていること）を申し上げるのは、私の思慮のなさが知られてしまうので気がとがめるのですが、どのようになされますか。ほんの少しやさしい言葉をかけるだけで彼（師直）の心を慰めることができれば、お子様たちの将来も安心で、また私のように頼る者がおらず露のようにはかない者の居場所がなくなることもないでしょう。師直の誘いを何度も断れば、あこぎが浦[29]で引かれている網《あみ》[30]のように、かえって人目につく心配もあるでしょう。小笹《おざさ》の葉の下に寝るようにわずか一夜を共にする程度であれば[31]、そのようなことがあったといったい誰が想像するでしょうか」。侍従はこのように女房をかき口説いたが、北の台（女房のこと）は論外であると笑うのみで、少しも脈がありそうな言葉を言わなかった。

侍従は、錦木《にしきぎ》[32]を千本積むように依頼し続ければ、女房の心も師直をかわいそうと思ってなびく[33]こともあるだろうと、毎日女房を訪問した。そして、「私をつらい目に遭わせ、深い沼の淵に沈めて、その後で気の毒だとお情けをいただいても、何の役に立ちましょう。あなたの亡き父宮にいつも仕えていた私を少しでも大事にお思いならば、師直へ一言だけでもお返事をいただきたく存じます」と、とにかく恨み言を言った。この女房も、もはや見過ごすこともできない様子で、ああ気持ち悪い、なまじよい返事を伝えて相手が恋心を募らせたら、高師《たかし》の浜《はま》[34]の軽い波に噂が立つ[35]こともあるだろうと思い悩む顔をした。

侍従が戻って状況を報告すると、師直はいよいよ上の空となった。彼は「何度も口

29　現、三重県津市の海岸。

30　『古今和歌六帖』壬生忠岑《みぶのただみね》の歌「逢ふことをあこぎの島に引く網の度重ならば人も知りなむ」を踏まえる。

31　『新古今和歌集』藤原有家の歌「臥しわびぬ篠の小笹の仮枕はかなの露や一夜ばかりに」を踏まえる。

32　五色に彩色した一尺ほどの木。

33　『千載和歌集』賀茂重保《かものしげやす》の歌「錦木の千束に限りなかりせばなほこりずまに立てましものを」を踏まえる。

34　現、大阪府高石市にある浜。

35　『金葉和歌集』一宮《いちのみや》紀伊《きい》の歌「音に聞く高師の浦の浮浪《あだなみ》はかけじや袖の濡れもこそすれ」を踏まえる。

説き続ければ、女房が私をかわいそうに思って振り向くかもしれない。手紙を送ってみよう」と思い、兼好《けんこう》[36]という達筆の遁世者を呼んだ。そして持った手に香りが移るほど香を焚《た》きしめた、紅葉重《もみじがさ》ね[37]の薄い上質の紙を折り返し、真っ黒になるほどびっちりと文字を書き連ねさせ、女房の許に遣わした。返事を待ちわびていたところ、すぐに侍従が戻ってきて、「女房はお手紙を手には取りましたが、開けて見ることさえしませんでした。庭に捨てられていたのを、人に見られないように取って帰ってまいりました」と報告した。師直は大いに気分を損ね、「何とも役に立たぬものは文筆家であるな。今日から兼好法師は出禁にする」と怒った。

ここに薬師寺次郎左衛門公義《やくしじじろうざえもんきんよし》[38]が、用事があって師直の屋敷を訪問した。師直は公義をひそかにそばに呼んで、「手紙を送っても冷たい女がいるのだが、どうすればよいだろうか」と笑いながら尋ねた。公義は、「人間は皆岩や木ではありませんので、和歌になびかぬ者はおりません。もう一回、お手紙を送ってみてごらんなさい」と答えて、師直に代わって手紙を書いた。しかし本文はなく、

　　返すさへ手にふれけむと思ふにぞわが文《ふみ》ながらうちも置かれず

（読まずに返された手紙でさえ、あなたの手が触れたと思うと、自分が書いたものとは言え、捨てることができずにもう一度差し上げる次第です）

という和歌を記して持って行かせた。女は何を思ったのであろうか、歌をじっくりと眺めて顔を赤らめ、懐《ふところ》に入れて立ち去ろうとした。使者は女房の袖を押さえて、「さて、どのようなお返事を」と尋ねると、「重《おも》きが上《うえ》の小夜衣《さよごろも》」とだけ言い残し、家の中に入った。

使者が戻ってこれを報告すると、師直は考えあぐねて、「そもそもこれはどういう意味なのか」と薬師寺に質問した。公義は、「これは『新古今和歌集』の釈教歌《しゃっきょうか》[39]に収録されている、

36 『徒然草』の著者（一二八三〜一三五二年）。卜部《うらべ》兼好。
37 表は赤、裏は濃い赤を重ねている。
38 【16-10】注2参照。
39 一〇種類の戒律を詠んだ歌。

さなきだに重きが上の小夜衣わが妻ならぬ妻なかさねそ 40

（それでなくとも夜の着物は重いのに、自分の妻ではない女の着物の褄《つま》を重ねてはならない）

という和歌の意味でございます。心はあなたになびいているが、人目ばかりをはばかっているという意味でしょう」と、歌とは正反対の意味に偽って答えた。師直は非常に喜んで、「お前は武芸の道だけではなく、歌道も達者であるのだな。褒美の品を出そう」と言った。そして、金で細工した丸い鞘《さや》の太刀を一本自ら取り出して、公義に与えた。兼好は不運、公義は幸運で、栄枯が一瞬にして入れ替わった。

この返事を聞いてから、師直はますます恋の病に取り憑《つ》かれ、その他のことをすべて差し措き、絶えず侍従を呼び寄せて、「あなたがつまらないお話をしたせいで、この身を無駄に疲れさせてしまうことが悲しいです。今まで主君の重大事の際にこそ命を捨てようと思っていたのに、恋しても手の届かない人妻のことで一生を終えてしまうこの悲しさをご理解いただけるでしょうか。ほんのしばらくの間でもあなたがお見えにならないときは彼女に連絡を頼むつてもなく、とても心が迷うので決してお帰りにならないでください。このことで師直がどうしようもなくなったら、あなたともろともに火に焼かれても水におぼれても死にます。冥途《めいど》に至るまで、あなたを頼りにしたいと思っています」などと恐ろしいことを言って恨んだ。侍従も、なまじっかこんな話をしてしまったために師直に物が取り憑いて狂わせてしまったのだろうかと、心底から深く後悔した。

侍従は師直をあまりにもてあまして、適切な時期を選び、ある夜師直を案内して、塩冶の屋敷へひそかに招き入れた。とある場所に身を隠して、垣根の隙間より覗き見ると、この女房がちょうど湯から上がったところであったようだ。その姿は、かよわくて力も弱く、薄絹《うすぎぬ》や綾絹《あやぎぬ》の重みにさえも耐えられないように見えた。あざやかな紅《こう》梅色《ばい》の、氷のような光沢のある練貫《ねりぬき》[41]の着物を着て、そのしっとりと濡れた裾をからげ、濡れた髪が乱れてかかった袖の下に、焚きしめた香が匂い立つほど残っていた。師直は、想い人はどこにいるのだろうとぼんやりした。巫山《ふざん》[42]の神女を祀《まつ》る霊廟《れいびょう》の花のよ

40 寂然《じゃくねん》法師（一一一八〜？年）が詠んだ歌で、『新古今和歌集』に掲載。「妻」と「褄（着物の裾の、左右両端の部分）」が掛かっている。
41 【7-2】注4参照。

うな美しさはまるで夢の中にいたように心に残り、王昭君の故郷の村の柳が雨に濡れてたおやかになっている様子も彼女の美しさには及ばない感じがして、師直は立ち去ることもできず、やや長い時間その場にいた。このままでは人に怪しまれることもあると思い、侍従はあれこれ理由を作って師直を帰した。

このように湯上がりの乱れた、つくろわない姿を師直に見せれば、思い焦がれる気持ちも紛れるだろうと侍従は思っていた。ところが師直は予想に反してますます想いを募らせ、恋の病に沈み込み、寝ても覚めてもおかしなことを言った。侍従はもうどうしようもなくなり、やっとのことで短期間の休暇を得て失踪した。

師直は、侍従に去られてしまうと、女房に言い寄る手段もなくなった。我ながら、はかない心の迷いであろう、一夜もともに過ごしたことのない女である、もうあきらめようと思ったが、日に日にいっそう想いが募った。いやいや苦々しいことよ、世の中でこれほど恋い焦がれている人に逢えずに神経をすり減らしては、日本全国を手に入れて権勢を誇ってもどうしようもない。無理矢理塩冶の屋敷に攻め寄せて、この女性を奪い取ろうとも思った。だが、しばらくして他の手段もあると思い直して、さまざまな讒言《ざんげん》をこしらえて、高貞が陰謀を企てているという偽りを将軍尊氏《たかうじ》と左兵衛《さひょうえの》督直義《かみただよし》に述べたてた。

ある夜、女房は寝室で夫にこうささやいた。「このような正気とは思えぬことを師直に言い寄られ、もはや手紙の数は千たばにもなっています。本当に狂っています。彼になびくことはありませんが、あなたはどうお思いだろうと、恥ずかしく感じております」。高貞はこのことを聞いて、不安に思った。自分の命は、到底助かるまい。であるならば、本国出雲に下って挙兵し、兵を率いて師直と一戦交えようと考えた。そこで三月二七日の未明、忠誠心に疑いのない家来三〇人あまりに狩猟時の衣装を着せ、隼《はやぶさ》などの小型の鷹を手に止めさせて、蓮台野《れんだいの》・西山《にしやま》[43]のあたりへ狩猟に出かけるように見せかけて出発した。そして寺戸《てらど》[44]から山崎方面へ方向を転換し、播磨路《はりまじ》[45]を逃走した。このほか、身近な家来およそ二〇人が、女房と子どもを伴って寺社に参詣するように偽装して、一時間ほど遅れて、丹波路《たんばじ》[46]から逃げて行った。

42　【20-13】注4参照。
43　蓮台野は現、京都市北区紫野北舟岡町船岡山の西側あたり。西山は【21-2】注2参照。
44　寺戸は現、京都府向日《むこう》市寺戸町辺り。山崎は【9-5】注6参照。
45　山崎から兵庫県のほうへ向かう、今の山陽道。

この頃の人々の心は、子は親に敵対し、弟は兄を亡きものとすることが常態化していた。今回も、塩冶判官の弟四郎左衛門尉《しろうざえもんのじょう》貞泰《さだやす》が急いで武蔵守の許に行き、高貞の企てをありのままに告げた。師直はこれを聞いて、この件をあまりに長々と考えすぎたせいで高貞を取り逃がしたことを無念に思った。そして、急ぎ将軍を訪問してこう進言した。「高貞の先日の陰謀がすでに発覚し、今日未明に西国を目指して逃亡したということです。ただちに攻撃軍を派遣されるべきでございます。かの者が出雲・伯耆に到着し、一族を招集して城に立て籠《こ》もる事態となれば、恐るべき一大事となるでしょう」。将軍は確かにと驚き騒いで、「では、誰を追っ手として下すべきか」と適任者を選択したところ、ちょうど山名《やまな》伊豆守《いずのかみ》時氏《ときうじ》[47]と桃井《もものい》播磨守《はりまのかみ》直常《ただつね》[48]が幕府に出勤していた。将軍は彼らに、「たった今、高貞が西国を目指して逃げていったという。どこまでも追いかけて、彼を討て」と命じた。両人とも、一も二もなくかしこまって引き受けた。

伊豆守はこういう事態になっているとは知らずに出勤したので、鎧《よろい》を着用しない直《ひた》垂《たれ》の平服《へいふく》で、六人の家来に馬を引かせているだけだった。帰宅して武装し、家来を召集して出陣するのは時間がかかり、高貞に追いつくことはできない。一騎だけでも追いかけて敵を捕捉《ほそく》し、退路を塞《ふさ》いで蹴散《けち》らそうと思った。そこで師直が家来に着せていた武具を取り、肩にかけて馬上で上帯《うわおび》を締め、門前より駆け出した。そして主従七騎で播磨路に行き、馬を激しく駆って高貞を追跡した。

播磨守も帰宅せず、部下を一人だけ帰して「乗り換えの馬や武具は後から持ってきて追いつけ」と命じ、丹波路を追撃した。そして、道で人と出会うたびに、「不審な者が通らなかったか」と尋ねた。「輿《こし》に乗った女性と思われる人を先頭にした、男性の騎馬武者《きばむしゃ》二〜三騎が馬を速めてここを通っていきました。その一行は、現在は五〜六里ほど先を行っているのではないでしょうか」という証言を得た。桃井は「さては、そんなに先には進んでおるまい」と判断し、遅れてきた軍勢を待って合流して五〇騎あまりで、落ち武者の行方を尋ねながら、昼も夜も追いかけた。

塩冶の家来たちは、必ず追っ手が迫るだろうと思い、一足でも先に進もうと心は急《せ》いていたが、女性や子どもを伴い、出発の準備にも手間取ったので、播磨国の蔭山《かげやま》[49]で

46　京都市から丹波地方へ向かう、今の山陰道。
47　【15-18】注9参照。
48　【19-9】注8参照。

追いつかれた。塩冶の家来たちはこれを見て、これ以上逃げ延びることができないと思った。そこで道の傍らにあった小さな家に輿を入れ、襲ってきた敵に立ち向かい、上半身裸となって矢をさんざん射た。追跡側も武装した者は少なく、攻め寄せると矢で射られ、抜刀《ばっとう》して襲いかかっても矢で射倒され、あっという間に一二人が戦死し、負傷者も数え切れないほど多数出た。だが、そうするうちに追っ手は次第に増えていき、塩冶軍の矢も尽きてしまった。そこで全員家の中に入り、まず女性と幼児を殺害してから切腹しようとした。しかし見るも上品で美しく、悲しみに暮れて夜もずっとずっと涙を流して、刺さなくともひとりでに消えてしまうように見える女房が、膝の横に二人の幼い子を抱き寄せて、これをどうしようと途方に暮れている様子を見ると、さしもの勇敢な武士も、流れる涙で視界もなくなり、ただ呆然《ぼうぜん》とするしかなかった。しかも女房は、懐妊《かいにん》して七カ月であった。

そうしているうちに、追っ手の兵士たちが家を包囲して、「この戦いの目的は何か。たとえ塩冶を討ったとしても、女性を奪わなければ、執事師直の意向をかなえたことにはならない。そのことを肝《きも》に銘じよ」と命じた。それを聞いた、塩冶判官の一族の山城守宗村《やましろのかみむねむら》[50]という者が、「主君の女性を敵に奪われて後世に汚名を留めるよりは、我らの手で殺害し、来世で巡り会う縁《えにし》を強める方がいい」と言った。そして太刀を持ち直し、雪よりも清く花よりも美しい女房の胸の下を、切っ先から突き通した。赤い鮮血が出て、「あ」という声がかすかに聞こえ、女房は薄絹の下に倒れ伏した。五歳になる幼児は太刀の影に驚いてわっと泣き、「おかあさま、ねえ」と叫んで絶命した母にしがみついた。それを山城守は強い心で引きはがし、抱きかかえて太刀の柄《つか》を当てて、自分もろとも鍔元《つばもと》まで貫いて死んだ。

その他の二二人の武士たちは、もはや奥方を奪われる心配がなくなったので思いきって戦えると喜び、髪を乱して上半身裸となり、敵が近づけば走りかかって、火花を散らして戦った。到底助からない命であり、このように殺生《せっしょう》の罪を重ねるのはいかがなものだろうかと彼らは思った。だがここで敵をしばらく防ぐことができれば、判官は少しでも生き延びることができるかもしれないので、「高貞はここにいる。討ち取って、私の首を師直に見せよ」と主人の名を名乗り、長時間交戦し続けた。また、

49　現、兵庫県姫路市船津町あるいは山田町あたり。

50　?～一三四一年。塩冶高貞の甥《おい》にあたる武士。

今年三歳になる判官の次男が何も考えずに亡くなった母の絹の下に入り、恋しい乳房《ちぶさ》に取りつき、血まみれとなって泣いていたのを、八幡六郎《はちまんのろくろう》[51]が抱きかかえた。そして付近の辻堂《つじどう》にいた修行僧に、「この幼児をお前の弟子として、出雲国へ連れて行って御命《おいのち》を助けよ。必ず所領一カ所の領主としてやろう」と言って、一重《ひとえ》の小袖《こそで》を添えて受け取らせた。修行僧は幼児を手際よく受け取り、「承知しました」と答えたので、八幡六郎は非常に喜んで、また元の小さな家に戻った。それから、「もはやこれまでだ。さあみんな、連れだって冥途の旅に出発しよう」と言って、家の入口に火をつけた。そして二二人の武士たちは猛火《もうか》の中へ駆け入り、思い思いに自害した。

追跡軍が水をかけて消火し、重なった灰を払いのけて見ると、女性と思われる人が懐妊していたと見え、焼野で雛《ひな》を翼に隠して焼死した親雉《おやきじ》のように倒れていた。そして、胎内にいた子が刃の先にかかりながら腹の中から半分ほど出かかっており、血と灰にまみれ、目も当てられぬ有様《ありさま》であった。また切腹して重なって倒れていた多数の死者の中に、幼い子どもを抱いて一本の太刀で貫かれた武士がいた。「これがきっと塩冶判官であろう。しかし、焼けて損傷した首なので、取って帰るまでもない」と言って、桃井播磨守は京都に戻った。追撃の武士たちも岩木とは異なり心のある人間なので、この悲劇を互いに語り合い、皆涙を流した。

一方、山陽道を追跡していた山名伊豆守一行が山崎の宝積寺《ほうしゃくじ》[52]を過ぎたあたりで、後ろから呼ぶ声がした。立ち止まって振り返ってみると、扇を上げて招き寄せる者がいた。「何事だろう」と各自馬を止めて待っていると、この男は二～三町ほど近づいてきて、「私は執事の使者でございます。皆様に追いつこうとあまりに急いで走ってきたので、息が切れました。ここまで引き返してきてください。執事が非常に重要なことを命令されたので、詳しくお伝えいたします」と言った。「聞いてこい」と四～五騎の家来を返すと、「人を介して申し上げるようなことではありません」と言うので、伊豆守が自ら馬を引き返して「何事だ」と質問した。するとこの者はにっこりと笑い、「私は執事の使者ではありません。塩冶殿の新参の部下なのですが、塩冶殿が逃れたことを知らなかったのでお供《とも》はしませんでした。どこで捨てようと同じ命です。ここで皆様の手にかかって、冥途でこの様子を語りたいと思います」と言い終わらな

51　塩冶側の家来の武士。
52　現、京都府乙訓郡大山崎町にある真言宗の寺院。通称宝寺《たからでら》。

いうちに、太刀を抜いて襲いかかってきた。山名は「さてはだましたな。ならば討ち取ろう」と叫び、隊形を横に広げ、四方からさんざんに矢を射た。その矢は蓑毛《みのげ》[53]のように塩冶の部下の鎧の上に突き刺さったが、少しもダメージを受けず、山名の軍勢に走ってかかり、太刀を振るって多数の敵を負傷させた。そして、もうかなわないと思ったのであろう、腹を掻き切って死んだ。

後にわかったことであるが、この者は去年から塩冶と主従の契約を結んでいた。しかし、塩冶はこの者には京都を脱出することを知らせなかった。それは、彼が新規の家来だったので信頼が得られなかったためであろうか、または住居も塩冶の屋敷から遠かったためであろうか。いずれにせよ、それを内心不満に思っていたところに、追跡の兵が下されたのを聞いた。きっと判官殿は討たれるであろう。私はわずかな期間とは言え家来にしてもらったのに何の役にも立たないと見限られたのか、それとも私に何か問題があるのか。今ここで逃れられたとしても、一〇〇年も生きることはできない。追いかけて行って主君に追いつき、同じ場所でどうとでもなろう（戦死しよう）。そう思い、一頭の馬も持っていなかったので太刀だけを持ち、たった一人で走って西に下った。すると山名伊豆守に追いついたので、ここで私が討ち死にすれば、少しでも時間稼ぎになり、判官も一足でも先に進むことができるだろうと、かなりの長時間戦ったという。これを聞いた者は皆、この武士を日本一の勇者であると称賛した。

この者が策略で時間を稼いだので、塩冶は現在もっと遠くに逃れただろうと、山名はさらに馬を速めて追いかけた。京都から湊川《みなとがわ》までの一八里の距離を六時間で通過したので、馬が非常に疲れた。山名伊豆守は「今日は到底追いつくことができない。いっそ今夜馬を休めてから追跡しよう」と言い、湊川の宿に泊まった。しかし子息の右衛門佐師義《うえもんのすけもろよし》[54]が血気盛んな家来を何人か呼び出し、「逃げる敵は追跡を恐れて、昼も夜も前を進む。我々は馬を休めて、無意味に夜が明けるのを待つ。これでは、敵を追い詰めて討つことはできない。乗馬が得意な者は、私について来い。このことは父の豆州《とうしゅう》には知らせず、今夜敵に追いついて、街道で討ち取ろう」、そう言い終わらないうちに馬を呼んで飛び乗った。小林重長《こばやししげなが》以下一二騎の武士たちも、我も我もと師義に賛同し、夜中に騎馬で塩冶の後を追いかけた。

53　茅《かや》、菅《すげ》等を編んだ雨具である蓑のように、矢が刺さっている様。
54　一三二八〜七六年。山名時氏の長男。丹後守護、但馬《たじま》守護となる。

湊川から加古川《かこがわ》までの一六里の道を一夜で進んだ。夜がほのぼのと明け、遠方の人の袖が見える、加古川の岸の霧の隙間から向こう岸を見渡してみた。すると、ただの旅人とは思えない騎馬の者三〇騎ばかりが馬の足音を乱れ立てながら、我先にと急いで駆けていた。「これこそ塩冶である」と思った右衛門佐は川岸に馬を止め、「馬を速く駆けて行かれるあなたがたは塩冶判官殿の一行とお見受けしますが、それは見誤りでしょうか。将軍を敵と思い、我らに追跡されて、どこまでお逃げになられるおつもりでしょうか。踏みとどまって立派に戦死して、加古川の流れに名を残されるのがよろしいでしょう」と声をかけた。これを聞いた判官の弟塩冶六郎《えんやのろくろう》が家来たちに向かって、「私はここで先に戦死しようと思う。お前たちは細い街道の要所で矢を射て、廷《てい》尉《い》（塩冶判官）を逃がせ。一度に討ち死にすることがあってはならない」と自分の死後のことまでも綿密に作戦を立て、主従七騎で引き返した。

右衛門佐の兵一二騎が一斉に川に入り、馬の轡《くつわ》を並べて渡ろうとすると、塩冶の弟の七騎が対岸で鏃《やじり》をそろえてさんざんに矢を射る。右衛門佐が兜の吹返《ふきかえし》[55]と左側の鎧の袖に三本の矢を受けて、岸に駆け上がれば、塩冶六郎は太刀を抜き、右衛門佐と馬を駆け合わせて、かなり長時間斬り合った。小林左京亮《さきょうのすけ》重長が塩冶に斬られて馬から落とされて討たれそうになったところを、右衛門佐が馬で馳せて阻止し、逆に塩冶を馬から斬り落とした。残る七騎[56]の部下たちもそれぞれ戦死したので、山名は道ばたに彼らの首を懸け、すぐに高貞を追いかけた。

弟が防戦している隙に塩冶はまた五〇町あまり逃げ延びたが、家来たちの乗った馬が疲弊して動かなくなったので、道に乗り捨て（家来は）徒歩で主君に従った。これでもなお山陽道を行くことはできないと思ったのであろう、御着《ごちゃく》の宿《しゅく》[57]から道を外れて、小塩山《おしおやま》[58]へ向かった。山名はさらに追いかけて小塩山に着いたので、塩冶の家来三人がまた引き返して、繁った松を盾代わりとして、矢を次々に射た。前を進む敵六騎を射落としたところで矢が尽きたので白兵戦《はくへいせん》となり、斬られて死んだ。だが、追っ手の馬も皆疲れたので、街道で追いついて塩冶を討ち取ることは不可能と判断し、進軍速度を緩めた。これで高貞は無事に逃げおおせた。

55 【9-5】注33参照。
56 原文ママ。
57 現、兵庫県姫路市御国野《みくにの》町《ちょう》御着。
58 現、兵庫県姫路市夢前《ゆめさき》町にある山。

三月晦日《みそか》（三〇日）[59]に塩冶は出雲国に到着した。翌四月一日、追っ手の大将山名伊豆守時氏と子息右衛門佐師義が三〇〇騎あまりで同国安来荘《やすぎのしょう》[60]に着いた。すぐに国中に、「高貞の反逆が発覚したので、我々はこれを誅伐《ちゅうばつ》するために出雲国に下向してきた。これを討ち取った者は、無官であっても武士の身分でなくとも恩賞を与える」と通達を出した。このため、塩冶と無縁の者はもちろん、塩冶と同姓の親類一族までも、全員一斉に長年の厚情を忘れ、街道を封鎖して待ち伏せをし、あちこちで塩冶を討とうとした。

高貞は、「今となっては一日たりとも身を隠せる場所がない。しかしながら、最後は戦死や自害をするにせよ、しばらく要害に籠《こ》もって持ちこたえ、妻や幼い我が子の消息を聞きたい」と言って、出雲国佐々布山《さそうやま》[61]というところに籠城《ろうじょう》しようと馬を速めていた。そこに女房について逃げた部下が一人、そこから逃れてやってきて、塩冶の七寸《みずつき》[62]にとりついた。そして、「これは誰のために身体を大事にして城に立て籠《こ》もろうとされているのですか。奥様のお供をしていた人々は、播磨国蔭山で敵に追いつかれ、奥様とお子様を刺した後、一人も残らず自害いたしました。私もそこで死体を曝《さら》したいと思いましたが、このことを殿に報告するため、役に立たないのに生き延びて、ここまでやってきたのでございます」と言い終わらないうちに腹を十文字に掻き切って、馬の前で倒れた。

判官はこれを見て、「わずかな間でも離れたくないと思っていた妻子を失った以上は、生きながらえても仕方あるまい。腹立たしいことよ。こうなるとわかっていれば、京都で武蔵守の屋敷に行って刺し違えて死んだものを。ここまで落ち延びて、一族や家来が次々とあちこちで死んだことこそが無念である。この上は、最終決戦までする必要はない」と述べた。そして小高い場所に下りて、「師直については、七回生まれ変わっても敵となり、思い知らせてやろう」、そう言って、念仏を一〇〇回ほど唱え、腹を十文字に掻き切って、ついに死んだ。

三〇騎ほどいた塩冶の家来も、あちこちで討たれ、生存者も築城に適した場所を捜索するために各地に派遣されて不在であった。木村源三《きむらげんぞう》ただ一人が塩冶に付き従って

59　北朝の官人・中原師守の日記（『師守記』）によれば「二九日」、場所は「播磨国影山」となる。
60　現、島根県安来市。
61　現、島根県松江市宍道町佐々布《さそう》にある山。
62　手綱の両端を結びつける轡の引き手。

おり、馬から飛び降りて判官の首を取り、鎧直垂《よろいひたたれ》の袖に包んで、はるか遠くの深田の泥の中に埋めた。その後、自分も腹を搔き切って判官の上に重なって倒れ、首の切り口を隠した。後に伊豆守の軍勢は木村の足についた泥を手がかりとして深田の中から高貞の首を探し求め、師直の許へ送った。

この事件を見聞した人は皆、あれほど忠功を重ねて失態もなかった塩冶判官が突然讒言に遭って命を失ったことを気の毒に感じた。これは晋《しん》の石季倫《せききりん》が、その愛妾緑《りょく》珠《しゅ》に趙《ちょう》王の権臣孫秀《そんしゅう》が横恋慕したために滅ぼされ、金谷園《きんこくえん》に咲く花のように散ってしまった悲劇[63]と同じだと、誰もが涙を流した。

そもそも高武蔵守師直は、現在の将軍家が足利殿と呼ばれて東国に長年いた頃から先祖代々足利家に仕えてきた重臣であったので、尊氏が天下を獲ると肩を並べる者がいなくなった。幕府の執事職に就いて全国を統治したので、どんなこともすべて思いどおりとなっていた。彼が正しい政治を行い、戦乱も鎮め、私心がなければ子孫も繁栄して現在も幸福であったろう。しかし、平和を達成するほどの業績を上げる必要はなかったにせよ、師直の振る舞いはこのように放埒《ほうらつ》なものばかりだった。そのため人々は眉をひそめて悪い評判が世間に充満し、諸大名が彼に背いた。よって、洛中を維持することができずに京都から逃れ、追撃されて塩冶と同様摂津国武庫川《せっつのくにむこがわ》のほとりで一門全員滅亡する羽目に陥った。どんなことにも必ず報いがある。塩冶が最期に「七回生まれ変わっても師直の敵となり、思い知らせてやる」と言った言葉の恐ろしいことよ。人間は身分の高い者も低い者も、心して思慮深い言動を心がけるべきである。

【23-1】畑六郎左衛門時能のこと

昨年（暦応三年〈一三四〇〉）九月に越前国杣山城《そまやまじょう》が陥落して以降、越前・加賀・能登・越中・若狭五カ国に南朝方の城は一カ所もなくなった。しかし、畑六郎左衛門時《はたろくろうざえもんとき》

63　『晋書』「石崇《せきすう》伝」、『蒙求』「緑珠墜楼」に見える故事による。石崇の字《あざな》が季倫。金谷園は、石季倫の別荘。

能《よし》[1]がわずか二七人で立て籠《こ》もる鷹巣城《たかのすのじょう》だけは残っていた。また、この鷹巣城には、一井《いちのい》兵部少輔《ひょうぶのしょう》氏政《うじまさ》[2]も一三騎の軍勢で合流してきた。一井は、昨年杣山城から平泉《へいせん》寺《じ》[3]へ向かって、衆徒を味方につけて挙兵しようとした。だが越前国内の南朝勢力が弱体化し、味方する衆徒もいなかったので、白昼に国内を移動し、ここにやってきたのである。

時能の怪力と氏政の気概を考えると、兵力が少ないからといって放置すればどのような危険な事態が起こるかわからない。そこで、足利《あしかが》尾張守《おわりのかみ》高経《たかつね》[4]と高《こうの》上野介《こうずけのすけ》師《もろ》治《はる》[5]は北陸道七カ国の軍勢七千騎あまりを率いて、鷹巣城の周辺を厳重に包囲した。そして三〇カ所以上の向かい城を築き、持久戦に持ち込んだ。

この畑六郎左衛門時能という者は、元は武蔵国の武士であった。一六歳の頃から相撲を始め、坂東八カ国で彼に勝てる者はいなかった。腕の筋肉が太く、太ももの筋肉も分厚く、平安時代の薩摩氏長《さつまのうじなが》というすごい力士もこのような感じであったと思われる。

時能は後に信濃国に移住し、流鏑馬《やぶさめ》・笠懸《かさがけ》・犬追物《いぬおうもの》[6]以外の狩猟を長年行っていた。神業のような身のこなしで、馬に乗って山道の難所に岩石を落とすことができた。周の時代の馬術の名人である造父《ぞうほ》が、馬に乗って千里を走っても全然疲れなかったのに勝るとも劣らないと思われた。水泳は、川の神並みの技術を体得し、黒い龍のあごの下にある貴重な玉も奪うことができると思われるほどであった。弓については、春秋時代の弓の名人である養由基《ようゆうき》を手本としていたので、弦を鳴らしてはるか遠くの梢にいる美しい猿を射落とすことができた。肉体的な能力が優れているだけではなく、謀略も巧みで人を手なずけ、気力がみなぎって心も疲れなかった。そのため、戦場に出るたびに敵をも従わせて困難に立ち向かう様子は、漢の高祖の重臣である樊噲《はんかい》と周勃《しゅうぼつ》ですら欠いていたものを持っているようだった。

類は友を呼ぶのが、世のならわしである。彼の甥に、所大夫快舜《ところのたいふかいしゅん》という時能に

【23-1】1　【10-8】注14参照。
2　新田一族の武士。
3　現、福井県勝山市にあった天台宗の寺院。
4　斯波高経のこと。【17-18】注2参照。
5　【21-8】注2参照。
6　【12-4】注5参照。

少しも劣らぬ勇敢な僧がいた。また家来として使っていた悪八郎為頼《あくはちろうためより》という、口唇裂の怪力の持ち主がいた。このほか、犬獅子《けんじし》と名づけられた不思議な犬も一匹いた。この三人は闇夜になれば、大鎧《おおよろい》を着用して重武装して出撃するときもあれば、帽子《ぼうし》兜《かぶと》[7]に鎖帷子《くさりかたびら》という簡単な武装で軽快に打って出ることもあった。

彼らは、まず件《くだん》の犬獅子を先に行かせて、城の防御態勢を窺わせる。敵の警戒が厳しく簡単に隙を見せない城であれば、この犬は一～二回吠えてから走り出す。寝入って夜の巡回もせず、用心のゆるい城の場合は、さっと城内に侵入して内部の構造を嗅《か》ぎ廻って調べて走り戻り、尾を振って城へ入った。時能以下三人はこの犬を先導に、塀を乗り越え城内に侵入し、叫び声を上げて縦横無尽に敵を斬って廻った。敵軍は不意を突かれて驚き騒ぎ、たとえ数千人いたとしてもことごとく城を攻め落とされた。

「そもそも人間が犬を飼うのは、外敵を防ぐためである」といわれる。心を持たない禽獣《きんじゅう》であっても、人から受けた恩を感じ、徳をもってこれに報いる心はあるといえるのではないか。[8]

【23-8】土岐頼遠が光厳上皇の臨幸に遭遇して乱暴を働いたこと

この年（康永元年〈一三四二〉）の八月は、故伏見上皇の三十三回忌にあたっていた。[1] その仏事を行うため、今上《きんじょう》陛下（光明《こうみょう》天皇）と光厳《こうごん》上皇は伏見殿へ臨幸した。伏見殿は、故上皇に縁の深い場所である。

この伏見殿は長年の荒廃で、一面ススキの野となり、ウズラが暮らす草むらも露が深く、庭の通路もなくなり、落ち葉が積もって非常にものさびしい様子であった。その跡を訪れる者は、苔《こけ》が生えた奥の部屋に差し込む夜の月や松が繁った軒《のき》に吹く夕方の嵐を見て、荒廃前のありし日の姿を思い出して涙を流した。感傷的な気分になる秋の気配が深まっていく中、法要を執り行う導師が、まるで釈迦《しゃか》の弟子の富留那《ふるな》のよう

7　兜前方の、庇《ひさし》のような覆《おお》いが付いていない、簡素な兜《かぶと》。

8　このように、犬獅子と共に働いた畑時能らが奮戦するが、間もなく時能は流れ矢に当たって命を落とし、鷹巣城も落城する（『太平記』巻二三の三）。

【23-8】1　伏見上皇の没年は文保元年（一三一七）なので、数字が合っていない。

に巧みに数時間説法を行った。その、過ぎ去る時間が人を待たず、無常が迅速に訪れることに関する法話を聴いた上皇をはじめ、同席した北朝の昔からの貴族や官僚は皆涙で袖を濡らした。さまざまな追善行事が次々と行われ、秋の短い日はすぐに暮れた。伏見殿が山の陰にあったので、上皇は月が昇って明るくなるのを待ってから京都に戻った。京都までの道は遠く離れているので、夜がとても遅くなった。

その頃ちょうど樋口東洞院《ひぐちひがしのとういん》の交差点で[2]、土岐《とき》弾正少弼頼遠《だんじょうのしょうひつよりとお》[3]と二階堂下野判官《にかいどうしもつけのほうがん》行春《ゆきはる》[4]が折悪しく、光厳上皇の行列に遭遇した。彼らは新日吉神社《いまひえじんじゃ》[5]の馬場で笠懸《かさがけ》[6]という武芸を楽しんで帰宅する途中であった。上皇に仕える下級役人たちが前に走り出てきて、「無礼である。何者か。馬から下りよ」と命じた。二階堂下野判官は、これを聞き終わらないうちに上皇の御幸《ごこう》と気づいて、馬より下りて蹲踞《そんきょ》[7]の姿勢をとった。だが土岐は元より奇行を好む者であったことに加え、当時世間の目など何とも思わないほど傲慢《ごうまん》だったので、馬から下りずに上皇の行列の前を塞ぎ、「今の時勢、洛中でこの頼遠を馬から下ろすことができる者がいるとは思わなかった。こんな命令をする者は、どんな馬鹿者なのか。奴らに皆一本ずつ、大きな鏑矢《かぶらや》を喰らわせてやろう」と言った。そこで竹林院大納言公重卿《ちくりんいんのだいなごんきんしげ》[8]が「院（上皇陛下）の外出に出会って、このような狼藉《ろうぜき》をするのは何者か」と言った。すると頼遠はカラカラと笑って、「何、院というか、犬というか。犬ならば射殺しよう」と言うなり、三〇騎あまりの家来たちが上皇の車を包囲し、周囲を縄で囲み、馬上から犬追物の要領で矢を浴びせた。牛飼は轅《ながえ》を回して逃れようとしたが、牛の胸懸《むながい》[9]を切られて軛《くびき》も折れた。上皇に従っていた殿上人たちは、自分たちの身で車に当たる矢を防ごうとしたが、全員馬から射落とされてそれができなかった。しかも頼遠はこれでもなお満足せず、車の下簾《したすだれ》をかなぐり落とし、車輪の輻《や》（スポーク）まで少々破壊して、自宅へ帰った。

読者は聞いたことがあるだろうか。五条天神《ごじょうのてんじん》は、摂政・関白のお出ましを聞くと

2　京の都大路で、樋口小路と東洞院大路が交差するところ。
3　【17-10】注13参照。
4　生没年未詳。二階堂時元の子。
5　【17-10】注8参照。
6　【12-4】注5参照。
7　貴人が通行するときに、跪《ひざまず》いて控えること。
8　【13-3】注9参照。
9　牛の首にあてた横木（軛）から胸まで掛けてある紐。

宝殿より下りて道にかしこまる。宇佐八幡《うさはちまん》の神は、天皇の使者が訪れるたびに、威儀を整えてお返事を申し上げる。神様たちでさえこうであるのに、天皇・上皇の外出に畏れ多くも巡り会ってこのような狼藉をする者は、禽獣の中にさえもいないであろう。外国でさえも、これに似た話はいまだに聞かない。まして我が国では、かつて耳にしたこともない非常識な所業である。

その頃は、左兵衛督直義朝臣《さひょうえのかみただよしあそん》が尊氏卿に代わって日本全国を統治していた時代であった。直義はこの事件を聞いて、大いに驚いた。「その罪の重さを論じるに、父母・妻子・兄弟姉妹の三族を死刑に処してもまだ足りない。笞《ち》・杖《じょう》・徒《ず》・流《る》・死の五刑のどれでも処罰しきれないほど重大である。すぐにかの連中を逮捕し、車裂きにしてやろうか、それとも死体を塩漬けにしてやろうか」と幕府は会議を開いて議論した。頼遠と行春はこれを伝え聞いてまずいと思ったのであろう、行方をくらましてそれぞれの本国へ逃亡した。ならば、すぐに追っ手を派遣しようと幕府が決めたので、二階堂行春は頭を下げて上洛し、自分は無実であると主張した。幕府は事件を詳細に調査し、行春を讃岐国へ流した。

頼遠は罪を逃れることができないと思ったので、本拠地の美濃国に立て籠もり、謀《む》叛《ほん》を起こそうとした。しかし南朝方は味方せず、土岐一族も同調しなかったので、ひそかに京都へ上って夢窓《むそう》和尚10を頼り、「こうなった以上は命だけでも助けていただけませんでしょうか」と嘆願した。夢窓は日本において人々を導く偉大な僧である上、特に今上陛下の仏法の師として幕府からも崇敬を受けていた。そこで何とか頼遠の命だけは助けたいと夢窓も思い、直義にあれこれ言って執《と》りなした。だが直義は、「これを軽い処分で済ませれば、今後の悪い先例になるに違いない」と言って、頼遠を逮捕して、六条河原で斬首する処分を下した。

周済房《すさいぼう》という、頼遠の弟も処刑の決定が下った。だが事件の現場にいなかった証拠が明瞭だったので、死刑は免除され、本国の美濃へ流罪となった。

そんな折、一首の狂歌が天龍寺《てんりゅうじ》の狭い壁に貼られた。これは、夢窓和尚が幕府に頼遠の助命を執りなしたのに無視されたことを嘲《あざけ》る者が書いたのであろう。

10　夢窓疎石《そせき》（一二七五～一三五一年）のこと。この時期の臨済宗における著名な僧侶で、夢窓派の祖。後醍醐天皇や足利尊氏が帰依した。

いしかりしときは夢窓に食らはれてすさいばかりぞさらに貽《のこ》れる
（おいしい料理（斎《とき》＝土岐）はすべて夢窓が食べてしまい、酢菜（周済）ばかり
が皿に残っている）

この時代は、都が一変して野蛮な武士が支配する土地となったので、誰もが院や国王の存在を忘れてしまったのであろう。「土岐は院の外出に運悪く遭遇した罪で斬られた」というので、道を通る乗馬の人々は「そもそも院でさえも馬から下りなければならないのであれば、将軍に会ったら土を這うべきか」と言い合ってふざけた。

その頃、どのような殿上人だったのだろうか、破れた簾《すだれ》より見ると、年齢は四〇代で、作り眉にお歯黒をつけて、立烏帽子《たてえぼし》をゆがめてかぶっていた人が、轅《ながえ》の塗装も剝げたボロボロの車を、鞭で打ってもなかなか前に進まない痩せた牛に引かせて、北野天満宮方面へ向かっていた。そこに、時代の流れをうまくとらえたとおぼしい、五～六〇騎ほどの武士たちが狩猟を終えて帰宅しようとしていた。彼らは太くたくましい馬に乗って千鳥のように乱れた足並みで進み、緞子《どんす》や金襴《きんらん》の小袖を思い思いに身体にひっかけて、脇からはみ出させている者もいれば、召使いの首に巻かせている者もい

た。そして金銀で装飾した白太刀《しろたち》を部下に持たせ、唐笠《からかさ》をかぶって乗馬用の毛皮の靴を履き、当時流行していた田楽《でんがく》の歌をあちこちで歌いながら、酒を温めるときに燃やして残った紅葉《もみじ》を手に持って振りかざしていた。この一行が大嘗《おおにえ》の野[11]のあたりでいきなりこの車を見て、「おお、これが例の院とかいう恐ろしいものよ」と言って、一斉にさっと馬から下り、ほおかぶりをはずして笠を脱ぎ、頭を地面にすりつけてかしこまった。

車に乗っていた貴族もこれを見て、「ああ大変だ。これはもしかして土岐の一族ではなかろうか。院でさえ弓で射るような者に出くわしてしまったからには、車から下りないのはよくないだろう」とビビって、牛につないだままの車から躍るように飛び降りたので、車は先に行ってしまった。しかも立烏帽子が車のくさびにぶつかって落ち、髻《もとどり》[12]がむきだしになった。この下っ端公家は片手で髻を押さえ、片手で笏《しゃく》を持ち直して、金持ちの武士たちの前に跪《ひざまず》いた。前代未聞の大珍事である。

11　以前大嘗祭が行われた大極殿の前庭で、今は野になっている場所。

12　【1-6】注4参照。

その日は、特に北野で祭礼が行われていたので、往来を歩いていた人々は群れをなして立ち止まり、「路上で出会ったときの礼儀作法については、弘安八年（一二八五）に亀山上皇が法令として定めている。その格式にも、貴族が武士に会ったら車から下りて髻をほどかなければならないとは決められていないものを」と皆笑った。

【23-9】高師秋が美女を盗まれたこと

伊予国《いよのくに》が特使を吉野に送り、優れた大将を一人派遣してもらえれば南朝に味方して忠誠を尽くすことを天皇陛下に奏聞《そうもん》した。そこで南朝では、脇屋《わきや》刑部《ぎょうぶ》卿《きょう》義助《よしすけ》朝臣《あそん》を派遣することを決定した。ただし、伊予に至る道は海上も陸上もすべて敵の勢力圏内だったので、どのようにして赴任させるべきか困惑していた。そんな折、備前国《びぜんのくに》の武士佐々木《ささき》三郎《さぶろう》左衛門《ざえもん》信胤《のぶたね》[1]の許《もと》から飛脚《ひきゃく》がやってきて、「先月二三日、私は備前国小豆島《しょうどしま》に渡って、南朝のために挙兵しました。この島の逆賊《ぎゃくぞく》を少々討ち取り、京都への輸送路を遮断しました」と報告した。南朝の大臣たちはこれを聞き、大将が出陣する道も天運も開けたと皆で喜び合った。

そもそもこの信胤というのは、去る建武の戦乱の当初から細川卿律師《ほそかわきょうのりっし》定禅《じょうぜん》に味方して備前・備中両国を平定し、将軍足利尊氏のために功績があった。そのため幕府の恩を非常に受けており、恨みを抱く筋合いもないだろうに、何の不満があって今急に南朝方に転じたのであろうか。その理由を調べてみると、最近世間に災いをもたらしている例の美女のせいだと判明した。

その頃、菊亭殿《きくていどの》[2]に御妻《おさい》と呼ばれる女房がいた。この女性はルックスがとてもよくて振る舞いも上品で、性的な魅力にもあふれていた。しかしながら、もともと思慮が浅くて心に決めた男性もおらず、思いを寄せてくる人は多いが誰を選べばいいのか判断できずに過ごしていた。御妻は普通の人にははっきりとはわからず、近づいてもならない宮殿の奥深くに住んで天皇に仕えていた。だが、彼女を気にかけて玉簾《たますだれ》の隙間

【23-9】1　【16-9】注8参照。
2　西園寺家に連なる者。

から風のように入るラブレターもさすがにあったのであろうか。今の時勢に肩を並べる者はいないともてはやされている高《こうの》土佐守《とさのかみ》師秋《もろあき》[3]がこの御妻の許に通い、人知れず愛し合って数カ月が経った。

はじめのうちこそ御妻は人目を忍ぶふりもしていたが、そのうち早くもすっかり締まりがなくなってしまい、恋愛をするのに不便な宮殿を抜け出して実家にばかりいたので、朝廷に仕える仕事もおろそかとなった。二人の恋を知った主人の菊亭左大臣と跡継ぎの若君は、交際を許した。そのため、師秋は仲をさえぎるうっとうしい人目を気にしたり、夜が更けるのを待ったりせずとも、白昼堂々とこの女性の許に通うことができるようになった。

御妻以外にも、土佐守には長年連れ添って、たくさんの子どもを儲けた鎌倉の女房がいた。この女房はもともと田舎の人だったので、嫉妬心が激しく、性格が勇ましくて強く、『源氏物語』の「雨夜の品定め」に描かれた、頭式部《とうのしきぶ》の女房が別れ話を持ちかけた男の指を食いちぎったというエピソードを彷彿《ほうふつ》とさせる女性であった。師秋はこの女性を嫌だと思っていたが、子どもの母親なので別れることができなかった。そうこうしているうちに、土佐守は幕府から伊勢守護に任命されたので、二人の女房を連れて伊勢国に赴任することにした。

元の女房は、一日早く出発した。御妻は「今日行きたいのですが、ちょっと行けません」「明日こそ行こうと思っていますが、本当に行けるかはわかりません」などといろいろ理由をつけ、出発するのが少し嫌そうに見えたが、土佐守も三日間京都で待ち、とにかく同行するようにせかした。そこで御妻も夜中に輿《こし》を呼び寄せ、几帳《きちょう》[4]で車の内部を隠しつつ、お付きの者の助けを借りて輿へ乗った。土佐守は非常にうれしく思い、少しも寄り道をせず、その夜のうちに伊勢方面を目指してすぐに出発した。

夜が明け、近江国勢多《せた》の橋[5]を渡ったとき、さざ波が寄せる志賀の琵琶湖の風が輿の簾《すだれ》を激しく吹き上げたので、中を覗いてみた。すると、八〇歳にもなろうかと見える、額はしわだらけで口には一本の歯もない尼《あま》が、腰をかがめて乗っていた。土佐守は非常に驚いて、「これはどういうことか。年を取ったタヌキかキツネが化けているので

---

3 生没年未詳。高師行の子で、高師直の従兄弟。観応の擾乱では、高一族で数少ない足利直義派として活動。

4 【13-3】注15参照。

5 【19-9】注1参照。

あろうか。こいつの鼻を煙でいぶしてみろ。蟇目《ひきめ》の矢[6]で射てみろ」と叫んだ。尼は泣きながら「私は化け物ではありません。菊亭殿へ長年仕えていたのを御妻の局《つぼね》に呼び出され、『今のまま京都でさびしく暮らすよりは、私が行くことになった田舎で気分転換した方がいいでしょう』と言われたのです。私は不幸な人間で、もともとお誘いがあれば京都を出たいと思っていました。うれしく思って昨夜御局の許へ行くと、『早く輿に乗りなさい』と言われたので、何も考えずに乗っただけでございます」と言った。土佐守は、「さては、あの女にだまされたな。菊亭殿へ攻め込んで、奪い取って伊勢へ下ろう」と激怒した。そして尼を勢多の橋のたもとに捨て去り、空になった輿をUターンさせて、また京都へ上った。

土佐守は、もともと思慮の浅い荒くれ者だったので、数百騎の軍勢を率いて菊亭殿へ押し寄せ、四方の門を封鎖して、御妻の行方をくまなく捜索した。そのため、菊亭家ではこれはどういうことかと上を下への大騒ぎとなった。どんなに探しても御妻が見つからなかったので、この女房の住んでいた部屋の近くにいた召使いの童女を捕まえて責め糺《ただ》すと、「その女房は言い寄ってくる男性が多かったので、どこに行ったのかはわかりませんが、最近は飽浦《あくら》三郎《さぶろう》左衛門《ざえもん》信胤《のぶたね》[7]とかいう人に深く恋をして、人目もはばからない様子であったと承っております」と答えた。

土佐守はますます腹に据えかね、即刻飽浦の自宅へ攻め寄せて討とうと話し合った。それを聞いて、飽浦は自分の罪科を誤魔化すことができず、身の置きどころもなかったので、仕方なく長年幕府に尽くした忠功を捨て、南朝の旗を揚げたということであった。

折り得ても心緩すな山桜誘ふ嵐に散りもこそすれ

（女性の心をつかんだと思っても、油断してはならない。折り取った山桜の枝の花が風に吹かれて散ってしまうように、女心もほかの男性に誘われるとなびいてしまうから）

と『古今和歌集』の六つの表現法の一つである諷歌《そえうた》の方式[8]で詠まれたのは、まさにこ

6　大型の鏑矢《かぶらや》。

7　佐々木信胤のこと。

のような、はかなく散る花に似てよく変わる人の心のことだったのであろう。

【26-2】大塔宮護良親王の亡霊が足利直義の妻[1]の胎内に宿ったこと

この頃また、仁和寺《にんなじ》で不思議な出来事があった。諸国を行脚《あんぎゃ》していた僧が嵯峨から京都へ帰る途中、夕立に遭って避難できる建物がなかったので、仁和寺の六本杉の木陰で雨がやむのを待っていた。もう日が暮れてしまったので先を進むのが恐ろしくなり、よし、それなら今夜は御堂《みどう》のそばで過ごそうと思い、本堂の縁側に座り、経文を唱えながら心を澄ませていた。夜が深く更け、空が晴れて月の光が周囲を明るく照らした。周囲を見ると、京都の西北にある愛宕山《あたごやま》[2]と東北にある比叡山の方から、身分の高い者が乗る四方輿《しほうごし》が空から集まってきて、この六本杉の梢《こずえ》に並んだ。

それぞれの配置が定まってから、空に下ろされていた幕がさっと上げられた。居合わせた人々を見ると、上座には先帝後醍醐天皇の外戚《がいせき》である峯僧正春雅《みねのそうじょうしゅんが》[3]が座っていた。峯僧正は香染《こうぞ》めの衣に袈裟《けさ》をかけ、目は太陽や月のように光り輝き、クチバシはトビのように長く、水晶の数珠を指先でもてあそんでいた。その次に、南都の智《ち》教上人《きょうしょうにん》[4]と浄土寺《じょうどじ》の忠円《ちゅうえん》僧正[5]が峯僧正の左右にひかえていた。皆見覚えのある姿ではあったが、目の光が尋常でなく、左右の脇から長い翼が生えていた。

行脚の僧は、奇怪だ、私は天狗道《てんぐどう》[6]に堕ちてしまったのか、それとも天狗が私を惑わせているのかと、心が身体から離れたような気分となった。そして、その場から目をそむけることができずにいた。すると空中からまた、高貴な人専用の色あざやかな五《いつ》緒《お》の車[7]に乗ってやってきた客がいた。タラップを下りてきたのを見ると、兵部卿《ひょうぶきょう》護《もり》

8　別の事柄に喩えて、真の意味を相手に伝える方法。

【26-2】1　一三〇七～？年。足利一門の渋川氏出身の女性。
2　現、京都市の西側に位置する愛宕山。
3　比叡山の僧侶で、後醍醐天皇の母方の縁者。
4　真言律宗である南都（奈良）西大寺の僧侶。
5　【12-1】注25参照。
6　堕落した者が堕ちるという、天狗の住む世界。
7　牛車前方にある簾《すだれ》に、革製の緒が五筋垂れさがっている車。

良親王《よししんのう》がまだ僧侶だった頃の姿であった。先に来て待っていた天狗たちは、皆持ち場を立って護良に蹲踞《そんきょ》の礼をとった。

しばらくして、房官[8]が一人、銀の銚子に金の盃を持って、酌《しゃく》をするために立った。大塔宮《おおとうのみや》護良は左右にキッと礼をして、盃に注がれたお酒を三度飲み干して周りの者に差し出した。峯僧正以下の人々も順番にお酒を飲んだが、大しておもしろい様子もなかった。少し時間が経つと、皆同時にワッとうめき声を上げた。それから、手や足をバタバタと動かしてあがきながら、首が燃えて黒い煙が出て、一時間ほど苦しみもだえて転げ回った。そして、全員火に飛んで入った夏の虫のように焼け焦げて死んだ。

ああ恐ろしい。天狗道の苦しみに、熱して溶かした鉄の塊を一日に三回飲むというのがあるそうだが、これのことなのだろうかと僧侶は思った。約四時間後、全員生き返り、峯僧正が苦しそうに息をしながら「さて、この世の中をどのようにしてまた乱しましょうか」と言った。忠円僧正が末座より進み出て、「それはとても簡単なことでございます。まず左兵衛督《さひょうえのかみ》足利直義《あしかがただよし》は姦通を犯さないことで、世俗の人間で自分ほど戒律を破らない者はいないととても慢心しています。我々はこれに付け入りましょう。大塔宮は直義の夫人の腹に入って、男子として誕生してください。そうすれば、直義は天下を獲って我が子に与えようという野心を起こすに違いありません。夢《む》窓疎石《そうそせき》の兄弟弟子に、妙吉侍者《みょうきつじしゃ》[9]という僧がいます。この僧は学問も修行も不足しているくせに、自分ほど学識のある者はいないと思っています。彼の慢心は我々が窺い知るところですので、峯僧正が妙吉の心と入れ替わり、直義の政治を補佐して邪法を吹き込むとよいでしょう。智教上人は上杉伊豆守重能《いずのかみしげよし》[10]と畠山大蔵少輔直宗《おおくらのしょうただむね》[11]の心にとりつき、高師直・師泰兄弟を殺害しようと企んでください。私忠円は、武蔵守師直の心と入れ替わって、上杉・畠山を滅ぼしましょう。こうすることによって、直義は兄尊氏との仲が悪くなり、師直も主従の礼儀に背けば、日本でまた大きな戦争が起こり、当分よい見物となるでしょう」と提案した。大塔宮をはじめとして、高慢で邪《よこしま》な小天狗に至るまで全員「愉快な企てですな」と一斉におもしろがり、幻のように消え去った。

8　【21-2】注5参照。
9　直義の側近として、実際に有力者となった僧侶。
10　【14-8】注3参照。
11　?～一三四九年。足利直義の側近の武将。

夜が明けたので、行脚の僧は京都に戻り、薬医頭《やくいのかみ》和気嗣成《わけのつぎなり》[12]にこのことを話した。四～五日後、足利左兵衛督《さひょうえのかみ》の奥方が体調不良となった。和気・丹波[13]両流の医学博士と内科・外科の名医たちが数十人も呼ばれて診察をした。ある医者は「この症状は風邪であるので、牛黄金虎丹《ごおうきんこたん》[14]と辰砂天麻円《しんしゃてんまえん》[15]を併せて処方すべきだ」と言った。またある医者は「あらゆる病気は気から起こるので、兪山人降気湯《ゆさんじんがこうきとう》[16]と神仙沈麝円《しんせんじんじゃえん》[17]を飲ませるべきだ」と言った。さらに「この疲労はおなかの病気なので、金沙正元丹《きんさしょうげんたん》・秘伝玉鎖《ひでんぎょくさ》円《えん》という婦人病の薬で治療するとよいだろう」と主張する医者もいた。

こうしているところに、薬医頭嗣成が少し遅れてやってきて、直義夫人を診察したが、病名を特定できなかった。病気の種類は多いが、すべて風・気・腹病・虚羸《きょるい》[18]の四種に分類できる。しかしながら、夫人の症状はこれら四種にまたがってまちまちだったので、あれこれ考えたがどの病気かますますわからなくなった。不審に思っていたところ、天狗たちが仁和寺の六本杉で会議を開いていたことを嗣成はハッと思い出した。そして、「これはご懐妊《かいにん》の兆候だと思います。しかも男児が誕生するでしょう」と小声でささやいた。これをその場で聞いた者たちは、「ああ、憎たらしい嗣成が直義に追従しているぞ。四〇歳を超えた女性が初めて懐妊することなどあるわけがない」と誰もが非難した。

だがそのうち、月日が過ぎ去り、本当に妊娠していることがわかった。謎の病気ということで、大げさな薬を調合していた医者は全員面目《めんぼく》を失った。嗣成一人だけが所領を拝領して収入を得ただけではなく、すぐに典薬頭《てんやくのかみ》[19]に任命された。

これを妬み、「本当に懐妊しているか怪しい。出産の時期になれば、誰が生んだのかわからない子を自分の子として抱くのではないだろうか」と非難し続ける者たちもいた。しかし六月八日[20]の朝、直義夫人は無事に出産し、しかも男児[21]であった。男児誕

12　一二七五～一三五五年。現在でいう医師。直義に近い立場にあった。薬医頭は、施薬院（病人を治療する施設）の代表者。
13　和気、丹波の両家は古代以来の医者の一族。
14　牛の胆石で作った薬。
15　水銀・硫黄の化合物で作った薬。
16　気を静める薬湯。
17　沈香・麝香などの香水から作られた薬。
18　痩せ細っている状態。
19　【21-5】注6参照。

生を祝って、桑の弓と蓬《よもぎ》の矢で周囲の邪気が払われた。また、このニュースが広く伝わったので、源家《げんけ》（足利家）の一族とその一門、諸国の大名は言うまでもなく、彼らと肩を並べる著名な公家・武家の人々も、鎧《よろい》・腹巻《はらまき》・太刀・馬・車そして金糸で刺繍された綾絹《あやぎぬ》など、他人よりもいいプレゼントを贈ろうと我先に直義邸を訪問して祝福した。そのため、身分の高い賓客《ひんきゃく》が邸内に群れ集まり、一般人も門前に立ち並んだ。この子どもが後に災いを生み出すことは、そのときはまだ誰も知らなかった。「ああ、とてもしあわせな赤ちゃんだなあ」と皆口々に言った。

【26-7】河内国四条畷の戦い

摂津国阿倍野《あべの》の戦いは、一一月二六日の出来事であった。渡辺橋より淀川に落とされて流された室町幕府軍の兵士約五〇〇人は、楠木《くすのき》軍[1]に引き上げられて取るに足りない命を助けられた。だが秋の霜が肉を、明け方の氷が皮膚を傷つけたので、生き延びられるようには見えなかった。しかし、楠木は深い思いやりがあったので、替えの服を与えて身体を温めさせ、薬を飲ませて傷を治療した。四〜五日後には全員回復したので、馬を与え、武器を失った者には防具を与え、丁重なあいさつをして送還した。そのため、敵でありながら楠木の情けに感動した人は、この戦いの後に楠木と心を通わせようと思った。また楠木の恩に報いようとする人は、そのまま楠木軍に従い、四条《し》畷《じょうなわて》[2]の戦いで戦死したという。

今年（貞和三年〈一三四七〉）、河内国藤井寺《ふじいでら》・摂津国住吉《すみよし》の二度の戦いで京都の幕府軍は楠木軍に惨敗し、畿内の多くの地方が楠木軍に占領された。遠国の南朝軍が呼応して蜂起するニュースも届いたので、将軍足利尊氏と左兵衛督直義のあわてぶりは、まるで熱湯で手を洗うかのようであった。このような状況では、下々《しもじも》の源氏（足利一

20　貞和三年（一三四七）。
21　足利如意王（一三四七〜五一）のこと。直義夫妻が四〇歳を超えて初めて授かった実子。観応の擾乱の最中、五歳で夭折。
【26-7】1　楠木正成の子である正行《まさつら》が率いる軍。
2　現、大阪府四條畷市。

門）の守護分国から徴集した軍勢を派遣するだけでは勝てまいということで、執事高武蔵守師直・越後守師泰を二大大将として、四国・中国・東山・東海の二〇カ国あまりの軍勢を向かわせた。

軍勢の編成が決まって一日も経たないうちに、まず越後守師泰が三千騎あまりの直属の部隊を率い、一二月一四日の早朝に山城国淀《よど》[3]に到着した。これを聞いて馳せ加わった武将は、武田《たけだ》甲斐守盛信《かいのかみもりのぶ》・逸見《へんみ》孫六入道時氏《まごろくにゅうどうときうじ》・長井《ながい》丹後入道宗衡《たんごのにゅうどうむねひら》・厚東駿河《こうとうするがの》守武村《かみたけむら》・赤松信濃守範資《あかまつしなののかみのりすけ》・小早川備後守貞平《こばやかわびんごのかみさだひら》の合計二万騎あまりであった。師泰軍は淀・羽束師《はつかし》[4]・赤井《あかい》[5]・大渡《おおわたり》の民家には収容しきれず、寺社の建物内にまで満ちあふれた。

一〇日あまり後の一二月二五日、武蔵守師直がおよそ七千騎の直属部隊を率いて山城国石清水八幡宮《いわしみずはちまんぐう》に着いた。こちらに従軍した武将は、細川阿波将監清氏《ほそかわあわのしょうげんきようじ》・仁木左《にきさ》京大夫頼章《きょうのだいぶよりあき》・今川五郎入道範国《いまがわごろうにゅうどうのりくに》・武田伊豆守信武《たけだいずのかみのぶたけ》・高刑部大輔師兼《こうのぎょうぶのたいふもろかね》・高播磨守《こうのはりまのかみ》師冬《もろふゆ》・南《みなみ》遠江守宗継《とおとうみのかみむねつぐ》・同次郎左衛門尉《じろうざえもんのじょう》・宇都宮遠江入道貞泰《うつのみやとおとうみのにゅうどうさだやす》・同三河入道《みかわのにゅうどう》貞宗《さだむね》・佐々木佐渡判官入道導誉《ささきさどのほうがんにゅうどうどうよ》・同六角判官氏頼《ろっかくほうがんうじより》・同黒田判官宗満《くろだほうがんむねみつ》・土岐周済房頼《ときすさいぼうより》明《あき》・同明智三郎《あけちのさぶろう》・荻野尾張守朝忠《おぎのおわりのかみともただ》・長九郎左衛門尉《ちょうのくろうざえもんのじょう》・松田備前次郎《まつだびぜんのじろう》・宇津木平《うつぎへい》三《ぞう》・曽我左衛門《そがさえもん》・摂津国多田院《ただのいん》の御家人《ごけにん》、これらを主要な武将として、源氏の庶流

(足利一門)一二三人、外様《とざま》の大名三四六人、総勢およそ八万騎であった。師直軍は八幡《やわた》・山崎・真木《まき》・葛葉《くずは》・宇戸野《うどの》・賀島《かしま》・神崎《かんざき》・桜井・水無瀬《みなせ》の民家に宿泊しきれず、大部分は野宿した。

楠木帯刀正行《くすのきたてわきまさつら》と弟次郎正時《じろうまさとき》の二人は、京都の幕府軍が雲霞《うんか》のように八幡に進出したというニュースを聞き、一族と家来三〇〇騎ほどを率いて、一二月二七日に吉野の皇居に参った。そして、四条中納言隆資《しじょうちゅうなごんたかすけ》卿を伝奏[6]として後村上天皇にこう奏上した。

「私の亡父正成《まさしげ》は、かつて弱小の勢力にもかかわらず大敵(鎌倉幕府)を打倒し、先帝陛下(後醍醐天皇)のお心を安心させました。ところが、その後天下がまたすぐに乱れ、逆賊(足利尊氏)が西海から攻め上ってきましたので、正成は陛下の危機を見て命がけで忠節を尽くしました。そしてあらかじめ心に決めていたのでしょう、摂津国湊川《みなとがわ》で遂に戦死いたしました。そのとき正成は、当時まだ一一歳であった私正行

3　現、京都市伏見区淀地区。
4　現、京都市伏見区羽束師地区。
5　現、京都市伏見区羽束師地区から桂川西岸。
6　取り次ぎ。

を戦場には連れて行かず、遺言を残して河内国へ帰りました。その遺言とは、生き残った一族の若い家来たちを養い、朝敵を滅ぼし、政権を陛下に取り戻させることでございます。現在、正行と正時がすでに成人していながら、陛下の御運が開けて南朝が勝利するのを待つだけで、自ら戦いに参加しないのであれば、亡父の遺言に背き、正行の武略も謂《いわ》れのない非難を受けることと思われます。生身の人間は思いどおりにならないのが世の常ですので、万一我々が病気となり死んでしまえば、陛下に対しては不忠となり、父に対しては不孝となってしまうでしょう。今回、師直・師泰を相手に、命をかけて戦い、彼らの首を正行の手で取るか、正行・正時の首を彼らに取られるか、このいずれかで戦いの決着をつけようと考えております。そこでまだ生きているうちに、もう一度陛下のお顔を拝見しようと思って参上いたしました」。正行がこう言い終わらないうちに涙が鎧の袖にかかり、忠義の心が現れたので、伝奏がまだ奏聞しないうちに、陛下も泣いて直衣《のうし》の袖を濡らした。

陛下はすぐに紫宸殿《ししんでん》の御簾《みす》を高く上げさせ、特別に美しい顔を武士たちに見せ、こう述べた。「先日、藤井寺と住吉の二度の戦いに勝利し、敵軍の戦意をそぎ、私の憤《ふん》懣《まん》を晴らしたことなど、お前たち親子二代にわたる武功はつくづく殊勝である。しかしながら、現在敵の大軍がせまってきており、今度の戦いが勝敗の分け目となるであろう。いかに兵を動かし、臨機応変に対処するかは武将が判断することで、私が命令すべきことではない。撤退すべきときに攻撃するのは、チャンスを逃さないためである。撤退すべきときに撤退するのは、後日の勝利を確実にするためである。私は、お前を自分の手足のように大切な臣下であると思っている。慎重に行動して、生き延びよ」。正行は頭を地面につけ何も返答はせず、これが最後の帝との対面であると思い定めて退出した。

その後、正行・正時・和田新発意源秀《わだしんぼちげんしゅう》7・同新兵衛高家《しんびょうえたかいえ》以下一四三人の武士が後醍醐天皇の陵墓をお参りした。彼らは、今度の戦争は非常に困難であるので、一歩も退かずに同じ場所で討ち死にしようとひそかに約束を交わしていた。そして、今度の戦いで戦死する旨を報告してお別れの言葉を告げ、如意輪堂《にょいりんどう》8の壁にそれぞれ自分の氏名を書いて過去帳（寺が保管する死者の名簿）とし、その最後に、

7　楠木正成の甥《おい》。
8　現、奈良県吉野郡吉野町吉野山にある如意輪寺。なかに後醍醐天皇のお墓がある。

返らじとかねて思へば梓弓《あずさゆみ》なき数に入る名をぞ留《とど》むる

（梓弓の矢が二度と戻ってこないように、私もここに二度と戻ってこないともう心に決めたので、過去帳に名を記して死者の人数に加わろう）

という歌を一首書き留めた。そして逆修《ぎゃくしゅ》（生前に、死後のために行う仏事）としたのであろうか、それぞれ鬢《びん》の髪を少し切って仏殿に投げ入れ、その日のうちに吉野を出発し、敵陣へと向かった。

師直と師泰は、それぞれ八幡と淀で年を越し、「もう少し諸国の軍勢が集結するのを待ってから河内国へ向かおう」と話し合っていた。しかし、楠木がすでに吉野へ参って天皇に別れのあいさつをし、反撃のために河内国往生院《おうじょういん》[9]に到着したという情報が入ってきたので、師泰がまず正月二日に淀を発ち、およそ二万騎で和泉国堺《さかいの》浦《うら》[10]に陣地を設営した。師直も、翌三日の朝、八幡を出発し、六万騎あまりで河内国四条に進出した。このままただちに敵軍に接近すべきであるが、きっと楠木は防衛に適した地点で待ち受けているだろう。そこを攻めるのはまずい。敢えて楠木に攻めさせた方がかえって有利であると判断し、全軍が五カ所に分かれて、鳥雲《ちょううん》の陣形[11]を形成し、敵の攻撃に備えた。

白旗一揆《しらはたいっき》[12]は、県下野守《あがたしもつけのかみ》を隊長として、総勢五千騎あまりが飯盛山《いいもりやま》[13]に登り、南の尾根の先端に待機した。大旗《おおはた》一揆は、河津氏明《かわづうじあき》と高橋英光《たかはしひでみつ》[14]の二人を隊長として、およそ三千騎が秋篠《あきしの》や飯盛山外部の峰に登り、東の尾根の先端に布陣した。武田伊豆守信武は約一千騎で四条畷の西側の水田地帯に、馬を走らせることが可能な場所を前にして控えた。佐々木佐渡判官入道導誉は二千騎ほどで南の生駒山《いこまやま》に登った。そして広い楯を五〇〇帖立てて並べ、足軽[15]の射手《いて》八〇〇人を馬から下ろして、敵が山を攻め登って

9　現、大阪府東大阪市六万寺町にある、往生院六萬寺。
10　現、大阪府堺市の海岸部。
11　鳥の群れや雲のように、分散していてもすぐに集まることができるようにした陣形。
12　戦場で白い旗を旗印とした、東国武士団。「一揆」は同じ目的を持つ一団の意。
13　現、大阪府四条畷市と同府大東市との境にある山。
14　河津氏明と高橋英光は、ともに高師直の被官。
15　軽装の歩兵。

きたら馬の太い腹を射させて、ひるんだところを真っ逆さまに落としてやろうと、背後に騎馬隊を待機させた。

大将武蔵守師直は、最前線から二〇町以上離れていた。将軍の御旗の下に高一族の輪違《わちがい》[16]の家紋の旗を立てて、その前後左右に騎馬武者二万騎あまりを護衛として待機させ、徒歩の弓の射手で周囲一〇町あまりを固め、稲か麻でも生えているかのようにびっしりと守らせていた。分けられたほかの部隊も、戦意が高く互いにほかの隊よりも活躍しようと勇み立ち、陣の構えも隙がなかった。そのため、たとえ敵に、項羽が山を崩し、魯陽《ろよう》が沈んだ太陽を招き返したほどの勢いがあったとしても[17]、師直軍の堅《けん》陣《じん》に攻め入って戦うことができるとは思えなかった。

そうこうしているうちに、正月五日の早朝、楠木軍はまず四条中納言隆資卿を大将として、和泉・紀伊両国の野伏《のぶし》二万人を引き連れ、さまざまな旗をそれぞれ掲げ、飯盛山へ向かった。これは、大旗一揆と小旗《こはた》一揆を山の麓《ふもと》に下ろして、楠木軍の本体を四条畷へ攻撃させるための策略であった。案の定、大旗・小旗の両一揆はこれを見て、だまされたとは知らずにこれが攻撃軍であると誤解し、射手を分け、旗を進め、途中まで下りて険しい場所で敵を待って戦おうとした。そのとき、楠木帯刀正行・弟次郎正時・和田新兵衛高家・弟新発意源秀がただちに精鋭三千騎を率い、霞《かすみ》が立ちこめている中を四条畷へ攻め寄せた。彼らはまず斥候《せっこう》[18]の敵を蹴散らせば大将師直に近づいて勝負を決することができるに違いないと、少しもためらわずに進んだ。

県下野守は白旗一揆の隊長としてはるか遠くで待機していたが、楠木の菊水《きくすい》の旗[19]一旒《りゅう》だけがひたすら武蔵守の陣へ駆け入ろうとするのを目にした。そこで県は一揆を率いて北の谷から駆け下りて馬からさっと下り、敵が今まっしぐらに攻め入ろうとする道を東西に一文字に遮《さえぎ》り、徒歩となって待ち受けた。楠木軍は戦意がきわめて旺盛で、徒歩となった少数の敵を見てまったく躊躇しなかった。そして三つに分けた前陣の軍勢およそ五〇〇騎が粛々と白旗一揆に攻めかかり、真っ先に進んできた秋山弥六《あきやまやろく》郎《ろう》および大草三郎左衛門《おおくささぶろうざえもん》の二人兄弟を射殺した。これを見た白旗一揆の居野七郎《いののしちろう》は敵に勢いをつけさせまいと、秋山の死体の上をずんと飛び越え、「ここを狙え」と鎧の

16　二つの輪が寄せ重ねられている家紋で、高家のもの。
17　【10-9】注7参照。
18　偵察を兼ねた、少人数による部隊。
19　【16-10】注1参照。

左側の袖をたたきながら小躍りして進んだ。これに対して、楠木軍は東西からタイミングを合わせて、矢を雨が降るように射てきた。居野は内甲《うちかぶと》と草摺《くさずり》[20]の隅の二カ所を深く射られ、太刀を逆さまに突いた。刺さった矢を抜こうとして立ち上がったところを、和田新発意がすばやく駆け寄って、兜の鉢を強く打った。居野がよつんばいに倒れたので、和田の部下が走り寄り、首を切って持ち上げた。

これが戦闘開始の合図となり、楠木の騎馬隊五〇〇騎と県の歩兵三〇〇人が雄叫《おたけ》びを上げて戦った。戦場は田野地帯の開けた平地で、自由に動くことができたので、歩兵は汗馬《かんば》に翻弄され、白旗一揆の兵三〇〇人が討たれた。県下野守も深手や浅手を五カ所も受け、かなわないと思ったのであろう、生き残った兵は師直の本陣へ撤退した。

戦い疲れた楠木軍を、それに乗じて撃破しようと、幕府軍の二番手として武田伊豆守が約七〇〇騎で進んできた。これを楠木の第二陣の軍勢がおよそ一千騎で迎え撃ち、二手に分かれ、一人も残すまいと包囲した。両軍の馬が東西に追いつ追われつ駆け巡り、両軍の旗が南北に捲《めく》りつ捲られつ翻り、いずれも命を惜しまぬ気迫で七～八度も交戦した。武田の七〇〇騎が討たれて残り少なくなり、楠木の第二軍も大半が負傷し、血みどろになって待機した。

小旗一揆は、当初四条中納言隆資卿の陽動作戦の軍勢に対峙し、飯盛山に登って主力軍の戦闘をただ見下ろしているだけであった。だが楠木の二軍が疲弊して山麓に待機したのを見て、長崎彦九郎資宗《ながさきひこくろうすけむね》・松田左近将監重明《まつださこんのしょうげんしげあき》・弟七郎五郎《しちろうごろう》・子息太郎三《たろうさぶ》郎《ろう》・松田小次郎《まつだこじろう》・河匂左京進入道《こうわさきょうのしんにゅうどう》・高橋新左衛門《たかはししんざえもん》・青砥左衛門尉《あおとさえもんのじょう》・有元新左衛《ありもとしんざえ》門《もん》・広戸弾正左衛門《ひろとだんじょうざえもん》・弟八郎次郎《はちろうじろう》と太郎次郎《たろうじろう》以下の精鋭四八騎が小松原《こまつばら》から駆け下り、山を背後に敵を麓に見据えて攻めかかった。そのため、楠木の二軍の一千騎あまりはわずかな敵に遮られ、身動きが取れなくなったように見えた。

佐々木佐渡判官入道導誉は、楠木軍の疲弊具合を見てとり、「彼らは余計な敵にかまうことはないだろう。ただひたすら、大将武蔵守の旗をめがけて攻めかかるに違いない。ならば少しやり過ごし、後ろを塞いで討ち取ろう」と考えた。そして、三千騎あまりの軍勢を率いて飯盛山の南の峰に登り、旗を立てて待機していた。数時間後、楠木の二軍の馬が疲れて戦意も衰え、少し停滞した。それを見澄ました導誉は、配下の三千騎を三手に分けて一斉に鬨《とき》の声を上げさせ、彼らを率いて駆け下りた。楠木の

20 「内甲」は兜《かぶと》前方の庇《ひさし》のように垂れさがっている布の内側の部分。「草摺」は【10-9】注9参照。

二軍はしばらく防戦していたが、敵は大軍で味方は疲労しており、馬術に優れた新手《あらて》に追いまくられて大半が討たれ、かなわないと思ったのであろう、残った兵は南へ逃げて行った。

もともと兵力に乏しかった楠木軍の後方部隊がすでに撃破され、佐々木軍の攻撃を食いとめていた前方部隊もわずか三〇〇騎にも満たず、もはや幕府軍の攻撃をこらえることができないように見えた。だが楠木帯刀と和田新発意はまだ討たれずにこの中にいた。そのため、今度の戦争で戦死しようと思って過去帳に署名した一四三人の武士が一カ所に集結し、後方が崩壊したのを少しも気にせず、敵の大将師直は奥にひかえているに違いないと、ただそこを目がけて進軍した。

武蔵守の軍勢は、味方が戦闘に勝利し、しかも敵の兵力も少ないので、この勢いに乗じて勇み進んで討ち取ろうと、まず一番に細川《ほそかわ》阿波《あわの》将監《しょうげん》清氏《きようじ》がおよそ五〇〇騎で楠木軍に対処した。楠木の三〇〇騎の軍勢は少しも躊躇せず、互いに攻めかかって脇目もふらずに戦ったので、細川軍は五〇騎あまりが討たれて、北の方角に退いた。

二番に、仁木左京大夫頼章が約七〇〇騎で細川勢と入れ替わって攻撃してきた。今度も楠木の三〇〇騎は馬の轡《くつわ》を並べて敵陣の真ん中に駆け入り、火花を散らして戦うと、左京大夫頼章は四方八方に攻め立てられて、楠木軍に近づくことさえできなかった。

三番は、千葉介貞胤《ちばのすけさだたね》と宇都宮遠江入道・同三河入道の両軍合わせて約五〇〇騎であった。これが東西より楠木軍に接近し、前線を蹴散らして中に割って入ろうとした。しかし楠木軍は少しも割られず、敵が虎韜《ことう》[21]の陣を組んで攻めてくれば、こちらも虎韜となって対処した。龍鱗《りょうりん》[22]となってかかってくれば、龍鱗となって戦った。三度激突し、千葉介と宇都宮の部隊はかなりの損害を出して撤退した。

このとき、和田と楠木の軍勢も一〇〇騎あまりが討たれた。そこで英気を養うために、馬から下りて徒歩となり、とある水田のあぜ道を背後に、お酒を入れた竹筒や食料を入れた袋を箙《えびら》から取り出し、静かに食事をした。これほど大胆不敵な敵を包囲して討とうとすれば、味方の軍勢も大量の損害を出すに違いない。後ろを空けて敢えて逃がせと、幕府軍は数万騎の兵を一気に押し寄せて包囲しようとはしなかった。であ

21 【10-8】注16参照。
22 魚鱗の陣のこと。魚鱗については【10-8】注10参照。

るので、楠木軍は少数であっても逃げようと思えば逃げられただろう。だが和田も楠木もいずれも一歩も後へ引かなかった。それは、最初から「今度の戦いでは、師直の首を取って帰るのでなければ、正行の首が六条河原に晒されると思ってください」と吉野殿（後村上天皇）に言った手前、その言葉に違《たが》うことを恥じたためであろうか、それとも運命が尽きたのであろうか。ともかく彼らは、「ただ師直に迫って勝負を決するのみ」と口々に言い合って、静かに歩いて近づいた。

細川《ほそかわ》讃岐守《さぬきのかみ》頼春《よりはる》・今川《いまがわ》五郎《ごろう》入道《にゅうどう》・高《こうの》刑部大輔《ぎょうぶのたいふ》・同播磨守《はりまのかみ》・南《みなみ》遠江守《とおとうみのかみ》・同次郎《じろう》左衛門尉《ざえもんのじょう》・佐々木《ささき》六角《ろっかく》判官《ほうがん》・同黒田《くろだ》判官《ほうがん》・土岐周済房・同明智三郎・荻野尾張守朝忠・長九郎左衛門尉・松田備前次郎・宇津木平三・曽我左衛門・多田院の御家人をはじめとして、武蔵守の前後左右に待機していた幕府の精鋭およそ七千騎は、我先に楠木を討ち取ろうとして、雄叫びを上げて駆けだした。

楠木は、これに少しもひるまず、しばらく休憩しようと思ったときは一斉にさっと整列し、矢に射られないように鎧の袖を揺り動かして隙間をなくし、敵に好きに矢を射させた。敵が接近すれば、同時にパッと立ち上がり、刀の切っ先を並べて躍りかかった。まず一番に迫ってきた南次郎左衛門尉を、馬の両膝を切って馬から落とし、起き上がってこないうちに討ち取った。二番に、南次郎左衛門尉に負けまいとして駆け込んできた松田次郎左衛門が和田新発意に接近し、切ろうとしてうつむいたところを、新発意は長刀《なぎなた》の柄《え》を伸ばして松田の兜の鉢を思いっきり打った。打たれた松田が錣《しころ》[23]をかたむけたところを、内甲を突いて馬から逆さまに落として討った。

そのほか、目の前で切って落とされた者が五〇人以上、膝や二の腕を打ち落とされて血まみれとなった者が二〇〇人以上も出た。追いかけられて攻めたてられて、かなわないと思ったのであろう、七千騎の幕府軍はバラバラとなって逃げ出した。淀と八幡も通り過ぎ、京都まで逃走した者も多かった。

このとき、もし武蔵守が一歩でも退いたならば、逃げる大軍に引きずられて洛中までも追いかけられたであろう。だが師直は少しも動揺せず、大声をあげて「見苦しいぞ、引き返せ。敵はわずかだ。師直はここにいる。私を見捨てて京都に逃げた者は、どの面を下げて将軍にお目にかかることができるのか。運命は天にある。名誉を重んじようとは思わないのか」と目を怒らせ、歯を食いしばって四方に命令した。そのた

23　【9-5】注33の「錣」参照。

め、恥を知る兵は留まって、師直の周囲を固めた。

こんなところに、土岐周済房の部下たちが全員討ち散らされ、周済房自身も膝を切られて血まみれとなり、逃げ出して武蔵守の前をあいさつもせずに通り過ぎようとしていた。しかし、師直に「日頃の大言壮語にも似ず、見苦しく見えますな」と声をかけられ、「何が見苦しいのでしょうか。ならば、戦死してみせましょう」と言い返し、馬を引き返して敵陣の真ん中へ駆け入り、とうとう戦死した。これを見た雑賀次郎《さいがのじろう》も突撃して討ち死にした。

そうこうしているうちに、楠木と武蔵守の距離はわずか半町ほどとなり、すわ、楠木の長年の願いがここで達成されるかと見えた。そのとき、上山左衛門《うえやまさえもん》が師直をかばって前に立ちはだかり、「八幡太郎《はちまんたろう》源義家《みなもとのよしいえ》殿《どの》以来、源家代々の執権《しっけん》として武勲を日本全国に顕した高武蔵守はここにいるぞ」と名乗った。上山が討ち死にする間に、師直ははるか遠くに離れたので、楠木は目的を果たすことができなかった。

そもそも大勢の軍勢がいる中で、上山一人だけが師直の身代わりとなった理由は何かと調べてみると、以下のような事情であった。楠木軍がこの鉄壁の陣へ攻めてくるとは誰も思いも寄らなかったので、上山は静かにおしゃべりしようと思い、執事の陣を訪問していた。そこに周囲が浮き足立ち、敵が攻めてきたというので、上山は自分の陣に戻って武装しようとしたが、事態があまりに急でその余裕もなかった。そこで彼は、武蔵守が大将専用として並べていた二領の同種の鎧に走って近づき、唐櫃《からびつ》のひもを切り、鎧を取って肩に懸けた。それを見た師直の若い家来が鎧の袖をつかみ、「これはどのような狼藉《ろうぜき》でございますか。執事の鎧を勝手に取って着られるとは」と言って奪い返そうとして引っ張った。

武蔵守はこれを見て、馬から飛び降り、家来をにらみつけて「つまらない振る舞いをするな。たった今、師直の命に代わろうという人たちに、たとえ千領万領の鎧を与えたとしても、何の惜しいことがあろうか。そこをどきなさい」と制した。そして、「早く鎧をお召しになってください」とかえって上山を賞賛した。師直の情け深いこの一言に、上山はとてもうれしくなり、命を軽んじてもかまわないと思い、その気持ちは口には出なかったが表情に表れた。物事の道理を知らずに鎧を惜しんだ若い家来は戦況が不利になったのを見て真っ先に逃げ出したが、師直の厚情を感じた上山が師直の身代わりとなって戦死したのはあっぱれなことである。

【26-9】和田源秀と楠木正行の戦死

楠木正行《くすのきまさつら》は武蔵守《むさしのかみ》高師直《こうのもろなお》を討ち取り、長年の願いを今日果たしたと喜んだ。しかし、よく見ると師直の首ではなかったので、激怒して投げ捨てた。だが弟の次郎正時《じろうまさとき》は「しかしながら、師直の身代わりとなって死ぬとはあまりにも強く勇ましくて殊勝なので、ほかの首と混ぜてはならない」と言った。そして、着ていた小袖の片袖を引きちぎって、それで上山の首を包んで河岸の上に置いた。

鼻田与三《はなだよぞう》は膝頭に矢が深く突き刺さって立ちすくんでいた。しかしこれを見て、声に力を入れ「さては、武蔵守は討たれていなかったのだな。安心できない。師直はどこにいるのだろうか」と、内甲《うちかぶと》に乱れかかった鬢《びん》の髪を払いのけ、血なまこになってはるか北の方を見た。すると、一旒の輪違の旗が立ち、年老いた立派な武者に七〜八〇騎の武士が従っていた。「あの軍勢は、確かに師直に違いない。いざ攻めかかろう」と言ったところ、和田橘六左衛門《わだきつろくざえもん》が鼻田の鎧の袖を押さえて、「私に少し考えがある。勇みすぎて、大事な敵を討ち漏らしてはならない。敵は騎馬武者である。我々は徒歩だ。追いかければ、敵はきっと逃げ出すだろう。逃げられたら、徒歩では討ち取ることはできまい。しかし考えてみると、我々がわざと逃げるふりをすれば、敵は調子に乗って追いかけてくるだろう。敵を近くにおびき寄せて、その中の武蔵守と思われる者を、馬の両膝をなで切りにし、倒れたところを首を取るのはどうだろうか」と提案した。生き残った五〇人あまりの武士たちは、「この作戦は確かに名案だ」と賛成し、楯を背負って逃げる真似をした。

師直は思慮深いベテランの武将なので、敵が謀略で退いていると推察し、馬を少しも進めなかった。だが、西の水田に三〇〇騎で待機していた高播磨守師冬《こうのはりまのかみもろふゆ》がこれを見て、逃げる敵と誤解して、一人も逃がすまいと追いかけた。和田と楠木の軍勢はもともと決死の覚悟だったので、敵の太刀の切っ先が鎧の総角《あげまき》や兜の錣《しころ》1に当たるほど接近すると、一斉に雄叫びを上げた。そして、磯に寄せる波が岸に当たって返るかのように引き返し、刃で風を、鉾《ほこ》で塵を巻き起こして火花が散るほど戦った。高播磨守の

【26-9】1　【9-5】注33の「錣」参照。

軍勢は退く余裕もなく、五〇人あまりが矢で撃たれ、さんざんに切りつけられて、かなわないと思ったのであろう、馬を返して逃走した。しかも元の陣さえも過ぎて、二〇町以上も後退した。

そのうち、師直と楠木の距離がまた一町ほどに接近した。楠木は師直を、これこそ望んでいた敵であると見据え、千里をひとっ飛びに攻めかかろうと心だけははやり、魯《ろ》の陽公《ようこう》が韓《かん》と一日に二度も決死の戦いをしたとき[2]の闘志もこれには勝るまいと喜び勇んだ。しかし、この日の午前一〇時頃から午後五時頃まで三〇回以上も交戦し、息が切れて疲弊していただけではなく、全員切り傷や矢の傷を最低でも二～三カ所負っていたので、騎馬の敵を追い詰めて討つことができるように思えなかった。しかし、一〇万騎以上の幕府軍は四方八方に追い散らされ、わずか師直の一隊が七～八〇騎残るばかりだったので、師直を討つのは大して困難なことではあるまいという思いを力にして、和田・楠木・野田・禁峯《きんぶ》・関地西阿《せきじのせいあ》[3]・子息良円《りょうえん》・河辺石菊丸《かわのべいわきくまる》が静かに師直に歩んで近づいた。

あまりに強引に攻められて、師直が逃げようとしたところに、九州の武士である鱸《すずきの》四郎《しろう》という強弓《つよゆみ》[4]の名手が師直を援護するために馬より飛び降り、逃げた武士たちが残した矢を拾い集めて、雨を降らせるかのように矢を連射したので、和田新発意《わだしんぼち》は七カ所も負傷した。楠木も左右の膝を三カ所および右の頬と左の目尻を深く射られ、その矢は冬の野の草に霜が降りるように折れかかった。その他、一騎当千と頼りとするわずか一三人の精兵も全員血まみれとなり、深手や浅手を二〜三カ所被らない者はいなかった。

馬も身体も疲弊した。もはやこれまでと思ったのであろう、楠木帯刀正行・弟次郎正時・和田新発意の三人が立ったまま刺し違え、ともに倒れた。吉野の後醍醐天皇廟で過去帳に署名した武士がまだ六三人生き残っていたが、「今はこれまでだ。さあみんな、ともにあの世に行こう」と言って、同時に切腹して同じ場所に臥し倒れた。

和田新兵衛《わだしんびょうえ》行忠《ゆきただ》[5]は何を考えたのであろうか、ただ一人で一式の鎧を着て徒歩となり、太刀を右の脇に持ち、敵の首一つを左手にひっさげて、小歌[6]を歌いながら河内国

2【10-9】注7参照。
3 大神《おおみわ》神社（現、奈良県桜井市）の神主。
4【7-3】注6参照。
5「行忠」は原文ママ。「高家」か?【26-7】参照。

東条《とうじょう》[7]の方面へ逃げていた。師直軍の安保肥前守忠実《あぶひぜんのかみただざね》がただ一騎馬で駆け寄り、「和田と楠木の武士たちが全員自害したというのに、それを見捨てて一人逃げようとするのは情けないことだと思います。引き返しなさい。私と戦いましょう」と声をかけた。和田新兵衛はにっこりと笑って、「引き返すことなど、たやすいことです」と言い返し、血にまみれた四尺六寸の貝鎬《かいしのぎ》[8]の太刀を振りかざして走りかかってきた。忠実は一騎打ちではかなわないと思ったのであろう、馬に乗って後退した。忠実が止まれば、今度は行忠が逃げた。それを忠実がまた追いかけて討ち取ろうとする。追えば逃げ、逃げれば留まり、道を一里ほど過ぎても互いに討たれず、時刻ももう夕暮れになろうとしていた。このままでは和田を討ち漏らしてしまうと思っていたところ、青木次郎《あおきのじろう》と長崎彦九郎《ながさきひこくろう》の二騎が胡簶《やなぐい》に矢を少し残して馳せ加わった。彼ら二人は新兵衛を左側に見て、馬を駆けて矢を連射した。新兵衛は鎧の草摺《くさずり》の隅や胴の引合《ひきあわせ》[9]の下などを七カ所も射られ、とうとう忠実に首を取られた。

この日一日の戦いで、和田・楠木の兄弟四人、一族二三人、彼らに従う武士三四三人は全員首を六条河原に懸けられたが、屍《しかばね》は朽ちても名を後世に残した。かつて奥州国司北畠顕家《きたばたけあきいえ》卿が和泉国堺《さかい》で戦死し、武将新田左中将義貞朝臣《にったさちゅうじょうよしさだあそん》が越前国で滅亡して以降、遠国に南朝方の城郭は少々存在するものの勢力がふるわないのは今さら驚くほどのことではない。しかし、この楠木だけは首都の付近の要害に勢力を伸張し、二度までも敵の大軍を撃破したので、吉野の天皇陛下も水を得た魚のように喜んだ。京都の敵も虎の住む山に迷い込んだような恐怖感を覚えたが、和田・楠木の一族が皆わずかの間で滅亡してしまったので、天皇の運ももはや傾き、幕府の威光が長く続くのは確かだろうと誰もが思った。

正行を討ち取ったので、次は楠木の邸宅を焼き払い、吉野の天皇も捕まえようと、越後守高師泰《こうのもろやす》が六千騎あまりの軍勢で、正月八日に和泉国堺浦《さかいのうら》を出発し、河内国石川河原《いしかわがわら》[10]にまず向かい城を築いた。武蔵守師直は三万騎以上の兵を率いて、一四日に大和国平田《ひらた》を発ち、吉野の麓《ふもと》へ押し寄せた。

6　当時流行した歌謡で、歌詞が短い。
7　現、大阪府富田林市付近。
8　鎬が貝のように丸みをおびた形になっている太刀。
9　鎧の右脇の合わせ目、344ページ参照。
10　【6-9】注2参照。

師直軍の接近を聞き、四条《しじょう》中納言《ちゅうなごん》隆資《たかすけ》[11]卿は急いで木の皮がついたままの丸太で造った粗末な御所に参上し、「昨日、正行が戦死し、明日師直が皇居に来襲するという情報が入っております。この吉野の山は防御態勢が不十分で、兵力はさらに少なくなりました。今夜、急ぎ天川《てんかわ》の奥にある穴生《あのう》[12]のあたりへ避難されるべきであります」と提言した。そして、三種の神器を典侍《ないしのすけ》[13]に取り出させ、馬寮《めりょう》[14]の馬を庭の前に引き連れさせた。陛下もまったく異論はなく、夢を見ているような気分で御所を発った。女院（陛下の母親）や皇后、准后《じゅごう》[15]・内親王《ないしんのう》、その他南朝の皇族たちをはじめとして、内侍[16]、陛下に仕える子ども、摂関の奥方、公卿・殿上人、諸役人、諸官庁の長官と次官、僧正・僧都《そうず》・稚児《ちご》や在家の僧に至るまで、大急ぎであわてふためき、倒れたり迷ったりしながら慣れない岩だらけの道を歩き、雪の積もった山々を踏み分けて、吉野の奥へ逃げていった。

吉野の山も不便ではあったが、まだ長年住み慣れた場所であった。しかし、行き先は吉野よりもさらに山深く、さぞ住みにくいだろうと思うだけでも涙が袖を濡らした。陛下が勝手宮《かってのみや》[17]の前を過ぎたとき、馬寮の馬から下り、草深い祠《ほこら》の前で神様にお祈りをして、泣きながら一首の和歌を詠まれた。

たのむ甲斐《かい》なきにつけても誓ひてし勝手の宮の名こそ惜しけれ
（戦勝祈願した甲斐もない。勝手神社には勝つという名がついているが、名前負けしていることよ）

昔の異国には、唐の玄宗皇帝が安禄山《あんろくざん》に敗北し、蜀《しょく》の剣閣山《けんかくざん》に逃れた先例がある。我が国では、清見原《きよみはら》天皇（天武《てんむ》天皇）が大友皇子《おおとものみこ》に襲撃され、この吉野山に潜伏した。これはみな、逆臣がしばらくの間世を乱したためだが、最終的には正しい君主が末永く統治することとなった先例である。だからこのままで終わることはまさかあるまい

11 【1-6】注2参照。
12 現、奈良県五條市西吉野町賀名生《あのう》。
13 【17-13】注4参照。
14 令制において、官馬の飼育や調教等を司る役所。
15 【12-1】注28参照。
16 後宮を司る内侍司の女官。
17 金峯山寺の本堂の南側にある、勝手神社のこと。

と陛下は考えていた。しかし、貴賤男女があわて騒いで、「そもそもどこにしばらく身を隠せばよいのだろう」と泣き悲しむ様子を見ると、天皇の心はますます不安となるのであった。

【27-2】高師直の驕り高ぶり

自分が富裕であることに驕《おご》り、功績を誇る連中が限度をわきまえずに恥ずべき行為に及ぶことは、人間の世界で常に起こることである。武蔵守高師直《むさしのかみこうのもろなお》もその例外ではなく、今回南朝との戦争に勝利してからは、ますます心が驕り、わがままな言動も増え、他人の非難を顧みず、世論が自分を嘲《あざけ》っていることもわからなくなった。

四位以下の身分の低い侍や武士などは、関板《せきいた》[1]を打たない板葺きの家にさえ住むことができないのが普通である。だが、この師直は故兵部卿護良親王《ひょうぶきょうもりよししんのう》の母親である宣旨《せんじ》の三位《さんみ》殿が以前住み、荒れ果てていた一条今出川《いちじょういまでがわ》の古い御所を選び、唐門《からもん》と棟門《むなもん》を四方に設置し、釣殿《つりどの》・渡殿《わたどの》・泉殿《いずみどの》[2]を高く造って並べて住んだ。その屋敷の景観はきわめて壮麗であった。庭園には伊勢・志摩・雑賀《さいが》の大きな石を大量に集めたので、それを運ぶ車は軋《きし》んで心棒が折れ、牛も石の重さにあえいで舌を垂らした。樹木は、月に生えるという桂《かつら》、仙人の家に咲く菊、大和国吉野の桜、播磨国尾上《おのえ》の松、露や霜が真っ赤に染めた京都八塩岡《やしおのおか》にある下葉の紅葉《もみじ》、西行法師が昔枯れ葉に吹く風を詠んだという難波《なにわ》の葦《あし》の一群、在原中将業平《ありわらのちゅうじょうなりひら》が露を押し分けて入っていった駿河国宇津《うつ》の山辺《やまべ》に生えている蔦楓《つたかえで》などを植えた。さながら、各地の名所の風景を庭に集めたような感じであった。

また、公卿《くぎょう》・殿上人《てんじょうびと》の娘たちは落ちぶれてみすぼらしくなった。浮き草のように頼るものもないので、権勢を誇る男性が誘えばそれを受け入れてしまうのも仕方ないのであろう。正確な人数がわからないほど数多くの、言うのもはばかられるほど高貴な宮の娘を師直はあちこちに隠し置き、毎夜通いまくった。そのため、「執事《しつじ》の宮廻《みやめぐ》

【27-2】1 屋根の板が反り返らないように、桟《さん》などで留めること。

2 「唐門」は、屋根を唐破風《からはふ》造りにしてあり、「棟門」は屋根を切妻破風《きりづまはふ》造りにしてある。「釣殿・渡殿・泉殿」はいずれも寝殿造における建物で、釣殿と泉殿は池に面し、渡殿は屋根のある廊下。

りで、お供え物をもらわない神はいない」と口の悪い京都市民が嘲笑したのも嘆かわしいことであった。

このようなことが数多くあったなかでも、とりわけ神仏の加護は本当にあるのだろうかと異常に思えたのは、二条前関白殿の妹君のことであった。宮殿の奥で大切に育て、天皇陛下の皇后にしようと思っていたのを、師直が盗んだのである。最初は少々人目を忍ぶ様子であったが、やがて周囲をはばからず、公然とイチャイチャするようになった。こうして年月が経ち、この女性から男児が一人誕生し、武蔵五郎師夏《むさしのごろうもろなつ》と名づけられた。いかに末世とは言え、畏れ多くも大織冠《たいしょっかん》藤原鎌足《ふじわらのかまたり》[3]の末裔《まつえい》で太政大臣《だじょうだいじん》の妹が、東国の礼儀も知らない荒くれ武士の愛人となるのは思いがけないことである。

【27-3】高師泰の奢侈

師直のこれらの悪行は、まだましであった。伝え聞く越後守《えちごのかみ》高師泰《こうのもろやす》の悪行こそ、あるまじきことであった。あるとき師泰は、京都東山の枝橋《えだはし》というところに別荘を建てようと思った。そこでこの土地の所有者を尋ねたところ、菅原氏の氏長者《うじちょうじゃ》である菅宰相在登卿《かんさいしょうありのり》の領地であることがわかったので、すぐに使者を派遣してこの土地を譲ってほしいと依頼した。菅三位《かんさんみ》[1]は使者と対面し、「枝橋の件、別荘のために所望《しょもう》されるのはかまいません。ただし、当家の父祖が代々この地を墓として、五輪塔《ごりんのとう》を建ててお経を埋納《まいのう》しておりますので、これらの墓を余所《よそ》へ移すまでお待ちください」と返答した。これを聞いた師泰は、「そいつは何を言っているのか。土地を惜しんでいるからそんな返事をしたのだろう」と言って、それらの墓をすべて掘り崩し、木を切り捨てて整地した。すると、連なった五輪塔の下から、苔《こけ》の生えた朽ちた白骨が出土した。また、青々と茂る草むらの間にある割れた石碑から、雨で消えかかった死者の名も発見された。青く苔むした墓があっという間に崩れ、白楊もとっくに枯れてしま

3　「大織冠」は冠位の最高位のことだが、藤原鎌足（飛鳥時代の政治家〈六一四～六六九〉）の異名としても使われた。

【27-3】1　直前に名前の出た菅宰相在登（菅原在登）のこと。菅原氏は古代以来の中央貴族。道真などの学者を輩出。

い、捨てられた死者の霊はあてもなくさまようのではないかと痛ましい思いである。やがて、どこの馬鹿者がしでかしたのであろうか、一首の歌が整地された土地の上に立てられた。

亡き人のしるしの卒塔婆《そとば》掘り捨てて墓無かりける家造りかな

（死者の墓石を掘り捨てて、はかない（墓がない）家を造っていることよ）

越後守はこの落書《らくしょ》を見て、「これはきっと、菅三位の仕業だと思う。たまたま起こった口論に巻き込まれたように見せかけて刺し殺せ」と言った。そして、大覚寺殿《だいかくじどの》寛尊法親王《かんそんほっしんのう》[2]が寵愛する、五護殿《ごごどの》という怪力の稚児《ちご》をけしかけて、無理矢理菅三位を殺害させた。この菅原在登は北野天満宮の神主で、学芸の元締めであった。それが不憫《ふびん》なことに、どのような神の意志に反して、このように無実の罪で処刑されてしまったのであろうか。これは魏《ぎ》の禰衡《でいこう》が無実の罪で黄祖《こうそ》に殺され、鸚鵡州《おうむしゅう》に埋葬された古代の故事[3]に似ている。

また、この別荘の建設工事中、大蔵少輔重藤《おおくらのしょうしげふじ》・古見源左衛門尉宗久《こみげんざえもんのじょうむねひさ》という、四《し》条大納言《じょうだいなごん》隆蔭《たかかげ》卿の青侍《あおざむらい》[4]二人がこの場所を通りがかった。立ち寄って見ると、人夫たちが地をならし、休むひまもなくこき使われ、汗を流してあごを出していた。彼らは、「ああ、かわいそうだ。そのようないやしき人夫であっても、ここまで痛めつけなくてもいいのに」と非難して通り過ぎようとした。現場の工事監督の部下がこれを聞きとがめ、師泰に「何者でございましょうか。ここを通りがかった公家に仕える侍が、こんなことを言っていました」と報告した。越後守は激怒し、「人夫をいたわるのなら、たやすいことである。そいつらを使えばいいのだ」と言って、はるか遠くに去っていた二人を呼び戻し、人夫の着るつぎはぎの粗末な衣に着替えさせ、立烏帽子《たてえぼし》をへこませて庶民のようにした。そして非常に暑い夏の日に、鋤《すき》で土を掘り起こさせ、石を掘ってもっこで運ばせ、一日中こき使った。これを見た人々は誰もが非難するしぐさをして、「命は惜しいものだが、こんな辱《はずかし》めを受けるよりは死んだ方がましだ」と言った。

2　?～一三八二年。亀山天皇の皇子で、出家した後、仁和寺等を経て大覚寺の主となっていた。
3　『文選』「鸚鵡の賦」に、この故事がある。
4　【13-3】注17参照。

これらの出来事は、まだ大したことではなかった。今年（貞和四年〈一三四八〉）、河内国石川河原《いしかわがわら》に陣を設営し、周辺に軍政を敷いてからは、諸寺社の荘園を領主に与えなかった。特に、天王寺で常にともす灯明《とうみょう》の費用を捻出するための荘園を占領したのは大事件であった。そのため、七〇〇年間一瞬も絶えたことのなかった、仏法が不滅であることを示す天王寺の灯火《とうか》も、威光とともに消え果ててしまった。また、どのような極悪人が言い出したのであろうか、「このあたりの塔の九輪《くりん》[5]は、ほとんど赤胴《しゃくどう》でできていると思います。これを釜に鋳直《いなお》してお茶を沸かしたら、どれほどよいでしょうか」とそそのかした。越後守もこれを聞いて、確かにそのとおりだと思ったので、ある九輪の宝輪《ほうりん》を一個下ろして、釜にした。確かにその悪人の言ったとおり、この釜は表面に疵《きず》がなく、磨くと光り輝いた。そして、この釜で沸かしたお湯で芳《こうば》しいお茶を点《た》てると、中国の建渓《けんけい》[6]のお茶のように濃密でこまやかな味わいであった。北宋《ほくそう》第一の文人である蘇東坡《そとうば》先生がこの世界で最高の水と絶賛したのも、この釜から出たのではないだろうか。

上の者が好むことは、下の者も真似するのが世間の道理である。師泰軍に従軍している諸国の武士たちもこのことを聞いて、我も負けまいと塔の九輪を下ろして釜を鋳た。そのため、和泉・河内両国内の数百カ所の塔婆《とうば》で元の形態を維持するものは一基もなくなってしまった。九輪をすべて下ろされて升形《ますがた》しか残らないものもあれば、支柱を切られて九層の土台しか残らないものもあった。塔に安置されている多宝如来《たほうにょらい》と釈迦如来《しゃかにょらい》の二仏は、むき出しとなってアクセサリーの宝石を明け方の風にさらし、仏の知恵を現す大日《だいにち》・阿閦《あしゅく》・宝生《ほうしょう》・阿弥陀・不空成就《ふくうじょうじゅ》の五人の如来も肉髻《にくけい》[7]を夜の雨で濡らした。かつて仏教を弾圧した物部守屋《もののべのもりや》[8]の逆臣がふたたびこの世に生まれて、仏法を滅ぼそうとしているのかと嘆かわしく思えた。

またこの頃、上杉伊豆守重能《うえすぎいずのかみしげよし》・畠山大蔵少輔直宗《はたけやまおおくらのしょうただむね》という人がいた。彼らは才能に乏しいのに他人よりも高い官位を望み、功績が少ないのに基準を超える恩賞を拝領したいと思っていた。そのため師直・師泰が将軍兄弟の執事として何でも思いどおりに

5　塔の最上部にたてる輪になった金具で、九つに重なっている。空輪《くうりん》、相輪《そうりん》などともいわれる。一つひとつの輪を「宝輪」という。
6　茶の名産地。
7　仏の頭頂部で、一段ぶん高く飛び出ている部分。
8　?～五八七年。古代の豪族で、蘇我馬子《そがのうまこ》と対立した。仏教を排撃したことで知られる。

していたのをねたみ、機会を見つけては彼らのアラを探し、讒言《ざんげん》ばかりしていた。しかし、将軍尊氏も左兵衛督直義《さひょうえのかみただよし》も、執事兄弟がいなくては誰が日本全国の戦乱を鎮めることができるだろうかと特別に思っていたので、彼らに対する少々の非難は聞き入れず、ただ邪《よこしま》な者や讒言者が世を乱そうとするのを悲しむばかりであった。

第四部

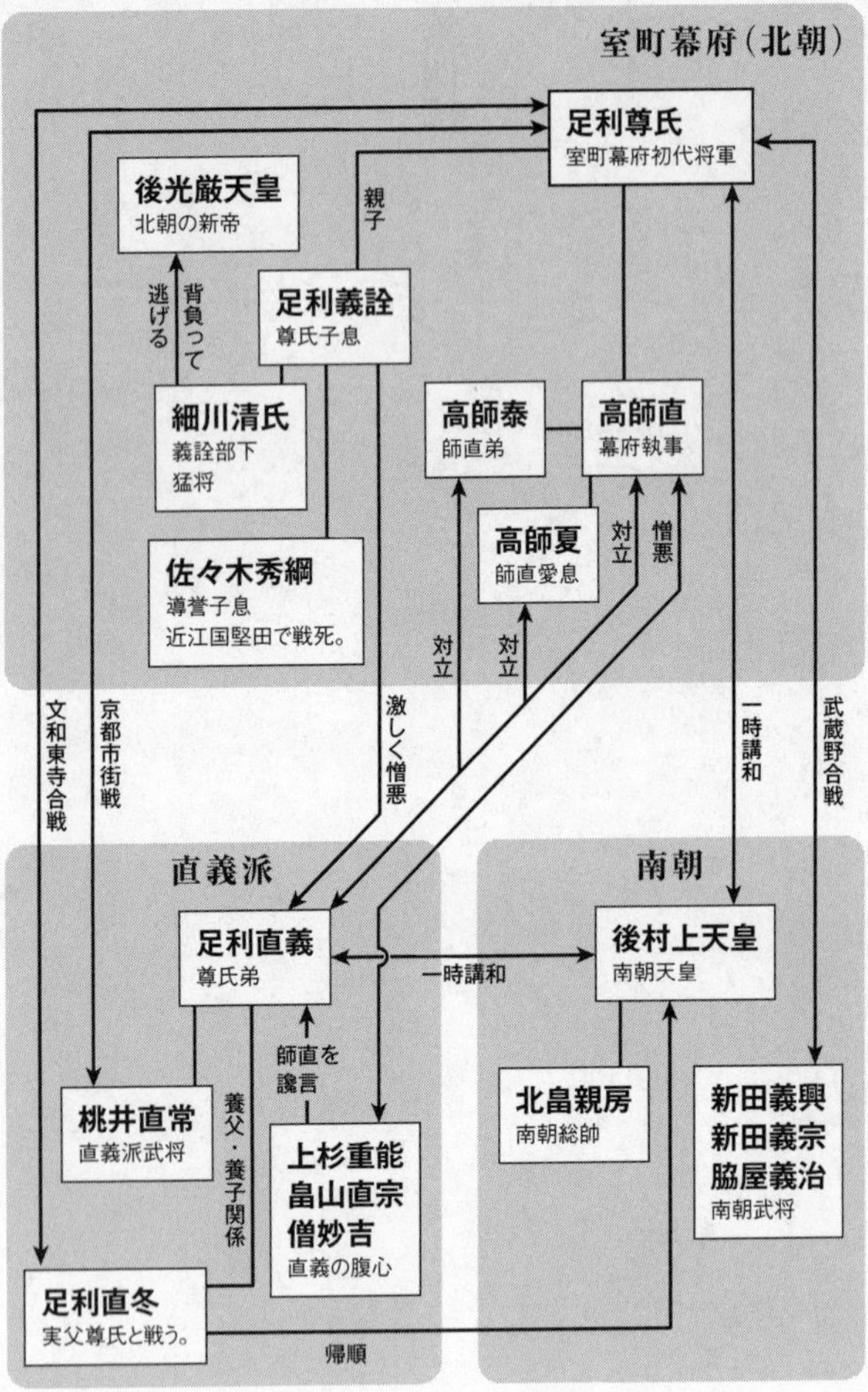

室町幕府（北朝）
足利尊氏
室町幕府初代将軍
後光厳天皇
北朝の新帝
親子
足利義詮
尊氏子息
背負って
逃げる
細川清氏
義詮部下
猛将
高師泰
師直弟
高師直
幕府執事
高師夏
師直愛息
佐々木秀綱
導誉子息
近江国堅田で戦死。
対立
憎悪
対立
対立
激しく憎悪
文和東寺合戦
京都市街戦
一時講和
武蔵野合戦
直義派
南朝
足利直義
尊氏弟
一時講和
後村上天皇
南朝天皇
師直を
讒言
桃井直常
直義派武将
養父・養子関係
上杉重能
畠山直宗
僧妙吉
直義の腹心
北畠親房
南朝総帥
新田義興
新田義宗
脇屋義治
南朝武将
足利直冬
実父尊氏と戦う。
帰順

第四部　あらすじ

上杉《うえすぎ》・畠山《はたけやま》は、足利直義《あしかがただよし》が尊敬する僧侶妙吉《みょうきつ》と結託し、直義に高師直《こうのもろなお》の悪事を讒言《ざんげん》する。それを信じた直義は、遂に師直暗殺を決行する。だが直義派奉行人粟飯原清胤《あいばらきよたね》が土壇場で直義を裏切り、師直はかろうじて難を逃れる。その後、師直は大軍を率いて将軍足利尊氏《たかうじ》邸を包囲して直義を失脚に追い込む。

クーデターを成功させた師直は、鎌倉から足利義詮《よしあきら》（尊氏嫡子）を迎え、権勢をいっそう強化する。だが、九州に逃れた足利直冬《ただふゆ》（尊氏庶子。実父に嫌われ、直義の養子となる）が現地で急速に勢力を拡大し、師直の権勢を脅かす。

そこで尊氏と師直は、直冬を討つために西国に出陣する。だがその直前に直義が京都を脱出し、長年敵対していた南朝に帰順する。尊氏は京都に引き返して直義軍と交戦し、ここに観応《かんのう》の擾乱《じょうらん》が勃発した。戦局は直義軍優勢で展開し、尊氏は師直助命を条件に講和する。しかし直義はそれを破り、師直以下高一族を殺害する。

そのわずか五カ月後、尊氏・直義兄弟の講和は破綻した。尊氏は東国へ出陣し、最終的に直義に勝利した。直義は急死し、尊氏に毒殺されたと噂された。その直後、幕府と講和していた南朝（正平《しょうへい》の一統）が一方的に講和を破棄し、幕府軍との戦闘を再開する。戦乱は果てしなく続くが、尊氏は文和東寺《ぶんなとうじ》合戦に勝利し、ひとまずは小康状態となる。

【27-5】妙吉侍者について

この頃、左《さ》兵衛督《ひょうえのかみ》直義《ただよし》朝臣《あそん》は、将軍尊氏に代わって幕府の実権を掌握し、禅宗に傾倒していた。そして夢窓国師《むそうこくし》の弟子となり、天龍寺《てんりゅうじ》を建立《こんりゅう》し、僧侶を招いて説法を聴いて焼香《しょうこう》をすることに余念なく、お供えやお布施の金額も世間の人々を驚かせていた。

夢窓国師の兄弟弟子である妙吉侍者《みょうきつじしゃ》という僧が、これを見てうらやましいと思った。そこで、仁和寺の志一房《しいちぼう》という、仏道に背く邪法《じゃほう》を習得した僧侶に吒祇尼天《だきにてん》[1]の法を習い、これを二一日間行った。すると、速やかに願望が成就し、心の中で願っていたことがすべてかなった。夢窓和尚もこの僧を大切な人材と思ったので、左兵衛督が訪問した際、こう言って妙吉を推薦した。「昼も夜もこちらにお越しになって座禅をなさることは、仏道を学ぶためでございます。しかし、決して怠けることを勧めるわけではありませんが、御所からここまでの距離は遠く、いちいち往復されるのを煩雑《はんざつ》にお感じなのではないかと恐れております。つきましては、今後は妙吉侍者という私の兄弟弟子を推薦いたします。この妙吉という僧は、先師の教えの記録を一生懸命に学び、禅宗の祖師達磨大師《だるまだいし》が編み出した、言葉に頼らずに心で悟る教えも直接体得して継承しております。おそらく、彼に勝る僧侶はおらず、私と互角の能力を有しています。妙吉と常に面会されて、法談をなさってください」。そして、すぐに妙吉侍者を左兵衛督の許へ派遣した。

直義朝臣は初めて妙吉と会ったとき、この僧は信仰心を心に深く刻み、並外れて仏を尊敬して慕っていると感じた。天竺《てんじく》の達磨大師が正統的な禅の教えを示すためにふたたび日本を訪問したのではないかとさえ思った。

そこで、直義はすぐに妙吉の寺を京都の一条堀川村雲橋《むらくもばし》という場所[2]に建立し、その費用を寄付した。そして、昼も夜もこの寺に通い、朝と夕の法談に専念した。直義の意向に沿うために、延暦寺と園城寺のトップも宗派を禅宗に改めてその教えを保ち、五山十刹《ござんじっさつ》[3]の長老もその風潮に従って妙吉に推薦されることを望んだ。さらに北朝の貴

【27-5】1　死を間近にひかえた者の心臓を食べる邪神。
2　一条大路と堀川小路が交差する場所にある。現、京都市上京区村雲町。

族たちや幕府の官僚たちが妙吉に接近して交流し、媚《こ》びへつらうさまは言葉では語り尽くせないほどであった。車や馬が妙吉の寺の門前に立ち並び、僧侶も俗人もお堂に群れ集まった。一日に一度の法要でもらうお布施の金銭や品物を集めると、山のように高く積み重なった。釈尊《しゃくそん》が誕生したはるか昔、王舎城《おうしゃじょう》[4]から毎日五〇〇台もの車にさまざまな財宝を積んで仏に捧げたのも、これには劣るように見えた。

このように、妙吉はあらゆる人々から類いまれなる尊敬を受けたが、師直・師泰兄弟はその僧の知恵や学識などは大したことないだろうと侮《あなど》って、一度も妙吉を訪問しなかった。それどころか、寺の門前を通り過ぎるときも下馬《げば》の礼をとらず、道で妙吉と出くわしても彼の袈裟《けさ》を靴で蹴飛《けと》ばすかのようにぞんざいにあつかった。妙吉侍者はこれが腹立たしかったので、他人と話すとき、事のついでに執事兄弟の言動が不穏であると陰口をたたいていた。それを聞いた上杉伊豆守重能《うえすぎいずのかみしげよし》と畠山大蔵少輔直宗《はたけやまおおくらのしょうただむね》は、好都合なことが起こった、師直・師泰を讒言《ざんげん》して失脚させるには、この僧に勝る者はおるまいと思った。そこで、すぐに妙吉と親しく交流し、彼に媚びへつらい、師直・師泰兄弟の悪口をいろいろ吹き込んだ。

妙吉侍者も、もともと嫌っていた高一族の者たちの振る舞いだったので、折に触れて彼らの所業は国家を乱して政治を破壊する最たるものであると直義に告げ口した。

なかでもある日、首楞厳三昧経《しゅりょうごんざんまいきょう》の講義が終わって外国や我が国の歴史の話題となったとき、妙吉侍者が左兵衛督に向かって話した次のような故事は非常にたくみで、確かにそのとおりだと思わせるものであった。

【27-7】秦の趙高について

「秦《しん》の始皇帝は自ら詔《みことのり》を遺《のこ》して、皇帝の地位を第一皇子である扶蘇《ふそ》に譲りました。

しかし趙高《ちょうこう》[1]は、扶蘇が即位すれば賢明で有能な人材が王朝に登用され、中国を自分

3 中世の禅宗寺院の格式で、五山は最高の寺格を持つ。十刹はそれにつぐ寺格を持った。当時の京都五山は天龍寺・相国寺・建仁寺・東福寺・万寿寺。

4 古代インドの摩竭陀国《まがだこく》の首都。

【27-7】1 【序文】注2参照。

の思いどおりに動かすことはできまいと考えました。そこで始皇帝の譲状《ゆずりじょう》を破り捨て、『先帝が譲位すると決めたのは、私が養い育てた第二皇子胡亥《こがい》である』と宣伝し、それだけではなく軍勢を咸陽宮《かんようきゅう》に派遣して、扶蘇を討ったのです。こうして、幼君の胡亥を二世皇帝と称して即位させ、中国全土の政治を自分の意のままに行いました。

このとき、中国の社会は乱れて、高祖《こうそ》の勢力が沛郡《はいぐん》で台頭し、項羽《こうう》が楚《そ》から挙兵し、六国の諸侯もことごとく秦に背きました。白起《はくき》[2]と蒙恬《もうてん》が秦の将軍として反乱軍と戦いましたが、秦軍の戦況は不利で、大将が全員戦死してしまいました。秦は章邯《しょうかん》を大将軍に任命して一〇〇万騎の軍勢を再投入し、河北《かほく》地方で戦わせました。両軍は百回千回と交戦しましたが、勝敗は決せず、戦乱は収まりませんでした。

趙高は、秦の首都咸陽宮を守備する兵が少ないときを見計らって二世皇帝を暗殺しようと企てました。その前に、まずは自分の権勢がどれほどのものであるのかを知るために、夏毛《なつげ》の鹿に鞍《くら》を置き、『この馬にお乗りください』と二世皇帝に献上しました。これを見た二世は、『これは馬ではない。鹿だ』と言いました。趙高は『ならば、宮中の大臣たちを呼んで、鹿か馬かをお尋ねください』と申しました。二世は一〇〇の役所に勤める千人の官僚や貴族・大臣を全員呼び集め、これが鹿であるか馬であるかを質問しました。人々は目が見えないわけではないので馬でないと思いましたが、趙高を恐れ、全員『馬です』と答えました。これで二世皇帝が鹿と馬の区別に自信をなくしたので、趙高大臣はたちまち虎狼《ころう》のような野心[3]を抱きました。そして、今は自分の威勢を砕《くだ》く者はあるまいと確信したので、兵を宮中に派遣し、二世を攻撃したのです。二世は趙高の軍勢を見て、逃れることができないとわかったので、自ら剣の上に覆い被《かぶ》さり、自害しました。

漢・楚と戦っていた秦の章邯将軍もこれを聞き、今は誰を君主と仰いで秦の国を守ることができようかと、ただちに降伏して楚の項羽の許へ出頭しました。そのため、秦の覇権はすぐに傾き、高祖と項羽はともに咸陽宮へ侵入しました。趙高は、権力を握ったわずか二一日後に始皇帝の孫の子嬰《しえい》という者に殺害されました。子嬰も楚の項羽に殺され、始皇帝の陵墓は三カ月も燃えて高い空を焦がし、墓の下に納められていた膨大な財宝も灰燼《かいじん》に帰してしまいました。

2　?〜前二五七年。秦の始皇帝ではなく昭王に仕えた将軍。趙高の時代とは合わない。
3　虎狼は残忍なものの象徴。

あのようにすばらしかった秦の治世がわずか二代で滅びたのは、ただ趙高の驕《おご》りから出たことでございます。であるならば、昔も今も政権を維持できるか否かは、執事や管領《かんれい》の善悪によります。現在の武蔵守師直と越後守師泰の振る舞いでは、この戦乱を鎮めることはできないと思います。

師直は、自分の家来が拝領した恩賞や所領が足りないと不満を漏らすと、『所領がせまいと嘆かなくてもよい。周辺に寺社本所の荘園があれば、境界を越えて支配すればよい』と命令しています。また、罪を犯して官職や領地を没収された人が執事兄弟の縁故《えんこ》を頼って書状を出し、『どうすればよいですか』と嘆くと、『よしよし、師直は知らんふりをしていよう。たとえどのような幕府の命令書が出されても、それは無視して領有を続けなさい』という処置を下しています。私が伝え聞いたなかでもいちばんひどいのは、『都には、王という者がいて広大な所領を占有している。そして彼らの住む内裏《だいり》や院の御所という場所があって、そこを通りすぎるときにいちいち馬から下りなければならない。これが実に鬱陶《うっとう》しい。もしもどうしても王がなくてはならないのであれば、木を彫るか金属を鋳造《ちゅうぞう》するかして王の像を作り、生きている上皇や国王は全員どこかへ流して捨ててしまえ』と放言したという噂でございます。『一人でも天下で横柄《おうへい》に振る舞う者がいれば、武王《ぶおう》はその者の鼻をへし折る』といいます。師直の横柄さは目に余り、下位の執事であるにもかかわらず、上位の将軍の権威を犯すことがすでに度重なっております。自分の管轄である訴訟においても、自分に媚びへつらう者がいれば、敗訴とすべき案件も勝訴としています。このように罪を犯している者をしっかりと処罰しなければ、現在の日本の内乱が鎮まる日は訪れないでしょう。早く彼らを討ち、上杉と畠山を執権として、幼い若君に政権を掌握させようというお気持ちはございませんか」。このように妙吉は、言葉を尽くして中国の故事を引用するなどして、さまざまに進言した。左兵衛督直義はこれをじっくりと聞いて、確かにそのとおりだと納得した。だがこれこそ、もともと仁和寺の六本杉の梢であちこちの天狗たちがふたたび世間を乱そうとしてあれこれ企んだことの発端であろう。[4]

まず直義は、西国の情勢安定を名目に、将軍尊氏の子息である宮内大輔《くないのたいふ》直冬《ただふゆ》を備前国へ派遣した。そもそもこの直冬という者は、かつて将軍がひそかに一夜通った越後殿という女房から生まれた人である。当初は武蔵国東勝寺《とうしょうじ》の稚児《ちご》であったが、僧

4　天狗が直義や師直の今後に向けて「企み」をたてる場面（【26-2】）を参照。

侶にならずに元服して上京した。このことは将軍に非公式に伝えられたが、将軍は直冬を自分の子としてまったく認知しなかったので、直冬は独清軒《どくせいけん》の玄恵法印《げんえほういん》[5]のもとで勉強し、人目につかないようにわび住まいをしていた。しかし、容姿や能力がなかなかのレベルに見えたので、玄恵法印は折を見て左兵衛督に直冬のことを話した。直義は「それならば、その人をこちらへ連れてきてください。様子をよく見て、あなたのおっしゃるとおり確かに優れていると思えたら、将軍に伝えましょう」と答え、直冬は初めて左兵衛督の許へ招き寄せられた。

その後一～二年過ぎても、なお将軍は直冬を認知しなかった。しかし、紀伊国の南朝軍が蜂起して困難な情勢となったとき、将軍は初めて直冬が自分の子と名乗ることを許し、右兵衛佐《うひょうえのすけ》に任命して、南朝討伐の大将軍として紀伊に派遣した。直冬の活躍で紀州の戦乱が少し鎮まると、帰京後に彼を尊重するムードも出てきた。直冬もときどき将軍の御所へ出仕したが、それでも席次は仁木《にき》や細川の人々と同列で、大した賞翫《しょうがん》は得られなかった。

ところが現在、左兵衛督の計らいで西国の探題《たんだい》となったので、いつの間にか直冬に帰服し、服従する者も多くなった。直冬は備後国の鞆《とも》[6]に滞在し、中国地方の軍事と行政を担当した。功績のある者には要望を受けなくとも恩賞を与え、罪を犯した者には処罰することなしにその地域を退去させた。こうした直冬の政治により、長年虚飾によって上位の権威を犯してきた師直と師泰の悪行がますます顕在化した。

【27-9】田楽について

祇園社《ぎおんしゃ》の執行《しぎょう》[1]行恵《ぎょうえ》が、京都の四条大橋を建設する寄付金を集めるために、新座《しんざ》と本座《ほんざ》[2]のベテラン・若手の田楽《でんがく》役者を招き、楽屋を建てて猿楽のコンテスト公演を開催させた。洛中・洛外の貴賤男女が、これはきわめてめずらしい公演だろうと我先に

5　【1-6】注5参照。
6　【16-9】注6参照。
【27-9】1　神社の社務を執り行う役職の神官。
2　【5-4】注2参照。

と会場に殺到した。観客席は、幅五寸・厚さ六寸および幅八寸・厚さ九寸の長門国《ながとのくに》阿《あ》武郡《ぶぐん》産の良質の材木を使用し、八三本の柱を立てて三層に組み上げて作った。

公演の当日、馬・車・輿《こし》が鴨川の河原に充満し、観客が雲霞《うんか》のように集まっていた。垂れ幕が風で翻《ひるがえ》り、お香のにおいが天に広がっていた。BGMは清らかで、耳をつんざく笛や鼓の鋭い音色が響きわたったとき、豪華な衣裳に派手なメイクをした容姿端麗な少年八人が全員同じ金襴《きんらん》の水干《すいかん》[3]を着て、東の楽屋から出てきた。続いて、お歯黒に銀の散らし模様の下濃《すそご》[4]の袴《はかま》を着て、白打出《しろうちで》[5]の笠を傾けた白く清らかな法師八人が西の楽屋から登場した。最初の演目のびんざさら[6]は本座の阿古《あこ》が演奏し、乱拍子《らんびょうし》[7]は新座の彦夜叉《ひこやしゃ》が舞った。二人の立合《たちあい》（競演）が終わり、日吉山王《ひよしさんのう》[8]の神が霊験《れいげん》を示す芝居が行われ、観客が声援を送って感動している最中に、その事故は起こった。どのように崩れ始めたのであろうか、三層に組まれていた将軍尊氏のいる桟敷《さじき》を支える横材が木《こ》っ端微塵《ぱみじん》に砕けて音を立てた。途切れることなく組んだ作りであるとは言え、どこかでとどまりそうなものなのに、「ああ」と叫ぶ間もなく、上下二四九間の観客席が将棋倒しのように一気にドッと倒壊した。

多くの大きな木材が次々と落ちて重なったので、五〇〇人以上がその場で圧死した。

彼らは腰や膝を骨折し、手足も折れた。崩落の衝撃で鞘《さや》から抜けた太刀や長刀《なぎなた》にあちこち貫かれて血まみれとなったり、沸騰した茶の湯でやけどしたりして泣きわめく者もいた。死後に衆合《しゅごう》地獄や叫喚《きょうかん》地獄[9]に堕とされた罪人もこのような感じなのであろうかと感じられるほどに凄惨《せいさん》な光景であった。火事場泥棒のような者も現れ、装束《しょうぞく》を剝ぎ取って逃げる盗人を、田楽役者は鬼の面をつけ、赤い鞭《むち》を振るいながら走って追いかけた。また主人の女房を奪って逃げる盗人を、家来は太刀の鞘をはずして追いかけた。引き返して刀で反撃する泥棒もおり、斬《き》られて血に染まる者もおり、修羅道《しゅらどう》に堕ちた者の喧嘩や地獄の獄卒《ごくそつ》が罪人を責める様子が目の前で展開されているかのよ

3 下級役人の服装。
4 【14-8】注9参照。
5 「白打出綾藺笠《あやいがさ》」の略。白くさらしたイグサで編まれた笠で、裏地に綾絹が使われている。
6 田楽でよく使われた木製打楽器。上を紐で束ねた、数十枚の短冊形の板を打ち鳴らす。
7 小鼓だけを伴奏として舞う、舞の一種。
8 比叡山の日吉大社の山王権現のこと。
9 「衆合地獄」も「叫喚地獄」も八熱地獄に含まれ、殺生・盗み・邪淫を犯した者が堕ちるのが「衆合地獄」、殺生・盗み・邪淫・飲酒をした者が堕ちるのが「叫喚地獄」。

うであった。

天台座主《ざす》梶井二品親王《かじいのにほんしんのう》[10]も腰を負傷したというが、これを揶揄《やゆ》して誰がしたのだろうか、そのときすぐに四条河原に一首の狂歌が札に書かれて立てられた。

釘付けにしたる桟敷の破るるは梶井の宮の不覚なりけり

（釘を打って作った観客席が倒壊したのは、釘を作った鍛冶《かじ》〈梶井〉のミスである）

また、二条当《にじょうとうの》関白良基《よしもと》[11]殿も観劇していたので、次のような狂歌も立った。

田楽の将基倒しの桟敷には王ばかりこそ登らざりけれ

（将棋倒しで崩れた田楽の観客席には、王将〈天皇〉だけが登らなかった）

これはただごとではない。きっと天狗《てんぐ》の仕業に違いあるまいと思い、後で事情を調べてみると、こういうことであった。延暦寺《えんりゃくじ》の西塔《さいとう》[12]の釈迦堂で行われる長講会《ちょうごうえ》[13]の役僧が用事で比叡山を下りていたとき、たまたま行き逢った一人の山伏に「ただ今、四条河原で世にも稀《まれ》な公演が行われます。御覧になりませんか」と誘われた。役僧が「現在はすでに正午で、もう田楽が始まる時刻でございます。また観劇しようにも席も予約しておらず、どうやって中に入ればよいでしょうか」と言うと、山伏は「入場するのは簡単です。私の後をついて歩いてくるだけでOKです」と答えた。役僧は、本当にこの山伏の言うとおりならば、確かに希代《きだい》の見世物に違いあるまい、ならば行ってみようと思い、山伏の後について三尺ほど歩いたと思うと、気づけばフッと四条河原に着いていた。

しかしすでに最初の曲の演奏が始まっており、入口も閉められていたので、入場することができなかった。役僧が「どのようにして中に入ればよいのでしょうか」と困惑していると、山伏は「私の手をつかんでください。飛び越えて中に入りましょう」と言う。本当にそんなことで入れるのかと思いながらも山伏の手をつかむと、山伏は

10　尊胤《そんいん》法親王。【9-5】注4参照。
11　当時、関白の職にあった二条良基（一三二〇〜八八年）。
12　比叡山延暦寺にある、三つの塔のうちの一つ。
13　延暦寺を開いたとされる最澄の命日に行われる、法華経の講義。

役僧を小脇にはさんで、三層に組まれた桟敷の上を軽々と飛び越えて、将軍の観客席の中に入った。

役僧が桟敷席に座っている人々を見ると、仁木・細川・高・上杉といった幕府要人のVIP席だったので、こんな偉い人たちの席にいられるわけがないとうずくまった。これを見た山伏は、こっそりと「心配することはありません。ただそこで公演を御覧になっていてください」と言ったので、役僧は何か事情があるのだろうと思い、山伏と並んで将軍の向かいの席に座った。お酒やおいしい料理がたくさん出され、乾杯するたびに、将軍はこの山伏と役僧に特別に交互にあいさつをして、お酒を勧めた。

観客たちは酔うにつれて、簾《すだれ》を引き破り、垂れ幕を巻き上げ、調子に乗ってふざけ始めた。そのとき、新座の閑屋《しずや》という田楽法師が猿のお面をつけてお祓《はら》いの御幣《ごへい》を持ち上げ、渡り廊下（橋掛かり）の手すりを一つ一つ飛び越えては拍子をとり、御幣を振りかざしては非常に軽やかに踊り出した。観客たちはこれを見て、じっとしていられず、「ああおもしろい。おもしろすぎて耐えられない。死んでしまいそうだ。助けてくれ」という歓声がおよそ一時間も続いた。このとき、かの山伏が役僧の耳元でこうささやいた。「あまりに我を忘れてバカ騒ぎしているのがムカつくので、奴らの肝《きも》をつぶして目を醒まさせてやります。騒がないでください」。そして席を立ち、どこかの客席の柱をえいやえいやと押したように見えた。すると、二〇〇間以上の観客席が大音響をたてて崩壊した。これが周囲からは、つむじ風が原因であるように見えたのである。この証言は山門の記録にも載せられているということである。

【27-10】足利直義が高師直を粛清しようとしたこと

高師直《こうのもろなお》・師泰《もろやす》兄弟を粛清するように、上杉・畠山が直義《ただよし》へ何度も讒言《ざんげん》し、妙吉侍《みょうきつじ》者《しゃ》もしきりに勧めた。そこで左兵衛督《さひょうえのかみ》直義は将軍尊氏には知らせずに密かに上杉・畠山・大高伊予守重成《だいこういよのかみしげなり》・粟飯原下総守清胤《あいばらしもうさのかみきよたね》・斎藤五郎兵衛入道《さいとうごろうびょうえにゅうどう》ら数名と相談し、師直・師泰兄弟を暗殺する謀略をめぐらせた。大高伊予守は怪力の持ち主であり、宍《しし》戸《ど》安芸守《あきのかみ》は武芸に熟練した者だということで、彼ら二名を討手《うって》に定めた。そして、「もし手に余ることがあっても、仕留め損じないように準備しよう」と、武芸に優れた武士一〇〇人あまりを武装させ、密かに隠し置き、師直を三条《さんじょう》坊門《ぼうもん》の直義邸に呼んだ。

師直は、直義がまさか自分を殺そうとしているとは夢にも思わなかったので、三人の家来に馬を引かせ、何も考えずに三条殿に参上した。家来たちは皆侍の詰所と大庭に待機し、師直とは中門《ちゅうもん》の塀で隔てられた。そして師直はただ一人で六間の客間に座っていた。師直の命は、風に吹き飛ばされる露よりも危うく見えた。そのとき、直義が格別にこの計画に関与させていた粟飯原下総守が急に心変わりして、師直にこのことを知らせようと思い、ちょっとあいさつするような感じでキッと目配せをした。師直は勘がよいので、すぐに事情を察した。一時的に退出するふりをして、門前で馬に乗り、すぐに自宅に馳せ帰った。

すぐにその夜、粟飯原と斎藤の二人が執事の屋敷を訪問し、「今日の三条殿の御企てや上杉・畠山の人々の陰謀は、こうであり、ああであります」と詳細に伝えた。執事はさまざまなプレゼントをして、「今後も三条殿内部の様子を密かに教えてください」と言って斎藤・粟飯原を帰した。師直は警戒を厳重にして、一族や家来数万人を近辺の民家に住まわせ、仮病で幕府への出勤をやめた。

去年(貞和四年〈一三四八〉)の春より、越後守師泰は楠木氏を討伐するために河内国へ下向し、石川河原に前線基地を設営して滞在していた。そこに師直が使者を派遣して事情を伝えたので、師泰は紀伊守護畠山《はたけやま》左京大夫《さきょうのだいぶ》国清《くにきよ》を呼んで石川城を守らせて、自身は急ぎ京都へ帰還することにした。

左兵衛督は師泰が大軍を率いて上洛すると聞き、師泰の機嫌を取らなければ師直に勝つことはできまい、彼をだましてやろうと思った。そこで飯尾修理入道宏昭《いのおしゅりのにゅうどうこうしょう》を使者として、「武蔵守師直の政務が万事無能で凡庸かつ愚かであるので、しばらく政治への関与をとどめた。今後は越後守を管領《かんれい》とする。政所《まんどころ》[1]以下の政務をすべて丁寧に処理せよ」と委任した。だが師泰は直義の意図を見抜き、この使者に対して「ご命令は謹んでお受けいたしますが、三条殿は枝(師直)を切ってから根(師泰)を断とうとされているのではないでしょうか。ぜひとも上洛して、お返事をしたいと思います」と直義が予想していなかった返事をした。そして、その日すぐに石川の館を出発した。武装した兵士およそ三千人を引き連れ、持楯《もちだて》と一枚楯《いちまいだて》[2]を七千人の人夫に持たせ

【27-10】1 幕府の財務行政を司る役所。

て、常に戦闘態勢で行軍し、わざと白昼に入京した。これに人々は大変驚いた。

師泰が執事の屋敷に到着し、三条殿と戦争をしようとしているというニュースが流れたので、八月一一日の夕方、赤松入道円心《あかまつにゅうどうえんしん》と子息の律師則祐《りっしそくゆう》・弾正少弼氏範《だんじょうのしょうひつうじのり》[3]が七〇〇騎あまりで武蔵守の屋敷へ向かった。師直は急遽円心と対面してこう言った。

「三条殿が何の罪もない師直の一家を滅ぼそうとされており、事態が切迫していますので、将軍へ密かに憤懣《ふんまん》を嘆き申しました。将軍は、『武衛《ぶえい》[4]がそのような企みをしているのは穏やかなことではない。速やかにその計画をやめさせ、讒言した者を厳しく処罰すべきである。直義には、私からよく言って聞かせよう。もし弟が私の命令に従わずにお前に討手を差し向けることがあれば、この尊氏は必ず師直と一緒になって生死をともにしよう』とおっしゃってくださいました。将軍のお考えはこのとおりでございますので、今は三条殿の軍勢に向けて、恐れながら一矢《いっし》でも報いたいと考えております。京都には、密かに私と志を通じている人がたくさんいらっしゃいますので安心しております。しかしながら、なお心配に思っているのは、兵衛佐直冬《ひょうえのすけただふゆ》殿が備後国に滞在されていることです。直冬殿はきっと中国地方の軍勢を率いて三条殿救援のために攻め上ってくると思われます。そこで今夜、急いで播磨国へ下向して、山陰・

山陽の両道を杉坂《すぎさか》・船坂《ふなさか》の難所で封鎖してください」。そして円心にお酒を一杯勧め、「この太刀は藤原保昌《ふじわらのやすまさ》[5]より伝えられたもので、私の先祖代々がお守りとして肌身離さず持っていたものです。これをあげましょう」と言って、錦の袋から懐剣《かいけん》を取り出して円心にプレゼントした。

赤松父子三人は、その夜ただちに京都を発って播磨に下り、およそ三千騎の軍勢を二手に分けて、備前の船坂と美作《みまさか》の杉坂の二つの街道を封鎖した。そのため、備後から勢力を整えて侵攻しようという直冬朝臣のもくろみは崩れた。

2　「持楯」は、携帯できる形の楯。「一枚楯」は、板が一枚のみでできた軽い楯。

3　律師則祐と弾正少弼氏範は兄弟。氏範は観応の擾乱後、南朝方の武将としてたびたび幕府軍と戦った。

4　直義のこと。直義の職である左兵衛督が含まれる「兵衛府」の中国式名称が「武衛」。

5　九五八～一〇三六年。平安時代中期の貴族。武勇に優れたことで知られ、藤原道長に仕えた。

【27―11】師直が将軍の邸宅を包囲したこと

そうしている間に、洛中ではすぐに合戦があるだろうと大騒ぎとなり、八月一二日の晩から数万騎の兵どもが京都の南北をすれ違いながら駆け抜けた。

まず直義の三条殿へ参上したと伝わる人々は、石塔入道《いしどうにゅうどう》、上杉《うえすぎ》伊豆守重能《いずのかみしげよし》、同左《さ》馬助《まのすけ》、畠山《はたけやま》大蔵少輔《おおくらのしょう》、石橋左衛門佐《いしばしさえもんのすけ》、南遠江守《みなみとおとうみのかみ》、大高伊予守《だいこういよのかみ》、島津四郎左衛門《しまづしろうざえもん》、曽我《そがの》左衛門尉《さえもんのじょう》、饗庭弾正少弼尊宣《あいばだんじょうのしょうひつたかのぶ》、梶原河内守《かじわらかわちのかみ》、須賀左衛門《すがさえもん》、斎藤左衛門大夫《さいとうさえもんのたいふ》をはじめとして、日頃から直義に忠誠を誓っている人々、以上三千余騎であった。

執事師直へついたと言われる人々には、仁木左京大夫頼章《にきさきょうのだいぶよりあき》、同右京大夫義長《うきょうのだいぶよしなが》、その舎弟弾正少弼頼勝《だんじょうのしょうひつよりかつ》、細川相模守清氏《ほそかわさがみのかみきようじ》、同讃岐守《さぬきのかみ》、吉良左京大夫《きらさきょうのだいぶ》、山名伊豆《やまないずの》守《かみ》、今川五郎入道《いまがわごろうにゅうどう》、同駿河守《するがのかみ》、千葉介貞胤《ちばのすけさだたね》、宇都宮三河入道《うつのみやみかわのにゅうどう》、同遠江守入道《とおとうみのかみにゅうどう》、小笠原《おがさわら》遠江守《とおとうみのかみ》、土岐大膳大夫《ときだいぜんのだいぶ》、佐々木佐渡判官入道導誉《ささきさどのほうがんにゅうどうどうよ》、同六角大夫判官《ろっかくたいふのほうがん》、武田伊豆守《たけだいずのかみ》、戸次丹後守《へつぎたんごのかみ》、荒尾《あらお》、関東の土肥《とひ》、土屋《つちや》、多田院《ただのいん》の御家人、常陸の平氏、甲斐の源氏がいた。高家の一族は言うまでもなく、畿内近国・四国・中国の兵どもが我も執事へ我も執事へと馳せ参じたので、その軍勢はたちまち五万騎となり、一条大路に満ちあふれた。

当初三条殿に来た三千余騎の軍勢どもは、これではかなわないと思ったのであろう、一人落ち、二人落ち、どんどん脱落していったので、今はわずかに三〇〇騎にも足らなくなった。将軍尊氏はこれを聞いて、三条殿へ使者を派遣して、こう言った。「師直と師泰の有様を見ると、主従の義を忘れて敵対の意志を現した以上は、きっとそちらへ攻め寄せることもあるだろう。急いでこちらへ来るように。ともかく、我ら兄弟が一緒になろう」。そこで、左兵衛督直義は残った兵五〇騎を率いて、将軍の御屋形《やかた》である近衛《このえ》東洞院《ひがしのとういん》[1]へ向かった。

明けて八月一四日の朝六時頃、武蔵守師直と子息武蔵《むさしの》五《ご》郎《ろう》師夏《もろなつ》は二万余騎で法成《ほうじょう》寺《じ》[2]へ進んで将軍邸の東北を包囲した。越後守師泰は、七千余騎で西南の小路を封鎖して搦《からめ》手《て》に回った。四方より放火して、焼き攻めにするという噂が流れたので、兵火

【27-11】1　京の都大路で、近衛大路と東洞院大路が交差するところ。
2　近衛大路の東端にあった寺院。もともとは藤原道長による建立。

の被害から逃れられないということで、近辺の貴族、長講堂《ちょうこうどう》と三宝院《さんぼういん》の房官、僧俗男女が避難した。内裏《だいり》もそれほど遠くではなく、軍勢が口実を設けてどんな狼藉《ろうぜき》を働くかもしれないので、急遽天皇の輿《こし》が用意された。太政大臣《だじょうだいじん》、左右の大将、大中納言、参議、弁官《べんかん》、五位六位の貴族たちが内裏の階下や庭上に立ち連なり、内侍《ないし》以下、縫《ぬい》や采女《うねめ》といった女性[3]たちも裸足《はだし》で逃げふためき、目も当てられぬ有様である。

師直軍が鬨《とき》の声を上げたので、将軍も左兵衛督も武士たちにしばらく防戦させ矢を射させてから切腹しようと思い定めて、小手《こて》などで軽武装するのみで待機していた。とはいえ、師直と師泰もすぐに攻め込むふりをするばかりで時間が過ぎ去っていった。将軍は、須賀左衛門尉を使者として師直にこう伝えた。「義家《よしいえ》朝臣以来、お前の代々の先祖は我が足利家累代《るいだい》の家臣として、いまだかつて一日も主従の礼儀を違えたことはない。ところが今、お前は一時の怒りで身に余る恩を忘れ、穏やかに意見を述べず、みだりに武器を取って主君の屋敷を東西から包囲する。尊氏を軽んじることができても、天の責めを逃れることができるか。心中に憤り思うことがあれば、退いて所存を申すことには何の問題もない。ただし、讒言者の言うことの真偽を確かめずに、それを口実に国家を奪おうとする企みなのであれば、これ以上の問答は必要ない。私はお前たちに斬り殺されて、すぐにあの世からお前の行く末を見ていよう」。このように多くの道理を尽くして簡潔に述べると、師直は「いやいや、ここまでの仰せをいただくとは思いませんでした。ただ三条殿が、讒言者の申すことをお聞き入れになり、理由なく師直の一族を滅ぼそうとする御計画をお立てになったので、私の身に誤りのないことを申し上げ、讒言の張本人である上杉と畠山の二人の身柄をお引き渡され、六条河原で処刑して、後世の人間の悪行を止めるためにこそ、こうしているのでございます」と答えた。そして、部下に旗を下げて、楯を一面に進ませて戦闘態勢に入り、将軍の決定が遅いと責め立てた。

将軍は、ますます腹に据えかねて、「そもそも相伝《そうでん》譜代《ふだい》の家人《けにん》に包囲され、犯人を差し出せと強要されて、それに従うということがあるか。よしよし、天下のあざけりにならないように、命に替えて討ち死にしよう」と意気込んだ。すると、左兵衛督はどんなお考えを持ったのであろうか、「今はただまず、師直の要求を受け入れてくだ

3　「内侍」は【26-9】注16参照。「縫《ぬい》」は、衣服の裁縫を司る縫司《ぬいのつかさ》の女官。「采女」は、下級の女官一般。

さい」と将軍を堅く留めた。そこで問答を数回繰り返し、遂《つい》に師直の主張どおりに落ち着いた。すなわち、「今後は左兵衛督には政務を執らせない。上杉と畠山は遠隔地に流罪とする」ことが決定した。そこで師直は非常に喜んで、自宅へ帰った。

翌朝、すぐに人が派遣されて、妙吉《みょうきつ》侍者《じしゃ》を逮捕しようとしたところ、すでに逃亡していたので、仕方なくその堂舎を破壊して、残骸を周囲にまき散らした。浮き雲のようにはかない富と地位が、たちまち夢のように消えてしまった。

ところで右兵衛佐直冬は、中国地方の探題《たんだい》として備後の鞆《とも》にいたが、師直が近国の地頭《じとう》御家人《ごけにん》に直冬を誅殺《ちゅうさつ》するように命令したので、杉原《すぎはら》又次郎《またじろう》が二〇〇余騎で直冬に攻め寄せた。急の事だったので、護衛の兵も少なく、直冬は今にも討たれそうに見えた。そのとき、礒辺《いそべ》左近将監《さこんのしょうげん》に従う弓の名手である郎従《ろうじゅう》三人が、軽装の鎧を取って肩に掛け、馬手《めて》[4]の高紐《たかひも》をはずした。そして、一〇〇本の矢が入った箙《えびら》二腰から矢を抜き散らして砂浜に突き立てると、その矢を素早く連射した。彼らは敵の武具の隙間を狙って、少しもはずさなかった。たちまち一六騎を馬から落とし、一八騎を負傷させると、波打ち際に仁王立ちとなった。

右兵衛佐殿は、礒辺が矢で敵を防いでいる隙に、河尻《かわじり》肥後守《ひごのかみ》幸俊《ゆきとし》[5]の船に乗り、肥後国へ逃れた。志ある人は小舟に乗り、はるか沖まで出て直冬に追いついた。心を尽《つ》くして筑紫《つくし》へと、引き潮のように落ち延び、鳴戸《なると》を目指して行く舟は、帆《ほ》に風を受けて雲に向かって進んだ。もやの立ちこめた海が見渡す限りに広がっていた。かつて、将軍が京都の合戦で不利となって筑紫へ落ちた際も、それほど時間が経たずに帰洛して喜ばれたのが遠からぬ佳例であると、人々は直冬を勇気づける様子を見せたが、それでも逃亡の旅の悲しさはどうしようもなく見えた。九月一三日の夜は有名な「後《のち》の月」で、月見が行われる。このときはとりわけ明るく輝いて、旅の思いも痛切だったので、武衛《ぶえい》[6]が、

梓弓《あずさゆみ》われこそあらめ引き連れて人にさへ憂《う》き月を見せつる
〈私はともかくとして、私に従う者にまで、この辛い月を見せてしまう〈のは悲しいことだ〉

4　馬の手綱《たづな》を取る側の手。右手のこと。
5　生没年未詳。肥後国《ひごのくに》の武人。足利直冬勢力下で肥後守護を務めた。
6　ここでは、直冬のことを指す。【27-10】注4参照。

と詠んだのを聞いて、袖を濡らさぬ人はいなかった。

一方、師直と師泰が、左兵衛督直義朝臣をこのままにしておいては悪い結果になるだろうから討ってしまおうと密かに話し合っているという情報が入ったので、直義はその疑いから逃れるために、この世に望みなく、栄達を捨てていることを知らせようと、四一歳にして髻《もとどり》を剃り落として、墨染《すみぞ》めの衣になった（出家した）。かつては天下のことを司った身分だったが、今は豪邸に住むべきではないとして、長年住み慣れた三条坊門高倉の屋敷を捨てて、錦小路《にしきのこうじ》堀川の人目につかない、壁に苔《こけ》が、屋根の瓦に松が生えているあばら家に移り住んだので、滅多に訪問する人もいなかった。梢《こずえ》の風の音が聞こえ、荒れ果てた庭に月の光が差し、まるで住む人のさびしさを現すようであった。季節はちょうど秋の暮れで、昔のよしみということで、独清軒《どくせいけん》の師法印玄恵《ほういんげんえ》[7]が、武蔵守師直の許しを得て、ときどき錦小路殿に通って、異国や日本の古い物語を語り聞かせて直義を慰めた。だが玄恵はすでに老いて病にかかっており、これ以上訪問できないと言ったので、直義は薬を一包み送り、以下の和歌も添えた。

長らへて問へとぞ思ふ君ならで今はともなふ人もなき世に
（どうか長生きして、ずっと私を訪ねてきてください。今では、あなた以外に親しく過ごす人もいませんし）

法印はこの歌を見て、泣く泣く漢詩を一首作って、心中の思いを述べた。

君が今日の恩を感じて
我が九原《きゅうげん》の魂を招く
病を扶《たす》けて床下《しょうか》に座し
書を披《ひら》いて涕痕《ていこん》を拭《のご》ふ
（あなたの今日までの御恩を感じて
墓場まで行きかけていた私の魂が戻ってきました
病床から起きて正座し

---

7 【1-6】注5参照。

あなたの手紙を読むと涙が流れてきます）

その後、法印はほどなくして亡くなったので、左兵衛督入道恵源《えげん》[8]は、自らこの漢詩の奥に紙を貼り継いで、金剛般若経《こんごうはんにゃきょう》を書写して送った。これは悲しいことであった。

【29-2】桃井直常が四条河原で尊氏軍と交戦したこと

当時、越中守護であった桃井右馬権頭直常《もものいうまのごんのかみただつね》[1]は、かねてより直義と打ち合わせていた計画どおりに、観応二年（一三五一）正月八日、越中を出発し、能登・加賀・越前の軍勢を招集しながら、昼も夜も休まずに京都を目指して攻め上った。季節柄、大雪が降って馬で進軍することができなかったので、直常は兵士を全員馬から下ろし、かんじきを履かせた二万人あまりを先に進ませ、道の雪を踏ませた。そのため山の雪が凍って鏡のようになったので、馬の蹄《ひづめ》を痛めずに七里半越え（西近江路）の山中をたやすく越えて、比叡山の東坂本に到着した。足利《あしかが》宰相《さいしょう》中将《ちゅうじょう》義詮《よしあきら》[2]は、その頃京都にいたが、八幡《やわた》・比叡・坂本に敵の大軍が到来したので、これは油断してはならない、招集した武士の姓名を記録して自軍の規模を調べようということで、正月八日から毎日武士の着到を受け付けた。最初の日は三万騎と記録されたが、翌日には一万騎に減少した。その次の日には三千騎となった。義詮は「これはきっと、味方の軍勢が敵に寝返っているのだろう。街道に関所を設置して寝返りを妨害せよ」と命じ、淀《よど》・赤井《あかい》・今路《いまみち》・関山《せきやま》[3]に関所を設置した。ところが、その関所の職員までもが連れだって、我も我もと敵に馳せ参じたので、同月一二日の夕暮れには、足利一門とそれ以外の大名の軍勢は五〇〇騎足らずと着到の名簿に記された。

8　直義のこと。出家した後の法名が「恵源」。

【29-2】1　【19-9】注8参照。

2　【9-1】注10参照。このときは宰相中将の職にあった。

3　淀は【26-7】注3参照、赤井は【26-7】注5参照、今路は【17-10】注2参照、関山は現、大津市逢坂のあたり。

そうこうしているうちに、一三日の夜に桃井が比叡山の山上に登ったとおぼしく、大篝《おおかがり》が灯された。これに呼応して、八幡山でも篝火《かがりび》がつけられた。これを見た仁木・細川以下の主立った武将が会議を開き、「戦争は、最終的に勝利することが肝心でございます。このわずかな軍勢でかの大軍と戦っては、千に一つも勝利することはできないと思われます。加えて、将軍がすでに西国より京都を目指して進軍されており、現在は摂津国あたりにでも到着されているのではないでしょうか。今は京都を無事に退却し、将軍の軍勢と合流し、反転して京都に攻め上れば、きっと思い通りの戦いができるに違いありません」と主張した。義詮卿も「情勢の流れに従うのが最もよい」と同意し、正月一五日の早朝に西国を目指して落ちたので、同日正午頃に桃井は入れ替わって入京した。

治承《じしょう》の昔、平家は都を落ちたが、木曽義仲《きそよしなか》はなお比叡山の陣を維持し、一一日まで入京しなかった。これは上洛を急がなかったためでは決してない。敵を侮《あなど》らず、自軍の不法行為を取り締まるためであった。武略に長けた人はこのような慎重さからも賢明であることがうかがえるものである。直常のように、軽率に敵と入れ替わってすぐに都に入る必要はあるのだろうか。偽って撤退した敵が反転して攻め寄せてくれば、直常は必ず敗北するであろうと誰もが予想した。

義詮朝臣が心細く都から逃れ、桂川を渡って向日明神《むこうのみょうじん》[5]を南に過ぎたところ、物集《もず》女《め》[6]の手前の西岡の丘陵地あたりに、二〜三〇旒《りゅう》の旗を立てた軍勢が見えた。兵力はまだ不明であったが、馬が土ぼこりをおびただしく蹴立《けた》てて小松原《こまつばら》から駆けて来ていた。義詮卿は馬を止めて、これはもしかして八幡から搦手《からめて》に回った敵なのではないかと疑い、まず部下を偵察に行かせた。すると、八幡の直義軍ではなく、山陽道の軍勢およそ二万騎を率いて上洛してきた将軍と武蔵守師直の軍勢であった。義詮以下末端の部下に至るまで、他国で苦労した息子が帰郷して慈悲深い父に再会したかのように非常に喜び合った。であるならば、ただちに引き返して洛中へ突入し、桃井を攻め落とせということになり、将軍父子の軍勢合計約二万騎は桂川から三手に分かれた。

大手は武蔵守を大将とし、仁木兵部大輔頼章《にきひょうぶのたいふよりあき》が四条大路を東に進撃した。佐々木《ささき》佐渡判官入道導誉《さどのほうがんにゅうどうどうよ》は手勢七〇〇騎あまりを率いて東寺《とうじ》の前を東へ通り過ぎ、新日吉《いまひえ》

4　平家の都落ちは寿永《じゅえい》二年（一一八三）以降。
5　現、京都府向日市向日町にある向日神社。
6　現、京都府向日市物集女町。

神社周辺に待機した。そして主力の戦闘が激しくなった頃を見計らい、予想外の方角から敵の後方を襲撃するために、旗竿《はたざお》を身体に引きつけて笠印《かさじるし》も巻いて隠し、東山へ登った。

将軍と宰相中将殿は、一万騎あまりを一つに合わせ、大宮大路を北に上って二条大路で東に曲がって法勝寺《ほっしょうじ》[7]の前に出ようと、ともに合図をしながら攻め上った。このような編成で反撃したのは、桃井が東山に布陣したという情報が入ったからである。桃井軍は四条大路から攻め寄せる大手の師直軍に向かうので、戦闘はきっと鴨川の河原で行われるであろう。そこで味方が偽って京都市内へ退けば、桃井は勝ちに乗じて進軍する。そのとき、導誉が桃井の陣の後方へ駆けだし、不意を突いて攻撃すれば、桃井は前後の大軍に挟まれて身動きが取れなくなる。そこを将軍の大軍が北白川《きたしらかわ》へ進出して敵の後ろへ回れば、いくら勇敢である桃井もさすがに持ちこたえられずに退却するに違いないと謀略を巡らせたのである。

作戦どおりに主力の師直軍が大宮大路で旗を下げてまっすぐに四条河原へ駆け出すと、桃井軍は東山を背後に、鴨川を前にし、赤旗《あかはた》一揆・扇《おうぎ》一揆・鈴付《すずつけ》一揆が三千騎ずつ三カ所に待機し、弓の射手を前面に出して畳楯《じょうだて》[8]二～三〇〇枚を並べていた。そして、敵が攻撃してきたら応戦し、広い場所で決着をつけようと静まりかえって待ち受けていた。

両軍が旗を進めて鬨《とき》の声を上げたが、攻撃側も搦手の合図を待ってまだ攻撃しなかった。桃井も八幡の直義軍が攻め寄せてくるのを待ち、わざと決戦を先延ばしにしようとしていた。互いに励まし合って勇気を奮い立たせ、五騎一〇騎と馬を駆け回し、手綱《たづな》を上に上げて駆け引きに応じて攻撃しようと腰を浮かせて馬に乗る人もいた。あるいは母衣《ほろ》袋《ぶくろ》から母衣[9]を取り出し、これが勝敗を分ける最後の大決戦だと思って出てくる人もいた。

そうこうしているところに、桃井軍の扇一揆の中から身長八尺ほどの、髭《ひげ》を生やして眼が血走った男が出てきた。この男は、緋縅《ひおどし》の鎧《よろい》に五枚兜の緒《お》を締め、兜の鍬形《くわがた》の間に月と太陽が描かれた紅の扇を目一杯開いて差して夕陽に輝かし、一丈はあろうかと見える樫の木の棒を八角にねじってその両端に石突《いしづき》という金具をつけ、それを右

7　【12-1】注20参照。
8　折り畳み可能な、蝶番《ちょうつがい》の付いた楯。
9　【6-9】注4参照。

の脇に抱え、太くたくましく勇み立った白瓦毛《しろかわらげ》[10]の馬に乗って、ただ一騎で河原に進み出て、大声でこう叫んだ。「戦場に臨んで最初から戦死することを志す者はいません。しかしながら今日の戦いでは、私は特に死を軽んじて、日頃話している大言壮語のとおりの人間であると人に思われたいです。この身は大したことはなく、人に知られるほどの身分ではございません。またあまりに大げさにも思われますが、名乗ります。私は清和源氏《せいわげんじ》の末裔《まつえい》で、秋山九郎光政《あきやまのくろうみつまさ》と申す者でございます。皇族の身分を離れてさほど経っておりませんが、武士の家に生まれてすでに数代、ただ武芸をもって名を高めようと思っていたので、幼少の昔より成人に達した現在に至るまで、常に兵法をもてあそびたしなんできました。ただし、黄石公《こうせきこう》が張良《ちょうりょう》に与えた太公望《たいこうぼう》の兵法書[11]は天下国家のためで一兵卒の武勇のために書かれたものではありませんので、私は学んでおりません。しかし、鞍馬寺《くらまでら》の奥の僧正谷《そうじょうがたに》で愛宕山《あたごやま》・高雄山《たかおやま》の天狗たちが九《く》郎判官義経《ろうほうがんよしつね》[12]に授けた兵法については、私は一つも残さず会得《えとく》しております。仁木・細川・高家の中から、我と思う方は名乗ってこちらへ出てきてください。派手に一騎打ちをして、見物人たちの眠気を覚ましましょう」。秋山はこう言って、馬を西に向けて待機した。彼の剣幕は、周囲を圧倒していた。

仁木・細川・武蔵守の軍勢に武勇に優れ名を知られた武士は多数いたが、何を思ったのであろうか、互いに目配せし、秋山と組んで勝負しようという者はいなかった。そこに丹党《たんのとう》[13]の阿保肥前守忠実《あぶひぜんのかみただざね》という武士が、ただ一騎で師直の大軍の中から、厚総《あつぶさ》をかけた連銭葦毛《れんぜんあしげ》[14]の馬に乗って駆けだしてきた。彼は唐綾縅《からあやおどし》[15]の鎧を着て龍頭《たつがしら》の兜《かぶと》[16]をかぶり、四尺六寸の貝鎬《かいしのぎ》[17]の太刀を抜いて鞘《さや》を川の中に投げ捨て、三尺二寸の尻鞘[18]に入れた虫尽《むしづくし》[19]の小太刀も装備していた。そして「秋山殿のお言葉があまりにすばらし

10　【12-1】注17参照。
11　黄石公が張良に兵法書を与えた話は、『史記』「留侯世家」の故事による。
12　源義経（一一五九～八九年）のこと。
13　【17-10】注4参照。
14　白毛に黒や茶の混ざった毛（葦毛）で、さらに灰色の斑点（銭のような）のある馬が、糸の房による飾り（厚総）を胸に付けている。
15　【6-9】注3参照。
16　龍の頭を模した立物《たてもの》を付けた兜。
17　【26-9】注8参照。
18　太刀を保護する毛皮の袋。

いので、私の心に留まりました。私は執事の御内《みうち》で、阿保肥前守忠実と申す者でございます。幼い頃から東国に在住し、明けても暮れても山や野の獣を追い、川の魚を捕って生計を立てておりましたので、張良が黄石公から伝授された一巻の兵法書も呉《ご》子《し》・孫子《そんし》の兵法書[20]もいまだに名前すら聞いたことがありません。しかしながら、状況の変化に応じて勇気を奮って敵と戦うのは勇士が自然に心得ている道であります。そのため元弘《げんこう》・建武《けんむ》以来、三〇〇回以上の戦闘で敵を退け味方を助け、強きを破って堅きを砕いたことは無数にございます。弓の弦しか引いたことのない、畑で水泳の練習をしていたような精兵の言葉を怖がる者はおりません。そのような大言壮語は、忠実の武芸の技量を試してからおっしゃってください」と大声で叫んで、静かに馬を歩ませた。

両軍の兵士は、あれを見よと戦闘をやめて手に汗を握った。戦場であるにもかかわらず数万の見物人が走って集まり、固唾を呑んで見守った。今日の合戦の見せ場は、まさにこの一騎打ちであるように見えた。

阿保と秋山は互いに近づき、にっこりと笑って敵を左側に見て馬を走らせて反転し、秋山が棒で阿保に襲いかかれば、阿保は受け太刀で流した。阿保がいったん退いてから激しく斬りかかれば、秋山は棒で阿保の太刀を払った。三度斬り合って三度分かれると、秋山は棒を半分ほど斬り折られて手元にわずかに根元が残るだけであった。阿保も太刀を鍔《つば》から打ち折られて、補助の小太刀が頼りであった。武蔵守はこれを見て、「忠実は剣術は優れているが、力はないので怪力の武士と戦うと最後はかなわないと思う。忠実を討たせるな。秋山を射殺せよ」と命じた。そこで弓の精鋭七～八人が河原に立ち並び、矢を雨が降るかのようにさんざんに射た。秋山は例の棒を持ち、自分を狙って飛んでくる矢を二三本も払い落とした。忠実も卑怯《ひきょう》な真似を嫌う者だったので、射られる秋山を討とうとはせず、それどころか味方が放ってくる矢を自らが壁になって防いだのである。

そのため、当時寺社に奉納される絵馬にも扇や団扇《うちわ》に描かれる婆娑羅《ばさら》絵にも、阿保と秋山の戦いを描かない者はいなかった。

19　たくさんの虫が鞘の蒔絵《まきえ》に描かれた小太刀と思われる。

20　中国戦国時代の衛《えい》で活躍した呉起（呉子）による兵法書と、中国春秋時代に活躍した孫武（孫子）による兵法書。

【29-9】小清水の戦いについて

その日（二月四日）の夕暮れ、光明寺を攻めていた将軍尊氏に、摂津守護の赤松信《あかまつしな》濃守範資《ののかみのりすけ》[1]が使者を派遣して次のように進言した。「石清水八幡宮《いわしみずはちまんぐう》の錦小路殿《にしきのこうじどの》（直義）が光明寺を支援するために、石塔中務大輔義基《いしどうなかつかさのたいふよしもと》[2]・畠山阿波将監国清《はたけやまあわのしょうげんくにきよ》[3]・上杉蔵人《うえすぎくろうどの》大夫《たいふ》[4]を大将とする七千騎あまりの軍勢を派遣されました。前方に堅固《けんご》に守られた光明寺の城があり、後方に石塔等の新手《あらて》の敵の大軍が接近している現在、戦況は容易ではありません。そこで光明寺攻撃を中止し、接近する直義軍を神尾《かんのお》・十輪寺《じゅうりんじ》・小清《こし》水《みず》[5]のあたりで迎え撃ってはいかがでしょうか。そうすれば、敵軍はきっと敗北するに違いありません。お味方が一度の戦いで勝利すれば、全国各地で戦っている敵もいつまでも持ちこたえられはしますまい。ここは一気に勝負を決し、総合的な勝利を目指すべきでございましょう」。範資は一日に三度も使者を派遣し、この策を勧めた。

将軍をはじめとして師直・師泰に至るまで、「範資の報告のとおりならば、直義軍は小勢《こぜい》で、味方はその十倍もいる。険しい山城を攻めるのは大変である。しかし、平地を戦場に選んで勝負を決すれば、味方は必ず勝つに違いない。ならば、この城を放置して接近してくる敵と戦おう」と意見が一致した。そこで二月一三日、将軍も執事兄弟も光明寺の麓《ふもと》を出発し、急遽兵庫の湊川へ向かった。

畠山阿波守国清はおよそ三千騎で播磨国東条《とうじょう》にいたが、このことを聞いて「さては、どこであろうと執事兄弟のいるところへ向かおう」と言って、有馬温泉の南部を通過し、打出浜《うちではま》の北にある小山に布陣した。光明寺に籠城していた石塔《いしどう》右馬頭頼房《うまのかみよりふさ》[6]・上杉《うえすぎ》左馬助朝房《さまのすけともふさ》も光明寺を放棄して全員畠山の陣に馳せ加わった。これも、打出の宿場の

【29-9】1　【9-5】注29参照。
2　石塔義房の子。足利一門。初名義元。父子ともに奥州探題を務めた。
3　【15-18】注5参照。
4　一三三三～七八年。上杉憲顕《のりあき》の子能憲《よしのり》。上杉重能の養子となっていた。ただし、近年は上杉能憲とは別人説もある。
5　神尾は現、兵庫県西宮市甲山《かぶとやま》町にある神呪寺《かんのうじ》。十輪寺は現、同市鷲林寺《じゅうりんじ》町にある鷲林寺。小清水は現、同市越水《こしみず》町。
6　生没年未詳。石塔義房の子。足利一門。観応の擾乱で足利直義に味方した。

東にある高い山に陣を構え、あちこちに楯を垣のように並べ、尊氏軍の襲来を今かと待ち構えた。

同月一七日夜、将軍と執事の軍勢二万騎あまりが御影《みかげ》[7]の浜に進出し、正面と搦手《からめて》の二手に分かれた。将軍は「戦闘は正面から始め、戦いが半ばとなったら搦手の軍勢が浜の南から攻め寄せ、敵を包囲せよ」と命じた。しかし薬師寺次郎左衛門公義《やくしじじろうざえもんきんよし》[8]は、今度の戦いで味方は大軍に油断してきっと敗北するだろうと考えた。そこで、いよいよ正念場と覚悟したのだろうか、他の軍勢に紛れてしまわないように、一風変わった旗を差した。それは、およそ三幅《みの》[9]の絹を五尺に縫い合わせ、その両端に赤い手（旗を竿につける緒）をつけたものだった。薬師寺一族の部隊約二〇〇騎が雀《すずめ》の松原《まつばら》[10]の木陰に待機し、正面の戦闘が始まるのを待っていると、あらかじめ立てた作戦どおり、河《かわ》津左衛門氏明《づさえもんうじあき》と高橋中務英光《たかはしなかつかさひでみつ》[11]の大旗《おおはた》一揆の軍勢六千騎あまりが畠山の陣へ押し寄せて鬨《とき》の声を上げた。

畠山の兵は静まりかえって、わざと鬨の声にも応じなかった。そしてあちこちの藪《やぶ》や木陰に隠れて、素早く矢を連射した。矢が尊氏軍の前面の数百人に命中して馬から逆さまに落ちたので、後方の部隊は浮き足立って前に進めなくなった。

これを見た河津左衛門氏明は、「射撃戦ばかりではかなわない。刀を抜いて攻めかかれ」と命じ、弓を藪へ投げ捨て、約三尺七寸の貝鎬《かいしのぎ》の太刀[12]を抜き、群がる敵へ名乗りもせずに攻め入ろうとした。氏明が一段高い峰の上に駆け上ると、敵は全方位から氏明を狙って矢を射た。矢は氏明の左腕と右膝、彼の乗っている馬の首と胸の計四カ所に深く命中したので、馬は膝をついてどうと倒れ、乗り手も血まみれとなり馬から下りた。これを見た畠山の兵およそ二〇〇騎が大声を上げて攻めかかったため、氏明に続いていた大旗一揆の軍勢は、前方の兵士と交代して戦おうとしないばかりか、負傷者を助けようともせずに全速力で一気に逃走した。

石塔右馬頭の陣はここから二〇町以上離れていたので、味方の畠山軍が勝ったこと

7　現、兵庫県神戸市東灘区御影《みかげ》。
8　【16-10】注2参照。
9　並幅の布三枚分の幅。また、その幅の布。和服で用いられる単位。
10　現、兵庫県神戸市東灘区の海岸。
11　氏明と英光は【26-7】注14参照。
12　【26-9】注8参照。

をまだ知らなかった。だが、打出浜に三旒《りゅう》の旗が見えた。これが敵か味方かを確認するようにと命じられた原三郎左衛門義実《はらさぶろうざえもんよしざね》が、ただ一騎で馳せ向かうと、件《くだん》の部隊はおよそ三幅の小旗に赤い緒を両端につけていた。さては敵であると見極めて戻ろうとしたが、無駄に馬の足を疲れさせてはならないと思ったのであろう、扇を挙げて味方の軍勢を招き、「浜の南に待機している軍勢は敵でございますぞ。しかも、正面の畠山が勝利した模様です。一気に攻めかかりましょう」と大声で叫んだ。もともと血気にはやった石塔・上杉の約七〇〇騎の軍勢はこれを聞いて、少しも躊躇することなく馬の轡《くつわ》を並べて大声を上げて攻めかかった。そのため、後方に待機していた執事兄弟の大軍は一本の矢さえ射かけられていないのに、馬に乗って全速力で逃げ出した。

梶原孫六《かじわらまごろく》・同弾正忠《だんじょうのちゅう》の二人[13]は正面の尊氏軍の中におり、思いも寄らず味方に引きずられて六~七町も退いた。しかし、後世に汚名が伝わるのを恥じたのであろう、わずか二騎で引き返して敵の大軍の中へ攻め込んだ。しばらくは二人同じ場所で戦い、そのうち別々にはぐれたが、それでも命の限り戦い続けようとした。

孫六は敵三騎を斬って倒して背後へ駆け抜けた。しかし続く味方もなく、また自分を発見する敵もいなかった。そこで紛れて助かろうと思い、笠印《かさじるし》を取って袖の下に収め、西宮を通って夜になるのを待って小舟に乗り、将軍の陣へ戻った。

弾正忠は紛れ込もうともせず、馬で駆け入って、七～八度も馬煙《うまけむり》を立てて戦い続けた。そして、藤田小次郎《ふじたこじろう》と猪俣弾正左衛門《いのまただんじょうざえもん》の二騎に囲まれて討たれた。その後、藤田と猪俣が「あっぱれ、何と勇敢な者であろうか。何という者か。名を知りたい」と死体を見ると、箙《えびら》の上に一枝の梅の花をつけていた。[14]さては、元暦《げんりゃく》の昔の一ノ谷の戦いで二度も駆けて名を揚げた梶原平三景時の末裔《まつえい》であろうと、名乗らずともその名は知れた。

薬師寺次郎左衛門公義は、味方の正面・搦手の二万騎あまりが崩れて退いても少しも騒がなかった。そして二五〇騎の軍勢で石塔・上杉のおよそ七〇〇騎の軍勢を山の麓まで追い立て、後に続く味方を待ったが一騎も来なかったのでまた波打ち際に戻って待機した。これを見た石塔・上杉の大軍は「赤い緒をつけた旗は薬師寺の部隊であろう。一人も逃がすな」と言って追いかけてきた。二五〇騎の公義軍は、敵が近づく

13　鎌倉時代初期に活躍した武士・梶原景時《かげとき》の子孫。師直の臣下。

14　梶原景李（景時嫡男）が梅の花を箙にさして勲功をあげたという『源平盛衰記』「平三景時歌共」の故事にちなむ。

と一斉に馬をきっと引き返して戦い、敵が前をさえぎれば一同かけ声を上げて突破し、打出浜から御影の浜の松原まで一六回も引き返して戦った。ある者は討たれ、ある者は敵に蹴散らされ、一カ所に集まった軍勢としては、弾正左衛門義冬《だんじょうざえもんよしふゆ》・勘解由左衛《かげゆざえ》門義治《もんよしはる》以下一六騎となった。

一六騎の武士たちは、しばらく馬を休めてあたりを見回した。すると、輪違《わちがい》[15]の笠印をつけた武者が一騎白浜で馬を倒され、七騎の敵に包囲されていた。これを見た弾正左衛門義冬は「これは松田左近将監重明《まつださこんのしょうげんしげあき》[16]と見える。目の前で討たれそうになっている味方を助けないわけにはいかない」と言って、一六騎が一斉に太刀を抜いて攻めかかると、七騎の敵は逃げ出して松田は助かった。松田を加えて一七騎となってしばらく待機していると、彼らの部下があちこちから合流してまた一〇〇騎ほどとなった。そこで石塔・畠山の先駆けの兵士を三町ほど追い返すと、敵も疲れたのであろう、その後は追撃してこなかったので、戦闘はここで終わった。

薬師寺が鎧に刺さった矢を数本折って湊川へ戻ると、敵の旗を見てもいないのに逃げ出した二万騎あまりの兵士たちが士気を失い、逃げ場所を探していた。それはまるで、泥の中であえぐ魚がわずかな水を求めて呼吸しているかのようであった。

さて、今回の戦いをじっくり振り返ると、軍勢の規模や能力は天と地ほどにもかけ離れていた。にもかかわらず、尊氏軍がこれほどまでにふがいなく敗北したのはなぜであろうか。これはただごとではないと思い合わせると、前日の夜に武蔵五郎師夏《むさしのごろうもろなつ》と河津左衛門《かわづさえもん》がまったく同じ夢を見たことは実に不思議であった。

場所はどこであるかわからなかったが、広々とした野原の西側に師直・師泰以下高家の一族とその家来数万騎が集結して轡《くつわ》を並べて待機していた。東には、錦小路禅門直義《にしきのこうじぜんもんただよし》・石塔・畠山・上杉民部大輔憲顕《うえすぎみんぶのたいふのりあき》がわずか千騎あまりで対峙していた。両軍が鬨の声を合わせて戦っている真っ最中に、石塔・畠山の軍勢が旗を巻いて後退した。師直と師泰が勝ちに乗じて追撃したところ、雲の上から錦の旗が一旒流れ、一〇〇騎ほどの軍勢が出現した。左右に並んだ大将が誰であるかと見ると、左は吉野の金剛蔵王権現《こんごうざおうごんげん》[17]が頭に角を生やして八本足の馬に乗っていた。そして、その前後に子守《こもり》と勝手《かって》の大明神[18]が金の鎧に鉄の楯を構えて従っていた。一方、右は天王寺の聖徳太子が甲斐

15 【26-7】注16参照。
16 高軍の武士。
17 修験道の神で、奈良・吉野の金峯山寺の本堂である蔵王堂に祀られた本尊。

国の黒駒に白い鞍を置いて乗っていた。蘇我馬子《そがのうまこ》・小野妹子《おののいもこ》の大臣が甲冑《かっちゅう》を着用し、跡見赤檮《とみのいちい》[19]と秦河勝《はたのかわかつ》[20]が弓矢を持ってその前を進んでいた。

師直・師泰以下の一族は太子の軍勢を小勢と見て、包囲して討とうとしたところ、金剛蔵王が目を怒らせて「あれを射落とせ」と命令した。子守・勝手・赤檮・河勝が四方にさっと散開し、同時に放った矢が師直・師泰・武蔵五郎・越後将監師世《えちごのしょうげんもろよ》の眉間《みけん》に命中し、馬から逆さまに落ちた。それで地面が響いたところで、二人は目が覚めた。

翌朝、二人はこの夢について語り、今日の戦いはどうなるだろうと危惧していたが、心配していたとおりに敗北した。この話を聞いた人は非常に驚き、未来の行く末も不安であると内心恐ろしく思わない者はいなかった。この夢の記録は、吉野の寺僧が所持している。これは、厳然たる事実である。

【29-12】師直以下が討たれたこと

命はよほど捨てられないものなのだろう。執事兄弟は助かりたい一心で心にもない出家までして、時宗《じしゅう》の僧侶が着る衣にこれまた僧侶が携帯する小太刀を下げ、降参人として現れた。これを見た人々は皆軽蔑して、出家の功徳《くどく》は甚大なので転生後の罪は助かるだろうが今回の人生は助からないだろうと嘲った。

二月二十六日、将軍尊氏が京都に向けて出発した。そこで同日、執事兄弟も時宗の僧侶に紛れ、生死を賭けた旅を始めた。ちょうど春雨が静かに降り、数万の敵軍があちこちにいる中を通るので、身分を知られないように蓮《はす》の葉の形をした笠を傾けて袖で顔を隠していた。しかしかえって隠しようもなく、この世の中で肩身の狭い思いをしているのも不憫《ふびん》であった。将軍から離れては道中でどんなことが起こるかわからない

18　子守大明神も勝手大明神も、蔵王堂近くにある神社に祀られた神。
19　聖徳太子の従者で、物部守屋《もののべのもりや》を射た人物。迹見赤檮。
20　聖徳太子の側近で、一説では物部守屋の首を斬ったとされる。

と用心し、少しも下がらずに馬を速めて進んでいた。だが道路の両脇の各所に一〇〇騎、五〇騎、三〇騎と待機していた上杉と畠山の武士たちが「あれが執事だ」と見つけて、将軍と執事との間を少しずつ隔てようとして、名乗りやあいさつもせずに馬で間に割って入り込んだ。これは、彼らがあらかじめ相談していたことであった。そのため、師直たちは不本意ながら将軍から離れていき、武庫川《むこがわ》のあたりを通り過ぎる頃には執事と将軍の距離は川や山を隔てて五〇町ほどにもなってしまった。

勝ち組と負け組が一瞬のうちに入れ替わる無常は、阿修羅《あしゅら》が帝釈天《たいしゃくてん》との戦争に敗北して蓮の茎や根の穴の中に身を隠し、天人《てんにん》の寿命が尽きて五種類の衰相を現して歓《かん》喜園《ぎおん》をさまよう[1]のと同じと思われた。この人が天下の執事であった頃は、どんな大名や高家であってもその笑い顔を見ては莫大な財産や広大な領土を得たかのように喜び、少しでも機嫌を損ねる気配を見ては薪を背負って焼け野原を歩き、雷雨の中大河を渡るかのように恐れた。まして将軍と並んで馬を進める中に、その間に割って入る者などいただろうか。それが今では名も知らぬ田舎武士や取るに足らない者に仕える下《した》っ端《ば》侍たちに次々と押し隔てられ、馬の足で水や泥を蹴りかけられる有様である。そして衣服も泥まみれとなり、不運を知らせる雨がやむこともなく、袖を涙が濡らしたのであった。

執事兄弟が武庫川を渡って小さな土手の上を通っているとき、三浦八郎左衛門《みうらはちろうざえもん》の家来二人が走り寄ってきて、「そこの顔を隠している遁世者は誰か。その笠を取れ」と言って、執事のかぶっていた蓮の笠を切って投げ捨てた。頰被《ほおかぶ》りがはずれて横顔が少し見えたのを、三浦八郎左衛門は「おお、敵だ。願ったりかなったりだ」と喜んで長刀《なぎなた》の柄《え》の端を持ち、胴体を真っ二つにしようと師直の右の肩から左の小脇までを切っ先下がりに斬りつけてきた。斬られた師直が「あっ」と叫んだところを、重ねて二回斬りつけた。打たれて馬から逆さまに落ちたので、三浦は馬から飛び降り、師直の首を搔き落として長刀の先に貫いて差し上げた。

越後入道師泰《えちごのにゅうどうもろやす》は師直から半町ほど離れた場所にいたが、これを見て馬を駆けさせ逃げようとした。そこに後をつけてきた吉江小四郎《よしえこしろう》が、鑓《やり》で師泰の肩甲骨のあたりから左の乳の下へ突き通した。突かれた師泰が鑓にしがみつき、懐に差していた打《うち》

【29-12】1　帝釈天が住む城の周囲にある四庭園のうち、北方にあるのが歓喜園。衰えた天人が歓喜園をさまよう様子は、「極楽往生」の要点を記した『往生要集』「大文一」に描かれている。

刀《がたな》[2]を抜こうとしたが吉江の部下が走り寄ってきて、鐙《あぶみ》の先を持ち上げて師泰を馬から落とした。そして首を搔き切って、あごから喉へ刀を貫き、鞍の後輪につけた紐に首を結びつけて走り去った。

高豊前五郎師景《こうのぶぜんのごろうもろかげ》[3]は、小芝新左衛門《こしばしんざえもん》が討った。高備前守師幸《こうのびぜんのかみもろゆき》[4]は井野弥四郎《いのやしろう》が組んで落として首を取った。高越後将監師世《こうのえちごのしょうげんもろよ》[5]は、長尾彦四郎《ながおひこしろう》がまず馬の両膝を斬り、馬から落ちた師世を二回斬りつけた。そして弱ったところを取り押さえて首を取った。

南遠江次郎《みなみとおとうみのじろう》[6]は小田左衛門五郎《おださえもんのごろう》が斬って落とした。山口入道《やまぐちにゅうどう》は、小林又次郎《こばやしまたじろう》が組んで刺殺した。

彦部七郎《ひこべのしちろう》は、小林掃部助《こばやしかもんのすけ》が背後から大太刀で斬りつけた。ところが太刀の影に馬が驚いて、小林は深田の中へ落ちてしまった。彦部は馬を返して、「味方はいないか。一カ所に集まって、思い思いに討ち死にしよう」と呼びかけたところを、小林の家来三人が走り寄って、彦部を馬から逆さまに引き落とし、踏んづけて首を搔き切り、主人の手に渡した。梶原孫七《かじわらまごしち》は、佐々宇六郎左衛門《さそうろくろうざえもん》が討った。山口新左衛門《やまぐちしんざえもん》を、高山又《たかやままた》次郎《じろう》が斬って落とした。

梶原孫六は一〇町あまり手前を進んでいたが、「後方で戦闘があり、執事が討たれたそうだ」と人が噂しているのを聞き、引き返して打刀を抜いて戦った。そして自害をしようとして道の傍らに伏していたのを、長年の友人であった阿佐美三郎左衛門《あさみさぶろうざえもん》が、他人の手にかけられるよりはということで泣く泣く首を取った。

鹿目平次左衛門《かのめへいじざえもん》7は山口が討たれたのを見て、自分もそうなると思ったのであろう、後ろを進んでいた長尾三郎左衛門《ながおさぶろうざえもん》8に刀を抜いて攻めかかった。しかし、長尾は少しもあわてず、「何もあなたの身に起こったことではありません。軽率な真似をして、命を失ってはなりません」となだめた。そう言われた鹿目がおめおめと太刀を戻して雑談しながら進んでいたところを、長尾が家来にきっと目配せした。そこで長尾の部下二人が鹿目の馬に寄り添い、「御馬の靴を捨てましょう」と言って抜いた刀を持ち直

2　刀身の反りが太刀よりも浅い刀で、帯に差して携帯する。
3　高師直の甥。
4　高師直の従兄弟。
5　高師泰の子。
6　南宗継（師直の又従兄弟）の子と推定される。
7　高一族に味方する武士。
8　上杉家の家来の武士。

し、鹿目の肘の関節のあたりを二カ所刺し、馬から引きずり下ろして主人に首を掻かせた。

河津《かわづ》左衛門氏明《さえもんうじあき》[9]は小清水の戦いで重傷を負ったので馬に乗ることができず、輿《こし》に乗せられてはるか後方を進んでいたが、「執事兄弟はすでに討たれてしまいました」と人が話すのを聞き、とある辻堂に輿を止めさせ、腹を掻き切って死んだ。

執事の子息武蔵五郎師夏は、西《さいの》左衛門《さえもんの》四郎《しろう》が生け捕りにした。そして後ろ手に縛ってその日の夕暮れを待った。この人は、二条前関白の妹という高貴な女性の腹から生まれたので、容貌が人より優れ、性格も優美でやさしかった。そのため将軍の覚えもめでたく、世間の人にもてはやされることも限りなかった。才能があってもなくても、子どもの不幸を悲しむのは父親たるものの習性である。まして、師夏は最愛の一子であったので、師直は塵さえも師夏には踏ませず、荒れた風にも当てないようにと気を配り、かわいがり大切に育てた。だが、いつの間にか前世で積んだ幸運が尽き果てたのだろうか。まだ一五歳にも満たないのに、荒くれ武士に生け捕られ、夕暮れまでの命が露のようにはかなく消えようとするのはまことに不憫であった。

夜になったので、縛っていた縄をほどいて師夏を斬ろうとしたが、斬り手は師夏の心情を慮《おもんぱか》って、「命が惜しければ、今夜速やかに髻《もとどり》を切って、僧か念仏者になられて、一生静かに暮らしてはいかがでしょうか」と申し出た。師夏はそれに返事はせず、「執事はどうなったのか、お聞かせください」と質問した。西左衛門四郎は「執事はとっくに討たれました」と答えた。師夏は、「それでは誰のためにわずかな命を惜しむべきなのでしょうか。冥途《めいど》の山や三途《さんず》の川とかいうのも、父とともに渡りたいと思います。早く私の首を取ってください」と死を請うて、敷物の上に居直った。そうは言っても師夏はまだ子どもなので、やはり泣いていた。それを見た斬り手もかわいそうに思ってむせび泣き、しばらく目を開くこともできず、後ろに立って泣き続けた。かと言って、そのままにすることもできないので、師夏を西に向けて念仏を一〇回ほど唱えさせ、ついに首を打ち落とした。

小清水の戦いの後、執事軍の兵士たちが四方八方に退散し誰も残らないとは言っても、今朝松岡城を出発するまではまだ六〜七〇〇騎はついてきたようであった。しかし、執事たちが討たれたのを見てどこに逃げ隠れたのであろうか、今討たれた一四人

9　【26-7】注14参照。

以外は、その中間《ちゅうげん》や下部《しもべ》[10]に至るまで一人もいなくなってしまった。

この一四人でさえも、全員日頃の戦いで手柄を立て、名声を得た者たちである。たとえ運命が尽きて結局は討たれるとしても心を一つに合わせて戦えば、必ずや身分相応の敵と戦って名誉の戦死を遂げることができたであろう。それなのに、一人も敵に太刀を斬りつけた者はおらず、斬られて落とされ、押さえられて首を掻かれ、むざむざと全員討たれてしまった。これは、天の報いとは言いながら、情けない不名誉なことであろう。

【30-10】 薩埵山の戦い

直義軍の諸部隊は尊氏軍が籠城する薩埵山《さったやま》[1]を包囲していたが、宇都宮がすでに各地の戦いに勝利し、薩埵山に接近していることを知った。そこで桃井と上杉に、「後攻めの宇都宮軍が到着する前に薩埵山を攻め落とされるべきでしょう」と提言した。しかし、傾いていく運勢に引きずられたのであろうか、桃井も上杉もまったくこの策を受け入れなかった。そのため、業《ごう》を煮やした児玉党《こだまとう》三千騎あまりが非常に嶮峻《けんしゅん》な桜《さくら》野《の》[2]から薩埵山へ攻め登った。

この坂を守備していたのは、今川上総守範氏《いまがわかずさのかみのりうじ》・南部《なんぶ》一族・羽切遠江守《はきりとおとうみのかみ》のおよそ三〇〇騎だった。彼らは坂の途中の一段高い場所を切り払って石弓《いしゆみ》[3]を多数設置し、一斉に大石をパッと落としたので、前衛の攻撃軍数百人は楯板もろともたたきつぶされ、多数の即死者が出た。後続部隊がこれに浮き足立ち、わずかに後退したかに見えたところを南部・羽切が一斉に刀を抜いて攻めかかった。そのため、大類弾正《おおるいだんじょう》・富田《とみた》以下児玉党の主力一七人が一カ所で討たれた。

この地点での戦闘はこのような惨敗であった。にもかかわらず、五〇万騎以上の攻撃側は同時に攻め上ろうともせず、「そのうち落ちる城を、手柄を立てようと戦って

---

10 「中間」は【2-6】注8参照。「下部」も、位の低い従者や部下。

【30-10】1 現、静岡市清水区由比にある山（峠）。駿河湾に突き出た形で、三方が険しい崖になっている。

2 現、静岡市清水区由比にある地名。

3 大きな石を落とすための仕掛け。

討たれることの愚かさよ」と口々に嘲《あざけ》り笑った。その心根は嘆かわしいことであった。

そのうち、一二月二七日に尊氏軍を後援する約三万騎が足柄山《あしがらやま》の直義軍を追い散らし、竹下《たけのした》[4]に布陣した。小山判官氏政《おやまほうがんうじまさ》の七〇〇騎あまりも宇都宮軍に合流し、同日に国府津《こうづ》に到着した。彼らが燃やし続けるおびただしい篝火《かがりび》を目にした、正面・搦手《からめて》の五〇万騎の直義軍は一瞬もこらえることができず、四方へ落ちていった。

仁木越後守義長《にきえちごのかみよしなが》のおよそ三〇〇騎は、逃げる直義軍を勝ちに乗じてただちに追撃し、伊豆国府《いずのこう》まで攻め寄せた。高倉禅門《たかくらぜんもん》[5]（直義）はこれを少しも防ぐことができず、北条《ほうじょう》[6]へ逃走した。上杉民部大輔憲顕《うえすぎみんぶのたいふのりあき》・長尾左衛門景泰《ながおさえもんかげやす》の軍勢二万騎あまりも信濃国を目指して逃走した。これを千葉介氏胤《ちばのすけうじたね》の一族およそ五〇〇騎が早河尻《はやかわじり》[7]で防ごうとしたが、落ちて行く大軍に包囲されたため一人も残らず戦死した。この道が開けたことで、上杉も長尾左衛門も安心して信濃国へ逃げていった。

高倉禅門は気力を失ったあまり、北条にもとどまることができず、伊豆山《いずさん》神社に後退して一息つき、「恥を忍んでひとまずはどこまでも逃げようか、それとも自害しようか」と迷って悩んでいた。そこに講和の話が持ち上がり、将軍尊氏より数通の書状がもたらされ、畠山阿波守国清《はたけやまあわのかみくにきよ》・仁木武蔵守頼章《にきむさしのかみよりあき》・弟越後守義長《えちごのかみよしなが》が迎えにやってきた。

そこで、将来の恥よりも現在の命を優先したのだろうか、禅門は捕虜となり、正月六日の夜に尊氏に従って鎌倉に帰ったのである。

【30-11】直義の死

この後（直義が投降して鎌倉入りして後）、高倉殿（直義）に付き従う侍は一人もいなかった。長期間荒れるがままの、牢屋のような家に押し込められ、監視の武士をつけられて折に触れて悲しいニュースばかり聞かされ、直義は心を痛めた。今はこの嫌な現世で生きながらえても何になろうと思ったに違いない。自分の身さえ無用な存在と

---

4 【14-8】注6参照。
5 直義の当時の住まいのあった地（京都高倉）から、このように呼ばれた。
6 現、静岡県伊豆の国市寺家《じけ》周辺。
7 芦ノ湖から現、神奈川県小田原市内を通って相模湾に注ぐ早川の河口。

嘆いていたが、それほど経たずにその年（観応二年〈一三五一〉[1]二月二六日に突然死去した。急に黄疸《おうだん》という病気になって死去したと公式には発表されたが、実は鴆毒《ちんどく》[2]を飲まされて死んだのだと噂された。

一昨年の秋には師直が上杉・畠山を滅ぼし、昨年の春には禅門（直義）が師直・師泰以下を誅殺《ちゅうさつ》[3]した。それが今年の春に、その直義が怨敵に毒を飲まされて死んでしまったのは、まさしく因果応報である。かつて蘇東坡《そとうば》は「三度門を通り過ぎる間に老いて病んで死ぬ。一度指をはじく間に過去・未来・現在が存在する」[4]と詠んだが、それはこのようなことを指すのであろうか。この道理は今に始まったことではないが、三年というわずかな期間に起きたのは実に不思議なことである。

【31-1】武蔵国小手指原の戦い

吉野殿（南朝の後村上天皇）と室町幕府が講和したため、情勢はしばらく平穏であった。しかし、講和はすぐに破棄され戦闘が再開された。以降わずかに畿内と洛中が南朝の勢力圏となったが、地方はなお幕府に従う武士が多かった。そのため、日本全国の武士たちが相手を討ったり従えようとしたりして互いに張り合い、戦いが果てしなく続いた。

世界はすでに闘諍堅固《とうじょうけんご》の時代[1]になっているので、ただでさえ平和であるはずがないが、特に元弘《げんこう》・建武《けんむ》以降は乱世が長く続いて一日も収まることはなかった。そのため心ある者もない者も、どんなに山奥でもよいから隠れ家《かくが》にしようと一生懸命探した。だが、どこに行っても同じくつらい世の中である。後漢《ごかん》の厳子陵《げんしりょう》[2]のように隠棲《いんせい》して

【30-11】1　史実では、直義の死は正平七年（一三五二）。

2　【19-4】注1参照。

3　史実では、師直が上杉・畠山を滅ぼしたのは三年前（貞和五年〈一三四九〉）。直義による師直・師泰誅殺は観応二年（一三五一）。

4　蘇東坡の詩「過永楽、文長老已卒」のなかにある言葉。

【31-1】1　仏滅後の二五〇〇年を五期に区分した最後の五〇〇年で、争いが絶えない時代とされる。

2　前三九頃～四一年。光武帝の友人で、官職に就くよう求められたが固辞し、釣りなどをして一生を終えた。隠棲の様子が画題となり、日本の狩野永徳らも厳子陵の姿を描いた。

釣りをして暮らそうにも、足を伸ばせば水が途轍《とてつ》もなく冷たく、同じく後漢の鄭太《ていたい》尉《い》[3]のように軽々と薪を運ぼうにも、山は恐ろしく険しかった。前世でどのような罪を犯した報いなのだろうか、このような世に生まれ、餓鬼道《がきどう》の苦しみを生きながら受け、修羅道《しゅらどう》の鬼と生死を共にするのはと、誰もが嘆いた。

この頃、新田《にった》左中将《さちゅうじょう》義貞《よしさだ》の嫡子左兵衛佐《さひょうえのすけ》義興《よしおき》・次男武蔵少将《むさしのしょうしょう》義宗《よしむね》[4]・脇屋《わきや》左《さ》衛門佐《えもんのすけ》義治《よしはる》の三人が、武蔵・上野《こうずけ》・信濃・越後に潜伏し、チャンスがあれば挙兵しようと企てていた。そこに摂津国住吉大社に滞在していた吉野殿が、由良《ゆら》新左衛門《しんざえもん》入道《にゅうどう》信阿《しんあ》を勅使として「南朝と義詮《よしあきら》の講和は一時の謀略《ぼうりゃく》である。これを真に受け、迷って時間を無駄にしてはならない。速やかに正義の兵を挙げて、高氏（尊氏）を追討し、私を安心させよ」と命じた。

信阿は急遽東国に下り、三人に会って帝の命令を詳細に伝えた。そこで三人は「ならば、すぐに軍勢を招集しよう」と、挙兵を促す廻文《かいぶん》を関東八カ国に送付したところ、彼らに賛同した武士は八〇〇名に及んだ。そのなかでも、石塔《いしどう》四郎《しろう》入道《にゅうどう》義房《よしふさ》は、近年高倉恵源禅門（直義）に従って薩埵山《さったやま》の戦いで敗北し、命だけ助けられて鎌倉にいたが、頼りにしていた大将の高倉禅門は毒殺されてしまった。しかし自分からは事を起こすことができず、他に謀叛《むほん》を起こす人がいれば味方しようと思っていた。そこに新田兵衛佐・同武蔵少将から密かに送られた書状を受け取って事情を知ったので、またとないチャンスと喜んですぐに彼らに賛同した。

また、三浦介高通《みうらのすけたかみち》・葦名判官《あしなほうがん》・二階堂下野次郎《にかいどうしもつけのじろう》・小俣少輔次郎義弘《おまたしょうのじろうよしひろ》も高倉禅門方として薩埵山の戦いに敗北して降伏して生き延びたが、他人の見る目や世間の風評を不本意に思い、謀叛を起こそうと思っていた。そこに新田武蔵守・脇屋左衛門佐から頼りに思う旨を伝えられたので、願っていた幸運であると喜んで、ただちに彼らに味方した。

彼らは密かに鎌倉の扇谷《おうぎがやつ》[5]に集まって、次のように話し合った。「新田氏が上野国で挙兵して武蔵国へ進軍すると知れば、将軍尊氏が鎌倉でただ手をこまねいて待っているはずはない。関戸《せきど》・入間川《いるまがわ》[6]のあたりまで出て防戦するに違いない。我ら五～六人に

3　「太尉」は官職名。親孝行の人物として知られ、彼が毎日軽々と薪を運んだ様子が『後漢書』「鄭弘伝」に書かれている。
4　史実では（【33-8】等も）、義興は義貞の次男、義宗は義興の弟。
5　【10-8】注17参照。

は、少なくとも二〜三千騎の軍勢は集まるだろう。将軍が戦場に出陣する際、我々はわざと警備として待機し、戦闘が激しくなる頃を見計らって将軍を包囲し、一人も残らず討ち取ってから新田の陣へ参上しよう」。それから新田への合図を慎重に決めて、石塔入道・三浦介・小俣・葦名は依然として鎌倉にとどまった。

全軍の作戦が決まったので、新田少将義宗・左兵衛佐義興・左衛門佐義治は、閏《うるう》二月八日にまず直属の部隊八〇〇騎あまりを率いて西上野《にしこうずけ》に進出した。これを聞いて諸国より馳せ集まった新田一族や他門の人々は、以下のとおりである。まず新田一族は、江田《えだ》・大館《おおたち》・堀口《ほりぐち》・藪塚《やぶづか》・額田《ぬかだ》・羽川《はねかわ》・岩松《いわまつ》・田中・青龍寺《しょうりゅうじ》・小幡《おばた》・大井田《おおいだ》・一井《いちのい》・世良田《せらだ》・籠守沢《こもりざわ》であった。外様《とざま》は、宇都宮《うつのみや》三河三郎《みかわのさぶろう》・天野民《あまのみん》部大夫《ぶのたいふ》政貞《まささだ》・三浦近江守《みうらおうみのかみ》・南木十郎《なんぼくのじゅうろう》・西木七郎《さいぼくのしちろう》・酒匂《さかわ》左衛門《さえもん》・中金《なかかね》・松田《まつだ》・川村・大森《おおもり》・葛山《かずらやま》・勝代《かつしろ》・蓮沼《はすぬま》・小磯《こいそ》・大磯《おおいそ》・酒間《さかま》・山下・鎌倉・出縄《でなわ》・梶原・四《し》宮《みや》・三宮《さんのみや》・南西《なんざい》・高田・中村であった。児玉党は浅羽《あさば》・四方田《よもた》・庄《しょう》・桜井・若児玉《わかこだま》、丹党《たんのとう》は安保《あぶ》信濃守《しなののかみ》・子息修理亮《しゅりのすけ》・舎弟六郎左衛門《ろくろうざえもん》・加治《かじ》豊後守《ぶんごのかみ》・同丹内左衛門《たんないざえもん》・勅《て》使河原《しがわら》丹七郎《たんのしちろう》、西党《にしとう》は熊谷《くまがい》・太山《おおやま》・平山・私市《きさい》・村山、横山党《よこやまとう》・猪俣党《いのまたとう》であった。

これら総勢およそ一〇万騎が、各地に放火しながら武蔵国に侵入した。

武蔵・上野より、この緊急事態を鎌倉へ報告する早馬《はやうま》が頻繁に到来した。将軍が「敵軍の規模は」と尋ねると、「少なくとも二〇万騎はいるでしょう」と使者は答えた。仁木・畠山の人々はこれを聞き、「さては、尋常ならざる一大事でございましょう。鎌倉の兵力は千騎もないと思われます。諸国の軍勢が味方に馳せ参じたとしても、すぐには間に合わないでしょう。千騎に満たない軍勢で敵の二〇万騎を防ぐのは不可能であります。まずは安房・上総へ退却されて、味方の兵力を増強してから戦われるべきでございます」と提案した。将軍はこの提案をじっくりと聞いて、「退却して有利になることは千回に一回もないというのが、戦争の法則である。軍勢を招集するために安房・上総へ逃げれば、武蔵・相模・上野・下野の武士たちが尊氏に味方したいと思っても、敵にさえぎられてできないであろう。また、尊氏が鎌倉から逃げたと聞いて敵になる者も多いに違いない。であるならば、今回の戦いではたとえ小勢《こぜい》であっても鎌倉を出て、敵を街道で待って勝敗を決するのが最上である」と述べた。そして閏《うるう》二月一六日の早朝に、将軍はわずか五〇〇騎あまりの軍勢を率いて、敵に遭遇する地

6　関戸は現、東京都多摩市関戸。入間川は現、埼玉県飯能市から発し荒川に注ぐ河川。

点を目指して武蔵国へ下った。

鎌倉より尊氏に従った人々は、畠山上総介《はたけやまかずさのすけ》[7]・子息伊豆守《いずのかみ》・同阿波守国清《あわのかみくにきよ》・舎弟尾《お》張守義深《わりのかみよしふか》・弟大夫将監《たいふしょうげん》・式部大夫《しきぶのたいふ》・仁木兵部大輔頼章《にきひょうぶのたいふよりあき》・舎弟越後守義長《えちごのかみよしなが》・三男修《しゅ》理亮義氏《りのすけよしうじ》・岩松式部大夫《いわまつしきぶのたいふ》・大島讃岐守義政《おおしまさぬきのかみよしまさ》・石塔右馬頭義基《いしどううまのかみよしもと》・今川五郎入道範国《いまがわごろうにゅうどうのりくに》・同式部大夫《しきぶのたいふ》・田中三郎《たなかのさぶろう》・大高伊予守重成《だいこういよのかみしげなり》・高土佐修理亮師有《こうのとさしゅりのすけもろあり》・大平安芸守惟家《おおひらあきのかみこれいえ》・同出羽守義尚《でわのかみよしなお》・宇津木平三《うつぎへいぞう》・宍戸安芸守《ししどあきのかみ》・結城判官親朝《ゆうきほうがんちかとも》・曽我兵庫助《そがひょうごのすけ》・梶原弾正《かじわらだんじょうの》忠《ちゅう》・二階堂丹後三郎左衛門高貞《にかいどうたんごのさぶろうざえもん》・饗庭命鶴丸《あいばみょうつるまる》・和泉筑前守《いずみちくぜんのかみ》・長井大膳大夫広秀《ながいだいぜんのだいぶ》・同備前守《びぜんのかみ》・同治部少輔《じぶのしょう》・子息左近将監《さこんのしょうげん》であった。これに対し、石塔入道・三浦介・小俣少輔次郎《おまたしょうのじろう》・葦名判官・二階堂下野次郎の軍勢三千騎あまりは、もともと陰謀を企てていたので他の部隊に混ざらず、将軍の馬の前後を隙間なく埋め尽くして馬を進めていた。

尊氏は久米川《くめがわ》[8]に一日逗留《とうりゅう》した。そこに馳せ加わったのは、新田・岩松・大島讃岐《おおしまさぬきの》守《かみ》・河越弾正少弼直重《かわごえだんじょうのしょうひつ》・同上野介《こうずけのすけ》・同唐子十郎左衛門《からこじゅうろうざえもん》・佐竹・江戸遠江守《えどとおとうみのかみ》・同下野守・同上野介・同修理亮《しゅりのすけ》・高坂兵部大輔《こうさかひょうぶのたいふ》・同下野守・同掃部助《かもんのすけ》・戸島弾正左衛門《としまだんじょうざえもん》・同兵庫助《ひょうごのすけ》・土屋備前前司《つちやびぜんのぜんじ》・同修理亮・同出雲守《いずものかみ》・同肥後守《ひごのかみ》・土《と》

肥次郎兵衛入道《ひじろうびょうえにゅうどう》・子息掃部助《かもんのすけ》・舎弟甲斐守《かいのかみ》・同三郎左衛門《さぶろうざえもん》・二宮但馬守《にのみやたじまのかみ》・同伊豆《いずの》守《かみ》・同近江守《おうみのかみ》・同河内守《かわちのかみ》・曽我周防守《そがすおうのかみ》・同三河守《みかわのかみ》・同上野介《こうずけのすけ》・子息兵庫助・渋谷《しぶや》木工左衛門《もくざえもん》・同石見守《いわみのかみ》・海老名四郎左衛門《えびなしろうざえもん》・子息信濃守《しなののかみ》・舎弟修理亮・小早川刑部《こばいかわぎょうぶの》大夫《たいふ》・同勘解由左衛門《かげゆざえもん》・豊島因幡守《としまいなばのかみ》・狩野介《かののすけ》・那須遠江守《なすとおとうみのかみ》・本間四郎左衛門《ほんましろうざえもん》・鹿島《かしま》越前守《えちぜんのかみ》・島田備前守《しまだびぜんのかみ》・浄法寺左近大夫《じょうほうじさこんのたいふ》・白塩下総守《しらしおしもうさのかみ》・高山越前守《たかやまえちぜんのかみ》・小林右馬《こばやしうまの》助《すけ》・瓦葺出羽守《かわらぶきでわのかみ》・見田常陸守《みたひたちのかみ》・古屋民部大夫《ふるやみんぶのたいふ》・長峯石見守《ながみねいわみのかみ》、合計約八万騎であった。

翌日戦闘開始と決められたその夜、石塔四郎入道が三浦介を呼び出して、こうささやいた。「戦いは、すでに明日と定められました。しかし、先日企てた謀略を息子の右馬頭義基《うまのかみよしもと》には伝えておりません。息子はきっと一人残り、将軍に討たれるでしょう。一家の中で分かれて正義の軍勢に味方し、老いてなお武装して戦うのも、望みが達成されれば子孫を繁栄させられると思うが故でございます。であるならば、このことを息子に知らせて理解を得ようと思うのですが、いかがでしょうか」。三浦は「確かに

7　実名高国。史実では、前年（観応二年〈一三五一〉）に死去している。
8　現、東京都東村山市久米川町。

これほどの重大事を知らせないのは後で後悔すると思われます。急いでご子息に伝えてください」と答えた。そこで石塔禅門は息子を呼び、「私は薩埵山の戦いに敗北し、現在は捕虜のようになっており、仁木や細川たちに出しゃばられて傍流に追いやられている。この有様は、お前もきっと恨みに思っているのではないだろうか。そこで明日、三浦・葦名判官・二階堂の人々と示し合わせ、合戦の最中に将軍を討ち取って石塔家の運を一気に開こうと思っている。このことを十分に理解して、私の指示に従って行動しなさい」と伝えた。ところが、右馬頭は大いに機嫌を損ね、「武士の道は、二心《ふたごころ》あるのを恥といたします。他人のことは存じません。私は将軍に深く頼られている身なので、後ろから矢を射て後世に恥をさらそうとはこれっぽっちも思いません。兄弟や父子が分かれて戦うことは、古代から現代に至るまであることでございます。ここは何としても三浦介と葦名判官の陰謀を将軍に伝えなければ、重大な不忠でありましょう。父子の恩義はもう絶えてしまいました。この世であなたにお目にかかることはこれが最後と思ってください」と答えた。そして顔を赤らめて立腹し、すぐに将軍の陣へ向かった。

父の禅門は非常に落胆して急いで三浦の許《もと》に行き、こう述べた。「父が子を思うようには、子は父を思わぬものでございます。このことを右馬頭に知らせたのは、敵の中に一人残され討たれるのが悲しかったからです。それなのに、息子は予想外に腹を立て、このことを将軍に知らせなければならないと申して帰ってしまいました。息子の性格では、必ず将軍に伝えるでしょう。きっと、すぐに討手を差し向けられると思われます。さあいらっしゃい。今夜、我らの軍勢を分け、関戸から武蔵野を迂回して新田軍と合流し、明日の戦いをいたしましょう」。時間をかけて練った謀略がすぐに発覚して自分たちの災いになることを恐れ、三浦・葦名・二階堂は直属の三千騎あまりを選別し、新田軍に加わろうと関戸を廻って落ちて行った。これこそが、将軍の運が尽きない最初の証明となったのである。

三浦の作戦が失敗したとは新田武蔵守は夢にも思わなかったので、戦いにふさわしい頃合いになったと急ぎ進軍し、翌閏二月二〇日の午前八時頃、武蔵国小手指原《こてさしはら》[9]に布陣した。

新田軍の第一軍の大将は新田武蔵守義宗《よしむね》の五万騎あまり、白旗と大中黒《おおなかぐろ》[10]の旗であっ

9　現、埼玉県所沢市小手指町あたり。

た。団扇《うちわ》の旗は児玉党で、坂東平氏《ばんどうへいし》は赤印《あかじるし》一揆[11]を五部隊に分け、五カ所に陣地を設営した。第二軍は新田左兵衛佐義興《よしおき》を大将とする、合計約二万騎であった。これに属する鳩酸草《かたばみ》・鷹羽《たかのは》・一文字《いちもんじ》そして十五夜《じゅうごや》の月弓《つきゆみ》一揆[12]は、弓は引いても一人も退くまいと、これも五部隊に集結し、六里[13]四方に待機した。第三軍は、脇屋左衛門佐義治《よしはる》を大将とするおよそ三万騎で、大旗《おおはた》・小旗《こはた》・下濃《すそご》[14]の旗をなびかせていた。そして、鍬形《くわがた》一揆と母衣《ほろ》一揆が、これも五カ所に陣を張り、弓部隊を前に進ませ、騎馬《きば》武者は後ろで待機していた。

新田軍が小手指原にいると聞いたので、将軍も一〇万騎の軍勢を五つに分け、中道《なかのみち》[15]を進撃した。

先陣は、平《へい》一揆三万騎あまりであった。彼らは小手の袋から四幅袴《よのばかま》[16]・旗・笠印に至るまですべて赤かったので、ひときわ光り輝いて見えた。二陣は、八文字《はちもんじ》一揆のおよそ二万騎である。練貫[17]の笠印に八文字を書いた白旗を差していたが、敵軍にも白旗があると聞き急遽短く切った。三陣は、ノリに乗っている花《はな》一揆である。饗庭命鶴《あいばみょうつる》[18]丸《まる》を大将とした六千騎あまりが、萌黄《もえぎ》・緋縅《ひおどし》・紫綾《むらさきあや》・卯花《うのはな》の褄取《つまど》りの鎧に薄紅《うすくれない》の笠印をつけ、一枝の梅花を兜《かぶと》の正面に差していたので、四方から吹いてくる風で鎧の袖がよい香りがした。四陣は、白旗一揆と呼ばれるおよそ三万騎の軍勢であった。足利家の二引両《ふたつひきりょう》19の旗の下、将軍を守護する足利一門の宿老《しゅくろう》や一国以上を統治する大名が馬に乗って静かに控えていた。五陣は、仁木兵部大輔頼章・弟越後守義長・三男修理亮義氏・畠山上総介父子二人・同阿波守兄弟四人の軍勢約三千騎であった。彼らはわざと笠印をつけず旗も差さず、はるか遠くに退いて馬から下りていた。両軍の総

10 【17-10】注3参照。
11 敵と味方を区別するための布である笠印《かさじるし》が、全員赤い一団。
12 「鳩酸草」以下はそれぞれ家紋を示す。植物のカタバミ、鷹の羽、一文字のマーク、満月に似た形をした弓。
13 【1-1】注11参照。
14 【14-8】注9参照。
15 いわゆる鎌倉街道のうちの一つで、鎌倉、大船、二俣川、荏田を通って武蔵府中につながる。
16 前後をそれぞれ二枚の布で仕立てた、細めでひざ丈ほどの袴。身分の高くない者が身に着けた。
17 【7-2】注4参照。
18 「萌黄」以下はそれぞれ鎧の縅の色を示す。「萌黄」は鮮やかな黄緑色。「卯花の褄取り」は卯花色（真っ白）で隅だけ色の付いた縅。
19 【16-9】注7参照。

力戦になれば、一〇度も二〇度も駆け合わせて戦うこととなり、敵も味方も気力を失い疲れることもあるだろう。そのとき、五陣は新手として敵の大将の居場所を見極めて夜襲《やしゅう》をかけるため、こうしてわざと目立たなくしているのであった。

そうこうしているうちに、新田・足利両家の軍勢二〇万騎が小手指原で対峙《たいじ》し、敵が三度鬨《とき》の声を上げれば、味方も三度鬨の声を合わせた。この声は、上は帝釈天《たいしゃくてん》の住む三十三天まで響き、下は大地の最深部である金輪際《こんりんざい》までも聞こえると思われるほどにすさまじかった。

まず一番に、新田左兵衛佐の二万騎あまりと平《へい》一揆三万騎が交戦し、追ったり追われたり、合ったり分かれたり、一時間ほど戦って左右へさっと退いた。両軍の戦死者はおよそ八〇〇人、負傷者は数え切れないほどであった。

二番に、脇屋左衛門佐の約二万騎と八文字一揆の二万七千騎あまりが東西から正面でぶつかった。一カ所でさっと入り乱れ、火花を散らして戦えば、汗をかきながら走る馬の交差する音や太刀の鍔音《つばおと》が天に光り、地に響いた。敵と組み合って首を取る者がいれば、取られる者もいた。敵の左右に近づき、斬って落とす者もいれば、落とされる者もいた。紅葉《もみじ》に降り注ぐ雨のように、流れた血が馬の蹄《ひづめ》に蹴り上げられた。多数の死体が野の道に横たわり、わずかな土も見えないほどだった。七〜八度戦い、東西へさっと分かれると、敵味方の戦死者は五〇〇人に及んだ。

三番に、饗庭命鶴丸が先頭に立って花一揆およそ六千騎が進撃した。新田武蔵守はこれを見て、「花一揆を倒すためには、児玉党がよいだろう。旗の団扇《うちわ》で風を煽いで、花を散らせ」と言って、児玉党七千騎あまりを差し向けた。花一揆は全員若武者だったので、深い思慮もなく敵にかかって一戦しようとしたところ、児玉党に揉みくちゃにされ、一度もやり返せずにパッと退いた。その他の一揆は攻めるときは一つにまとまって攻め、退くときは左右へパッと分かれて新手《あらて》に交代したので、後方の軍勢はあわてずに攻めることができた。しかし花一揆の戦い方は稚拙《ちせつ》で、後方の将軍の陣のど真ん中へ退いたので、新手はこれに邪魔されて進むことができず、敵は勢いに乗じて勝鬨《かちどき》の声を上げながら攻め立てて追いかけてきた。

将軍が「こうなってはかなわない。少し退いて、一気に押し返そう」と言い終わるや否や、配下のおよそ一〇万騎は後ろも振り返らずに一目散に退却した。新田武蔵守義宗は旗の前に進み、「尊氏は、日本にとっては朝敵である。私にとっては親の敵だ。今、尊氏の首を取って我が陣の門にさらさなければ、いつそれができようか」と述べた。そしてほかの敵が南北へ分かれて逃げていくのは少しも目に入れず、ただ二引両の大きな旗が退いていくのを目指し、どこまでも追いかけていった。逃走する軍勢も馬に鞭《むち》を打ち、追跡する兵もいっそう足を速めたので、小手指原から石浜《いしはま》[20]までに至る四六里の道をあっという間に移動した。

石浜川を渡るとき、将軍はすでに切腹しようとして鎧の上帯《うわおび》を切って投げ捨て、高《たか》紐《ひも》をはずそうとした。しかし二千騎ほどの近習《きんじゅう》[21]の武士たちが引き返し、川の中まで追ってきた敵と組み合って戦死する間に、将軍は難を逃れて対岸へ駆け上がった。逃げる尊氏軍はおよそ三万騎、追う軍勢は五〇〇騎あまりであった。対岸は屏風《びょうぶ》を立てたように高かったので、数万騎の尊氏軍は向きを変えて、ここを前線として支えた。時刻はすでに午後六時を過ぎており、暗くなって川の様子もわからなかったので、新田武蔵守義宗は渡ることができなかった。後に続く味方もなく、義宗は無念に感じて歯を噛みしめながら元の陣へ引き返した。これも、将軍の運の強いところである。

一方、新田左兵衛佐義興と脇屋左衛門佐義治は一体となり、二～三万騎の白旗一揆が北に散り散りになりながら逃げて行くのを、「これこそ将軍に違いない。どこまでも追い詰めて討ち取ろう」と、五〇町以上も追跡した。すると、降参した武士たちが馬から下りてあいさつしてきた。そこで義興たちがこの相手をするためにあちこちで馬を止めて一礼する間に、他の軍勢が逃げる敵を追い、東西へ隔てられてしまった。そして義興と義治の軍勢は、わずか三〇〇騎あまりとなった。

仁木と畠山はこのような戦況をずっと窺い、まだ一戦もせずに馬も休めて葦原《あしはら》に隠れていた。しかしこれを見て、「末流の源氏や諸国から集めた軍勢を何千騎討ったとしても何になろうか。ここに大将がいるのは、天が与えてくれた幸運である」と喜んだ。そして総勢約三千騎が一丸となって新田軍に押し寄せた。義興と義治は、敵は大軍なのできっと鶴翼《かくよく》[22]に展開して包囲しようとするだろうと推察したので、陣形を魚鱗《ぎょりん》に構えて馬を並べ、敵陣を突破しようとした。これを見た仁木越後守義長は、「敵の馬の動かし方や陣形を見ると、並みの雑兵《ぞうひょう》[23]ではない。小勢だからといって侮《あなど》って陣を破られてはならない。一カ所に馬を集め、敵が挑んできても相手をするな。常に周

20　現、東京都台東区今戸あたり。隅田川に面している。直後にある「石浜川」は隅田川のこと。
21　側近。
22　「鶴翼」「魚鱗」は、ともに陣形を指す。【10-8】注10参照。
23　【10-8】注26参照。

囲に注意して、大将とおぼしい敵を見つけたら、組んで馬から落として首を取れ。雑兵が襲ってくれば矢で射落とせ。敵を動かして疲れさせよ。味方が落ち着けば、兵力に勝る我が軍が必ず勝てる」と細かな作戦を立て、一斉に敵を包囲した。

予想どおり、義興と義治は目の前に並んでこちらを無勢と侮ってくる敵に我慢できず、三〇〇騎をまとめて敵軍の真ん中に割って入り、縦横無尽に駆け回ってわめきながら攻めかかった。しかし、仁木と畠山は少しも動揺せず、「陣を破られるな。敵を疲れさせよ」と命じて、いっそう馬を集めて隙間なく待機した。そのため、外側に立っていた兵が互いに討たれたり負傷したりするのみで、陣は少しも動かなかった。背後へ回り込んで戦っても、前面はまったく騒がなかった。東へ廻っても西は静まり、北へ廻っても南は落ち着いていた。攻めかかってもかわされ、組んで落としても重なるだけであった。百回千回と攻めても、堅固《けんご》な陣はますます堅固となり、大将も退かなかったので、義興と義治の気力も尽きて、東の方へ逃げて行った。

二〇町あまり落ちて、兵を数えてみると、三〇〇騎あまりいた軍勢のうち、およそ一〇〇騎が討たれて二〇〇騎が残っていた。義興は兜《かぶと》の錣《しころ》と袖の三枚目の板を切り落とされ、小手《こて》と脛当《すねあ》てのはみ出た部分に三カ所軽傷を負った。義治は太刀が折れ、草《くさ》摺《ずり》の板を綴じる紐もすべて切れ、鎧をつづる紐ばかりが残っていた。また兜の飾りも両方切り落とされ、兜の鋲《びょう》も少し削れていた。太刀は根元から折られていた。そこで部下に持たせていた長刀《なぎなた》を代わりに使うことにしたが、それも峰は簓《ささら》24のように切られ、歯元もノコギリのように折れていた。馬は三カ所切られたので下りて乗り換えたが、その新しい馬もすぐに死んでしまった。二人の大将でさえ、このように自ら戦って負傷しているのだから、それ以下の兵で深手を負わない者は稀であった。

新田武蔵守は、「将軍を討ち漏らした。今日はすでに暮れてしまったので、軍勢を集めて明日石浜を攻撃しよう」と言って小手指原へ戻り、「兵衛佐殿はどこにいるのか」と行き逢った兵に尋ねると、「兵衛佐殿と脇屋殿はともに行動されていましたが、仁木・畠山殿に敗北し、東の方へ逃走されました」と知らされた。「それでは、そこに見えている篝《かがり》は敵か味方か」と問えば、「いえ、このあたりに味方は一騎もおりません。これは、仁木兄弟の軍勢と白旗一揆の兵たちが焚《た》いた篝でございます。このように少ない兵力でこの付近にいるのは危険だと思われます。夜のうちに急ぎ笛吹《うすい》

24　竹の先を細かく割って束ねた楽器。田楽で伴奏として使われた。

峠《とうげ》[25]方面へ転進し、越後・信濃の軍勢を待たれてから、もう一度戦われるべきでしょう」という返事が返ってきた。武蔵守はしばらく考えて「確かにこの意見はもっともである」と思い、あちこちで「笛吹峠はどこか」と尋ねながら夜中に撤退していった。

【32-5】近江国堅田の戦いと佐々木秀綱の戦死

足利義詮朝臣《あしかがよしあきらあそん》は近江国東坂本《ひがしさかもと》に踏み留まり、諸国の軍勢をここに招集しようとした。しかし武蔵将監《むさしのしょうげん》（高師詮《こうのもろあきら》[1]）が討たれ、南朝が大慈院法印《だいじいんのほういん》任憲を比叡山の山上へ派遣したという情報が入ってきた。そのため、坂本を北朝の仮の皇居とするのは不適切であるという結論に達し、六月一三日義詮朝臣は北朝の後光厳《ごこうごん》天皇を警備して東近江方面に逃走した。

この行幸《ぎょうこう》に従った貴族たちは、以下のとおりである。二条前関白左大臣良基《にじょうさきのかんぱくさだいじんよしもと》・三条大納言実継《さんじょうだいなごんさねつぐ》・西園寺大納言実俊《さいおんじだいなごんさねとし》・正親町大納言忠季《おおぎまちだいなごんただすえ》（「裏築地」とも称する）・松《まつ》殿大納言忠嗣《どのだいなごんただつぐ》・大炊御門中納言家信《おおいみかどちゅうなごんいえのぶ》・四条中納言隆持《しじょうちゅうなごんたかもち》・菊亭中納言公直《きくていちゅうなごんきんなお》・花山院中納言兼定《かさんのいんちゅうなごんかねさだ》・坊城右大弁経方《ぼうじょううだいべんつねかた》・坊城右中弁俊冬《ぼうじょううちゅうべんとしふゆ》・日野左中弁時光《ひのさちゅうべんときみつ》・安居院勘解由次官行知《あんごいんかげゆのじかんゆきとも》・梶井二品親王《かじいのにほんしんのう》（尊胤《そんいん》）。彼らは輿《こし》に乗り、急ぎ天皇に付き従った。また、僧侶も一人残らず動員された。

武士では、足利宰相中将《さいしょうちゅうじょう》義詮朝臣を大将に、細川相模守清氏《ほそかわさがみのかみきようじ》・斯波尾張民部少輔《しばおわりみんぶのしょう》・弟左近将監《さこんのしょうげん》・同左京権大夫《さきょうごんのだいぶ》・今川駿河守頼貞《いまがわするがのかみよりさだ》・同兵部大輔助時《ひょうぶのたいふすけとき》・同左衛門入道《さえもんのにゅうどう》・佐々木近江守秀綱《ささきおうみのかみひでつな》・同三郎左衛門《さぶろうざえもん》（一円方のことである）[2]・同高屋四郎左衛門入道高秋《たかやしろうざえもんにゅうどうたかあき》・熊谷小次郎直経《くまがいこじろうなおつね》・土岐大膳大夫頼康《ときだいぜんのだいぶよりやす》・佐々木山内五郎右衛門信詮《やまのうちごろうえもんのぶあきら》、これらを主力メンバーとして、合計三千騎あまりが和爾《わに》・堅田《かただ》[3]の琵琶湖畔の道を、馬を速めて落ちていった。

この堅田には、故新田堀口美濃守貞満《にったほりぐちみののかみさだみつ》の子息掃部助貞祐《かもんのすけさだすけ》がここ二～三年隠れ住んで

25 現、埼玉県比企郡鳩山町と同郡嵐山町の境にある峠。

【32-5】1 生没年未詳。高師直の子。

2 佐々木三郎左衛門は貞高のことで、一円氏を名乗った。

3 【15-3】注5参照。

いた。彼は和爾・堅田のあぶれ者たち五〇〇人以上と語らって、逃げてきた敵を真野《まの》の浦《うら》[4]で討とうとした。しかし行列の前方は天皇陛下で、警備として梶井二品親王が門徒の僧兵を率いて進んでいたので、彼らは遠慮して弓を引かなかった。だがその後通りがかったのが、佐々木近江守秀綱が率いる一族や部下およそ三〇〇騎であった。それを待ち受けて、掃部助の軍勢五〇〇人あまりが東西より取り囲んで激しく矢を射た。そのため、佐々木三郎左衛門・箕浦《みのうら》次郎《じろう》右衛門《えもん》・吉田八郎左衛門《よしだはちろうざえもん》・今村五郎が同時に討たれた。

秀綱は、頼りにしている一族や部下たちが行列の後ろで襲われて殺されたのを知り、憤懣《ふんまん》やるかたなく引き返した。秀綱が引き返すと、高屋四郎左衛門も同じく馬の向きを反転させて敵の中へ駆け入った。しかし、歩兵の敵に馬の両膝を長刀で斬られ、落馬したところを討たれた。はるか先を進んでいた家来三七人も引き返し、全員同じ場所で討たれた。

義詮は、その夜は塩津《しおづ》に輿を止めて公卿・殿上人《てんじょうびと》を少し休ませようとした。しかし塩津・海津《かいづ》[5]の住民が、あちこちの路地や山に集まって鬨《とき》の声を上げた。軍勢がここに一夜でも滞在すれば、自分たちの迷惑となると思ったからである。そのため少しも滞在することができず、輿を呼び寄せて天皇陛下を乗せようとしたが、輿の担ぎ手が全員逃げてしまっていた。そこで細川相模守清氏が馬より下りて、鎧の上に陛下を背負って塩津の山を越えた。かつて、晋《しん》の子推《しすい》が自分の股《もも》の肉を切って主君に食べさせ[6]、霊輒《れいてつ》が車輪を支えて趙盾《ちょうとん》を助けたのも[7]、このときの清氏の忠節には及ばないように見えた。

残りの公卿・殿上人は、長く続く琵琶湖の浜を照らす月の光の下で馬を駆る者もいれば、曲がりくねった入江の波に棹を差して舟を漕いで進む者もいた。「中国の巴峡《はきょう》にいる猿がひとたび叫べば、舟が明月峡《めいげつきょう》（巴峡の一つ）の船着き場にとどめられる。西アジアの馬がすぐにいななければ、砂漠の中で迷ってしまう」[8]と古人が旅の愁いを

4　現、滋賀県大津市真野。
5　【17-18】注1参照。
6　『荘子』「盗跖《とうせき》」に見える故事。
7　『春秋左氏伝』「宣公二年」に見える故事。
8　『和漢朗詠集』「山水」に見える話による。巴峡は中国・湖北省巴東県にある峡谷。「古人」とあるのは晩唐の詩人公乗億《こうじょうおく》のこと。

詠《うた》ったのもこのようなことであったろうと、今こそ思い知らされた。だがこれより東はトラブルがなかった。そして、美濃国垂井宿《たるいのしゅく》[9]にある遊女のリーダーの家を皇居として、義詮以下の官軍は周囲の山や里に陣を設営し、皇居を警備した。

【32-11】名刀鬼丸と鬼切

そもそも豆州《ずしゅう》（山名時氏《やまなときうじ》）は、所領のことで宰相中将《さいしょうちゅうじょう》殿（義詮《よしあきら》）に恨みがあった。桃井播州《もものいばんしゅう》（直常《ただつね》）も、故高倉殿（直義《ただよし》）に味方したために野心を達成できなかったという不満があった。そのため、この二人が尊氏の敵になるのは少しは納得できることであった。

しかし斯波尾張修理大夫《しばおわりしゅりのだいぶ》高経《たかつね》は、将軍に対する忠義が他の足利一門に勝っていたので、将軍も格別の恩賞を与え、世間的な評価も高かった。何の不満もないように見えたのに、今回尊氏の敵となったのは、どのような遺恨があってのことであろうか。そのきっかけを調べてみると、以下のような事情が判明した。先年、越前国足羽《あすわ》の戦いで、この高経は朝敵の総大将新田左中将義貞を討ち、源平代々に伝わる宝物である鬼《おに》丸《まる》・鬼切《おにきり》という二振《ふたふり》の太刀を入手した。将軍は「これはお前のような末流の源氏などが所有してよいものではない。急いで京都に献上せよ。当足利家の家宝として、嫡流が代々伝えよう」と何度も高経に命じた。しかし高経は出し渋り、「この二振の太刀は長崎の道場に預けていましたが、かの道場が火災を起こした際に焼けてしまいました」と述べ、少し似た太刀をわざと焼いて代わりに提出した。このことがそのまま京都に伝わった。将軍は非常に怒って、高経には朝敵の大将を討ち取るという抜群の功績があったにもかかわらず、それほど恩賞を与えず、事あるごとに体面を傷つけた。非常に憤った高経は故高倉禅門の謀叛《むほん》に加わり、今回の直冬《ただふゆ》の上洛にも協力して攻め上ったということであった。

この鬼丸という刀の由来は、以下のとおりである。かつて北条四郎時政《ほうじょうのしろうときまさ》[1]が天下を

9　【19-9】注3参照。

【32-11】1　【1-1】注5参照。

獲《と》って日本全国を平定した後、毎夜のように時政の夢に小さな鬼が現れ、彼を殺害しようとした。これを阻止するために修験道の行者《ぎょうじゃ》が加持祈禱《かじきとう》を行ったが、収まらなかった。陰陽寮《おんようりょう》で祈っても、鬼は立ち去らなかった。それどころか、鬼はますます暴れ回り、このため時政は病気となって心身ともに苦しむようになった。そんなある夜、時政の夢の中でこの太刀が老人に変身して「私はお前を守護するために、かの妖怪を撃退しようと思っている。しかし穢《けが》れた人間が刃紋を触ったために錆びてしまい、鞘《さや》から抜け出せなくなってしまった。早くかの妖怪を退散させようと思うのであれば、肉食妻帯をせず穢れのない僧侶に私の錆を取らせなさい」と詳しく指示し、元の太刀に戻った。

翌朝、時政は早く目覚め、その夢を不思議に感じた。老人の夢のお告げに従い、清浄な僧を招いて、この太刀の錆を取らせた。そしてしばらく加持祈禱をして、鞘には差さずにそばの柱に立てかけておいた。冬だったので時政は室内を暖めようと思い、火鉢を置いた台を見ると、全長一尺ほどの銀でできた小鬼の像が台を支えていた。目には水晶が入れられ、歯には金箔が施されていた。これを見た時政は、毎夜夢に出てくる鬼に姿形が似ている気がして目を離せずにいた。すると、鞘から抜いて柱に立てておいた太刀が突然ガバと倒れ、この火鉢の足となっていた鬼の首を瞬時に斬って落とした。時政を悩ましていたのはこの鬼だったのであろう、時政はすぐに体調が回復し、以降は鬼のようなものは二度と夢に現れなかった。

時政はこの太刀を鬼丸と名づけた。これは北条高時の治世に至るまで、平氏の嫡流に代々伝えられた。そして相模入道（高時）が鎌倉の東勝寺《とうしょうじ》で自害した際、この太刀を次男の幼名亀寿《かめじゅ》（時行）に家宝として託した。時行は信濃国に逃げ、諏訪大社下社の神官を頼った。しかし建武二年（一三三五）八月に鎌倉の戦いで敗北し、諏訪三《み》河守《かわのかみ》頼重《よりしげ》以下主立った大名四三人が勝長寿院《しょうちょうじゅいん》[2]の中に入って自害してしまった。死体は全員顔面の皮膚を剝がされていたので見分けがつかなかったが、その中にこの太刀があったので、きっと相模次郎時行もこの中で腹を切ったに違いないと人々は不憫に思った。この太刀は新田殿に献上された。義貞は「これこそ噂に聞いた平氏に伝わる鬼丸という宝物である」と非常に喜び、秘蔵した。これは奥州宮城郡の国府に住んでいた三の真国《さねくに》[3]という刀《かたな》鍛冶《かじ》が三年間精進潔斎《しょうじんけっさい》し、七重にしめ縄を張って鍛えた剣

2 現、神奈川県鎌倉市雪ノ下にあった寺院。

であった。

次に、鬼切という太刀の由来は以下のとおりである。これはもともと、清和源氏の先祖である摂津守頼光《せっつのかみらいこう》の刀であった。その頃、大和国宇多郡に大きな森があった。そこに毎夜怪物が出現し、往来する人を捕まえて食べ、牛馬等の家畜を引き裂いて殺していた。これを聞いた頼光は、渡辺源五綱《わたなべのげんごつな》という家来に「その怪物を討て」と命じ、秘蔵のこの太刀を与えた。頼光の命令を受けた綱は宇多郡に行き、武装して毎夜森の陰でこの怪物を待ち受けた。怪物は綱の威勢を恐れたのであろう、用心してなかなか現れなかった。

綱は、ならば変装してこの怪物をだましておびき寄せようと考えた。髪を解き乱して顔を覆い、髪飾りをつけてお歯黒と太眉《ふとまゆ》を描いて薄絹《うすぎぬ》を頭にかぶり、女性のような出で立ちで、春のおぼろげな月の夜明けに森の下を通った。突然天空が曇り、森の上に飛び上がった物体が空中から綱の髪をつかんで引き上げようとした。綱は例の太刀を抜き、虚空《こくう》を振り払った。すると、雲の上からあっという声がして、血が綱の顔にかかった。そして二の腕のところから斬られた、熊の腕のような毛の生えた三本指の物体が落ちてきた。

綱は、この腕を頼光に献上した。頼光はこれを朱の唐櫃《からびつ》に収めたが、その後毎夜恐ろしい夢を見るようになった。占いの博士に尋ねると、七日間物忌《ものい》みをすべきであると言われた。そのため頼光は堅く門戸を閉ざし、七重のしめ縄を張り、四方の門に一二人の警備員を置き、魔除けの鏑《かぶら》矢《や》を射させた。

七日目の夜、河内国高安郡《たかやすぐん》より頼光の母が訪れ、門を叩いた。物忌みの最中であったが、老母がわざわざ遠方から面会に来たのでやむを得ず門を開けて中へ入れ、ご馳走を用意してお酒を飲み、いろいろな話をした。宴もたけなわとなり、酩酊した頼光は例の怪物について母に語り始めた。老母は持っていた盃を前に置き、「ああ恐ろしい。私の近所に住んでいる人もこの怪物に襲われ、親よりも先に死んだ子や夫と死に別れた妻も大勢いるとのことです。さて、どのような怪物なのでしょうか。その腕を見たいです」と望んだ。頼光は「これがその腕でございます」と唐櫃の中から腕を取り出し、老母の前に置いた。

母はこれを取ってしばらく見ていたが、自分の右手の肘から切れた部分を見せ、

3　未詳。

「これは私の腕である」と言ってその腕をつけ、たちまち全長二丈ほどの牛の頭をした鬼に変身した。そして、酌《しゃく》をしていた綱を左手につかみ、天井の煙出しから飛んでいこうとした。頼光が例の太刀を抜き、牛鬼の首を斬って落としたが、その首はなおも頼光に飛びかかってきた。そこで太刀を逆手に持ち直して応戦すると、この首は太刀の切っ先を五寸ほど食いちぎり、ついに地に落ちて目を閉じた。しかし胴体は屋根の破風《はふ》から飛び出して、はるか天空に昇っていった。

後日、頼光は比叡山横川《よかわ》の覚蓮《かくれん》[4]という高僧を招いた。この僧は修行を重ねて清浄となり、霊能力を持っていた。覚蓮は護摩壇《ごまだん》の上にこの太刀を立て、しめ縄を張って七日間加持祈禱を行った。すると天井から倶利伽羅《くりから》龍王が下りてきて、切っ先を口に含むと、折れた剣はたちまち元どおりとなった。

その後、この太刀は多田満仲《ただのまんじゅう》[5]の手に渡り、信濃国戸《と》蔵山《がくしやま》でふたたび鬼を斬った。そのため、この太刀は鬼切というのである。もともとこの太刀は、伯耆国《ほうきのくに》会見郡《えみぐん》の大《おお》原《はら》五郎大夫安綱《ごろうのたいふやすつな》という刀鍛冶が雑念を払って心を清らかにし、真心を込めて鍛え出した剣であった。安綱は、この剣を征夷大将軍《せいいたいしょうぐん》坂上田村麻呂《さかのうえのたむらまろ》[6]に献上した。この剣は、後に田村将軍が鈴河御前《すずかごぜん》という女盗賊と鈴河山《すずかやま》で戦った際に使用されたものである。その後、田村麻呂が伊勢大神宮に参拝したとき、大神宮が夢のお告げでこの太刀を所望したので、田村麻呂はこれを御殿に奉納した。後世に摂津守頼光が伊勢大神宮に参拝すると、夢のお告げで「お前にこの剣を与える。これを子孫代々の嫡流に伝え、日本の守りとしなさい」と示された。したがって、源家がこの太刀を大切に扱ってきたのは道理である。また、綱の子孫である渡辺党の住居の屋根に破風がないのも、このためであるということである。

4　正しくは「覚運」。
5　平安時代中期の武将で清和源氏の祖とされる源満仲（九一二～九九七年）のこと。摂津国の多田に住居があった。
6　七五八～八一一年。数回にわたり蝦夷《えみし》征討に従軍し、延暦一六年（七九七）に征夷大将軍となった。

【32-13】東寺の戦い〈「京の戦い」と称する〉

前日の摂津国神内《こうない》の戦いで山名が敗北し、本陣へ戻ったという情報が届いた。そこで将軍尊氏は三万騎あまりの兵を率いて比叡山を下り、東山に布陣した。執事の仁木《にき》左京大夫《さきょうのだいぶ》頼章《よりあき》は丹波・丹後・但馬《たじま》の軍勢およそ三千騎を率いて、嵐山に進出した。

京都以南は、淀《よど》・鳥羽《とば》・赤井《あかい》・八幡《やわた》に至るまで南朝の直冬《ただふゆ》軍の勢力圏となった。それに対し、東山・西山・山崎・西岡《にしのおか》はすべて将軍の圏内である。この地域のすべての神社仏閣は、陣地を守る楯を造る木材として破壊され、山林の竹や樹木は薪・城門・逆茂木《さかもぎ》[1]にするために切り尽くされた。京都市街は、敵が横から攻めてきたときに見えやすいように東山の尊氏軍が毎日徐々に焼き払った。一方白河《しらかわ》は、敵を雨露に打たせて疲弊させるために、東寺の直冬軍が焼き払った。わずかに残った皇族と後宮の住居・皇居・摂政関白邸・大臣邸はすべて門を閉ざして無人となったので、キツネの住み処となり果てて、いばらに覆われてしまった。

そうこうしているうちに二月四日、細川相模守清氏《ほそかわさがみのかみきようじ》がおよそ一千騎で四条大宮に攻め寄せ、山陰・北陸道の直冬軍八〇〇騎あまりと激突した。追いかけたり追われたりしながら一日中交戦し、左右へさっと退いた。そこに、紺糸の鎧に紫の母衣《ほろ》をかけ、厚総《あつぶさ》2をつけた黒瓦毛《くろかわらげ》の馬に乗った四〇歳ほどの武者がただ一騎でしずしずと前に進んできた。そして、「今日の戦いで、進むときは先頭に立って進み、引くときは最後に引いたのは、細川相模殿でございましょう。私の声を聞けば誰だかおわかりでしょうけれども、すでに夕方になったのではっきりとは見分けられないかもしれません。私は自分にふさわしい敵と戦いたいと思うので、改めて名乗りましょう。今回北陸道を平定して京都に攻め上った、桃井播磨守直常《もものいはりまのかみただつね》でございます。相模殿と戦って、日頃伝え聞いている相模殿の武芸の手並みを拝見し、直常の太刀さばきもご覧に入れたいと存じます」と大声で名乗り、馬を東に向けて待機した。相模守はもともと敵にちょっと挑発されただけで熱くなる人であったので、相手が桃井と名乗ったのを聞いて少しもためらわず、「ああ、よい敵に巡り会った。天下の勝負は、私と彼のこの一

【32-13】1　【6-9】注9参照。
2　馬の飾り。【12-1】注18参照。

騎打ちにかかっている」と、これもただ一騎で馬を引き返して歩み寄った。接近したので互いに馬を駆け合わせ、組んで勝負しようとして手を組んで引き寄せ合った。桃井は言葉に似ず弱く見えたので、清氏は桃井の兜を取って投げ捨て、鞍の前輪に押しつけて、首を斬って高々と上げた。

清氏は、すぐに馬廻りの部下にこの首と母衣を持たせて将軍の御前に参り、「清氏は桃井播磨守を討ちました」と戦いの模様を報告した。そこで蠟燭《ろうそく》を灯して首を確認すると、年齢は合っているように見えたものの、到底直常には見えなかった。直常は田舎に長年住んでいたので、顔が変わってしまったのであろうか。尊氏は不審に思い、昨日降参した八田左衛門太郎《はったさえもんのたろう》を呼び、「これが誰の首であるか知っているか」と尋ねた。八田はこの首を一目見て、涙を流しながら「これは越中国の武士二宮兵庫助《にのみやひょうごのすけ》という者でございます。去年、桃井軍が越前国敦賀《つるが》に進出した際、この二宮は気比《けひ》大明神の御前で『今度の京都の合戦で仁木・細川の武士を見たならば、私は桃井殿と名乗って勝負をいたします。もし私が嘘を述べれば、今生では永遠に武士としての名誉を失い、死後は無間《むげん》地獄に堕ちる罰を受けるでしょう』と一枚の起請文《きしょうもん》を作成しました。そして御宝前の左の柱に貼り、越中国の武士二宮兵庫と年月日まで書き記しました。それを通りがかって見た北陸道の軍勢は、皆このことを知っておりました。二宮はやはり戦死したのですね」と言った。そこで、その母衣を確認してみると、確かに「越中国の武士二宮兵庫、屍《しかばね》を戦場にさらし、名を後世まで留めよう」と書かれていた。

かつて、斎藤実盛《さいとうさねもり》[3]は白髪を染めて敵と戦った。現代の二宮は、名前を替えて命を絶った。時代は隔たっているが、その戦功は同じである。「ああ、豪傑であるな。敵ではあるが、生かしておきたかったものである」と二宮を誰もが惜しんだ。

次いで二月一五日の朝、東山の尊氏軍が上京《かみぎょう》に侵入して兵糧を奪おうとしているという情報が届いた。そこでこれを蹴散らすために、桃井《もものい》兵部大輔《ひょうぶのたいふ》直信《なおのぶ》と斯波《しば》尾張《おわり》左衛門佐《さえもんのすけ》氏頼《うじより》がおよそ五〇〇騎で東寺を出て、一条と二条のあたりを二手に分かれて廻った。これを見た細川相模守清氏と佐々木黒田《くろだ》判官《ほうがん》高満《たかみつ》が七〇〇騎あまりで東山から下りた。そして尾張左衛門佐の軍勢の殿《しんがり》[4]を務めていた朝倉下野守《あさくらしもつけのかみ》正景《まさかげ》がわず

3　?～一一八三年。平安時代末期の武士。晩年、老齢を隠すために髪を黒く染めた逸話が残る。
4　軍列の最後尾で、敵の追撃を防ぐ部隊。

か五〇騎で通りがかったのを追撃しようと、六条《ろくじょう》河原から京都へ乱入した。

朝倉は小勢《こぜい》なのでまさか支えることはできまいと細川の七〇〇騎が揉み合うように攻めたが、朝倉の五〇騎は少しもあわてずに馬を東に向けて静かに敵を待ち受けた。これを見た細川と黒田は侮《あなど》れないと思ったのであろう、半町ほど離れ、馬をさっと並べて一斉に鬨《とき》の声を上げた。だが朝倉はまったくためらわずに大軍の中へ攻め込み、馬煙を立てながら斬り合った。これを見た尾張左衛門佐は「朝倉を討たせるな。私についてこい」とおよそ三〇〇騎で引き返し、六条東洞院《ひがしのとういん》を東へ、烏丸《からすま》を西へ追いかけたり追いかけられたりして、七〜八回も敵と揉み合った。

細川は、徐々に押され気味となった。だが怪力で知られる若狭国の武士南部六郎《なんぶのろくろう》という者がただ一騎で踏みとどまり、敵の太刀を受けては斬って落とし、全方位の敵と戦い続けたので、左衛門佐の兵は次第にまばらとなっていった。このとき斯波氏頼の軍勢の中から、三村《みむら》・首藤左衛門尉《すどうさえもんのじょう》・後藤掃部助《ごとうかもんのすけ》・山門西塔《さいとう》の法師金乗坊侍従《こんじょうぼうのじじゅう》という武士が連れだって出てきた。彼らは互いにきっと目配せをして、南部を倒そうとして近づいた。南部はカラカラと大笑いし、「私一人に四人がかりとは。では、彼らの胴を真っ二つに斬って太刀の切れ味を試そう」と言って、五尺六寸の太刀を実に軽々と振って、片手で討とうとした。だが、侍従が素早く駆け寄って南部に組みついた。南部はもともと怪力の持ち主であったので、侍従をつかんで空中にひっさげたが、さすがに小石のように投げ飛ばすことはできなかった。また太刀も大きかったので侍従が近すぎて斬ることもできず、押し殺そうと思ったのであろう、土塀《どべい》に侍従を当ててえいやえいやと押した。ところが乗っていた馬が尻餅《しりもち》をついて倒れたので、南部も馬から投げ出されて倒れた。しかし、南部の力がそれでも勝っていたので、侍従を取り押さえて首を掻こうとした。そのとき、残りの三騎が馬から飛び降りて南部の上に乗りかかり、両方から草摺《くさずり》をたたみ上げて刀を二〜三回刺し、徐々に弱った南部の首を斬り落とした。侍従は目・口・鼻から血を出していた。だが助け起こされると、南部の首を刀の切っ先に貫いて走って戻っていった。これでこの日の戦闘は終了し、敵も味方も退却し、京と白河へ戻った。

また同日夕方、仁木右京大夫義長《にきうきょうのだいぶよしなが》・土岐大膳大夫頼康《ときだいぜんのだいぶよりやす》の軍勢約三千騎が七条河原へ攻め寄せ、桃井播磨守直常《もものいはりまのかみただつね》・赤松弾正少弼氏範《あかまつだんじょうのしょうひつうじのり》・原・蜂屋《はちや》・吉良《きら》・石塔《いしどう》・海《かい》

5 【27-9】注12参照。

東《とう》・宇都宮の軍勢二千騎あまりと交戦し、鴨川の河原およそ三町を追いかけたり追いかけられたりすること二〇回以上に及んだ。一日中、数時間の戦いが何度も繰り返され、特に桃井播磨守の兵たちが半数以上負傷したので、新手《あらて》と交代して助け合うために、直冬のいる東寺の要塞へ引き返そうとした。しかし土岐の桔梗《ききょう》一揆と佐々木大《ささきたい》夫判官入道崇永《ふほうがんにゅうどうそうえい》の軍勢に攻め立てられ、戻って戦う者は斬られ、城へ入ろうとする者は城門や逆茂木《さかもぎ》に阻まれて入れなかった。城中の兵もあわて騒ぎ、「今にもこの城は攻め落とされるであろう」と思えた。

このとき赤松弾正少弼氏範は、重傷を負った家来の小牧五郎左衛門尉《こまきごろうざえもんのじょう》を助けようとして馬の上から手を差しのべた。それを遠くの高矢倉《たかやぐら》から眺めた右兵衛佐《うひょうえのすけ》直冬は扇を上げて、「引き返して味方を助けよ」と二度も三度も合図した。そこで氏範は小牧五郎左衛門尉をつかんで城門の中へ投げ入れ、自身は五尺七寸の太刀を振りかざし、わずか一騎で引き返して敵と馬を並べて斬り合った。兜の鉢《はち》を胸板まで割られる者もいれば、胴体を瓜を切るように真っ二つに斬られる者もいた。さしもの勇敢な桔梗一揆と佐々木軍もかなわないと思ったのであろう。七条河原へ撤退し、その日の戦闘は終了した。

三月一二日には、仁木・細川・土岐・佐々木・佐竹・武田・小笠原が集結して七千騎あまりで七条西洞院《にしのとういん》へ攻め寄せた。この軍勢は二手に分かれ、一手は但馬・丹後の敵と戦い、もう一手は斯波《しば》尾張修理大夫《おわりしゅりのだいぶ》高経《たかつね》と戦った。しかし、こちらの攻め手約一千騎は高経の五〇〇騎に敗れ、撤退する騒ぎになった。このとき、鎌倉から尊氏に従って上洛した軍勢の中に、那《な》須《す》資藤《すけふじ》がいた。将軍はこの那須に使者を遣わし、「この戦闘で、味方の死傷者が多数出ている。軍勢も疲弊している。新手として援護に向かえ」と命じた。那須は「承知しました」と返答して戦場に向かって行った。

この那須は、今回の戦いの前に老いた母の許へ人を遣わし、「今度の合戦でもし私が戦死すれば、親に先立つ身となって、草葉《くさば》の陰や苔の下から母上が嘆かれる様子を見るであろうことを思うだけで悲しく思います」と伝えた。老母は泣きながら返事の書状を送ったが、その内容は以下のとおりであった。「古代から現代に至るまで、武士の家に生まれた者は、名声を惜しんで命は惜しまないものでございます。誰もが妻子や父母と別れることを惜しんだり悲しんだりしますが、ただ家のことを思い、名声を傷つけることを恥じるが故に惜しむべき命を捨てるのです。あなたは親からもらった身体を今まで大切にしてきたので、それだけで孝は成立しています。またすでに一人前となって自分で生計を立て、道徳的な生活を送っているので、後は名声を後世に残せば、これで孝は完成されます。今度の戦いでは、命を惜しんで先祖の名声を汚してはなりません。これは、元暦《げんりゃく》の昔に那須与一資高《なすのよいちすけたから》が壇ノ浦《だんのうら》の合戦で扇を射て、名声を後世に残した際に着けていた母衣《ほろ》です」。そして、薄紅《うすくれない》の母衣を錦の袋に入れて息子に送った。もともと那須は戦場に臨んで命を軽んじる覚悟をしていたが、老母に義を勧められてますます気力が増大した。そこに将軍より特別に使者を派遣され、「高経との戦いに敗れて困難な形勢となったので急ぎ救援に向かえ」と命じられたので、那須は一言も異論を唱えず、味方の大軍が退いて敵軍が勇んで進む中に突入した。そして、兄弟三人と一族郎従三六騎が一歩も退かずに戦死した。これは、実に見事なことであった。

【33-3】富裕を誇る幕府の大名たち

朝廷の貴族たちの多くは[1]、このように道に迷って道路脇の溝に落ちてのたれ死んでしまった。だが幕府の大名たちは、ますます富裕となっていった。

彼らは、美しい刺繡《ししゅう》で彩られた錦の衣服をまとって贅沢な料理を食した。前代（鎌倉幕府の時代）、相州《そうしゅう》禅門（北条高時）が日本全国を統治していたときは、諸国の守護は大犯三箇条[2]以外には権限を持たなかった。しかし現在は、重要な案件も些末な案件もすべて守護の管轄となり、一国の政務のすべてを恣意的に遂行している。また地《じ》頭《とう》・御《ご》家《け》人《にん》を家来のように扱い、寺社や貴族の荘園も兵糧の調達を口実に支配している。その権威は、かつての六波羅・鎮西《ちんぜい》探題のようであった。

また京都では、しばしば茶の会が開かれた。諸国の大名ならびに執事・侍所《さむらいどころ》・

6　那須与一が屋島合戦で扇を射た、著名な逸話を踏まえる。「資高」は、史実では父の名。

【33-3】1　前話にある兵部少輔《ひょうぶのしょう》某《なにがし》の、公家が凋落した境遇を指す。

2　天皇の宮殿の警備、反乱の鎮圧、殺人犯の逮捕。

頭人《とうにん》・評定衆《ひょうじょうしゅう》・奉行《ぶぎょう》・寄人《よりうど》以下の幕府の要人たちが参加した。外国や日本の宝物を集めて会場を飾り立て、全員曲彔《きょくろく》[3]に豹《ひょう》や虎の毛皮を敷いて座った。この様子は、まるで仏法の徳で飾られた床に千人の仏が光を発しながら並び座るようであった。また彼らは「異国の諸侯は宴会を開く際、食膳方丈《しょくぜんほうじょう》といって、席の周囲一丈四方にご馳走を備えるという。それに負けてはならない」と言って、幅約五尺の大きな食台を一〇個並べ、そこに一〇種類のおかずや甘・辛・酸・苦・鹹《かん》[4]の五種類の味覚がすべてそろった魚・鳥、甘酸っぱいお菓子など、いろいろな料理をさまざまに盛りつけた。食後にそれぞれおいしいお酒を九杯飲むと、闘茶[5]を行うために、賞品やプレゼントを置いた。ギャンブルの最初の親は、賞品として奥州産の摺《す》り衣《ごろも》[6]をそれぞれ一〇〇枚ずつ、六三人の参加者の前に置いた。第二の親は、さまざまな模様の小袖《こそで》を一〇重ずつ置いた。第三は、沈香《じんこう》の切れ端一〇〇両[7]に、麝香鹿《じゃこうじか》のへそから取れるお香を三個ずつ添えて置いた。第四は、完成したばかりの鎧一体と、鮫皮《さめがわ》で飾った金細工や銀細工の太刀にそれぞれ虎皮の火打袋《ひうちぶくろ》[8]を下げ、同様に並べた。その後の親二〇人あまりも他人に勝る賞品を出そうと、趣向を変えたり数を増やしたりして山のように賞品を積み重ねた。それらにかかった費用はどれほど莫大であろうか。これもただ持って帰るだけならば、互いの品物をただ交換するだけに過ぎないであろう。だが彼らは従者として連れてきた遁世者や見物のために集まってきた田楽を演じる稚児《ちご》、遊女、白拍子《しらびょうし》などにすべて分け与え、手ぶらで帰宅した。困窮した者や身寄りのない孤独な人の餓えを満たすわけでもなく、また仏や僧侶にお布施をするわけでもない。ただ金を泥に捨て、宝石を沼に沈めてしまうようなものである。

この茶会が終わってからも、彼らはなお双六《すごろく》や囲碁などの賭博で遊んだ。一回の勝負で一〇貫ずつ賭けたので、一晩の勝負で五〜六千貫も負ける人が続出し、勝った者も一〇〇貫ももうからなかった。これも田楽・猿楽の役者や遊女・白拍子にすべて分け与えるためである。

3 寺院の法会《ほうえ》等で使用される椅子。
4 塩辛いこと。
5 茶を飲み比べて産地を当てる賭博。
6 植物を原料に模様染めをした衣類。
7 両は重さの単位。一両は約三八グラム。
8 火打ち石など、火打ちのための道具を入れる袋。

そもそもこの大名たちは、前世で大金持ちになる因縁があって、地より宝が湧いたのか、それとも天から宝が降ってきたのであろうか。そのいずれでもない。ただ寺社や貴族の荘園を占領し、訴訟当事者から賄賂《わいろ》をもらって集めた富にすぎない。昔の政治家や官僚は、囲碁や双六でさえまったくやらなかった。まして賭博などは、風紀上禁止すべきことなのに、現代の彼らはすべての業務を差し措いて率先して行っている。訴人が来ると「今、有り金をすべて賭けて勝負している」と言って面会もしない。人が嘆くのもわからず、世間が嘲笑するのも顧みず、いつまでも遊び呆けるのは前代未聞のけしからぬことである。

【33-4】 将軍尊氏の死

延文《えんぶん》三年（一三五八）四月二〇日、征夷将軍尊氏卿の背中に腫瘍《しゅよう》ができて、体調不良となった。そこで内科や外科の医師たちが数十人も集まり、前漢の名医倉公《そうこう》や後漢の名医華佗《かだ》[1]クラスの治療を行い、あらゆる薬を飲ませたが効果がなかった。また陰陽《おんよう》寮《りょう》の長官や各寺院の高僧も鬼見《きけん》[2]・泰山府君《たいざんぶくん》[3]・星供《ほしく》[4]・冥道供《みょうどうく》[5]・薬師如来に従う一二神《しん》将《しょう》を祭る修法・不動明王《ふどうみょうおう》に六カ月の延命を祈る修法など、さまざまな祈禱を行った。だが病は日ごとに重くなり、同月二九日の夜中についに死去した。まだ五四歳であった。世間の人々は、避けることのできない死による別れを惜しむだけではなく、「こうなっては、また全国で戦乱が起こるに違いない」と限りなく嘆き悲しんだ。

二日後、尊氏は等持院《とうじいん》[6]に埋葬された。鎖龕《さがん》[7]は天龍寺の龍山《りょうざん》和尚、起龕《きがん》[8]は南禅寺の

【33-4】1　倉公（前二〇五～？年）は前漢の、華佗（生没年未詳）は後漢の、それぞれ名医として知られる。ともに当時の王の治療を行った。

2　悪鬼の祟りを祓《はら》う祈禱。

3　中国の泰山に住むという、人間の寿命を支配する神への祈り。

4　密教で北斗七星などを祀る修法。

5　閻魔《えんま》大王などを祀る修法。

6　現、京都市北区等持院北町にある臨済宗天龍寺派の寺院。尊氏が夢窓疎石を招いて開山した。足利氏の菩提寺で、歴代将軍の霊廟がある。

7　棺のふたを閉じる儀式。

平田《へいでん》和尚、奠茶《てんちゃ》[9]は建仁寺の無徳《むとく》和尚、奠湯《てんとう》[10]は東福寺の監翁《かんおう》和尚、下火《あこ》[11]は等持院の東陵《りょう》和尚が担当した。

征夷大将軍となってから二五年[12]、向かう戦場では敵なしであったが、無情にも自身の老病死を防ぐ兵はいなかった。また日本全国六〇州あまりを統治して、その命令に多くの者を従わせていたが、悲しいことにこの世を去るときはついて行く者もいなかった。身体は一瞬で変化して、夕暮れの空になびく火葬の煙として昇っていき、残った骨は空しく、一握りの遺灰として卵の形をした石の墓に埋められた。

尊氏が亡くなって五〇日が過ぎたので、北朝は左中弁《さちゅうべん》日《ひ》野《の》忠光《ただみつ》朝臣《あそん》[13]を勅使として、尊氏に従一位《じゅいちい》左大臣の官職を贈った。宰相中将《さいしょうちゅうじょう》義詮《よしあきら》朝臣は北朝からもたらされた宣旨《せんじ》を開いて三度礼をして、涙をこらえて、

帰るべき路《みち》しなければ位山《くらいやま》昇るにつけて濡るる袖かな

(父はこの世に帰る道がないので、仕方なく官位の山を登っていっています。それを思うと涙で袖が濡れます)

という和歌を詠んだ。勅使も不憫に思い、朝廷に戻ってから後光厳《ごこうごん》天皇に義詮の様子を報告した。陛下も非常に心を打たれ、勅撰和歌集『新千載集《しんせんざいしゅう》』を編纂する際に、詳細な説明文を添えてこの歌を哀傷の部に入撰させた。

8 棺を墓所に送る儀式。
9 霊前に茶を供える儀式。
10 霊前に湯を供える儀式。
11 火葬の火を点ずる儀式。
12 征夷大将軍となったのは建武五年（一三三八）なので、実際には二〇年。
13 一三三四～七九年。北朝で重んじられた公卿日野資明《すけあき》の子。

第五部

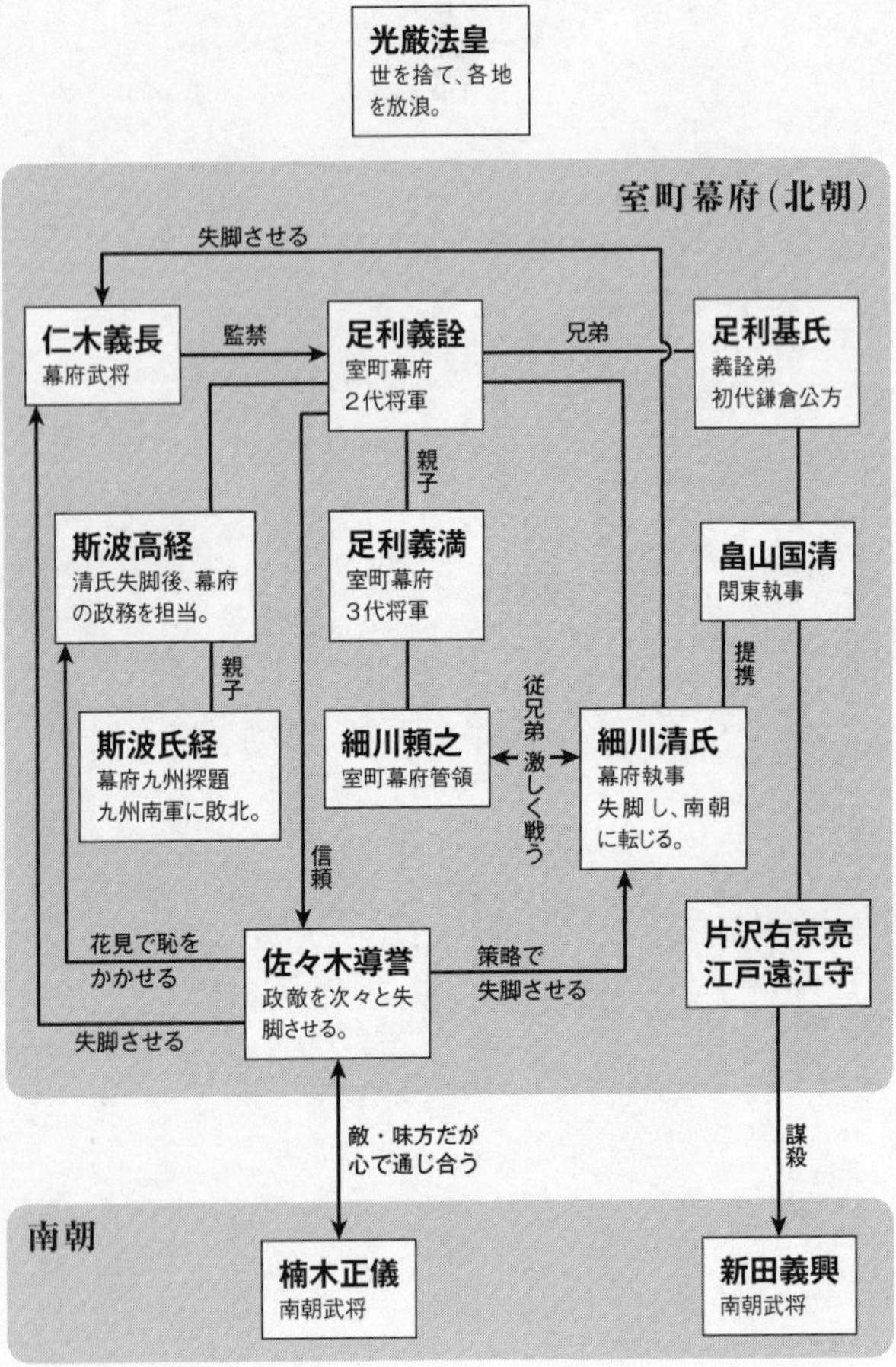

光厳法皇
世を捨て、各地を放浪。
室町幕府（北朝）
失脚させる
仁木義長
幕府武将
監禁
足利義詮
室町幕府
2代将軍
兄弟
足利基氏
義詮弟
初代鎌倉公方
親子
斯波高経
清氏失脚後、幕府の政務を担当。
足利義満
室町幕府
3代将軍
畠山国清
関東執事
提携
親子
斯波氏経
幕府九州探題
九州南軍に敗北。
細川頼之
室町幕府管領
従兄弟 激しく戦う
細川清氏
幕府執事
失脚し、南朝に転じる。
信頼
花見で恥をかかせる
佐々木導誉
政敵を次々と失脚させる。
策略で失脚させる
片沢右京亮
江戸遠江守
失脚させる
敵・味方だが心で通じ合う
謀殺
南朝
楠木正儀
南朝武将
新田義興
南朝武将

第五部　あらすじ

足利尊氏《あしかがたかうじ》の死後、義詮《よしあきら》が後を継いで二代将軍となるが、戦乱は続いた。関東では、鎌倉公方《かまくらくぼう》足利基氏《もとうじ》（義詮弟）を関東執事畠山国清《はたけやまくにきよ》が補佐し、南朝の有力武将新田義興《にったよしおき》を謀殺する。

京都では、細川清氏《ほそかわきようじ》が新たに執事となり、南朝に大規模な軍事攻撃を加える。しかし、清氏の真の狙いは政敵仁木義長《にきよしなが》の排除であった。義長は将軍義詮を監禁して抵抗するが、佐々木導誉《ささきどうよ》の機転で義詮の脱出を許してしまい、伊勢国へ逃れた。

だが義長排除に成功した清氏も、ほどなく導誉の策略で失脚し、若狭国へ逃れる。その後清氏は南朝に帰順し、楠木正儀《くすのきまさのり》らとともに京都を占領する。そのとき導誉の婆娑羅《ばさら》ぶりを裏づける著名な逸話がある。南朝軍の京都占領は短期間で終わり、その後四国に転進した清氏は従兄弟細川頼之《よりゆき》と激戦を繰り広げ、讃岐国白峰《しらみね》山麓で戦死する。

清氏失脚後、斯波高経《しばたかつね》が幕府の実権を握る。だが彼も導誉と不和となり、怒った導誉に恥をかかされた。

結局高経も失脚して病死するが、間もなく義詮も病死する。その後、嫡子義満《よしみつ》が後を継いで三代将軍となり、細川頼之が管領《かんれい》に就任して、日本はようやく太平の世となった。

【33-8】新田義興の自害

将軍尊氏が死去してから、九州は戦乱となったが関東の情勢は安定していた。

ここに、故新田《にった》左中将《さちゅうじょう》義貞《よしさだ》の次男左兵衛佐《さひょうえのすけ》義興《よしおき》、その弟武蔵《むさし》少将《のしょうしょう》義宗《よしむね》、故脇《わき》屋《や》刑部卿《ぎょうぶきょう》義助《よしすけ》の息子左衛門佐《さえもんのすけ》義治《よしはる》という三人の武将がいた。この三〜四年は越後国に城を構え、その半分ほどを制圧していた。そこに武蔵・上野《こうずけ》の武士の一部が忠誠を誓う起請文《きしょうもん》に署名して、「御三人の中から一人関東へいらしてください。我々はその方に大将になっていただき、南朝方として正義の兵を挙げたいと思います」と申し出た。

義宗と義治の二人は思慮深かったので、最近の人間の心はたやすく信用できないとしてこの申し出に応じなかった。だが義興は他人よりも優れた軍功を挙げたいと常に考えていたので、熟慮することもなくわずか一〇〇人ほどの部下を率いて、旅行者のように見せかけてひそかに武蔵国へやってきた。

義興の許には、もともとの謀叛《むほん》の首謀者たちは言うまでもなく、かつて新田義貞に従って功績を挙げた者や現在関東執事畠山入道道誓《はたけやまにゅうどうどうせい》を恨んでいる武士も密かに連絡してきて機嫌を取り、招集に応じる旨を伝えてきた。そのため、義興は潜伏可能な場所が増え、上野・武蔵両国に義興の勢力は徐々に広がっていった。

天に耳はないので秘密は伝わらないというが、所詮は人間のすることである。兄は弟に語り、子は親に知らせて漏れていくものである。このことは間もなく鎌倉公方左《かまくらくぼうさ》馬頭基氏朝臣《まのかみもとうじあそん》の執権畠山入道道誓の知るところとなった。畠山はこれを知ってから、新田の討伐計画を練り始めた。それは寝食を忘れるほどであった。義興を討つために大軍を派遣すれば、その情報が彼に漏れて逃亡されるであろう。かと言って小部隊で攻撃すれば、義興はものともしないに違いない。封鎖された街道を蹴散らし、厳重な包囲も突破し、人間離れした自由自在な動きで翻弄するだろう。現時点では手に余り、なすすべがなく思えた。

さて、この事態をどう解決すべきかと、畠山入道は寝ても覚めても夜も昼も対策を考え続けた。そしてある夜、ひそかに片沢右京亮《かたざわうきょうのすけ》を招き寄せてこう言った。「先年、あなたは武蔵野合戦で義興に従って手柄を立てたので、義興もきっとそれを忘れていないと思われます。ならば、彼をだまし討ちにできるのはあなた以外にいません。どんな謀略でもかまわないので義興を討って左馬頭殿に面会すれば、恩賞は望みどおりに与えられるでしょう」。片沢はもともと欲望がきわめて強く、他人の嘲笑も過去の恩顧も何とも思わない、人間の感情を持たない者であった。そこで畠山にまったく異議を唱えず、「では、兵衛佐殿を欺《あざむ》いて彼に近づくために、私はわざと法律を破ります。そしてお怒りを受け、追い出されたふりをして本国へ帰り、彼に取り入りましょう」と畠山と慎重に計画を立ててから帰宅した。

このようにあらかじめ謀《はか》っていたことなので、片沢は翌日からあちこちの宿場の遊女たちを数十人も呼び集め、彼女たちと踊ったり歌ったりして遊び戯れた。それだけではなく、仲間たちも集めてさまざまな賭博を昼夜一〇日以上も行った。ある人がこれを畠山に密告したので、畠山はわざと「片沢が破った法律は一つだけではない。これらの罪を今回寛大に処置すれば、今後同様の犯罪は収まらないに違いない」と激怒してみせた。そして即座に片沢の所領と財産を没収して追放した。片沢は一言も弁明せず、「ああ、ひどいことをするものだ。左馬頭殿に仕えることができなくとも一人で生きることはできる」と減らず口を吐き散らして自分の故郷へ帰った。

数日後、片沢はひそかに新田左兵衛佐殿へ使者を派遣し、次のように丁寧に申し入れた。「私の親である入道はあなたの父上新田殿の部隊に所属し、元弘《げんこう》の鎌倉の戦いで顕著な軍功を挙げました。私もまた、先年の武蔵野合戦の折にお味方として戦ったことはお忘れではありますまい。その後情勢が激しく変化し、私はあなたがどこにいらっしゃるのかも存じませんでした。そこで仕方なく、まずはいったん生きながらえて畠山禅門に従い、時節の到来を待っておりました。しかし心中の不満が態度に表れてしまい、大した罪も犯していないのに大切な領地を没収され、挙げ句の果てには討たれてしまいそうになったので、武蔵の入間川《いるまがわ》の陣から脱走し、現在はこの奥深い山に隠れ住んでいる有様でございます。以前の不忠をお許しいただければ、私はあなたに奉公し、万が一の非常事態にはお命に代えて戦いましょう」。

これを聞いた左兵衛佐は片沢の言うことを嘘であると思い、しばらくは面会すら拒否し、まして機密事項を伝えることもなかった。そこで片沢は相手の警戒を解こうとして、京都へ人を派遣した。そしてある宮の御所から、少将殿《しょうしょうどの》という朝廷に使える高貴な女性を何とかいただいた。少将殿は、年齢は一六～一七ほどで、本当に類いないほど美しく、性格もやさしくて上品であった。片沢はまず彼女を自分の養女とし、お世話係の女房たちまでさまざまに仕立てて、ひそかに左兵衛佐殿に差し出した。

義興はもともととても女性好きだったので、この女性を非常に愛した。一夜をともにしないだけでも千年もの長い年月が経ったように感じ、潜伏先を変更しようともしなかった。そして少し緊張感をなくし、その女性に縁故のある者にはまったく警戒しなくなった。昔、周で褒姒《ほうじ》という女性がひとたび微笑んだために幽王は国を滅ぼし[1]、唐で楊貴妃《ようきひ》が機嫌を取って玄宗《げんそう》が治世を失った[2]。これらの故事も、本当にこのような感じだったと思われた。太公望《たいこうぼう》[3]の秘伝の書の奥書に、「利益を好む者には財産を与えて迷わせ、色を好む者には美女を与えて惑わせよ」とある。このように、敵を欺《あざむ》く方法が記されていることを義興が知らなかったのは愚かなことである。

かくして、片沢は義興への奉公を希望する気持ちが強いことを改めて表明したので、武衛《ぶえい》[4]は心を許して片沢と対面した。すぐに片沢は主従関係を結んだお礼に、鞍を置いた馬三頭と新品の鎧三領を兵衛佐殿に献上した。それだけでなく、越後から義興に付き従い、あちこちに潜伏している武士たちのために酒宴を開き、馬・武具・衣服・太刀・刀に至るまで、相手の身分に応じて全員にプレゼントした。そのため兵衛佐殿も片沢に一目置き、仲間たちも彼に勝る有能な家臣はいないと皆喜んだ。このように朝も夕も義興へ奉公し、昼も夜も忠誠心を表し続けて半年が経った。今では武衛はどんなことも用心せずに、浅はかにも反乱の計画や軍勢の規模などを詳細に片沢に伝えた。

九月一三日の夜は雲が晴れ、名月の名に恥じない月夜となった。そこで片沢は、今夜名月の鑑賞会を口実に佐殿《すけどの》[5]を自宅に招き、酒宴の途中で暗殺しようと計画した。まず忠誠心の強い一族や家来三〇〇人あまりを招集し、自宅周辺に配置した。そして日が暮れてから急いで武衛の許に参上し、「今夜は名月の夜でございます。つきましては、おそれながら私の粗末な自宅にお越しになり、草深い月の夜を御覧いただきたく存じます。ご家来たちも慰めるために、白拍子《しらびょうし》も何人か呼んでおります」と申し出た。それはおもしろい遊びだと皆喜んで、すぐに馬を出して鞍を置き、家来を集めて出発しようとしたそのとき、少将《しょうしょう》の御局《みつぼね》から佐殿へ手紙が届いた。開いて見ると、

【33-8】1　【10-8】注9参照。
2　玄宗の楊貴妃への寵愛が、国を滅ぼした安禄山の乱のきっかけとなったことはよく知られる（『長恨歌』『長恨歌伝』など）。
3　【12-1】注39参照。
4　義興を指す。
5　左兵衛佐《さひょうえのすけ》殿、つまり義興のこと。

「昨夜、あなたについて悪い夢を見たのでひそかに占い師に尋ねたところ、『厳重に慎まなくてはなりません。七日間外出してはなりません』と言われました。よくよく慎んでください」と書かれていた。そこで武衛は執事伊井弾正《いいだんじょう》を近づけ、「どうすべきか」と尋ねた。伊井弾正は、「占いの結果が凶と出て慎まないことがありましょうか。今夜の遊びを中止すべきです」と答えた。佐殿も確かにと思い、急に風邪っぽくなったと称して片沢を帰らせた。

片沢は今夜の計画が失敗しておもしろくなかった。「そもそも武衛が少将の局の手紙を読んで外出をやめたのは、きっと彼女が私の企てを見抜いて密告したのであろう。この女性を生かしておくわけにはいかない」と考え、翌日ひそかに少将の局を刺殺して堀の中に沈めた。この死に様は、実に悲しいことである。京都は戦乱が継続し、朝廷もますます荒れ果て、長年住んでいた人々も秋の木の葉のように散り散りとなり、さまざまな境遇となってしまった。少将の局も頼れる人がいなくなってしまい、つらい気持ちで浮き草のように片沢の許へ身を寄せて頼りにしていた。それなのに、理由を考えるひまもなく、見ただけで心が消え入りそうなほど恐ろしい鋭い刃に斬られ、深い水の底に沈められたのである。

その後、武衛は御局へ手紙を送ったが、片沢は「彼女は最近ずっと病気です」と答えた。それについて、武衛が「返事がないのは、私が片沢の機嫌を損ねたので、片沢が御局へ手紙を渡さないためなのではないだろうか。何としても片沢の意向に逆らわないようにしよう」と考えたことこそ運の尽きであった。

それから、片沢は自分の力だけでは義興を討つことができないと考え、畠山へ使者を派遣し、「左兵衛佐殿の潜伏場所はよく存じておりますが、小勢《こぜい》では討ち漏らすと思われます。急いで私の同族である江戸《えど》遠江守《とおとうみのかみ》と同下野守《しもつけのかみ》をこちらへ派遣してください。彼らとよく相談し、義興を討ってみせましょう」と申し出た。畠山大夫入道は非常に喜び、すぐに江戸遠江守と甥の下野守を片沢の許へ行かせた。また畠山は「討手《うって》を差し向けると、兵衛佐がこれを知って潜伏先を変えるかもしれない」と思い、江戸の伯父・甥の所領である武蔵国稲毛荘《いなげのしょう》[6]一二郷《ごう》をわざと没収して別人に与えた。彼らは激怒したと見せかけ、すぐに稲毛荘へ馳せ下ってその者を追い出して城郭を構えた。そして一族以下の兵およそ五〇〇人を招集し、「畠山殿へ一矢《いっし》報いて戦死しよ

6　現、神奈川県川崎市中原区と高津区にまたがる一帯。

う」と呼びかけた。

しばらく経ち、江戸遠江守は片沢右京亮を介し、左兵衛佐殿へ次のように進言した。

「我々は畠山殿に理由なく先祖代々の土地を没収され、伯父・甥ともに落ちぶれてしまいました。そこでやむを得ず志を同じくする一族を率いて、鎌倉殿の入間川の御陣へ攻め込み、畠山殿に一矢報いたいと考えております。ただし、しかるべき方に大将になっていただかなくては勢いがつきませんので、武衛殿を大将にお願いしたいと存じます。まずは密かに鎌倉へお越しください。鎌倉には当家の一族が少なくとも二〜三千騎はいます。その軍勢を従えて相模国を征服して関東八カ国も平定し、足利の天下を転覆させる謀略を巡らせましょう」と、江戸はこの計画がたやすく実現するかのように申した。義興も、忠誠心の強い片沢が取り次いできたことなので疑うところはないと考えた。そしてすぐに武蔵・上野・常陸《ひたち》・下総《しもうさ》でひそかに味方する武士たちにこの計画を伝え、一〇月一〇日の夜明けにまずは鎌倉に急行した。

江戸と片沢はあらかじめ計画していたとおり、多摩川にある矢口《やぐち》の渡《わたり》[7]の舟の底を二カ所くり抜いて栓《せん》を差した。また、渡の向こう岸には前日の夕方から江戸の伯父・甥の完全武装したおよそ三〇〇騎の兵が木の陰や岩の下に隠れ、「義興が逃げたら討て」と命じられていた。さらに片沢右京亮が強弓《つよゆみ》の射手一五〇人を選《よ》りすぐり、義興が戻れば遠くから射殺しようと準備した。「大勢で道を通れば目立って見とがめられるだろう」ということで、兵衛佐の家来たちはバラバラに鎌倉へ先行していたので、残って武衛に従った人々はわずかに世良田右馬助《せらだうまのすけ》・伊井弾正忠《いいだんじょうのちゅう》・大島周防守《おおしますおうのかみ》・土《と》肥三郎左衛門尉《ひさぶろうざえもんのじょう》・市川五郎《いちかわのごろう》・由良兵庫助《ゆらひょうごのすけ》・同新左衛門尉《しんざえもんのじょう》・南瀬口六郎《みなせぐちのろくろう》にすぎなかった。義興は他の武士を交えずに彼らのみを連れて栓を差した舟に乗り、矢口の渡を渡り始めた。これが彼らにとって三途《さんず》の大河になるとは、今はまだ知るよしもなく、不憫なことであった。この状況は、以下の無常の説話にたとえることができるだろう。人間にとって死ぬことは、虎に襲われるように恐ろしいことである。その虎（無常・死）から逃れようとして煩悩が渦巻く大河を渡ると、猛毒を持つ大蛇が水中から人を飲み込もうと舌を出してくる。この大蛇は、貪欲《どんよく》・瞋恚《しんい》[8]・愚痴《ぐち》を象徴している。その大蛇からも逃げ、岸の突き出た場所に生えた根無し草に命がけでしがみつく。だが、

7　現、東京都大田区矢口のあたりにあった、多摩川の渡し場。
8　思い通りにならない事・ものへの強い憤りの感情。

黒と白の二匹のネズミがその草の根も食い尽くして川に落ちてしまう。このネズミは昼と夜を表す。時が経つことのたとえである。結局、人間は煩悩や無常からは逃れられないのである。

この矢口の渡というところは、川幅約四町で、波が渦巻き水深も深い。舟を漕いでいた船頭《せんどう》は、川の半ばでつかみそこねたふりをして棹をわざと川に落とした。そして二カ所の栓を同時に抜き、二人の漕ぎ手も川に飛び入り、水の底を泳いで逃げ去った。これを見て、向こう岸から四〜五〇〇騎の兵が現れて、鬨《とき》の声を上げた。そして口々に「愚かな人々だ。だまされたと知らなかったか。あのざまを見よ」と嘲笑した。

そうこうしているうちに水が舟に浸水し、腰のあたりまで沈んだ。伊井弾正は兵衛佐殿を抱き、中空に持ち上げた。武衛は「最悪だ。日本一の非道な者にだまされたこの失態。未来永劫、お前たちにこの恨みを晴らしてやる」と怒り、腰の刀を抜いて自分の左の脇の下から右のあばら骨までを掻き回すように二度ほど斬った。伊井弾正はその内臓を引きずり出して川へ投げ入れ、自分の喉も二回掻き斬り、自ら髻《もとどり》をつかんで自分の首を後方へ折った。その音は二町遠くまで聞こえた。世良田右馬助と大島周防守の二人は刀を根元まで刺し違えて、組み合ったまま川へ飛び込んだ。由良兵庫助・同新左衛門は船尾に立って刀を逆手に持ち直して、自分の首を掻き落とした。土肥三郎左衛門・南瀬口六郎・市川五郎の三人はそれぞれ袴の腰紐を引きちぎって裸となり、太刀を口にくわえて川へ飛び込んだ。そして水の底を泳いで向こう岸へ上がり、五〇〇騎の敵の中へ入って一時間ほど戦った。彼らは五人の敵を討ち取り、一三人を負傷させて枕を並べて戦死した。

その後、足利軍は泳ぎの上手な者に兵衛佐と自害・戦死した者の首を取らせ、腐らないように酒に浸した。そして江戸遠江守・同下野守・片沢右京亮の五〇〇騎あまりが、鎌倉の左馬頭殿のいる入間川の陣へ馳せ参じた。畠山禅門は非常に喜び、小俣《おまた》少輔《しょうの》次郎義弘《じろうよしひろ》・松田・河村を呼び出して義興の首を見せて確認させた。彼らは「間違いなく兵衛佐殿でございます」と述べ、この三〜四年の間義興と数日親しく過ごした思い出も語り出して涙を流した。これを見た人は、敵を討ち取った喜びの中にも悲しみを感じ、彼らとともに袖を濡らして泣いた。

この義興という人は、故新田左中将義貞の妾腹《しょうふく》の子である。兄の越後守義顕《よしあき》が戦死した後も、父義貞は彼を嫡子とはせず、弟の三男武蔵守義宗《よしむね》を六歳の頃から朝廷に昇殿させてもてはやした。そのため義興ははかない孤児として上野国にいた。だが奥州国司北畠顕家卿《きたばたけあきいえ》が奥州から鎌倉へ攻め上ったとき、義貞を支持する武蔵・上野の武士たちがこの義興を大将に擁立し、三万騎あまりで奥州国司の軍に合流して鎌倉を陥落させ、吉野へ参上した。先帝後醍醐《ごだいご》は義興を見て、「まことに武将として才能がある人物だ。義貞の家を繁栄させる者である」と述べ、幼名を徳寿丸《とくじゅまる》といったのを御前で元服させて、新田左兵衛佐義興と名乗らせた。

義興は能力が人に優れ、また非常に勇敢であった。正平七年（一三五二）の武蔵野合戦や鎌倉の戦いにおいても大軍に立ち向かい、強大な敵を破った大活躍は、古今に類例を聞かないほどであった。わずか二～三人の部下と武蔵・上野に潜伏していたときも、宇都宮配下の清党《せいのとう》がおよそ三〇〇騎で包囲したのに討ち取ることができなかった。その振る舞いは、あたかも天を飛んで地を潜ることができるかと怪しまれるほどの勇者であったので、鎌倉の左馬頭殿も京都の宰相中将義詮《さいしょうちゅうじょうよしあきら》殿も全然安心できなかった。だが運命が尽きて、才能が乏しくて凡庸な愚か者たちにだまされ、水におぼれて討ち取られてしまった。江戸・片沢の功績は抜群ということで、彼らは数カ所の荘園を恩賞として賜った。

「ああ、彼らは武士の面目《めんぼく》を施した」と彼らをうらやむ人もいた。しかし、「恩賞を得ようと思い、欲にかられてこのような振る舞いをした者である。敵をだますことは多いが、これは実に汚い真似である」と非難する人もいた。

【34-16】吉野の後醍醐廟に神霊が出現したこと

当時、南朝の皇居は金剛山《こんごうせん》の山奥にある観心寺《かんしんじ》[1]という険しい山寺にあったので、敵は簡単に近づけなかった。だが、前線の防衛基地として頼りにしていた龍泉《りゅうせん》・平石《ひらいわ》・赤坂《あかさか》の諸城が陥落してしまった。昨日今日まで味方だった兵士たちも変心して敵となり、「幕府軍が猟師や木こりを道案内として、どこまでも必ず攻め入るであろう」という噂が流れた。そのため、天皇陛下をはじめとして皇太后・皇后・公家たちに至るまで、どうしようかと限りなく恐怖におののいた。

【34-16】1　金剛山（【3-1】注4参照）の西の麓（現、大阪府河内長野市寺元）にある寺院。

この頃、二条禅定殿下《にじょうぜんじょうでんか》（師基《もろもと》）[2]に仕える上北面《じょうほくめん》の役人[3]がいた。彼は味方の南朝の官軍がこのように形勢不利となり城を落とされる様子を見て、敵がまだ接近しないうちに妻子を京都に送り返し、自分も髻《もとどり》を切って出家してどこかの山林に隠棲《いんせい》しようと思った。そこで、まず吉野のあたりに出た。だがそうは言っても、長年の奉公を辞めて主君から離れてこの土地を立ち去ることを悲しく感じた。せめてもう一度先帝後醍醐の御廟《ごびょう》に参って出家の挨拶をしようと、一人だけで御廟へ参った。今回の戦争のために参拝する人が絶えていたらしく、いばらが参道を塞《ふさ》ぎ、雑草も茂って古びた苔が扉を閉じていた。いつの間にこんなに荒れてしまったのであろうと周囲を見渡すと、金の香炉のお香は絶えて草むらに余煙が漂うのみで、御廟にも明かりは灯《とも》らずホタルが暗い夜を照らすばかりであった。

空を飛ぶ鳥もこの有様を憐れんで鳴いているかのように思え、岩から滴《したた》り落ちる水の音までも悲しく聞こえた。上北面は先帝の円丘の前でかしこまり、つくづくとこの辛い世の中の行く末を心配し続けた。「そもそも今の世の中はどんな世界なのであろうか。本来の道理であれば、どんなに賤《いや》しい者であっても、死ねば霊となり鬼となって正義を助け悪を懲《こ》らしめる。まして天皇陛下は、前世で善行を積んだ功徳《くどく》によって日本全土を治める君主の地位に就かれたお方である。その遺骨が墓場で朽ちてしまったとしても、その霊魂は必ずこの世界に留まり、子孫を守り逆臣を滅ぼすであろう。しかし現実は、『権勢を振るっていても道理のない者は必ず滅亡する』と言い残した過去の賢人の言葉は実現せず、一〇〇人の王を守護しようと誓った八幡大菩薩《はちまんだいぼさつ》の誓約《せいやく》も本当ではない。家臣が君主をないがしろにしても天罰もない。子が父を殺しても天は怒ることすらしない。この世の中はどうなっていくのか」と、上北面は泣きながら天に訴えた。そして両膝・両肘と額を地に付け、神仏に最高の敬意を示す五体投地《ごたいとうち》という拝礼の作法をとった。あまりに気疲れしたのでうなだれて少しうとうとしているうちに、こんな夢を見た。

まず、先帝の御廟が振動した。しばらくして御廟の円丘の中から、「誰かいないか、誰かいないか」と人を呼ぶ、実に気品に満ちた声が聞こえてきた。すると、東西の山の峰から日野俊基《ひのとしもと》と日野資朝《すけとも》が現れた。この二人は後醍醐天皇に鎌倉倒幕の謀叛《むほん》を勧

2　一三〇一～六五年。公家。二条兼基の子。

3　【12-7】注5参照。

めた罪により、去る元徳《げんとく》三年（一三三一）[4]五月二九日に資朝は佐渡国で斬られ、俊基はその後鎌倉の葛原岡《くずはらがおか》で工藤次郎左衛門尉《くどうじろうざえもんのじょう》高景《たかかげ》に斬られた。外見はまさしく昔見た彼らにほかならなかったが、目の光は朱を差したように輝き、牙《きば》が針を立てるように左右上下に生えていた。その後、円丘の石の扉が開く音がしたので見上げると、先帝が天皇の礼服を着用し、宝剣を抜いて玉座の上に座っていた。その顔も昔とは変わりはて、怒れるまなこが逆さまに裂け、髭《ひげ》も左右に分かれて邪悪な鬼のようであった。苦しそうに息を吐くたびに、口より炎が出て黒い煙が天に昇った。

しばらくして陛下は俊基と資朝を御前近くに呼び寄せ、「君主を悩まし、世を乱す逆賊どもを誰に命じて処罰すべきか」と尋ねた。二人は「この件についてはすでに摩《ま》醯修羅王《けいしゅらおう》[5]の前で話し合われ、討手も決められております」「どのように決まったのか」「まず、現在南朝の皇居を攻撃しようとしている五畿七道《ごきしちどう》の朝敵たちの処罰は楠《くすの》木《き》判官正成《ほうがんまさしげ》に命じましたので、二〜三日で撃退できるでしょう。仁木右京大夫義長《にきうきょうのだいぶよしなが》の処罰は菊池入道寂阿《きくちにゅうどうじゃくあ》に命じたので、伊勢国へ追い返せると思われます。細川相模《ほそかわさがみの》守《かみ》清氏《きようじ》は土居《どい》と得能《とくのう》に命じて四国へ追い返し、阿波国で滅ぼします。関東の大将として攻め上っている畠山入道道誓《はたけやまにゅうどうどうせい》は、新田左兵衛佐義興《にったさひょうえのすけよしおき》が退治することを引き受けました。彼は特に憎悪が激しく大魔王となったので、畠山を滅ぼすことはたやすく、あちこちで道誓の部下の首を刎《は》ねるでしょう。江戸《えど》下野守《しもつけのかみ》と同遠江守《とおとうみのかみ》の二人を殊更憎んでおりますので、鎌倉の龍《たつ》の口《くち》で自ら斬殺するでしょう」。それを聞いた陛下は実に満足そうに笑い、「ならば現在の延文《えんぶん》年号が改元される前に、全員迅速に退治せよ」と述べ、御廟の中へ戻った。そこで上北面は夢から覚めた。

上北面はこの啓示に驚き、吉野から観心寺に戻って密かに人にこの出来事を語った。しかし、「願望を夢に見ただけであろう」と信じる人はいなかった。

4　元弘二年（一三三二）が正しい。
5　大自在天《だいじざいてん》、シヴァ神のこと。「摩醯首羅（王）」の表記が一般的。

【35―4】将軍義詮が逃走し、仁木義長が失脚して伊勢国に逃れたこと

そうこうしているうちに、延文五年（一三六〇）となった。七月一八日、摂津国天《てん》王寺《のうじ》に集結した幕府軍は、京都の仁木義長《にきよしなが》を攻撃するためにまず山城国山崎《やまざき》[1]に進出し、そこで軍勢を二手に分けた。まず、細川相模守清氏《ほそかわさがみのかみきようじ》を大将とする六千騎あまりが物集女《もずめ》・寺戸《てらど》[2]を通って西の七条口から京都に攻め入ろうとした。そして畠山入道国清《はたけやまにゅうどうくにきよ》・土岐大膳大夫入道善忠《ときだいぜんのだいぶにゅうどうぜんちゅう》・佐々木六角判官入道氏頼《ささきろっかくほうがんにゅうどうじより》を大将とするおよそ七千騎が別働隊として、久我縄手《こがなわて》[3]を通って東寺から攻め寄せる作戦であった。

この年、南朝軍はすでに鎮静化して京都近辺に敵はいないと言われていたので、京都市民は平和になったと喜び合った。ところが急にまたこのような事態となった。彼らはどうしようかとあわてて妻子をもてあまし、財宝を隠したり運んだりして、街道は難民であふれて通れなくなった。そこに飢えた軍勢や残虐な部下たちが隙を窺い、あちこちに乱入して問答無用で衣裳を奪い取ったので、わめく声や物の音すらも聞こえなかった。市民は、京をただ南北に逃げまどうばかりであった。

このときも、なお宰相中将義詮《さいしょうちゅうじょうよしあきら》殿は仁木義長に監禁されていた。そこに佐々木佐渡判官入道導誉《さどのほうがんにゅうどうどうよ》が密かに小門より入り、義詮に次のように進言した。「いかなることでございましょうか。現在、諸国の大名が全員結束して乱臣義長を討とうとしております。それなのに上様《うえさま》お一人が義長に味方されていては、それも実現しません。義長が神や仏にも見放され、人望もすでにまったくないことは御覧のとおりです。またそうは言っても、細川清氏たちも上様のご意向を確認もせず、上様のご家来を討とうと謀議《ぼうぎ》を凝《こ》らして京都に乱入しようとしていることも確かです。彼らの動向も、一応警戒する必要があります。ですから、まずはここを脱出してください。導誉は今から仁木と対面し、作戦会議を開きます。その間に、信頼できる従者を一人連れて、女装して北の小門から逃げてください。馬を用意して、上様を安全な場所へ密かにお連れいたします」。

宰相中将殿は導誉の意見に同意した。そこで少し風邪気味と称して寝室に入り、寝

【35-4】1　【9-5】注6参照。
2　物集女は【29-2】注6参照。寺戸は現、京都府向日市寺戸町あたり。
3　山崎から現、京都市伏見区久我地区を通り、鳥羽と京都をつなぐ作道《つくりみち》へと至る直線道路。

間着を着て寝たので、仁木も中務少輔《なかつかさのしょう》[4]も遠侍《とおざむらい》[5]へ移った。しばらくして、佐々木佐渡判官入道が入れ違いで一〇〇騎ほどの軍勢を率いて将軍御所にやってきた。そして仁木と対面し、作戦会議を数時間行った。

そのうちに、夜も深く更けた。見とがめる人もいなくなったので、宰相中将殿は紅梅《こうばい》色の小袖に柳裏《やなぎうら》の絹の上衣[6]を羽織り、女房の姿に変装した。そして海老名《えびな》信濃守《しなののかみ》・吹屋清式部丞《ふきやせいのしきぶのじょう》・小島次郎《こじまのじろう》の三人だけ連れて北の小門を出た。すると、築地《ついじ》の陰に導誉が用意した馬が手綱《たづな》をかけられて立っていた。小島次郎はその馬に足早に近づき、すぐに義詮を抱いて乗せた。それから二人の中間《ちゅうげん》に馬の口を引かせ、衣裳の入った袋を持たせて四〜五町ほどは静かに馬を進めた。だが京都市街を出ると馬を全速力で駆けさせて、あっという間に西山の谷堂《たにのどう》[7]へ逃れた。仁木左京大夫義長[8]は、こうした義詮の動きを夢にも知らなかった。これこそまさに運の尽きである。

一方その頃、判官入道も中将殿は今頃どこかに落ち着いただろうと思って帰宅した。その後、義長は義詮がいつもいる部屋へ行き、「夜が明ければ、きっと敵軍は攻め寄せてくるでしょう。今は御旗を出されて、我が軍に激励の演説でもされてください。とても長く眠っていらっしゃるようですが、体調はいかがでございましょうか」と話しかけた。女房たちが一～二人寝室へ行ってこの旨を取り次ごうとすると、小袖の上に寝間着が掛けられているばかりで、下に寝ている人はいなかった。女房たちは「これはどういうことでしょうか」とあわて騒ぎ、「不思議なことです。上様はここにはいらっしゃいません」と義長に伝えた。義長は激怒し、「女房や側近たちが知らないはずはない。四方の門を閉ざして人を出すな」と命じた。

中務少輔は立腹のあまりに靴を履いたまま義詮の部屋に走って入り、屏風《びょうぶ》や障子《しょうじ》を踏みにじった。そして、「日本一不甲斐ないお方だ。そのような奴を我々は頼ってしまった。これこそ最も悔やまれることである。我が軍が勝利すれば、この人はまた我らに手を摺り合わせて寄ってくるのであろう」と悪口をあれこれ吐き散らして帰宅した。

4　仁木頼夏《よりなつ》。義長の猶子。
5　主殿から離れた場所にある侍の詰所。
6　表が白く、裏は青い柳襲《やなぎがさね》の着物。
7　現、京都市西京区松室地家山にあった最福寺。
8　仁木右京大夫が正しい。

それまでは宰相中将殿が仁木についていたからこそ、将軍を見捨てることができずに諸国の軍勢も外様《とざま》の人々も義長に味方していたのである。仁木を討たせるために中将殿が逃亡したことが広まると、彼らは我も我もと一〇〇～二〇〇騎と連れだって、細川相模守・畠山入道の軍へ馳せ参じた。そしておよそ七千騎と記録されていた義長の軍勢は、朝までにわずか三〇〇騎あまりに減少してしまった。義長は当初平静を装い、「よしよし、頼りにならない奴らはかえって足手まといになるから、むしろ逃げてくれた方がよい」と笑っていた。しかし大恩ある家臣たちまでもが全員逃げてしまった。彼らこそ、大将の身に代わり命に代えて戦ってくれると非常に頼みにしていた人々であった。それを知った義長は、言葉もなく青ざめて茫然自失《ぼうぜんじしつ》となった。

やがて夜が更けていき、物集女・寺戸のあたりに敵軍の松明《たいまつ》が一～二万本も灯《とも》され、徐々に敵軍が接近するのが見えた。この形勢ではかなわないと思ったのであろう、義長は弟弾正少弼頼勝《だんじょうのしょうひつよりかつ》[9]を長坂から丹後国へ、猶子仁木中務少輔《なかつかさのしょう》を唐櫃越《からとごえ》[10]から丹波国へ逃がした。そして自身は近江方面へ撤退すると見せかけて、粟田口《あわたぐち》[11]から進路を変え、木津川に沿って伊賀路を進んで伊勢国へ落ちた。

【35-8】北野天満宮の参詣者たちによる政治談義

その頃、かなえたい願いがあったのであろう、北野天満宮で大勢の人が夜通し祈願していた。季節は秋もなかばを過ぎ、杉の梢を吹く風も冷たくなっていた。夜明けの月が一夜松[1]から西に傾き、物静かな庭の霜を照らす光がいつもよりも神秘的で趣深く見えた。そんなある夜、経典の巻物を手に持ち、月明かりに背を向けて壁に寄りかかり、ときどき古い和歌などを口ずさんでいる人がいた。また、同じく秋の物寂しげな趣に誘われ、月に惹かれてやってきたらしく、本殿の廊下の欄干《らんかん》に人が三人寄りかかっていた。

9　【17-10】注9参照。
10　現、京都市西京区山田南町から京都府亀岡市に続く山陰道の脇道。
11　現、京都市東山区粟田口地区。東国へ向かう京都の出口。
【35-8】1　菅原道真《すがわらのみちざね》の死後に一夜で生えたという伝説を持つ松。

どんな人だろうかと見てみると、一人は関東なまりの還暦を過ぎた世捨て人であった。この人は昔の鎌倉幕府の引付頭人《ひきつけとうにん》か評定衆《ひょうじょうしゅう》[2]だったとおぼしく、武士が全国を統治していた時代を懐かしんでいるように見えた。もう一人は公家の殿上人《てんじょうびと》であったが、家が貧しく出仕もしない人であった。彼は暇にまかせていつも勉学に励み、仏教以外の漢籍で心を慰め、優美な体つきで顔色は青ざめていた。最後の一人は、やせ細った僧侶であった。彼は僧都《そうず》・律師《りっし》などと呼ばれて門跡寺院に仕える身分の高い僧侶で、顕教《けんきょう》と密教の教えを世間に広めるために僧坊に籠もって学問し、天台宗の教義に従い心を清めようとしていた。この三人は、はじめは「南無天満大自在天神《なむてんまんだいじざいてんじん》（北野天神〈菅原道真の神号〉に帰依します」という文字を一句ごとの冒頭に置いて連歌をしていた。だがやがて世間話を始め、中国・インドや日本の政治や歴史にまで話は及んだ。その学識は確かなものに思われた。

まず儒学者とおぼしい殿上人が口火を切って、他の二人に次のように質問した。

「さて、歴史書が記す内容に基づいて世の戦争と平和を考えてみましょう。中国の戦国時代の七つの国も最終的に秦《しん》に併合され、漢《かん》と楚《そ》の七〇回以上に及ぶ戦いも八年後に漢の勝利で終結しました。我が国においても、安倍貞任《あべのさだとう》・宗任《むねとう》の戦争（前九年の役）が一二年、源平の戦い（治承《じしょう》・寿永《じゅえい》の内乱）が三年、[3]その他の戦争も長くても一〇年あまりで、短いものは一カ月足らずしか続きませんでした。しかし現代は、元弘以来世が乱れてもう三〇年以上が経ち、全国は一日でも平和だったことはありません。また、いつ戦乱が終結するのかの見通しも立ちません。この原因は何だと考えられますか」。すると、関東なまりの世捨て人が数珠《じゅず》を数回高く鳴らし、遠慮せずに次のように答えた。「世が治まらないことこそ、むしろ道理ではございませんか。外国や我が国の歴史はみなさんもよくご存じのことですが、敢えて申し上げましょう。昔の君主は使者を諸国に派遣し、民衆の苦しみを調査しました。その理由は、君主は民衆をその肉体とし、民衆は食物を自分の生命とするためでございます。食料が尽きれば民衆は窮乏《きゅうぼう》し、民衆が窮乏すれば税金を納めなくなります。窮乏した民衆は、疲れた馬が鞭《むち》を恐れないように君主の命令を恐れず、利益を優先して不法行為をします。民衆の過ちは、官僚の罪であります。官僚の悪は、君主の責任であります。君主がよい

2　【18-13】注20参照。

3　治承・寿永の内乱は治承四年（一一八〇）から元暦二年（一一八五）までなので、正しくは「約五年」。

臣下を選ばずに利益を貪《むさぼ》る者を登用するのは、虎を野に放って民衆を虐《しいた》げるようなものでございます。民衆の苦しみが天に昇ると、災害や戦乱が発生し、国土は荒廃します。こんなことが起こるのは、上が慎まず下が驕《おご》るためです。国土が荒廃すれば、君主は決して安全ではありません。人々は困窮し、全土が災害や戦乱で乱れます。だからこそ、殷《いん》の湯王《とうおう》は大旱魃《かんばつ》に際して雨乞いとして、自ら火に入って桑林《そうりん》[4]の社《やしろ》で生《い》け贄《にえ》となりました。また唐の太宗《たいそう》は蝗害《こうがい》[5]に際して、それを止めようとしてイナゴを飲み、外の園に身を置いて自らの運命を天に委ねたのでございます。彼らは自分の不徳を責めて天の意志に従い、民衆をいたわって大地の神に祈ったのです。これらの故事から、王者の苦楽は民衆とともにあるということがわかります。だからこそ、白楽天《はくらくてん》[6]もそう書き残したのであります。

さて、我が国の延喜帝《えんぎてい》（醍醐天皇）は寒い夜に衣服をお脱ぎになって民衆の苦しみを憐《あわ》れまれました。しかしそれでも地獄に堕ちられたのを、笙《しょう》[7]の岩屋の日蔵上人《にちぞうしょうにん》が見たと伺っております。かの上人は承平四年（九三四）八月一日正午頃に急死し、一三日間ほどあの世におりました。そのとき、夢でも幻でもなく、吉野の金剛蔵王《こんごうざおう》のお導きで生物が輪廻《りんね》[8]するすべての世界を移動し、生物が生前の行動に応じて行く六種の世界[9]と四種の形態[10]を見て回りました。その中の等活《とうかつ》地獄には、鉄崛苦所《てっくつくしょ》というところがありました。そこは火炎が渦巻き、黒い雲が空を覆っていました。そして鉄のクチバシを持つ鳥が飛んで来て、罪人の目をつついて抜いていました。また鉄の牙《きば》が生えた犬がやってきて、罪人の脳髄を噛み砕いて食べていました。地獄の鬼は眼を怒らせて、雷のように恐ろしい声を発していました。虎狼《ころう》が人の肉を喰らい、鋭い剣が足の踏み場もないほど逆さに突き刺さっていました。

その中に、焼けた炭のようになっている四人の罪人がいました。大声でわめき叫ぶその声は、畏れ多くも延喜帝のお声であらせられました。不思議に思って鬼に事情を

4　地名。湯王が自ら犠牲となって雨乞いをした故事は、『呂氏春秋』「順民」による。
5　イナゴの大発生による害。太宗が自分でイナゴを飲み、命運を天に任せた故事は『貞観政要』「論務農」や、白居易の詩「捕蝗」による。
6　【13-3】注20参照。
7　【21-8】注27参照。
8　欲界・色界・無色界。
9　地獄・餓鬼・畜生・修羅・人間・天。
10　胎生・卵生・湿生・化生。

尋ねると、鬼は『一人は延喜帝、残りはその臣下である』と答えました。そして彼らを鉾《ほこ》で刺し貫いて炎の中に投げ入れる様子は、前世の報いとは言え、あまりに心苦しく思えました。しばらくして、上人が『延喜帝に少しご挨拶をして、もう一度お顔を拝見してから本国へ帰りたいです』と泣きながらおっしゃると、これを聞いた一人の鬼が帝を鉄の鉾で乱暴に貫いて炎の中から取りだし、一〇丈ほど差し上げて、熱せられた鉄の地面の上に叩きつけました。焼け炭のようになったお身体はさんざんに打ち砕かれ、面影《おもかげ》はまったくありませんでした。しかし鬼たちが走り集まって帝のお身体を一斉に蹴飛ばし、『えいっ』と叫ぶと帝のお姿に戻りました。

上人はかしこまり、ただむせび泣くばかりでした。帝は、次のようにおっしゃいました。『私を敬ってはならない。冥途《めいど》では、罪のない者が主人なのだ。だから現世における貴賤《きせん》や上下を論じてはならない。私は五つの罪を犯したことにより、この地獄に堕ちたのである。第一に、寛平《かんぴょう》法皇（宇多《うだ》法皇）の御遺言に背き、臣下を見下し続けた罪。第二に、讒言《ざんげん》を信じて罪のない有能な臣下（菅原道真）を流罪に処した報い。第三に、自身の怨敵《おんてき》と称して、他の生命を傷つけた罪。第四に、毎月の戒律を守るべき日に本尊を開いて祈らなかった罪。第五に、現世の政治や法律を絶対視しすぎて人間界へ強く執着した罪。この五つが主な罪であるが、その他の罪も無限にある。そのため、このような苦しみを永遠に受けるのである。願わくは、上人には私のために善行を行って功徳《くどく》を積んでほしい』。上人は帝の頼みを快諾しました。『ならば、日本全土に一万本の卒塔婆《そとば》を立て、大極殿《だいごくでん》11で仏名会《ぶつみょうえ》12を開催して罪の消滅を祈ってほしい』と帝がおっしゃったとき、鬼はまた帝を鉾で刺し貫いて炎の中へ投げ入れました。上人が泣きながら帰ろうとすると、金剛蔵王は『お前にこの六つの世界を見せたのは、延喜帝のこの有様を知らせるためである』とおっしゃいました。民衆を非常に慈《いつく》しんだこの帝ですら、地獄に堕ちたのでございます。まして現代の政治は当時に及びませんので、このように地獄に堕ちる人も多いであろうと思われます。

また承久《じょうきゅう》の乱（一二二一年）以来幕府が代々全国を統治したことについては、私は幕府の評定《ひょうじょう》の末座に連なっておりましたので多少の知識がございます。そもそも鎌倉時代は幕府の勢力が盛んであったので、わずかな土地も残らず武士が所有していま

11 【12-1】注32参照。
12 仏の名や経を唱え、懺悔し、滅罪《めつざい》を祈る行事。

した。また、庶民も皆武士に従っておりました。とは言え、幕府は軍事力で威嚇《いかく》することはありませんでしたので、地頭が荘園領主である公家や寺社をないがしろにすることはなく、守護も警察権以外の権限は行使しませんでした。それだけではなく、さらに正しい政治を行うために貞応《じょうおう》年間（一二二二〜二四）に武蔵前司入道北条泰時《むさしのぜんじにゅうどうほうじょうやすとき》が大田文《おおたぶみ》[13]を作成して荘園と国衙《こくが》領《りょう》の区別を明確にしました。また貞永元年（一二三二）には五一カ条の『御成敗式目《ごせいばいしきもく》』を制定して、公平な裁判を迅速に行いました。そのため、上の者は法律を遵守《じゅんしゅ》し、下の者も破りませんでした。世は治まり、民衆の生活も平穏とはなりましたが、神の子孫である天皇が治める神国であるべき我が国の政権が武士に移ってしまいました。正統な王の徳によって治めるべき政治が蛮族である武士の管轄に置かれたことは問題であったと思われます。

しかしそうは言っても、昔の政治家は世を正しく治めようとする志が深かったのでしょう。泰時朝臣が京都に滞在していた頃、明恵《みょうえ》上人[14]と面会して、仏教の法話を聴いたついでに『どのようにして全国を統治し、民衆の生活を安定させるべきでしょうか』と質問しました。すると上人は、『よい医者は、まず患者の脈をはかって病気の原因を解明します。それから薬を与え、お灸《きゅう》を据えれば病気は自然と治ります。それと同様、国が乱れる原因をよく理解して政治を行ってください。世が乱れる原因は、ただただ人間の欲望であります。欲望が変化して、あらゆる災いとなるのでございます』と答えました。泰時は『それは存じておりますが、人々が無欲になることは難しいのではありませんか』とさらに質問しました。

上人は、こう答えました。『国のリーダーであるあなた一人が無欲となられれば、世間の人々も自分を恥じて自然に欲望はなくなっていくでしょう。欲の深い人間が訴えてきたら、自分の欲のせいで問題が起きていることを理解させ、反省を促してください。昔の人は、『姿勢を真っ直ぐにすれば影は曲がらない。同様に、政治が正しければ国が乱れることはない』と言いました。また、『君子が自室から発した言葉が善であるときは、はるか千里のかなたまでも皆その言葉に従う』とも言います。善とは、無欲のことでございます。周の文王《ぶんおう》の時代、民衆が自分の田の境界である畦道《あぜみち》を譲り合ったという伝説[15]も、文王一人の徳が諸国に及んだために万人がやさしい心となった

13　日本全国の土地台帳。
14　一一七三～一二三二年。鎌倉時代初期の華厳《けごん》宗の学僧。平重国《たいらのしげくに》の子。
15　【1-1】注13参照。

ことを表しています。これは自分の田を他人に譲ることがあっても、他人の土地を盗み取ることはないということです。現代の人間の心とは異なっております。現代人は、他人の物を盗むことはあっても自分の物を他人に与えようとはしません。当時、他国から訴訟のために周を訪れた人が、周の人々が譲り合う様子を目撃し、自分の欲が深いことを恥じて帰国しました。すなわち、文王が自分の国だけではなく他国まで徳を及ぼしたのも、ただこの王が無欲だったからでございます。さらに文王はこの徳で周を治め続け、一〇〇年の長寿を保ちました。この故事と同様、あなた一人が無欲となられれば、人々も皆そうなるでしょう』。泰時は上人の教えを深く信じて、父の義時《よしとき》朝臣が急死して遺産相続の譲状がなかったときも義時の気持ちを推察し、『父は私よりも弟を寵愛されていたので、弟を優遇してほしくて譲状を作成しなかったのであろう』と考えました。そして弟の朝時《ともとき》・重時《しげとき》以下に主立った所領を与え、泰時自身は三～四番目の末っ子ほどの所領しか相続しませんでした。しかし、困ることは少しもありませんでした。このように万事につけて無欲に振る舞ったからでしょう、全国は時が経つほど治まり、諸国は年々豊かとなりました。

この太守《たいしゅ》（泰時）の前に訴訟の原告と被告が来ると、泰時はじっと両者の顔を見つめ、『この泰時は日本の政治を担当し、人間に邪悪な心がないことを知っている。心が清く正しい者は、そもそもこのように訴訟などしないものである。お前たちのどちらか一方がきっと邪悪なのであろう。後日、両方とも証拠文書を提出しなさい。邪悪な者はすぐに処罰しよう。狡猾《こうかつ》な悪人が一人国にいるだけで、万人の災いとなる。これ以上の天下の敵があろうか。さあ、帰りなさい』と言って席を立ちました。原告と被告は泰時のこの様子を見て、不正なことをすればどんな目に遭わされるだろうと恐れ、それぞれ帰ってから双方相談して和解し、不正を働いた方は個人的に係争地を相手に渡しました。このように、泰時が無欲な人を称賛して欲深い者をはずかしめたので、他人の物を盗もうと思う者はいなくなりました。

寛喜《かんぎ》元年（一二二九）の大飢饉《だいききん》の際、人々は借用書を作成して印判を加え、富裕層から米を借りましたが、このとき泰時は『来年復旧したら、元本《がんぽん》を返済するだけでよい。利子は私が立て替えよう』と法律を制定し、人々の借用書を預かりました。そして所領も持っている御家人《ごけにん》には約束どおり元本だけを返済させ、泰時から利子を添えて確かに貸し主に送りました。また、土地を持たない貧しい庶民は全員返済を免除して、泰時の領内から収穫した米ですべて立て替えました。さらにこの年は、倹約を徹底しました。古着のみを着て、新しい衣裳は着ませんでした。烏帽子《えぼし》ですら、古いものを修理してかぶりました。夜の照明は廃止し、昼食もなくし、宴会やイベントの類も中止して民衆の返済費用を捻出しました。泰時に政治的な意見を表明しようとする人が食事中に訪問すると食事を中断して応対し、入浴中でも中断して面会しました。わずかな休息や睡眠でも気を緩めず、憂国《ゆうこく》の士を待たせることを恐れました。このように泰時は積極的に政治に励んで万民を慈しみ、自分に過失があるとそれを恥じたのです。

ところが太守が逝去すると、この美風は年々廃《すた》れていきました。父母に背き、兄弟を陥《おとしい》れようとする訴訟が出てきて、人間として行うべき孝行の道が日に日に衰え、年々廃れていったのです。為政者が正しければ、すべての人が自分の地位に応じた生き方をすることはあきらかであります。そこで西明寺《さいみょうじ》の北条時頼《ときより》禅門は、次のように考えました。『現在は、鎌倉から遠く離れた諸国の守護・国司・地頭・御家人に並外れて極悪《ごくあく》の者がおり、人の所領を侵略して民衆を苦しめている』。そして『私が自ら諸国を巡回してこれを調べなくてはならない』と述べ、密かに変装して日本全国およそ六〇州を修行しながら遍歴しました。

あるとき、時頼は難波浦《なにわのうら》[16]に到着しました。すでに日が暮れていたので、ちょうど通りかかった家に立ち寄り、宿を借りようと思いました。その家は垣根もまばらで軒《のき》も傾き、時雨《しぐれ》も月の光も洩れるだろうと思われるほど荒れていました。家の中から尼《あま》が一人出てきて、『宿をお貸しすることはたやすいですが、敷物は藻塩草《もしおぐさ》（塩をとるために焼く海藻）しかなく、食べ物も磯菜《いそな》（食用の海藻）しかございませんので、ろくなおもてなしができません』と困りきっていました。しかし時頼は『そうは言っても、日はもう暮れてしまいました。また目的地もまだ遠いので、ここで一夜を過ごさせてください』とせがんで泊まりました。床《とこ》に就くと秋も深まり、海から吹いてくる風も一段と寒くなったので、時頼は蘆《あし》を折って薪として一晩中燃やして寝苦しい夜を過ごしました。

翌朝、主人の尼が自らしゃもじを手に取り、椎《しい》の葉を敷き詰めたお盆に、干した米の飯を湯で戻しただけの粗末な食事を盛って出してきました。一生懸命ではありましたが、その手つきがそういう仕事に慣れているようには見えませんでした。そこで時

16　現、大阪市中央区の海岸だったところ。現在は埋め立てられている。

頼は気になって、『使用人などはいらっしゃらないのですか』と尋ねると、尼はむせび泣きながら次のように事情を詳しく話しました。『私は親から譲り受け、長年この地の一分地頭《いちぶじとう》[17]を務めておりました。しかし夫と子に死に別れ、孤独の身となってから、惣領《そうりょう》[18]が鎌倉幕府に奉公している権威で私の地頭職を奪ってしまいました。京都や鎌倉に行っても訴訟を引き受けてくれる代官もおりませんので、この二〇年あまり困窮しております。麻でできた粗末な衣服をあさましく身にまとい、松の袖垣《そでがき》も垣根も、雑木で作った粗末なこの小屋も、人の住むべきところとは到底思えません。毎日涙で袖を濡らす、この露のようにはかない身が何とか消えてしまわない程度に暮らしております』。諸国行脚《あんぎゃ》の僧に扮した時頼はこの話をじっくりと聞き、背負っていたかばんの中から筆記用具を取りだし、位牌をテーブルの上に立てその裏に、次のような和歌を書きつけました。

難波潟塩干《なにわがたしおひ》に遠き月影のまた本《もと》の江《え》にすまざらめやは

（引いてしまった難波潟の潮も、遠くに離れてしまった月の光も、いずれも必ずまた元に戻ってくるであろう）

諸国行脚を終えた禅門（時頼）が鎌倉に帰ると、この位牌を取り寄せて、尼の所領を押領した惣領の所領を没収し、元の領地と併せて尼に与えました。

このほかにも、時頼はあちこちに赴いて人の善悪を調査し、詳しく記録しました。そして善人を褒賞し、悪人を処罰したことは数えきれません。そのため、諸国の守護・国司、諸荘園の地頭・領家は権勢を誇っても決して驕《おご》らず、隠れて悪事をせず、社会は質実剛健《しつじつごうけん》となり、民衆の家は豊かとなりました。

一～二日程度の短い旅行ですら、ものさびしいものでございます。まして雲や霞で前が見えないはるか遠い道のりなど想像するだけでも暗い気分になるものを、時頼は山道を奥深くまで進み、苔の筵《むしろ》に露を敷いて、遠くの野原に孤独に宿泊し、草を枕として寝たのであります。そして渡し場に立って舟を呼び、山の麓《ふもと》で道に迷いながら鎌倉に帰りました。世捨て人の黒い帽子をかぶり、長い旅で靴の底は破れ、故郷の鎌倉

17　一族の荘園を分割し、庶子が相続した地頭。
18　一族の家督。

をなつかしんでは旅先でわびしい思いをしたのであります。このように、国家のリーダーは富裕な生活をいったん離れ、進んで諸国をめぐって修行すべきなのではないでしょうか。時頼が三年間ただ一人で山や川を放浪したのは、安全な場所で楽に生活するだけでは国家の統治が難しいことを知るためなのであります。この志こそありがたいことであると皆感動しました。

また、報光寺《ほうこうじ》（北条時宗《ときむね》）・最勝園寺《さいしょうおんじ》（北条貞時《さだとき》）の二代の相模守に仕えて、引付衆《ひきつけしゅう》[19]に列した青砥左衛門《あおとさえもん》という武士がいました。この人は数十カ所の所領を持ち、財宝も倉に満ちていました。しかし、衣服は織目の粗い麻布で作った直垂《ひたたれ》と同じく麻の大口袴《おおぐちばかま》、食事は焼き塩と干し魚一匹のみでした。幕府に出勤する際も鞘《さや》や柄《え》が木地で何も塗られていない質素な短刀や太刀を差し、従五位下《じゅごいげ》に昇進してからもこの太刀に弦袋《つるぶくろ》をつけるのみでした。このように、自身のためには少しも過分のぜいたくをしませんでしたが、公務に関しては出費を惜しみませんでした。また、飢えた乞食や疲弊した訴訟人などに出会うと、分際《ぶんざい》や身分に応じて品物を与えていました。

あるとき、得宗《とくそう》[20]の所領で裁判が起こり、平民の荘園の役人と相模守が対決したことがありました。あきらかに役人の主張が正しかったのですが、訴訟を担当した引付方の奉行・頭人・評定衆は全員得宗に遠慮して、役人を敗訴としようとしました。しかし青砥左衛門ただ一人が役人の正当性を詳細に立証し、遂に相模守を負かしました。思いもかけず勝訴して所領の領有を承認された役人はその恩返しをしようと思ったのでしょう、三〇〇貫の銭を俵《たわら》に包み、後ろの山からこっそりと青砥左衛門の邸宅の中庭へ転がし入れました。青砥左衛門はこれを見て、『私が裁判を公平に行ったのは相模守のことを思ってのことである。断じて身分の低い役人を贔屓《ひいき》したのではない。私がこの贈り物を受け取るとすれば、それは敗訴した相模殿からであるべきだ。そもそも得宗から御恩をいただいて引付の奉行をしているのに、これ以上何の賄賂《わいろ》を受け取れるか。正当に訴訟に勝利した役人が私に贈り物をする道理はない』と述べました。そして一銭も受け取らず、はるか遠い田舎まで役人にこの賄賂を持たせて帰らせました。

またあるとき、青砥左衛門尉が夜中に幕府に出勤した際に、いつも火打袋《ひうちぶくろ》[21]に入れ

19　【9－5】注24参照。
20　【5－5】注1参照。
21　【33－3】注7参照。

ていた銭を一〇文、滑川《なめりがわ》[22]へ落としてしまいました。少額のお金なので、そんなこともあるだろうと通り過ぎてもよさそうなものです。ですが彼は非常にあわてて周辺のお店へ召使いを走らせ、五〇文で松明《たいまつ》を買って川に落とした一〇文のお金を遂に見つけました。後でこれを聞いた人が、『一〇文のお金を見つけるために五〇文を出して松明を買う。わずかな利益を求めて大損をしたのではないか』と笑いました。すると青砥左衛門は眉をひそめてこう非難しました。『そういう考えだから、あなたたちは経済をわからず、民衆を慈しむ心もないというのだ。一〇文のお金は、今見つけなければ滑川の底に沈んで永遠に失われるであろう。しかし松明を買った五〇文のお金は商人の家に渡る。私の損は、商人の得である。商人と私に、何の違いがあるのか。併せて六〇文をまったく失わなかったのは天下の利益ではないのか』。青砥を笑っていた人は、彼の意見に驚いて感心しました。

このように私心がないことが神様に通じたのでしょう、あるとき、相模守が鶴岡《つるがおか》八幡宮《はちまんぐう》に行って徹夜で祈願した夜明けにうとうとしていました。するときちんと正装した老人が一人枕元に立ち、『正しい政治を行って長期政権を築こうと思うのならば、私心なく道理を熟知する青砥左衛門を重んじよ』と述べたところで夢から覚めました。

早朝に帰宅した相模守は、相模近国の広大な荘園八カ所の補任状を自筆で作成し、青砥左衛門に賜《たまわ》りました。青砥左衛門は補任状を開いて拝見し、『なぜ今、三万貫にも及ぶ大荘園を私にお与えになるのですか』と質問しました。得宗は『今朝見た夢のお告げを聞いたからだ』と答えました。『そういうことでしたら、一カ所たりともいただくわけにはまいりません。そのお考えには賛同しかねます。筋道の通らないことの喩《たと》えとして、金剛経《こんごうきょう》にも『夢や幻は泡や影のようなものである』と説かれております。もし私の首を刎《は》ねよという夢を御覧になられれば、私が罪を犯していなくてもそうするのですか。大して国に貢献してもいないのに過分の恩賞をいただくなど、これに勝る国賊がおりましょうか』と言って、青砥はすぐに補任状を得宗に返しました。ほかの役人たちも、この出来事を聞いて己《おのれ》を恥じました。そして青砥ほどの能力はなかったにせよ、道理に背いて賄賂を受け取る真似はしませんでした。このため、平氏の相模守は八代まで日本全国の支配を維持できたのであります。

正しい政治の妨げになるのは、無礼・邪欲・大酒・宴会・婆娑羅《ばさら》・遊女・双六《すごろく》・博《ばく》

22　現、神奈川県鎌倉市の中心部を流れる川。

打《ち》・コネ、そして不正な役人であります。安定した統治が行われていた時代には、為政者は自覚してこれを戒めておりました。ところが現代の政治家は皆、こうしたものを好んでおります。尊氏《たかうじ》・義詮《よしあきら》の二代の将軍はもちろん、執事の一族、奉行・頭人・評定衆に至るまで全員です。礼儀正しく振る舞って誠実を貫く人を見かけると、彼らは冷笑してこう言います。『あら、最近見かけない延喜式だな（今は死文と化した延喜式のように古くさい堅物だ）』『堅苦しいあいさつだな』。本来は、自分たちこそそうであるべきなのに。そして互いに目くばせし、後ろに倒れて笑ってバカにするので、心正しい人は用件を果たす前に席を立ってしまいます。これは、一匹のまともな猿が鼻の欠けた猿たちに笑われて逃げ去るようなものでございます。

また、今の幕府は神仏の荘園に税金や労役を課し、神や仏の御意志に背くことを何とも思っておりません。寺院にも課税し、僧侶の財産やお布施を搾取することにいそしんでおります。たとえ上に立つ為政者がこうしたことをご存じなくとも、やはりその責任を負うべきなのではないでしょうか。このようなことでは、とても世は治まりますまい。せめて南朝ならば、天皇陛下も長年ご苦労されて民衆の苦しみもご存じで、臣下も有能な人材が大勢いらっしゃいますので、政権担当能力があるのではないかと期待しております」。すると、鬢帽子《びんぼうし》[23]をかぶった殿上人が笑ってこう述べた。「どこが期待できるのでしょうか。南朝の政治も幕府と大差ありません。私は今年の春まで南朝に仕えておりました。しかし南朝が軍事力で勝利することも文治政治によって統治することも不可能であると判断しました。ならば別の道に進もうと思い、出家遁世しようと思って京都にやってきました。ですので、南朝に期待するところは微塵《みじん》もございません。

過去の歴史を思い返してみましょう。昔、周の太王《たいおう》が豳《ひん》というところにいらっしゃいました。隣国で蛮族が勃興し周を侵略しようとしたので、太王は財宝を贈って礼儀を尽くしましたが、侵攻はやみませんでした。蛮族は周に、早く国を退去しなければ大軍で攻撃すると通告しました。周のすべての国民は怒り、『蛮族がそのつもりならば、我々は命を捨てて戦って国土を防衛いたします。国王陛下、奴らと講和してはなりません』と進言しました。しかし太王は『いやいや、私が国を大切に思うのも、国民を養うためである。私が蛮族と戦えば、多くの国民を死なせてしまうであろう。領

23　左右の鬢のあたりが隠れるように、顔の左右を覆う布。

土を惜しんで豊かにすべき民衆を失うことに何の意味があろうか。また隣国の蛮族が私よりもよい政治を行うのであれば、民衆にとって喜ぶべきことであろう。私が君主である必然性もない』と答えました。そして豳の地を蛮族に割譲《かつじょう》し、岐山《きざん》[24]の麓へ逃れて悠然としていらっしゃいました。豳の人々は、『このようなすばらしく賢明な君主を失い、礼儀も知らず仁義もない蛮族に従うことができるであろうか』と、家族を引き連れて岐山の麓に移住して太王に従いました。そのため蛮族は自滅し、太王の子孫は遂に中国全土を統一しました。周の文王《ぶんおう》・武王《ぶおう》がそれであります。

また忠実な臣下が君主を諫《いさ》め、世を正しく導こうとした行為を伺うに、これらはすべて現在の朝廷の臣の有様とは異なっております。唐の玄宗にはご兄弟がいらっしゃいました。兄の宮を寧王《ねいおう》といい、玄宗は弟君でした。即位した玄宗は非常に女性好きでしたので、中国全土に命令を発し、容色の優れた美人をお探しになりました。そのため後宮の三千人の女性たちが我も我もと美しく着飾りましたが、皇帝陛下はまったくお心を動かされませんでした。このとき、弘農《こうのう》[25]の楊玄琰《ようげんえん》の娘で楊妃《ようひ》という美人がいました。彼女は人間を超越していると思われるほどの、天が与えた美貌の持ち主でした。しかし、大切に育てられてお屋敷の奥深くに住んでいたので無名でした。ある人が仲介して彼女を寧王の宮殿へ参らせたのを、これを知った玄宗は高力士《こうりきし》という将軍を差し向けて、道中で彼女を拉致《らち》して後宮に入れて皇后としました。

寧王は限りなく不本意に思われましたが、弟とは言え時の皇帝陛下がなさったことでありましたので、どうすることもできませんでした。寧王も玄宗と同じ宮殿にお住まいでしたので、宮中の行事などがあるたびに玉で飾られた仕切りや錦鶏《きんけい》が描かれたついたての端から楊貴妃の姿を御覧になりました。楊貴妃が微笑むたびに、金谷園《きんこくえん》[26]に植えられた多くの花が四方に芳香を漂わせました。またかすかに見えたその顔は喩えようもない美しさで、天の川も万里を照らす月も彼女の美貌を妬《ねた》んで夜明けの霧に沈むかのようでした。雲のはるかかなたにいる神が玄宗と楊貴妃の仲を裂かないのはなぜなのか、こういう場合にほかの人ははかなくあきらめられるのだろうかと、寧王が苦しい思いに堪えられず、寝床に伏せてお嘆きになられる御心情は不憫でありました。

皇帝陛下のおそばには、太史《たいし》の官《かん》といって八人の臣下がいつも待機し、君主の言動

24　中国の現、陝西省宝鶏市岐山県の北東にある山。
25　中国の現、河南省三門峡市霊宝市にあたる地域。
26　【21-8】注63参照。

をよいことも悪いことも記録して宮殿の書庫に納める決まりでした。この記録は君主も御覧になることはできず、周囲の人も閲覧不可能で、先代の王の言動を後代の王の教訓として残しておくものでございます。玄宗皇帝は寧王の夫人を奪ったことがどのように歴史書に記されているのか気になられました。そこで密かに書庫を開かせて太史の官が記したものを御覧になられますと、やはりこのことはありのままに記録されていました。玄宗は激怒され、この記録を破棄し、史官を呼び出して首を刎ねました。その後、太史の官に欠員が生じましたが、後任がいなかったので玄宗は非を犯し続け、これを諫《いさ》める臣下もいませんでした。

その頃、魯《ろ》国に一人の有能な人物がいました。この人が宮殿にやってきて太史の官職を希望したので、唐は彼を左太史《さたいし》に任命し、皇帝陛下のおそばに仕えさせました。玄宗は、この左太史も楊貴妃のことを記録したのではないかとお考えになり、また密かに書庫を開かせて記録を御覧になりました。そこには、こう記されていました。

天宝一〇年（七五一）三月、弘農の楊玄琰の娘が寧王の夫人となる。皇帝は彼女の容色が優れていると聞き、軽率にも高将軍を派遣して彼女の身柄を奪い、後宮に入れた。時の太史の官がこれを記録して歴史書に残した。皇帝は密かに歴史書を見て、怒って史官を処刑した。

玄宗はますます怒り、この史官を呼び出してただちに車裂きの刑に処しました。太史の官になるものはもう誰もいないだろうと思っていたところ、また魯国から一人の儒学者がやってきて史官を希望したので、すぐに右太史《うたいし》に任命されました。彼が記した歴史書を皇帝がまた取り出して御覧になると、以下のように書かれていました。

天宝年代の末、唐の情勢は安定しており、全土は平和であった。しかし政治は弛《し》緩《かん》し、政治家や官僚が政務を怠って遊び暮らすことがますますひどくなった。皇帝は女性を好み、寧王の夫人を奪った。史官がこれを記録し、ある者は首を刎ねられ、ある者は車裂きの刑に処された。筆者はいやしくもその非を正すために、死を覚悟して史官の職に就いた。私の後を継ぐ者がたとえ皇帝より死を賜ったとしても、永遠にこれを書き継ぐであろう。史官たる者は、必ずこのことを記さなければならない。

玄宗は、このとき自分の非を悟られ、臣下の忠節に感動し、それ以降は史官を処刑せず、かえって莫大《ばくだい》な褒美を与えました。三人の史官は人間として死を怖れないということはありませんでしたが、処刑されることをまったく憂慮しませんでした。もし君主の威光を恐れてその非を記さなければ、陛下は遠慮せずにいっそう悪しき振る舞いをなされるであろうと思ったので、死刑になることを顧みずにこれを記録したのであります。その太史の官の心情を想像するだけでもありがたいことでございます。

国に諫める臣がいればその国は必ず安定し、家に諫める子がいればその家は必ず正しくなります。現代の我が国において、唐の事例のように君主が本当に人民を安心させ、臣下にも私心なく君主の非を諫める人がいれば、南朝もこれほどまでに乱れた世の中を掌握することができたでしょう。しかし現実には社会を安定させることができず、三〇年以上も南山《なんざん》[27]の谷の底に逼塞《ひっそく》し、土に埋もれた木が花咲く春を知らないような状況であります。この惨状からも、南朝の政治がどんなものであるかが想像できるでしょう」。殿上人は、吐き捨てるようにこう言った。

確かにそのとおりであると思っていたところ、学僧と思われる法師が二人の話をじっくりと聞き、かぶり物を脱ぎ、菩提樹《ぼだいじゅ》の実で作られた数珠を鳴らしながらこう語った。「現代の戦乱をよくよく考えてみると、朝廷の御過ちとも幕府の御誤りとも言えません。ただ前世からの因縁によるものと思われます。

仏にうそや偽りはないと申します。そのため仏教の経典に書かれていることは、必ず信用できるでしょう。『増一阿含経《ぞういちあごんきょう》』という経典に、次のようなお話が記されております。昔、インドに波斯匿王《はしのくおう》という小国の王がいました。彼は浄飯王《じょうぼんおう》[28]の婿になることを希望しました。浄飯王はそれに反対でしたが、拒否する理由が見つからなかったのでしょう、召使いたちの中から容貌が特に優れて類いまれな女性を選び、彼女を第三の姫宮と名づけて波斯匿王の后《きさき》となさいました。この后からお生まれとなった一人の皇子を瑠璃太子《るりたいし》と申しました。太子が七歳のとき、浄飯王の都へ遊びに行かれ、浄飯王の玉座にお座りになりました。これを見た釈氏の王族や大臣たちは、『瑠璃太子は浄飯王の本当の御孫様ではない。それなのに、なぜ大王の椅子に座っているの

27　奈良の吉野のこと。
28　釈迦の父親。

か』と言って、すぐに太子を玉座から下ろしました。瑠璃太子は幼心にもこのことを不快に思い、『私が成長したら、必ず釈氏を滅ぼしてこの恥をすすごう』と邪悪な考えを深く抱かれました。

さて二〇年あまり後、瑠璃太子は一国の王となり、浄飯王も崩御されたので、三〇〇万騎の軍勢を率いて摩竭陀国《まがだこく》の首都へ侵攻しました。摩竭陀国は大国でしたが、急に攻められたので兵士が地方から集まらず、王宮が陥落しそうになりました。それを阻止したのは、釈氏の武士階級で編成された優れた弓の部隊数百人でした。彼らが十町〜二〇町の長距離で弓を乱射して防いだので、攻撃軍はまったく近づくことができず、山に登って川を隔て、無駄に数日間を過ごしました。

そこに釈氏の中から一人の大臣が攻撃軍へ寝返って、このように進言しました。『釈氏の武士階級は全員戒律を守っておりますので、これまで人を殺したことがありません。弓が巧みで遠矢を射てはおりますが、人に命中させることはないでしょう。遠慮せずに攻撃してください』。これを聞いた攻撃軍はとても喜んで、楯も構えず鎧さえも着用せず、鬨《とき》の声を上げて攻め寄せました。果たして、釈氏の射る矢は決して人に当たりませんでした。また、鉾《ほこ》を突いて剣を抜いても、人を斬ることはありませんでした。そのため摩竭陀国の王宮はあっという間に攻め落とされて、釈氏の武士階級は全員わずか一日で滅びようとしました。

このとき釈迦の十大弟子の一人である目連尊者《もくれんそんじゃ》が、釈氏が一人残らず討たれようとするのを悲しみ、釈尊の許に参って次のように頼みました。『釈氏はすでに瑠璃王のために滅ぼされ、わずかに五〇〇人が残るばかりです。どうか偉大な神通力を使って、釈氏の戦士たちを助けていただけませんでしょうか』。しかし釈尊は『やめておけ。因果応報は、仏の力をもってしても変えることは難しい』と答えました。目連はなお悲しんで、『たとえ逃れられない運命だとしても、神通力をもって彼らを隠せばきっと助けられるだろう』と考え、鉄の鉢の中にこの五〇〇人を隠し入れて、忉利天《とうりてん》[29]に置かれました。摩竭陀国の戦争が終わり、瑠璃王の兵士たちが皆帰国しました。今なら大丈夫だろうと、目連が神通の手を差しのべ、忉利天に置いていた鉢をひっくり返して見ると、五〇〇人の武士たちは一人も残らず死んでいました。

目連は悲しみ、釈迦にこの理由を尋ねました。仏は、こう答えました。『これはす

29　須弥山《しゅみせん》の頂上。帝釈天が住む。

べて、過去の所業の報いである。それを逃れることはできない。大昔、旱魃《かんばつ》が三年間も続き、竜王の住む無熱池《むねっち》[30]の水が乾いたことがあった。この池に、摩竭魚《まかつぎょ》という全長五〇丈もの巨大な魚がいた。また多舌魚《たぜつぎょ》という、人間のように言葉を話す魚もいた。ここに数万人の漁師たちが集まり、水を抜いて池を干して摩竭魚を捕まえようとしたが、魚は見つからなかった。疲れ果てた漁師たちがあきらめて帰ろうとしたところ、多舌魚が岩窟《がんくつ》から這い出てきて、漁師たちに向かってこう言った。『摩竭魚はこの池の北東の隅にある大きな岩窟に穴を掘って水を貯め、無数の小魚たちを伴って隠れています。早くその岩を一つどかして、摩竭魚を殺してください。このことを知らせる代わりに、私の命を助けてください』。多舌魚は池の様子を詳細に教えて、すぐに岩穴の中へ戻った。漁師たちは非常に喜び、早速件《くだん》の岩を撤去してみると、摩竭魚をはじめとして五～一〇丈もある大きな魚が数えきれないほど集まっていた。わずかな水で生きていた魚たちだったのでどこへ逃げることもできず、一匹残らず漁師に殺されて、多舌魚ばかりが生き残った。

その後、漁師たちも魚たちもいずれも生まれ変わり、魚は瑠璃太子の兵士となり、漁師は釈氏の戦士となった。多舌魚は裏切った大臣となり、摩竭陀国を滅ぼした。私も当時子どもで、ザクロの木で作った鞭《むち》で魚を打った。そのため、悟りを開いて仏となっても頭や背中が痛くなり、運命を変えることができないのだ』。これだけではありません。舎衛国《しゃえこく》に一人の婆羅門《ばらもん》[31]がいました。彼の妻が男児を一人産み、梨軍支《りぐんし》と名づけました。梨軍支は容貌が醜く、舌が固くてよく動かず母の乳を飲むことができませんでした。かろうじて酥蜜《そみつ》[32]というものを指に塗り、それをしゃぶらせて育てました。梨軍支は成長しましたが、家が貧しくて食べ物がありませんでした。このとき、仏弟子が街に入り食べ物を乞い、それを鉢に満たして帰るのを見て、ならば自分も出家してたらふく食べたいと思いました。そこで仏に面会して出家の意志を告げると仏は喜び、『善来比丘《ぜんらいびく》』と唱えました。すると髪の毛が自然と落ちて僧侶の姿となりました。かくして梨軍支は精進《しょうじん》して修行に励んだので、やがて阿羅漢《あらかん》果《か》[33]の地位を獲得しました。

30 ヒマラヤの北にあるとされた池。
31 インドにある四つの身分階層で最高位の身分。
32 酥油《そゆ》（バターに似た油）と蜂蜜のこと。
33 小乗仏教の悟りである声聞《しょうもん》の最高位。

しかしながら、貧乏であることに変わりありませんでした。托鉢《たくはつ》してもいつも鉢は空っぽでしたので、ほかの仏弟子たちはこれを憐れみ、梨軍支にこう教えました。『仏塔の中に入って座るとよい。参詣の人々が捧げるお供《そな》えを食べれば、不足することはあるまい』。梨軍支は喜んで塔の中へ入って眠りました。参詣者たちが仏にお供えをしましたが、彼は寝ていたのでこれに気づきませんでした。そのとき、釈迦の十大弟子の一人である舎利弗《しゃりほつ》が五〇〇人の弟子を連れて他国よりやって来て、仏塔の中を御覧になるとたくさんのお供え物がありました。舎利弗はこれを集めて乞食に与えました。その後、梨軍支は眠りから覚めて食事をしようとしましたが、食べ物はなく非常に悲しみました。

これを御覧になった舎利弗は、『悲しむことはない。今日、お前とともに城に入り、施主のお招きを受けよう』と述べて伽耶城《かやじょう》に入りました。二人の僧侶が鉢を出して食べ物をいただこうとしたとき、施主の夫婦が突然喧嘩を始めて殴り合ったので、思いがけずご飯がこぼれてしまい、梨軍支も舎利弗も飢えて帰りました。

翌日、舎利弗はまた金持ちの招きを受け、梨軍支を連れて行きました。金持ちは五〇〇人の阿羅漢《あらかん》に食事を提供しましたが、なぜか梨軍支一人だけを見落として与えませんでした。彼は鉢を掲げて大声で食事を要求しましたが、誰にもその声が聞こえなかったので、その日も飢えて帰りました。

十大弟子の別の一人である阿難《あなん》尊者がこれをかわいそうに思い、『今日私は仏に従ってお布施を受けるので、必ずお前を連れて食事を食べさせようと思う』と約束なさいました。しかし、阿難が仏に従って出発したとき、その約束を忘れて連れて行きませんでしたので、梨軍支はこの日もしょんぼり過ごしました。

五日目、阿難は昨日梨軍支を連れて行くのを忘れたことを恥じ、ある家に行って梨軍支のご飯をいただいて帰りました。ところが帰り道で数十匹の獰猛《どうもう》な犬に追いかけられ、鉢を捨てて這々《ほうほう》の体《てい》で帰ったので、その日も梨軍支は飢えていました。

六日目、目連尊者が梨軍支のために食べ物を得て帰宅途中、金翅鳥《こんじちょう》[34]が空から飛来し、その鉢を奪って大海に浮かべたので、梨軍支はその日も飢えました。

七日目、舎利弗が食事をもらって梨軍支のところに持って行くと、門が堅く閉ざさ

34　想像上の大鳥で、翼が金色。口から火を吐き、龍を好んで食べるとされる。「金翅鳥」の字は「美しい羽の鳥」の意。

れて開きませんでした。舎利弗が神通力を用いてその門を開いて中にお入りになると、突然地面が裂けて鉢が大地の底に落ちてしまいました。舎利弗は神通の手を伸ばして鉢を取り戻し、梨軍支にご飯を食べさせようとされましたが、梨軍支の口が急に閉じて開かなくなってしまいました。あれこれ試しているうちに、時間が遅くなり、この日も食べることができずに飢えました。

梨軍支は連日の出来事に大いに恥じ入り、僧侶や信者たちの前で『これではもう食べるものがない』と言い、砂を食べて水を飲み、かわいそうに死んでしまいました。

僧侶たちはこのことを不思議に思い、梨軍支の前世の行いについて仏に質問しました。釈迦は僧侶たちに次のように言いました。『お前たち、よく聞くがよい。昔、波《は》羅《ら》奈《な》国《こく》に一人の金持ちがいた。その名を瞿《く》弥《み》といった。彼は、毎日欠かさず仏にお供え物をし、僧侶にお布施をしていた。瞿弥の死後は、その妻がこれを継いで仏法への寄進を続けた。ところが子がこれに怒り、母親を一室に閉じ込め、門を堅く閉ざして監禁した。母は七日間泣き悲しみ、餓死しそうになった。母は子に泣きながら食事を頼んだが、子は目を怒らせて母をにらみつけ、『あなたは我が家の財宝をお布施されてしまいました。飢えを止めたければ、砂を食べて水を飲めばいいでしょう』と言い放ち、ついに食事を与えなかった。食事を断たれて七日目、母はとうとう餓死してしまった。

その後子は貧窮し、死後無間《むげん》地獄に堕ち、無限の時間の苦しみを経て、現在人間界に生まれ変わった。これが梨軍支である。彼が僧侶となり、阿羅漢果の地位を得られたのは、金持ちの父が仏法を敬っていたためである。しかし貧乏になって飢え、砂を食べて死んでしまったのは、母親を飢えさせて殺した報いによるのである』。釈尊が詳細に梨軍支の過去の行いを説明したので、阿難・目連・舎利弗たちは納得し、釈尊に礼をしてその場を去りました。

このような仏教の経典に記された説話から考えますに、臣下が君主をないがしろにし、子が父を殺すのも、現在の人生一回の悪行ではありません。武士が衣食に満たされ、貴族が餓死するのも、すべて過去の因果応報によるのではありませんか」。僧侶の話が終わると、三人は皆カラカラと笑った。そのとき早朝の鐘が鳴り、夜も神社の朱塗りの垣根を去ったので、それぞれ帰宅した。

このことから考えてみると、現在の乱世もいつかは鎮まるであろうと勇気づけられる。

【36-11】細川清氏の反逆が発覚し、すぐに逃走したこと

細川清氏《ほそかわきようじ》の願文《がんもん》を入手した翌日、佐々木導誉《ささきどうよ》はこれを持って伊勢入道貞継《いせのにゅうどうさだつぐ》のもとへ行った。そして「これを見てください。相模守（清氏）が陰謀を企てております。志一上人《しいちしょうにん》[1]に依頼し、将軍を呪詛《じゅそ》しているのは疑いようがございません。清氏本人が自ら書いて作成し、花押《かおう》を据えた願文に明記されているからです。急いでこれを持って行かれて、将軍に見せてください」と清氏を非難し、懐《ふところ》からその願文を取り出した。伊勢入道がそんなバカなことがあるのかと怪訝《けげん》に思いながらその願文を開いて見ると、三カ条の所願が記されていた。

敬白　吒祇尼天《だぎにてん》[2]の宝前にて

一　清氏が日本全土を支配し、子孫が長く栄華を極めること

一　宰相中将《さいしょうちゅうじょう》義詮《よしあきら》朝臣《あそん》がすぐに病気となり、死去すること
一　左馬頭基氏《さまのかみもとうじ》が権勢と人望を失い、清氏の軍門に降《くだ》ること
右の三カ条の所願がすべて成就したならば、私は永遠に吒祇尼天の信徒となり、信仰の興隆に努めます。よって、このように祈願するところであります。

康安元年（一三六一）九月三日　　相模守清氏

そして、裏に清氏の花押が書かれていた。

伊勢入道は願文を読み終え、眉をひそめてしばらくため息をついた。筆跡は誰のものであるかわからないが、花押は間違いなく清氏のものであったので、宰相中将殿（義詮）にお見せしようと思った。しかし、これを将軍に披露すると相模殿はすぐに失脚し、命を失うに違いない。また、これは謀略である可能性もある。軽率には見せられず、どのように将軍に話すべきかとあれこれ考え、この願文を箱のいちばん底に

【36-11】1　【27-5】に登場。
2　【27-5】注1参照。

収めておいた。

このような折、羽林《うりん》将軍（義詮）が急に病気となったというニュースが流れた。物《もの》の怪《け》が原因であったので高僧が加持祈禱《かじきとう》を行ったが治らず、日に日に頭痛がひどくなった。そこで導誉が急いで義詮を訪問して「先日伊勢入道を介して提出した清氏の願文は御覧になりましたか」と尋ねると、義詮は「何だそれは」と答えた。「上様のご病気はそれが原因であると思われます」と導誉は述べ、急いで伊勢入道を呼び寄せ例の願文を取り出させ、羽林将軍に見せた。するとすぐに邪気が立ち去り、義詮の病気は治った。「導誉の主張に偽りはなく、清氏が私を呪ったことは疑いない」と将軍は導誉を信じた。

その後、義詮は「清氏は石清水八幡宮《いわしみずはちまんぐう》にも願文を奉納したに違いない」と思い至った。そこで非公式に神主を呼んで尋ねると、神主は「その願文は封をして神馬《しんめ》とともに送られてきました。現在は神殿に納めてあります」と答えた。義詮は「それを見せなさい。少し不審な点がある」と命じたので、神主はすぐに願文を取り出して持参した。これを見てもやはり、大樹《たいじゅ》（将軍）の命を奪って清氏の天下にしようという所願であった。清氏の陰謀は、いよいよ疑うところがなかった。そもそも志一上人が鎌倉から上京したのも、畠山国清《はたけやまくにきよ》が自分を特別な人間だと思い、清氏と結託して関東を奪おうとして、その祈禱を行わせるために推薦したのであるらしい。

それ以降、義詮はいかにして清氏を討とうかと思い煩《わずら》い、導誉のみを頼りにあれこれ相談した。やがて導誉は急病と称して、湯治《とうじ》のために有馬温泉へ行った。数日後、相模守も参禅を口実に天龍寺《てんりゅうじ》を参詣したが、通常と異なり夜に参詣し、武装した兵士も三〇〇騎あまり引き連れていた。これを聞いた将軍は「さては導誉と相談したことが早くも清氏に洩れたのであろう。だとすれば、きっと清氏から先制攻撃を受けるに違いない。京都市街の戦闘は、少数兵力では勝てない。防御に適した地点に籠もって防ごう」と考え、九月二一日の夜に今熊野《いまくまの》神社に籠城した。内裏《だいり》の後光厳天皇にも醍醐寺の三宝院光済《さんぽういんこうさい》を派遣し、「急いで今熊野にお越しください」と申し入れた。そして義詮は清氏の攻撃を迎え撃つために今熊野川の橋を壊し、あちこちに楯を垣根のように並べ、牛車《ぎっしゃ》と逆茂木《さかもぎ》も設置して軍門を固めた。ここに今川上総介範氏《いまがわかずさのすけのりうじ》・弟伊予《いよの》守貞世《かみさだよ》・宇都宮《うつのみや》三河入道貞宗《みかわのにゅうどうさだむね》以下が我も我もと馳せ加わった。天皇陛下も夜明けに今熊野に行幸したので、北朝の公卿・殿上人たちも競うように急いで参上した。

清氏邸の留守を預かっている者は、突発的になぜ軍勢が集まって騒いでいるのかわからなかったが、武士が東西を駆け巡っているので、ともかくこのことを天龍寺に滞在している清氏に報告した。清氏は「なぜ今どき京中で騒ぎが起こるのか。報告者が何か間違えたのであろう」と気にも留めなかった。しかしその騒動は実は義詮が自分を討とうとしているために起こっていることを知り、三〇〇騎を率いて帰宅した。そして僧侶である弟の愈侍者《ゆじしゃ》を今熊野へ派遣して、次のように弁明した。「洛中で騒動が起こっているという報告を受け、その理由もわからずに急いで帰宅しました。するとなんと、上様がこの清氏の討伐をお命じになったということでございます。私がどのような罪を犯したというのでしょうか。無実の人間を讒言《ざんげん》によって死刑に処せば、政治は乱れて南朝にも嘲《あざけ》られるのは間違いありません。まずは私の罪が事実であるか否かをきちんと調査されるべきだと存じます。そして有罪であることが確定すれば、私は首を差し出して上様の軍門に降《くだ》りましょう」。だが義詮は清氏の弁明には耳を貸さず、陰謀の数々がすでに発覚した以上はこれ以上の調査に及ぶ必要はないと、使者の僧に面会もせずに完全に無視した。愈侍者は顔色を失って退出した。

清氏は「かくなる上は、弁明しても無駄である。上様は、きっと私に討手を差し向けてくるだろう。一矢《いっし》報いてから腹を切ろう」と述べた。そして弟左馬助頼和《さまのすけよりかず》・大夫《たいふ》将監家氏《しょうげんいえうじ》・兵部大輔将氏《ひょうぶのたいふまさうじ》・猶子仁木中務少輔頼夏《にきなかつかさのしょうよりなつ》・従兄弟兵部少輔氏春《ひょうぶのしょうゆうじはる》の六人が武装して中門に集結し、旗竿《はたざお》を出して馬の腹帯を締めて鞍《くら》を固定した。すると家来たちがあちこちから集まり、清氏の軍勢は七〇〇騎あまりとなった。

今熊野では、当初およそ五〇〇騎が集まって、自分こそが清氏攻撃の先鋒を承りたいものだと虚勢を張っていた。しかし相模守の軍勢が七〇〇騎になったと知ると、あちこちの僧坊や民家に引きこもった。そして先ほどまでの鼻息の荒さなど消え失せ、どこに逃げようかと山の方を見守っていた。

一方相模守は兜の緒を締めて義詮軍の攻撃を待ちかまえていたが、敵の来襲はなかった。「ともに洛中で兵を集めて戦争の準備をするのも、考えてみれば物騒である。この陣を解除して京都を脱出し、改めて上様に弁明しよう」と清氏は考え、二三日の早朝に本拠地若狭国を目指して逃走した。仁木中務少輔と細川大夫将監の二人は京都に留まった。清氏に従う軍勢は徐々に減少していくように見えたが、京都郊外の家来たちが追いついて「将軍の軍勢は五〇〇騎にも満たないと伺っておりますが、なぜこの大軍にもかかわらず都から逃げるのですか」と尋ねてきた。相模守は馬を止めて、「将軍と本気で戦うつもりならば、寄せ集めの臆病な四～五〇〇騎の将軍の軍勢など、この清氏は物の数とも思わない。だが、私は上様を主君として尊重するので陣を解いたのだ。都落ちするこのふがいない様子を他人に見られるのは恥ずかしいが、ひとまずは逃走して改めて将軍に弁明しようと思うのだ。無実の罪で討たれたとしても、それは自分の至らなさのためである。この世界のために惜しまれる命ではない。ただ悲しいのは、讒言で人を陥れるようなつまらない者のせいで、将軍が覇権を失う様子をあの世で見聞きすることだ」と答えて両目に涙を浮かべた。それを見て、清氏に従っている武士たちも全員鎧の袖を濡らして泣いた。

千本《せんぼん》今出川を過ぎて長坂《ながさか》まで来たところで、清氏は弟の兵部大輔と従兄弟の兵部少輔の二人を近づけて涙を流しながらこう言った。「肉親の深い血縁によって、私の行く末を見届けようとよくぞここまでついてきてくれた。その志は千個万個の宝石よりも重く、何度も染めて深い紅となった衣料よりも深い。しかしながら、清氏が邪悪な者の讒言によって思いも寄らず泥沼に沈んでしまった以上はもはや無力である。お前たち二人は讒言を受けている身ではない。将軍の信頼を失ったわけでもない者が、何の理由もなく私とともに都を落ちて道ばたに死体をさらしては、私はまた後日非難を受けるであろう。早く将軍の許《もと》へ戻り、清氏の主張を伝えて細川の家名を存続させるように計らってほしい。これこそが私を助ける手段であり、そしてお前たちの立身出世の道でもあるのだ」。これを聞いた二人は涙を押さえてむせび泣き、しばらくは返事をすることもできなかった。ようやく、「情けないことをおっしゃいますな。たとえここから帰ったとしても、我々もいつまでも生き延びられますまい。告げ口する者が君主のそばにおり、頼る人もいないのですから。将軍には警戒され、同僚には後ろ指を指されるのは恥の上塗りであります。どこまでもあなたに付き従い、行く末を見届けることこそ我々の真意でございます」と何度も申した。しかし相模守は「だがそうすれば、私が本当に陰謀を企んでいると世間の人が誤解するであろう。だからここは堪《こら》えて帰って真実を主張し、後日また手紙でも送ってほしい」と手を合わせて懇願した。そこで二人は「そういうことでありますならば、ともかくまずはご命令に従いましょう」と答え、泣く泣く千本で清氏と別れて帰宅した。

京都で市街戦が起これば市街地は全焼するであろうと市民はあわて騒いだが、相模守が何もせずに都を落ちたので、将軍は二四日に今熊野から御所に戻った。対して、相模守の家来たちがいつの間にか自宅を出て、人目を避けるように隠れ住む有様は、昨日までの栄華が夢のようで不憫であった。

【36-16】北朝の公家や室町幕府の諸将が京都を脱出したこと

南朝軍が忍常寺《にんじょうじ》の付近を通過すると、当時幕府の侍所《さむらいどころ》であった佐々木治部少輔《ささきじぶのしょう》高秀《たかひで》が布陣していた。彼は、この摂津国で二人の甥を楠木に討たれて失っていた。そこで先日の恥をすすぐため、ここで激しい戦いをしようと事前に考えていた。しかし相模守（細川清氏）の気迫に押されて臆したのであろう、一本の矢も射ずに南朝軍の通過をおめおめと許してしまった。これは、まったく相模守が予想したとおりであった。

忍常寺で戦闘がなかったので、ならば山崎で両軍の激突があるだろうと思われた。だが今川伊予守貞世《いまがわいよのかみさだよ》もかなわないと思ったのであろう、一戦もせずに鳥羽《とば》の秋の山へ撤退した。これを見て各地に展開していた幕府軍は、まだ敵も近づいていないのに逃げる準備を始めた。宰相中将義詮《さいしょうちゅうじょうよしあきら》は、この状況では戦っても勝てないであろう、まずは京都を脱出し、東国や北陸の軍勢と合流しようと考えた。そこで一二月八日早朝、義詮は持明院統の後光厳《ごこうごん》天皇を護衛し、苦集滅道《くずめじ》[1]を通って勢多《せた》に抜け、琵琶湖を渡って近江国武佐寺《むさでら》[2]へ逃走した。「主君は船で、臣下は水である。水は船を支えるが、転覆させることもある。これと同様に、臣下も主君を支えるが、転覆させることもある」という。一昨年の春までは清氏は幕府の執事として義詮を支えていたが讒言《ざんげん》にあって都を落ち、今年は元の主君である相公《しょうこう》（義詮）を転覆させた。『貞観政要《じょうがんせいよう》』[3]には賢臣魏徴《ぎちょう》が唐の太宗《たいそう》を諫《いさ》めた上奏文が収録されているが、これはその内容のとおりだと思い知らされた。

同日夜、南朝軍は京都に入って将軍の邸宅を焼き払った。当然予想された京都の市街戦が行われなかったので、逃げる軍勢も入る軍勢もともに不法行為をせず、京・白河はかえって静かであった。

佐々木佐渡判官入道導誉《さどのほうがんにゅうどうどうよ》は京都を脱出する際、自分の邸宅にはきっと名のある大

【36-16】1　京と山科を結ぶ道。渋谷街道ともいわれ、京の中心部の東側の出口。
2　現、滋賀県近江八幡市長光寺町にある長光寺。
3　【4-4】注4参照。

将が駐屯するであろう、だから立派に飾ろうと考えた。そこで六間の集会所六カ所には大文《だいもん》[4]の畳を敷きつめ、掛け軸の絵、その両脇の絵、花瓶・香炉・茶釜・茶碗に至るまですべて準備した。応接間には王羲之《おうぎし》[5]が草書で書いた碑文の拓本と韓愈《かんゆ》[6]の詩集、寝室には沈《じん》のお香と絹の寝具、一二間の警備員の控え室には食用の鳥・ウサギ・キジ・白鳥を吊した棹を三本並べた。そして三石《ごく》[7]の大きな竹筒に酒を満たし、お抱えの時宗の僧侶二名を留めておき、「この家に来た方には、どなたであってもこの酒を振る舞いなさい」と命じた。

最初に導誉の屋敷に乱入したのは、楠木《くすのき》正儀《まさのり》軍であった。するとこの二名の僧が出迎えて、「どなたであっても、このあばら家に来られた方にはお酒を勧めなさいと導誉禅門からことづかっております」とあいさつした。導誉は、相模守が敵であるのできっとこの家を破壊するに違いないと憤って危惧していた。しかし導誉の風流を解する心に感動した楠木は庭の木の一本も傷つけず、一帖《いちじょう》の畳すら壊さなかった。それどころか、ほどなくして楠木が京都を逃れる際には、集会所の装飾や控え室のごちそうをさらに豪華なものとした。さらに寝室には秘蔵の鎧に銀細工で飾った太刀を一《ひと》振《ふり》置き、二人の家来を留めて導誉に残した。

導誉の振る舞いが風情にあふれていると感動する人もいた。しかし導誉のような老練な賭博師に出し抜かれ、楠木は鎧と太刀を取られたと笑う人も多かった。

【38-4】越中国の戦い

桃井播磨守直常《もものいはりまのかみただつね》が信濃国より越中国に侵入し、古くからの知り合いの武士たちに共闘を呼びかけた。同国では守護尾張大夫入道《おわりたいふにゅうどう》（斯波高経《しばたかつね》）の代官鹿草出羽守《ししくさでわのかみ》の政治が腐敗していたため、野尻《のじり》・井口《いのくち》・長沢《ながさわ》・倉満《くらみつ》地方の武士たちが競うように鹿草に造反した。直常に味方したその勢力は一千騎以上となった。こうして、たちまち桃井

4　大きな模様が縁についている畳。
5　中国、東晋の書家。中国、日本の両国で「書聖」と称えられた。
6　【1-6】注6参照。
7　石《こく》は容量の単位。一石は約一八〇リットル。

は越中国内をほぼ制圧した。抵抗する者がいなくなったので、加賀国に出陣して同国守護富樫昌家《とがしまさいえ》を攻撃しようと企んだ。

これを聞いた能登・加賀・越前の武士たちは敵に先制させまいと三千騎あまりを集め、越中国に侵入して三カ所に布陣しようとした。しかし桃井は常に敵の陣地構築が終わる前に攻撃して戦況を有利に運ぶ武将だったので、これに逆襲した。すると越前勢が築いた陣がまず破れ、能登・越中の陣も完成する前に崩壊してしまった。

日が暮れたので桃井は自分の陣に戻り、武装を解いて休憩した。だが夜になってから少々用事があったので、この陣から一里ほど離れた井口城《いのくちじょう》へ誰にも知らせずただ一人で向かった。

ちょうどこのとき、能登・加賀の兵およそ三〇〇騎が桃井に降伏しようとやってきて、「執事にお取り次ぎいただき、大将の桃井殿に面会したい」と申し出た。そこで執事は彼らに同行して桃井の陣へ参り事情を説明しようとしたが、大将の陣には誰もいなかった。側近に尋ねても、「どこへ行かれたのでしょうか。日暮れから大将を見ておりません」と返された。すると桃井に従っていた外様《とざま》の武士たちは「さては桃井殿は逃げられたのであろう」と騒ぎ、自分たちもどこかへ逃げようとあわてふためき始めた。鎧を着る者もいれば脱ぎ捨てる者もおり、馬に跳び乗る者もいれば乗り捨てる者もいた。そして燃え残った篝《かがり》の火は陣屋を焼き尽くし、野原にまで燃え広がった。これを見た、降伏しようと思っていた三〇〇騎の武士たちは、ならば逃げる敵を討ち取って手柄にしようと箙《えびら》[1]を叩いて鬨《とき》の声を上げ、逃げる敵を追いかけて攻撃した。引き返して戦おうとする者もなく、あちこちで倒され斬られ、戦死者二〇〇名以上、捕虜一〇〇名に及んだ。

桃井はまだ井口城に到着しないうちに自分の陣に火がついたのを見て、これはきっと裏切り者が出て敵に夜襲《やしゅう》されたのであろうと考えて戻ろうとした。するとそこに逃げてきた兵たちがやってきて、息もつがずにこう言った。「とにかくお逃げくださ い。今はかないません」。そこで、桃井も仕方なく彼らとともに井口城へ逃げ籠もった。

一方、加賀・越前の軍勢は昼の戦闘に敗北して五服峯《ごふくがみね》[2]に逃げ登っていたが、桃井

【38-4】1　【9-5】注18参照。
2　現、富山市五福。

の陣が炎上したのを見て何事が起こったのかと不審に思った。そこに馳せてきたのは、桃井に投降したのに思いも寄らず手柄を立てて戻ってきた三〇〇騎の兵士たちであった。彼らは刀の切っ先に敵の首を刺し、捕虜を先頭に歩かせていた。そして、「鬼神のように強力な桃井軍を我々はわずか三〇〇騎あまりで夜襲し、多数の敵を討ち取りました」と、仮名[3]や実名でわざわざ大げさに名乗りを上げた。大将鹿草出羽守以下、諸国の軍勢に至るまで「ああ、非常に勇敢な人々だ。彼らがいなければ、我々は雪《せつ》辱《じょく》を果たすことはできなかったであろう」と皆感動した。

だが捕虜から詳細に真相を聴取すると、「さては降伏しようとした腰抜けどもが、たまたま倒れた場所の土を掴んだだけのことよ」と手のひらを返して嘲笑した。

【38-7】筑紫の戦い

南朝方の菊池《きくち》肥後守《ひごのかみ》武光《たけみつ》のもとに、九州探題《たんだい》斯波《しば》左京大夫《さきょうのだいぶ》氏経《うじつね》がすでに豊後《ぶんご》守護大友の館に到着したという情報が届いた。そこで武光は敵が勢いづく前に蹴散らそうと思い、弟彦次郎武義《ひこじろうたけよし》を九月二三日に豊後国へ出陣させた。これに従ったのは、城《じょうの》越前守武顕《えちぜんのかみたけあき》・宇都宮・岩野《いわの》・鹿子木民部大夫《かのこぎみんぶのたいふ》・下田帯刀《しもだたてわき》以下の精鋭五千騎あまりであった。これは無論、探題と大友の二人を攻撃するためであった。

探題左京大夫はこれを聞き、「そもそも私は、九州の反乱を鎮圧するために派遣された。それが敵の城を攻めずにかえって攻められたと京都に伝われば、武略が足りないとそしられても仕方ない。ならば、敵を城で待つまでもない。ここを出て迎え撃とう」と考えた。そして今年一一歳になるまだ幼い息子松王丸《まつおうまる》を大将に、太宰少弐《だざいのしょうに》頼《より》高《たか》・弟筑後次郎冬資《ちくごのじろうふゆすけ》・同新左衛門尉頼国《しんざえもんのじょうよりくに》・宗像大宮司氏俊《むなかたのだいぐうじうじとし》・松浦《まつら》一党、合計約七千騎で筑後国長者原《ちょうじゃがはら》1というところに馳せ向かい、街道を封鎖して待ち受けた。

同二七日、菊池彦次郎は五千騎を二手に分け、長者原へ押し寄せて戦った。しかし岩野・鹿子木将監《しょうげん》・下田帯刀以下主立った勇士三〇〇名以上が討たれ、大将の菊池

3　「太郎」や「次郎」などの仮の名。

【38-7】1　現、福岡県糟屋郡粕屋町長者原《ちょうじゃばる》。

彦次郎も三カ所負傷したので、南朝軍は二〇里あまりも後退した。今にも敗北しそうに見えたところに、城越前守《じょうのえちぜんのかみ》のおよそ五〇〇騎が駆けつけ菊池軍と入れ替わって戦ったので、逆に少弐筑後次郎・同新左衛門尉の二人がともに同じ場所で討たれた。その他、松浦・宗像大宮司の一族家来たちも四〇〇人以上戦死した。かくして探題・少弐・大友は二度目の戦闘に敗北し、皆散り散りになって逃走した。

緒戦に勝利した菊池は、探題も恐れるに足らずと勢いづいた。そこで後方で待機していた総大将の肥後守武光が新手《あらて》の軍勢三千騎あまりを率いて弟彦次郎の軍勢と合流し、豊後国府へ向かった。探題・少弐・大友・松浦・宗像の軍勢はそれでもまだ七千騎以上残っていたが菊池軍の気迫に押され、正面から決戦しては勝てないと思ったのであろう。籠城して険しい地形に頼ろうと、探題と大友は豊後の高崎城《たかさきのじょう》、太宰少弐は岳城《おかのじょう》、大宮司は宗像城《むなかたじょう》に籠もった。これに対して菊池は豊後国府に布陣し、三方の敵をものともせず、三カ所の城を分断し、三年間の長期にわたって包囲し続けた。

少弐・大友は大軍であるにもかかわらず城に籠もり、菊池はわずかな軍勢でこれを包囲する。菊池軍の兵士たちは、必ずしも全員が勇敢であったわけではない。少弐・大友の兵士たちも全員が臆病だったのではないだろう。しかし九州がこのような形勢となったのは、軍勢の士気が大将の気概に左右されたためである。

【38-9】細川清氏の戦死

その頃、四国周辺に次のような情報が伝わった。それは細川《ほそかわ》相模守《さがみのかみ》清氏《きようじ》が四国を平定してふたたび京都を占領しようと企て、和泉国堺浦《さかいのうら》[1]から船に乗って讃岐国に渡ったというものであった。その清氏のもとに、すぐに従兄弟の兵部大輔《ひょうぶのたいふ》氏春《うじはる》が淡路国の軍勢三〇〇騎あまりを率いて参上した。その弟掃部助《かもんのすけ》信氏《のぶうじ》も讃岐国の軍勢を招集しておよそ五〇〇騎で馳せ加わった。さらに小笠原《おがさわら》宮内大輔《くないのたいふ》も三〇〇騎ほどの阿波国の軍勢で合流したので、清氏の軍勢は間もなく三千騎以上に達した。

だがその頃、細川右馬頭《うまのかみ》頼之《よりゆき》が西国を鎮圧するために備中《びっちゅう》国に滞在していた。頼

【38-9】1　【26-7】注10参照。

之は清氏の四国転進を聞き、彼を討つために備前《びぜん》・備中・備後《びんご》の軍勢一千騎あまりを率いて讃岐国へ渡ってきた。

　このときもし相模守が、敵が船から上陸するところを攻撃していれば有利に戦うことができたであろう。だが敵の右馬頭は智謀に秀で事態に臨機応変に対処する人であったので、あらかじめ使者を相模守の許《もと》へ派遣して次のように伝えていた。「貴殿は無実の罪で将軍に処罰されそうになりました。それは、将軍が多くのつまらぬ者たちの邪悪な讒言《ざんげん》に耳を貸されたためです。そのとき、貴殿が弁明できずに敵に恨みを抱いたことを頼之はもっともだと思いました。しかしながら、故大臣殿（尊氏）も『仁木・細川の両家が手足となり、将軍家を代々守《も》り立てよ』と御遺言されております。それなのに、貴殿は細川家の親戚付き合いを投げ出して敵に寝返り、長年の忠節を放棄して合戦をなさっております。これでは、故将軍も苔《こけ》に覆われたお墓の地下深くで悲しまれるでしょうし、あなたの不忠に対する非難も永遠に続くに違いありません。頼之はこれまでの事情を深く理解しておりますので、貴殿と戦う意志はまったくありません。『論語』にも、『過去の過ちを咎めない』[2]とあります。御憤りはここまでにして、ぜひともこちらへいらしてください。貴殿の御領国については、今までどおり領有を承認していただけるように上様に上申《じょうしん》して取りはからいましょう。もしそれでもご満足されず、あくまでも幕府を打倒しようと思われるのであれば仕方ありません。頼之は四国を放棄し、備中へ撤退いたしましょう」。このように頼之がやさしい言葉で礼儀を尽くして丁寧に講和を持ちかけたので、相模守は軽率にもそれを信じた。右馬頭は交渉で日数を稼ぎ、その間に中国地方の軍勢を集め、城郭を堅固《けんご》に築いて戦いの準備を完了させた。そして以降は清氏に連絡さえしなかった。

相模守の陣は白峰山《しらみねさん》[3]の麓、右馬頭の城は尾浅山《おあさやま》[4]にあり、両者は二里しか離れていなかった。攻撃しようか、待ち受けて防ごうかと互いに様子を見て数日が過ぎた。そこに備前の佐々木《ささき》飽浦《あくら》薩摩権守信胤《さつまごんのかみのぶたね》が南朝方となって瀬戸内海に軍船を浮かべ、阿波の小笠原美濃守《おがさわらみののかみ》も相模守に味方して海上を封鎖した。そのため右馬頭の兵力は日ごとに減少し、逆に相模守の軍勢は諸国の評判となるほどに勢いを増していった。これは、魏《ぎ》の将軍司馬仲達《しばちゅうたつ》が蜀《しょく》の軍隊と戦わずに勝利した謀略[5]に似ている。

2　『論語』「八佾《はちいつ》」にある。
3　現、香川県坂出市青海《おうみ》町にある山。
4　現、香川県丸亀市と同県綾歌郡宇多津町の境にある山を指すと思われる。

七月二三日の朝、右馬頭は陣幕から出て、重臣の新開遠江守真行《しんかいとおとうみのかみさねゆき》を近づけてこう言った。「当国の情勢を見ると、敵軍は日々増加し、味方は徐々に減少している。この状況がさらに数日続けば、いっそう不利となるだろう。一計を案じるに、南朝軍の中院源少将雅平《なかのいんげんのしょうしょうまさひら》という大将が西長尾《にしながお》[6]という地点に城をかまえている。ここを攻めようとすれば、相模守はきっと軍勢を派遣してこの城を支援するだろう。そこでお前はまず城を攻めるふりをして、攻撃の陣地を築け。そして夜になったら篝火《かがりび》を焚き、それを残したまま馳せ戻り、すぐに相模守の城の正面から押し寄せよ。この頼之は搦《からめ》手《て》に回り、まず小部隊を出して清氏をおびき出そう。そうすれば、相模守はたとえ一騎であろうと城から駆け出して戦うに違いない。これが大軍の敵を一挙に滅ぼす謀略である」。そして新開遠江守に四国・中国の軍勢五〇〇騎あまりを率いさせ、道中の民家に放火させながら西長尾に向かわせた。

頼之が予想したとおり、相模守はこれを見て「敵は西長尾城を攻め落とし、我が陣の背後へ回ろうとしているぞ。中院殿に加勢しなければならない」と焦った。そして、弟左馬助頼和《さまのすけよりかず》・従兄弟掃部助信氏《かもんのすけのぶうじ》を両大将としておよそ一千騎の軍勢を西長尾城へ派遣した。新開はもともと城を攻めるつもりはなかったので、わざと時間を稼ぐために少数の歩兵を差し向けて城の麓の民家を少し焼き払い、攻撃陣地を設営した。そして夜が更けると、新開は陣地の篝火を焚《た》き残したまま山越えの近道を引き返し、相模守の城のある白峰山の麓へ攻め寄せた。

あらかじめ計画しておいたとおり、同日午前八時頃細川右馬頭は五〇〇騎あまりで搦手に回り、軍勢を二手に分けて鬨の声を上げた。この城はもともと鳥も飛び上がれないほど守りが堅く、攻撃側がどれほどの大軍であっても一〇〜二〇日間は持ちこたえられる城であった。しかも新開が西長尾から引き返したことを左馬助と掃部助が知れば、彼らはすぐに戻って攻撃軍を追い払い、かえって城側が有利になったであろう。だが相模守はいつも自分の武勇が他人より勝っていることを誇り、血気にはやる拙速な武将であった。そのため敵軍の旗を見るとすぐに第二の城門を開かせ、小具足さえもろくに着用せず、袷《あわせ》の小袖をたぐり寄せて鎧だけを肩に投げ掛け、馬上で帯を締めてただ一騎で外へ駆け出した。彼に従う三〇騎あまりも、ある者は頰当《ほおあて》[7]だけで兜もか

5　司馬仲達は中国の三国時代の魏の将軍。戦わずに蜀に勝利した逸話は『三国志』などによる。
6　現、香川県仲多度郡まんのう町長尾。
7　鉄でできた、頰に当てる防具。

ぶらず、ある者は小手《こて》だけで鎧も着ず、完全武装した一千騎の敵軍へ突入した。一見勇敢に見えながら、セオリー破りの猪《いのしし》武者《むしゃ》[8]でバカバカしく見えた。とは言え、相模守が敵を物ともしないのも確かなことではあった。一千騎の兵士たちは相模守一騎に攻め込まれて、魚鱗の陣形にも鶴翼の陣形[9]にも組めず、馬も人もひるんであちこちの塚や岡に逃げ登った。

相模守は、野木《やぎ》備中《びっちゅうの》次郎《じろう》と柿原孫四郎《かきはらまごしろう》[10]の二人を鞍《くら》の前輪に引き寄せて首をねじ切った。そして彼らの首を太刀の先に貫いて掲げ、「中国・インド・鬼界ヶ島《きかいがしま》・蒙古については遠い国のことだからわからない。だがこの秋津島（日本）に生まれ、清氏にわずか一太刀でも浴びせることができる武士は皆無であろう」と叫び、一騎でふたたび敵の大軍の中へ駆け入った。清氏のような乗馬に優れた剣術の達人が逃げる敵を追いかけ斬りつけたので、彼の前にいた武士は、ある者は馬とともに尻餅《しりもち》をつき、ある者は兜の鉢を胸板まで割られ、深田の泥が死骸で見えなくなるほどであった。

このとき、備中国の武士真壁孫四郎《まかべまごしろう》が相模殿を見つけ、たとえ自分の身体が粉々に打ち砕かれようとも敵の大将相模殿と戦って死のうと思った。そこで清氏に駆け寄ってすれ違いざまに長槍《ながやり》を伸ばし、相模守の乗っていた鬼鹿毛《おにかげ》という馬の胸を突いた。

この馬は非常に駿足であったが、時の運に見放されたのであろう、一歩も踏み出せずにすくんで地面に倒れた。相模守はそれでもひるまず、敵の馬を奪おうと思った。そこで馬の右側に下りて負傷したふりをして、太刀を地面に逆さまに突いて立ち上がった。真壁がふたたび清氏に駆け寄って一太刀浴びせて倒そうとしたところを、相模守は走って近づき馬から引きずり下ろした。そして真壁を持ち上げて立ち、彼の首をねじ切ろうか、それとも礫《つぶて》のように投げて殺そうかとしばらく思案している様子であった。

伊賀掃部助高光《いがかもんのすけたかみつ》は敵二騎と戦って斬って落とし、刀についた血を笠印《かさじるし》で拭き取り、相模殿はどこにいるだろうかと周囲を見回していた。すると真壁孫四郎を持ち上げながら、その馬に乗ろうとしている敵がいた。おおすごい、並みの武者には見えない、これはきっと相模殿に違いない、これこそ望むところの幸運だと伊賀掃部助は思った。相そして畑を斜めに横切って馬を真っ直ぐに駆けさせ、清氏にむんずと組みついた。

8　後先を考えずに、敵のなかに突進する武士。
9　【10-8】注10参照。
10　野木と柿原は両者とも細川頼之方の家来。

模守は真壁を右手でつかんで投げ捨て、掃部助の頭を左の袖の下に抱えて首を掻こうと、上帯が緩んで後ろに回った腰の刀をまさぐった。だが掃部助は機敏だったので、清氏と組むと同時に刀を抜き、相模守の鎧の草摺《くさずり》をはね上げて上向きに三回刺した。刺された清氏が弱ったところを突き飛ばし、押さえて首を取った。

さしもの猛将勇士も、運が尽きて討たれてしまった。だがそれを知る人はほとんどおらず、引き返した武士もなかった。わずかに木村次郎左衛門《きむらじろうざえもん》が、その戦死を泣く泣く見届けたのみであった。胴体は深田の泥にまみれ、首は敵の刀の先にあった。清氏の死に様は、元暦《げんりゃく》の昔に木曽左馬頭義仲《きそさまのかみよしなか》が粟津《あわづ》の松原《まつばら》で討たれたときや、暦応《りゃくおう》の初秋に新田《にった》左中将《さちゅうじょう》義貞《よしさだ》が足羽《あすわ》の畦道《あぜみち》で討たれたときと同じであった。

一方、西長尾の城に向かっていた左馬助が実は新開がとっくに引き返していたことを知ったのは、ようやく二四日の夜が明けてからであった。「これはきっと相模殿の軍勢を分散させ、入れ違いに城を攻めようとする謀略に違いない。今頃、すでに戦闘が始まっているだろう。引き返して戦おう」と、頼和は馬に鞭打ち全速力で千里の道を一足飛びに引き返した。すると新開がこれを待ち受け、要地には軍勢を潜《ひそ》ませ、平地では広く展開させていた。そのため両軍の大乱戦となった。互いに敵を討ち、東西に場所を替え、南北にぶつかったり離れたり、およそ四時間交戦した。敗北したのは新開であった。頼和と信氏・氏春兄弟は勝鬨《かちどき》の声を三度上げ、意気揚々と白峰城へ帰還しようとした。

ところが、笠印をかなぐり捨て鎧の袖や兜に矢が突き刺さった二〜三〇騎の落ち武者たちと遭遇した。「合戦はどのような状況でしょうか」と尋ねると、落ち武者たちは皆泣き声で「もう相模殿は討たれてしまいました」と答えた。これは何事かと城を遠くから見上げると、すでに敵に占領されてしまったようで、見慣れぬ紋の旗が城門や矢倉の上に悠然となびいていた。ふたたび戦う力は残っておらず、籠城できる城もなかったので、左馬助頼和と掃部助は敗残兵を率いて淡路国へ逃れた。

しかし淡路の南朝方も清氏の戦死を知って幕府に寝返ったので、淡路にもとどまることができず、一艘《そう》の小船に乗って和泉国へ逃げた。しかも、西長尾城までもが攻められる前に陥落した。ここに四国の戦乱は終息し、皆細川右馬頭頼之に従うこととなった。

【39-6】諸大名が斯波高経を讒言したことおよび佐々木導誉が大原野で花見の会を催したこと

道朝《どうちょう》（斯波高経《しばたかつね》）という人物は将軍家でも格別に家柄の高い一族の出身であった。彼が管領《かんれい》という重職に就いていることを妬《ねた》む人もいそうなものであったが、誰からも有能であると認められていた。道朝はまた、鎌倉幕府が栄えていた時代にも詳しく、礼儀正しく法律を遵守《じゅんしゅ》する人だった。そのような姿勢も現代人とは異なっており、彼こそ真に武士の時代を長期間統治できる人だと思われていた。それにもかかわらず、人々の期待を裏切って失脚し短命政権で終わってしまった。これもそもそもは春日大明神のご意向に背いたためだと考えられる。

人々の支持を失った最大の理由は増税政策であった。従来日本国の地頭《じとう》・御家人《ごけにん》の所領には五〇分の一の武家役《ぶけやく》[1]が毎年賦課されていたのを、この管領が二〇分の一に引き上げたのである。これは先例にないことだと人々が憤った。

第二は、将軍義詮《よしあきら》が三条万里小路《さんじょうまでのこうじ》に御所を建設する際、各殿舎の築造を大名一人ずつに割り当てたときのことであった。赤松律師則祐《あかまつのりっしそくゆう》もその一人であったが、工事が遅れてわずかに期限が過ぎてしまった。それだけで法を破った罪として大荘園一カ所を没収されたが、これは赤松が将軍から恩賞として拝領したものであった。これが、赤松が高経に恨みを抱いた大きな理由である。

第三は、佐々木佐渡判官入道導誉《ささきさどのほうがんにゅうどうどうよ》が五条大橋建設の奉行《ぶぎょう》となったときのことである。これは大事業であり、洛中から棟別銭《むなべつせん》[2]を徴収しながら行ったために完成が遅れてしまった。そこで道朝は導誉を支援しようとした。そして他の大名の力を借りず市民に迷惑もかけず、わずか数日間で橋を完成させた。通行人は喜んだが、これはかえって導誉に恥をかかせた。

また昨年の春、将軍御所の庭園の花が色あざやかに咲き誇り、道朝は非常に趣深く思った。そこで将軍邸で花見を兼ねた連歌《れんが》の会を開催しようとさまざまな酒肴《しゅこう》を準備し、その日を貞治《じょうじ》五年（一三六六）三月四日に決めた。導誉に対しては特に熱心に誘った。導誉は必ず参加すると返事した。しかし当日わざと将軍邸の花見には行かず、

【39-6】1　地頭並びに御家人が所有する土地に課せられた税。

2　家屋の棟《むね》数別に課された臨時の税。社寺・朝廷の造営・修復等のため、全国または特定の国郡に課された。

京都中の諸芸能の達人を一人残らず引き連れて、大原野《おおはらの》[3]で花見の会を開いた。会場を美しく装飾し、そこで世に類いないほどすばらしい遊興を繰り広げた。

当日、導誉は富裕な人々を連れて大原や小塩《おしお》の山へ[4]赴いた。彼らは山の麓に車を停め、緑色の蔦葛《つたかずら》を手に取ってよじった。曲がりくねった細い道が静かな寺院まで延び、僧侶の宿舎には花木が生い茂っていた。寺の門を通り、庭を流れる渓流の中州《なかす》を渡れば、道は羊の腸のように曲がりくねり、橋の上には横板が渡されていた。橋や建物の手すりは金糸の絹織物で包まれ、擬宝珠《ぎぼし》[5]には銀箔が押され、橋板にも蜀江《しょっこう》[6]産の高級な錦が色とりどりに敷き詰められていた。その上に落ちた花びらが積もる様子は、朝日が谷の陰まで届かず、橋に渡した一枚の板に雪が積もっている風景と似ていた。

そこを歩くには足が冷たかったので木製の靴を履き、はるか遠くから風が吹きつける石段を登っていった。すると竹でできた樋《ひ》で泉の水が幾重にも分かれて流れ、石製のかなえ[7]に茶の湯が立てられている光景が目に入ってきた。松の風が吹く音は湯の沸き立つ音にかき消され、茶の香りが春の訪れる気配をいっそう色濃くし、一杯の茶を飲むだけで仙人の境地に達するかのようであった。藤の各枝に中国の平江《ひんごう》産[8]の帯を高くかけ、みずち[9]の形をした香炉で鶏舌《けいぜつ》のお香[10]を焚《た》くと、春の風が温かく薫り、思わず梅檀《せんだん》の生い茂る林に入ったのかと錯覚するほどであった。四方の山には霞が幾層にも重なり、川の間に山がそびえ立つその風景は、赤や青の絵の具を使わずとも、画家が丹誠込めて描いた絵のようであった。遠くまで外出せずとも、中国の景勝地のすべてを訪れた感覚にとらわれた。

一足歩くたびに感嘆しながら本堂の庭にやってくると、両手を広げてようやく抱え

3　現、京都市西京区大原野地区。
4　小塩山は、現、京都市西京区大原野南春日町にある山。この辺りの記述は「大原や小塩の山もけふこそは神代のことも思ひ出づらめ（小塩山の氏神たちも〈縁ある方々がお参りした〉今日こそは、神代のことを思いだしているだろう）」という『伊勢物語』七六段中で詠まれた和歌を踏まえる。
5　階段や建物の手すりに施された飾り。ネギの花の形をしている。
6　蜀（現、中国四川省）の成都付近を流れる川。揚子江上流の一部。良質な絹織物の産地として有名だった。
7　円形で三本の脚の付いた、金属や石でできた容器。飲食物を煮るのに用いられた。
8　平江府（現、中国江蘇省蘇州市）で生産される、両端にふさのある帯。
9　へビに似ているが四本足を持つ想像上の動物。
10　薫香《くんこう》の名前。形が鶏の舌に似ていることで、こう呼ばれた。

られるほどの巨大な花木が四本立っていた。これらの木の元に一丈あまりの真鍮《しんちゅう》を花瓶の形に鋳《い》たものを置いて二本一組の生け花に見立て、その間に香炉を置いて一斤[11]もの大量の名香が一度に焚きあげられていた。その香りが四方に拡散し、人々は維摩《ゆいま》経《きょう》に描かれた芳香のただよう浄土にいる気分となった。そして幕を張り、曲彔《きょくろく》[12]を並べ、数多くの珍しい料理を準備し、闘茶を一〇〇回もして、賭けの景品を山のように積み上げた。舞人が鸞《らん》[13]が翼をはばたいて旋回するように踊り、遊女がウグイスのように美しい声で歌うと、参加者は大口袴や筒袖の着物を彼女たちに投げ与えた。宴もたけなわとなって全員酔い、帰り道に月がなかったので照明として燃やした松明《たいまつ》の灯りが天まで届いた。

花見の参加者が乗った華麗な装飾の車が走り去る音が轟《とどろ》き、美しい馬が鳴きながら駆けていった。そのにぎやかな様子はおぞましく、一〇〇匹の妖怪が徘徊する庚申《こうしん》の夜更けに人間の体内に住む三匹の虫が体内を出て天に向かい、宿主の悪行を密告する有様に似ていた。白居易《はくきょい》が「牡丹《ぼたん》の花が咲いて散るまでの二〇日間は街中の人々が狂ったようになる」[14]と漢詩に詠んで暗に時勢を批判したのも、確かにこのような感じであろうと思われるばかりであった。

導誉の花見の遊びが京都の評判となり、管領斯波高経サイドにも伝わった。高経は、導誉の所業は自分が企画した将軍家の花見をたわいない子どもだましだとバカにしたものであると内心おだやかではなかった。そうは言っても、これは心中の不満であり、公式に表明すべき咎《とが》ではなかった。そこで、きっと導誉はいずれ幕府の法に触れることを何か犯すであろう、そのときに厳しく処罰しようと目を光らせて待っていた。すると、導誉は二〇分の一の武家役を二年間も滞納していたことが発覚した。管領は格好の口実ができたと喜び、導誉が近年拝領した摂津守護職を別人に替え、同国多田《ただの》荘《しょう》も没収して将軍家の政所料所《まんどころりょうしょ》（直轄領）とした。

このため、導誉の怒りは尋常なレベルではなかった。何としてもこの管領を失脚させようと思い、諸大名を味方に誘った。六角入道《ろっかくにゅうどう》（氏頼）は導誉と同じ佐々木一族で、赤松は娘婿だったので導誉に異論はなかった。ほかの大名も大半は導誉にへつらって

11　斤は質量の単位。一斤は約六〇〇グラム。
12　【33-3】注3参照。
13　【18-13】注16参照。
14　白居易の詩「牡丹芳」。

いたので、折に触れてこの管領では日本の政治が務まらないことを将軍に讒言した。

孔子は、「人々が悪く言うこともよく言うことも、その真相を必ず調べなければならない[15]」と言った。人々は悪人に阿《おもね》って、その悪人をよく言う場合がある。また善人であるのに、たまたま運悪く誤解されて悪く言われているのかもしれない。毀誉《きよ》はいずれも調査しなければならない。だが義詮は讒言の真偽を調べず、道朝には罪がないのに討つことをすぐに決めてしまった。そのため、佐々木六角判官入道崇永《そうえい》（氏頼）がひそかに呼ばれ、江州《ごうしゅう》の軍勢を招集することとなった。

【39-12】光厳法皇の崩御

北朝の光厳《こうごん》上皇は正平《しょうへい》七年（一三五二）頃、南朝の賀名生《あのう》の奥地から解放されて京都へ戻った[1]。しかし政治や社会に嫌気が差し、仙洞御所《せんとうごしょ》（上皇の住む宮殿）を出て身軽に生きたいと考えた。

その願いがかない、上皇は出家して袈裟《けさ》をまとって頭を丸めた。そして伏見の里の奥にある、光厳院と呼ばれる静かな土地に住んだ。しかし、ここもまだ都に近い。昔の臣下の訪問が煩わしく、世間のニュースが耳に入ってくるのも本意ではなかった。元《げん》の中峰《ちゅうほう》和尚《おしょう》[2]が行脚《あんぎゃ》に出発する僧に送った詩に、「行きたくとも行ける場所はなく、帰りたくとも帰れる場所はない。しかし杖が自然に示す方向に進めば、きっと道は開けるだろう」とあるのも本当にそのとおりだと法皇は思い知った。そこで召使いを一人も連れず、順覚《じゅんかく》という僧侶のみを伴って山や川での修行の旅に出発した。まずは西国を見ようと思い、摂津国難波浦《なにわのうら》を通過した。そのとき、港の松に霞がかかり、朝日が昇る風景が非常に趣深かったので、これをはるか遠くから眺め、

誰《たれ》待ちて御津《みつ》の浜松霞むらんわが日《ひ》の本《もと》の春ならぬ代に

（この浜辺の松は、いったい誰を待って美しく霞んでいるのか。我が日本国には

---

15 『論語』「衛霊公」にこの言葉がある。

【39-12】1 史実では延文二年（一三五七）。

2 中国、元の時代に杭州に生きた僧侶。

いっこうに春が訪れないというのに）

と詠んで自分を慰めた。法皇はこの景色をずっと眺め、山が遠くなって夕陽が海の波に沈もうとするまで堪能し、なかなかその場を離れようとしなかった。これは、「望めば水が果てしなく天の色と混じり合い、見れば山はどこまでも夕陽に映える」という対句のような状況が実現したからである。しかし、「私が世を捨てなければ、こんなすばらしい風景を見ることができなかっただろう」と法皇が述べたのは悲しいことであった。

ここから高野山《こうやさん》へ行こうと思い、住吉の遠里小野《おりおの》[3]へ出た。かつて室町幕府軍と南朝軍が激戦を繰り広げた戦場の焼け跡に緑の草木が生えてきて、速やかに春の景色に変わりつつあった。また松が夕陽で紅に染まり、太陽は西に傾いていた。海上の空と野の風景が刻々と変化していく風情に、法皇は歩みをゆるめなかった。かつては金箔を散らした薄い絹の敷物の上にしか足を踏み入れなかったのに、現在は托鉢《たくはつ》に使う鉢を一個脇に抱え、泥や土に足を汚すのであった。

今夜は堺浦《さかいのうら》まで行こうと思って歩いて行った。すると潮が引き干潟《ひがた》となった海岸にカモメが群れて、それぞれ黄楊《つげ》の櫛《くし》を頭に差した海女《あま》たちが食用の海藻を拾う様子が、葦《あし》の間からちらちら見え隠れしていた。法皇はこれを見て、民衆がこれほど苦労して働いて税金を払っていることを初めて知った。そして今さらながら、彼らをぞんざいに扱っていたことを申し訳なく思った。

頭を東の方角に向けると、高くそびえる山が雲に連なり霞から浮かんでいた。道ばたで出会った木こりに山の名を尋ねると、木こりは「これこそあの有名な金剛山《こんごうせん》[4]の城でございます。日本中の武士たちが幾千万人も戦死した戦場です」と答えた。「ああ、嘆かわしい。この戦いも、私が一方の皇統として覇権を争ったものである。戦死者たちが地獄に堕ちて永遠に罰を受けることも、私の罪となるであろう」とかつて犯した過ちを悔やんだ。

数日後、橋を通って紀ノ川を渡ろうとした。しかし、その橋は雑木で作られ、橋《きょう》脚《きゃく》が朽ちて見るだけでも危険であった。法皇は恐ろしくなって足がすくみ、橋の半

3　現、大阪市住吉区遠里小野。
4　【3-1】注4参照。

ばで立ち往生してしまった。そこにこのあたりで威張ってにらみを利かせているとおぼしい武士が七～八人後からやってきた。そして法皇が橋の上に立っているのを見てこう言った。「ビビりまくってみっともない坊主だな。こんな橋一つ、渡りたければさっさと渡れ。そうでなければ我々に譲って後で渡れ」。そして法皇を押しのけたので、法皇は橋の上から落ちて水に沈んだ。「ああ、何ということだ」と順覚は衣を着たまま川に飛び入り法皇を引き上げた。すると法皇の膝は岩の角に当たって出血し、衣は水に浸かってずぶ濡れであった。泣く泣く近くの辻堂へ入り、法皇を着替えさせた。以前はこんなことはなかったと君臣ともに世を捨てたことを改めて思い出し、涙がかかる袖は濡れて乾かすひまもなかった。

その後、目的地の高野山に向けて登山した。道は針のように細く、ちゃんと行き先に着けるのか心細くなってくるほどであった。山また山を登り、川また川を眺め、到着するまでに何日かかるだろうと疲労困憊《こんぱい》しながら思った。大覚寺《だいかくじ》法皇（後宇多《ごうだ》法皇）がかつて高野山に参詣したときは、付き従った貴族たちとともに一町進むたびに三度も礼拝し、頭を地面につけて空海《くうかい》に誠意を示したという。非常に貴いお心がけである。自分も皇位に就いていたときに平和であったらこのすばらしい先例に倣《なら》ったのにと考えた。

ようやく高野山に到着すると、根本大塔《こんぽんだいとう》の扉を開かせて両界の曼荼羅《まんだら》を見学した。これは、金剛界の七〇〇体以上の仏を入道《にゅうどう》太《だ》政大臣《じょうだいじん》平清盛《たいらのきよもり》が自ら描いた絵である。浄海《じょうかい》（清盛の法名）は悪行をさんざん積み重ねたが、どのようなよい心がけを起こしてこのような来世で報われるような行いをしたのだろうか。凡庸な人間の知覚も大日《だいにち》如来《にょらい》の六大の要素[5]と融合し、晴れた夜に明るく輝く月のように聡明となることもある。また四種の曼荼羅も、花が咲くべき春を待つように生き物の成仏を待っている。散った花が雪のように降り積もっても、笠が重くなることはない。鬱蒼《うっそう》と生い茂る森が太陽を隠して日暮れのようになったとしても、実際に夕方となるわけではない。清盛も完全な悪人ではなかったのだろうと、法皇は今思い知った。

その日は奥の院にも参詣し、弘法大師《こうぼうだいし》空海が即身仏となった建物の扉を開かせた。周囲の山の峰に生える松に吹く風が、仏と一体となる三密の修行が最上であることを示していた。また雲に隠れた山に咲く花も、胎蔵界《たいぞうかい》曼荼羅の中央にある八葉院《はちよういん》を秘め

5　地・水・火・風・空・識。

ているかのようであった。現代は釈迦の教えが廃《すた》れた末法の世であるが、その教えが今まさに聞こえているかと思えた。また弥勒菩薩《みろくぼさつ》の出現もはるか遠くの未来のことであるが、菩薩の行う説法がすでに見えているかと感じられた。法皇は奥の院で一夜を過ごし、早朝に出てきて和歌を一首詠んだ。

高野山《たかのやま》迷ひの夢も覚めやとてその暁《あかつき》を待たぬ夜ぞなき

(夜の高野山で、弥勒菩薩が出現して煩悩の夢から覚めるのを私はずっと待っている)

僧侶が屋内に籠もって修行する夏と冬の季節は、心静かにこの山中に住もうかと思いながら、各堂舎を巡礼していた。すると最近出家したとおぼしい、真っ黒な僧衣を身にまとった二人の僧侶がしょんぼりしながら法皇の前にかしこまり、いきなりさめざめと泣き始めた。何者であろうと不審に思ってよく見ると、紀ノ川を渡ったときに橋の上から法皇を突き落とした者たちであった。不思議なことだ。なぜ今頃出家したのだろうか。これほどまで心ない乱暴な者であっても世を捨てる心があるのか。そう思いながら、法皇はその場を通り過ぎようとした。すると、この僧侶たちは法皇の後を追って順覚に泣きながらこう言った。「法皇陛下が紀ノ川をお渡りになったとき、これほどまでに高貴なお方であるとは知らず、お身体に乱暴に触れてしまいました。そのことをあまりに卑《いや》しく思い、このような姿となったのでございます。仏の道に目覚めるきっかけは、ふとしたことで起こるものです。今後は薪を拾ったり水を汲んだりするだけでもけっこうですので、三年間陛下のそばにお仕えし、仏法の処罰を逃れたいと考えております」。法皇は、「まあよい。釈迦の前世である常不軽《じょうふきょう》菩薩は自分を誹謗中傷する人にも反論せず、暴力を振るう者にもかえって敬礼したという。まして私はすでに僧侶の姿となり、過去を知る人もいない。お前たちの一時の誤りなど、まったく気にもしていない。出家はまことに殊勝な心がけであるが、私に仕えようなどとは思ってはならない」と断った。しかし彼らは法皇のそばを片時も離れようとしなかったので、ある朝仏に供える水を汲みに行かせたその隙に、法皇は順覚だけを連れて密かに高野山を出た。

その後、大和国へ入った。南朝の後村上天皇のいる吉野殿が近くて容易に行けるので、そこへ向かった。皇統が南北に分裂し、三〜四年前まではあちこちで激戦を繰り広げていた。それは呉《ご》と越《えつ》が会稽《かいけい》で、漢《かん》と楚《そ》が覇上《はじょう》で激突した戦い[6]よりも激しかった。しかし、今法皇は世を捨てた修行者となり、粗末な麻の衣と草鞋《わらじ》を身にまとい、かつて乗っていた輿《こし》を裸足《はだし》の徒歩に替えて、はるばるこの山中まで入ってきたのである。法皇が来訪したことを伝奏がまだ正式に報告しないうちに、天皇は涙で直衣《のうし》の袖を濡らした。

法皇はここに一泊し、天皇と会談した。天皇陛下は「今回のご来訪は、まるで夢のように信じられないことでございます。仙洞御所を出られて仏道にお入りになったとはいっても、法皇陛下は宇多法皇のように大寺院（仁和寺《にんなじ》）に住まれるわけでもなく、花山《かざん》法皇のように整備された道場（書写山や熊野）で修行されるわけでもありません。お身体を水に浮かぶ浮き草のようにして諸国を漂泊され、お心を禅宗の僧侶のように修行に専念されているのはどのようなお心がけによるのでしょうか。うらやましく思います」と述べた。これを聞いた法皇はむせび泣き、しばらくは言葉を発することができなかった。ようやく、「天皇陛下は完璧な徳を備えられて思慮深い方ですので、私が一言も申し上げないうちにすべてをお見通しだと思います。もともと私はこれまでの境遇に不満を抱いておりました。永遠に煩悩に惑わされ、自分は虚空に舞う塵のように取るに足らない一本の木に過ぎないと感じていたためです。そのため出家の構想は以前から持っていましたが、前世の所業や因縁にとらわれ、間もなく訪れる老いの道を防ぐこともできずに無駄に年月を送っておりました。その間、日本の戦乱は一日たりともやむことはありませんでした。元弘《げんこう》の昔には、江州番場《ばんば》にいました。そこで五〇〇人以上の鎌倉幕府軍の武士たちが自害するのを目撃し、生臭い血の海に心を痛めました。正平《しょうへい》年間にはこの吉野に抑留され、二年以上重い刑罰に苦しみました。これほどまでに世の中は辛いものであるのかと初めて驚き、再び帝位に就くことなど夢にも思わず、天皇として政治を執《と》ることにも興味はありませんでした。しかし一方の武将（足利氏）が私を無理矢理治天に擁立したので、そこから逃れる余裕もありませんでした。しかし内心ではいつか人のいない場所に住み、友人が雲のみ隣人が松のみとなったとしても安らかに一生を終えたいと祈っておりました。そこに天命によって北朝の天皇が交代したので（後光厳天皇の即位を指すか）、長年の不満を一気に解消

6　中国の呉王夫差《ふさ》と越王勾践《こうせん》の戦い（会稽山の戦い）、漢の高祖と楚の項羽の戦い（垓下《がいか》の戦い）は、ともに有名。

させることができ、僧侶の姿となったのでございます」と答えた。これを聞いた南朝の天皇も貴族もまた、涙で濡れた袖をしぼるばかりであった。

法皇が帰る際、後村上天皇は馬寮の馬に乗るように勧めた。しかし法皇は頑として断り、やつれたとは言えなお雪のように白く美しい足に粗末な草鞋《わらじ》を履いて出発した。天皇は武者所《むしゃどころ》まで出て、御簾《みす》を上げてこれを見送った。公卿や殿上人《てんじょうびと》たちも庭の外まで出て、泣きながら見送った。道中、山や野にある建物を眺めていると、松を門の代わりとした粗末な茅葺《かやぶ》きの家があった。それは、法皇が先年南朝に拉致されたときに幽閉されていた建物であった。当時は一日も、いや一瞬たりともここで過ごすのは耐えられないと心を痛めていた。だが現在は、戦時でなければこういう場所に住んでみたかったと望むのも悲しいことであった。

　こうして諸国を放浪した後、法皇は光厳院へ戻ってしばらく滞在していた。だが北朝の使者が頻繁に訪問して松に風が吹くような安らかな夢を破り、昔の臣下も訪れて蔦《つた》の葉から洩れる月光の静寂を妨げた。ここも現在は住みづらいと考え、丹波国の山《やま》国《ぐに》というところにある常照皇寺《じょうしょうこうじ》[7]へ移住した。

この寺は、庭に木の実が落ちて、それを毎日の食事とすることができた。また柴を囲炉裏《いろり》で燃やして、夜の寒さを防ぐこともできた。ただ、貧弱な体格では泉に水を汲みに行くのも億劫《おっくう》であった。山道も険しく、たどたどしい歩みでは山菜を採るのも気が進まなかった。しかし座って、石のかなえで雪を溶かして作った茶を三杯飲んで清風を味わうことができた。寝るときは、岩の間に生えた梅の花を嚙みながら詩を作り、静寂を楽しむことができた。落ち着ける場所を見つけて、法皇は安心した。外出すれば、川と湖があり、山に入ることもできた。俗世間を離れた気ままな暮らしを楽しみ、破れた布団の上で年月を送っていた。だが翌年（貞治三年〈一三六四〉）の夏頃から体調を崩し、七月二日に崩御《ほうぎょ》した。

この頃、光厳法皇の弟である新院光明院殿《しんいんこうみょういんどの》も天台座主《ざす》梶井宮《かじいのみや》[8]も、ともに禅僧となって伏見殿に住んでいた。彼らは急いで常照皇寺へ行き、火葬等の法事を済ませて後ろの山へ法皇を埋葬した。仙洞御所で崩御していれば、朝廷の高官たちが泣きながら霊柩車について行き、天皇陛下が悲しみをこらえて一切の法事を取り仕切っていた

7 現、京都市右京区京北井戸町丸山にある寺院。大堰《おおい》川上流にあった荘園を「山国荘」といった。
8 【27-9】注10参照。

だろう。だが法皇が亡くなったことさえ知る人のいない山奥の葬礼だったので、鳥が鳴いて挽歌《ばんか》[9]の代わりを、風に吹かれて音を出す松が慟哭《どうこく》の代わりを果たすのみであった。

例年の七夕《たなばた》は、かつて唐の長生殿《ちょうせいでん》で玄宗皇帝と楊貴妃が愛の契りを結んだ故事を偲《しの》んで、後宮の美人たちや宮殿の東西の階段に並ぶ楽人たちが宮殿の下で曲を演奏してお祝いし、夢のように楽しい時を過ごす。しかし今年の七夕は、遠い山奥の地で大切な人と死別した上皇と天台座主が葬式を行い、非常に悲しかった。この様相は、秋の美しい月でさえ雲に隠れて消え、長寿の樹木の花でさえも無常の風に吹かれて枯れてしまうかのようであった。庭を取り囲む周囲の山も法皇の死を悲しんで雨や雲となるかのようにあやしまれ、心を持たない草木でさえも悼んで花が散るかと疑われた。光厳法皇に恩を感じてその徳を慕う古い臣下は多かったが、遺言によって集まる人も少なく、四十九日の法要もわずか三〜四人の僧侶で行われるばかりであった。

しかし七回忌は、後を継いだ今上《きんじょう》陛下（後光厳《ごこうごん》天皇）が自ら紺紙《こんし》に金泥《こんでい》で一字書くごとに三度礼拝しながら法華経《ほけきょう》を写経し、法華経に記される一〇種類の供養を行った。これもまた、かつて善性《ぜんしょう》・善子《ぜんし》が珊提嵐国《さんだいらんこく》の無諍念王《むじょうねんおう》に説法[10]した孝に勝り、浄蔵《じょうぞう》・

浄眼《じょうがん》が外道《げどう》を行う父の妙荘厳王《みょうしょうごんおう》を教化した功も超えていた。[11] 十方の諸仏もこの追善供養を喜び、あらゆる世界の生き物もきっとその恩恵にあずかるだろうと思われるほどの善行であった。

【40-7】征夷大将軍義詮の死去

朝廷で行われる最勝八講《さいしょうはっこう》[1]の法会《ほうえ》は重大かつ大規模な法要である。ところが先日、

9　葬儀の際に、柩《ひつぎ》を載せた車を引く者たちがうたう歌。また人の死を悼んで作る詩歌全般を指すこともある。
10　『悲華経《ひけきょう》』巻二に載る話で、善子は無諍念王に説法して出家を促したとされる。善性については未詳。
11　『法華経』「妙荘厳王本事品」に載る話。
【40-7】1　清涼殿で「金光明最勝王経」を講義して、国内の平安を祈禱する儀式。

この場で京都と奈良の大寺院が衝突して殺人まで起きるという前代未聞の事件が発生してしまった。世間の人々は、それは公的にも私的にも不吉の前兆であろうと恐れた。危惧されたとおり、同年九月下旬から征夷大将軍義詮《よしあきら》が体調を崩した。将軍は食欲がなくなり、よく眠れなくなった。和気《わけ》・丹波《たんば》[2]の両主治医はもちろん、著名な医療関係者をすべて呼び集めてさまざまな治療を施したが、効果がなかった。かの釈迦が沙《しゃ》羅双樹《らそうじゅ》の下で入滅した際、名医耆婆《ぎば》の霊薬も効き目がなかったのも、この世が無常であることをあらかじめ示していた。どんな薬であろうと、前世から定められた宿命の病気を治すことはできない。これは明らかに人間が逆らえない道理である。一二月七日の午前零時頃、義詮は三八歳で死去した。多くの人が、その死を嘆き悲しんだ。日本全国は長らく義詮の勢力圏に入り、その恩恵を受けて徳を慕う者が幾千万人も存在したためである。しかし、死者はもう戻ってはこない。

　そのままにしてもいられないので、泣く泣く葬儀を執り行い、遺体を衣笠山《きぬがさやま》の麓にある等持院《とうじいん》[3]に移した。同月一二日の正午、火葬の準備を整えて仏事をおごそかに行った。鎖龕《さがん》(棺のふたを閉じる儀式)は東福寺の長老信義《しんぎ》和尚、起龕《きがん》[4]は建仁寺の沢龍《たくりゅう》和尚、奠湯《てんとう》[5]は万寿寺《まんじゅじ》の桂岩《けいがん》和尚、奠茶《てんちゃ》[6]は真如寺《しんにょ》の清誾西堂《せいぎんせいどう》、念珠《ねんじゅ》[7]は天龍寺の春屋《しゅんおく》和尚、下火《あこ》[8]は南禅寺の定山《じょうざん》和尚が担当した。禅僧たちの法話は涙を誘う美しい言葉で彩られ、一句ごとに仏法の真理の法を述べていた。そのため、貴人（義詮）の霊魂も速やかにこの苦しい三つの世界[9]を抜け出て、安楽の涅槃《ねはん》に行けるだろうと、葬儀の参列者たちは心を慰められた。

それにしても、この年（貞治六年〈一三六七〉）はどれだけ不幸な年なのであろうか。京都で将軍義詮、鎌倉で公方基氏《もとうじ》の兄弟がほぼ同時に死去した。そのため人々は愁《うれ》いて、誰が彼らの後を継いで日本全国の戦乱を鎮めることができるであろうかと危ぶんだ。幕府の運命も、もはやこれまでに思えた。

2　【26-2】注13参照。
3　【33-4】注6参照。
4　【33-4】注8参照。
5　【33-4】注10参照。
6　【33-4】注9参照。
7　経文の読誦《どくじゅ》。
8　【33-4】注11参照。
9　欲界・色界・無色界。

【40-8】細川頼之が西国より上洛したこと

その頃、細川右馬頭頼之《ほそかわうまのかみよりゆき》は西国で軍政を敷いていた。その統治は先代における貞永《じょうえい》年間（一二三二～三三）の北条泰時《ほうじょうやすとき》、貞応《じょうおう》年間（一二二二～二四）の北条義時《よしとき》に似て優れているという評判であった。その評判のとおり、彼は敵を滅ぼし、味方を心服させていた。そこで幕臣たちは協議し、彼を幕府の管領職《かんれいしょく》に就任させ、まだ幼少である若君（義満《よしみつ》）を補佐させることで一致した。そして右馬頭頼之は北朝から武蔵守に任命され、幕府の執事職に就いた。頼之の外に現れる言動と内心に備えた徳は、確かに評判に違わずすばらしく、足利一門の武将たちは彼の命令を重んじ、一門以外の外様《とざま》の大名も背かなかった。そのため日本全国は平和となり、めでたく大団円を迎えた。

清和源氏・宇多源氏の略系図

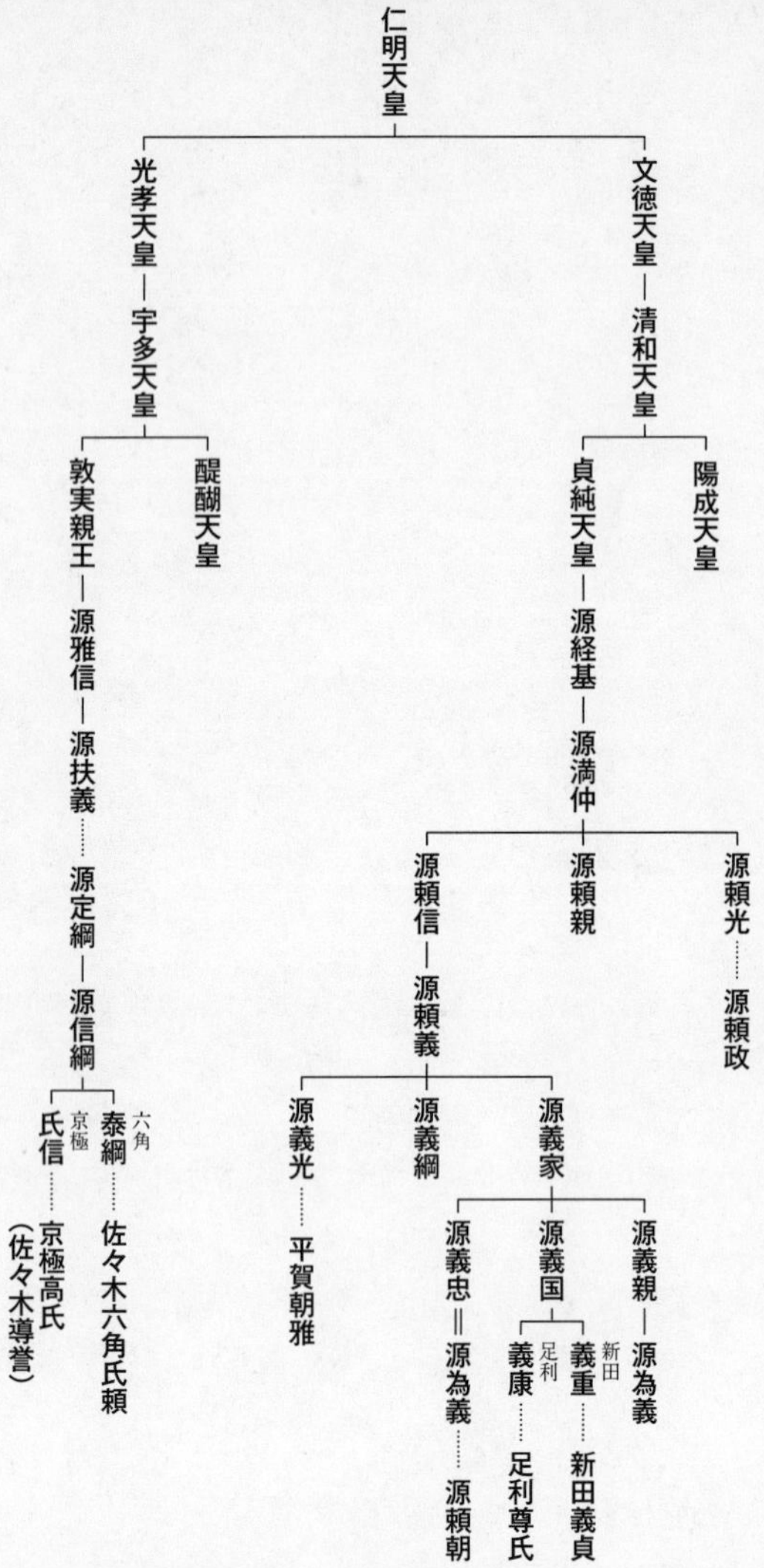

足利家略系図

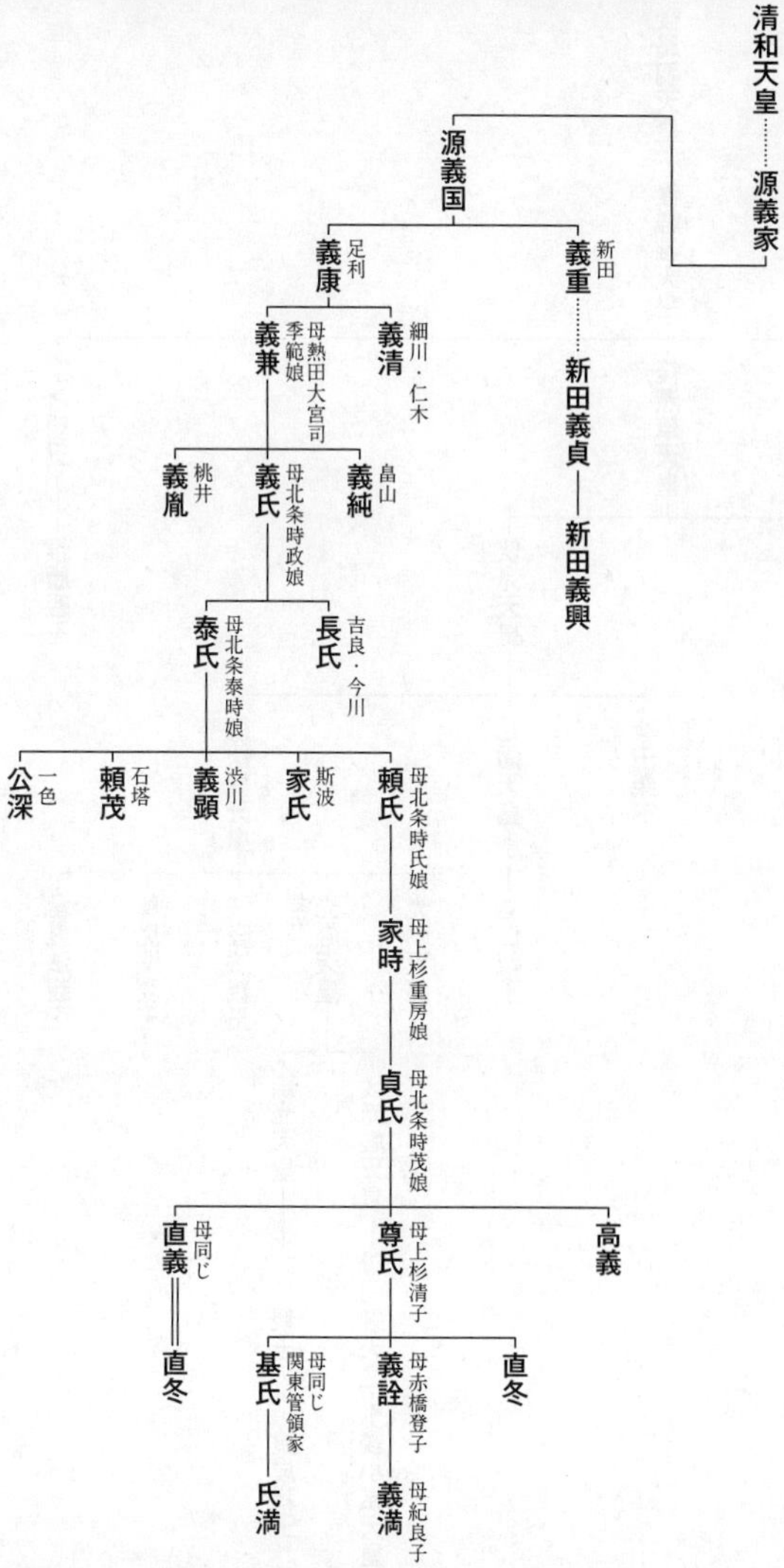
清和天皇
源義家
源義国
義重 新田
新田義貞
新田義興
義康 足利
義清 細川・仁木
義兼 母熱田大宮司季範娘
義純 畠山
義氏 母北条時政娘
義胤 桃井
長氏 吉良・今川
泰氏 母北条泰時娘
頼氏 母北条時氏娘
家氏 斯波
義顕 渋川
頼茂 石塔
公深 一色
家時 母上杉重房娘
貞氏 母北条時茂娘
高義
尊氏 母上杉清子
直義 母同じ
直冬
直冬
義詮 母赤橋登子
基氏 母同じ 関東管領家
義満 母紀良子
氏満

南北朝時代を中心とした天皇家略系図

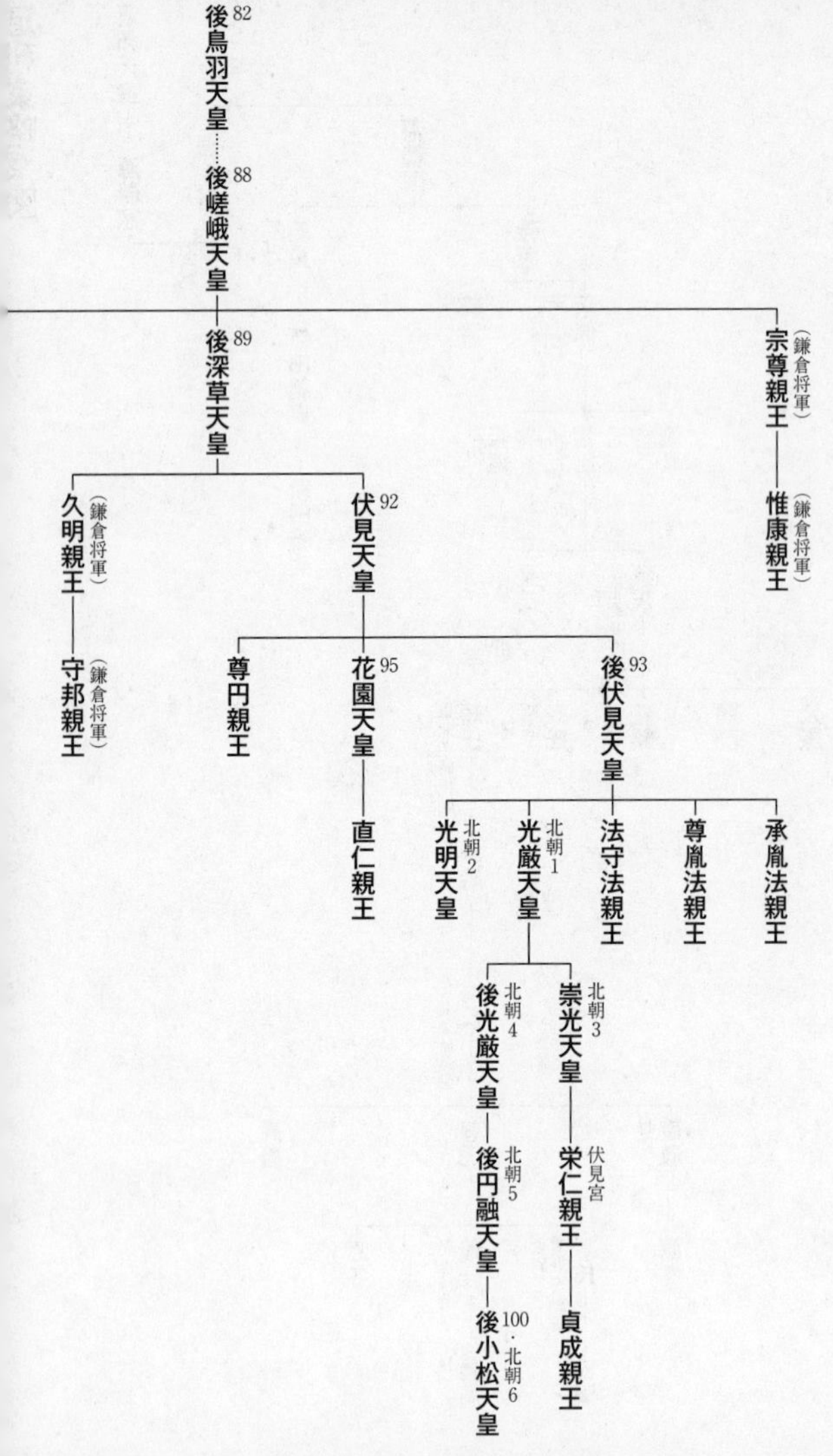

※横の数字は代数（北朝天皇は初代から6代まで）。

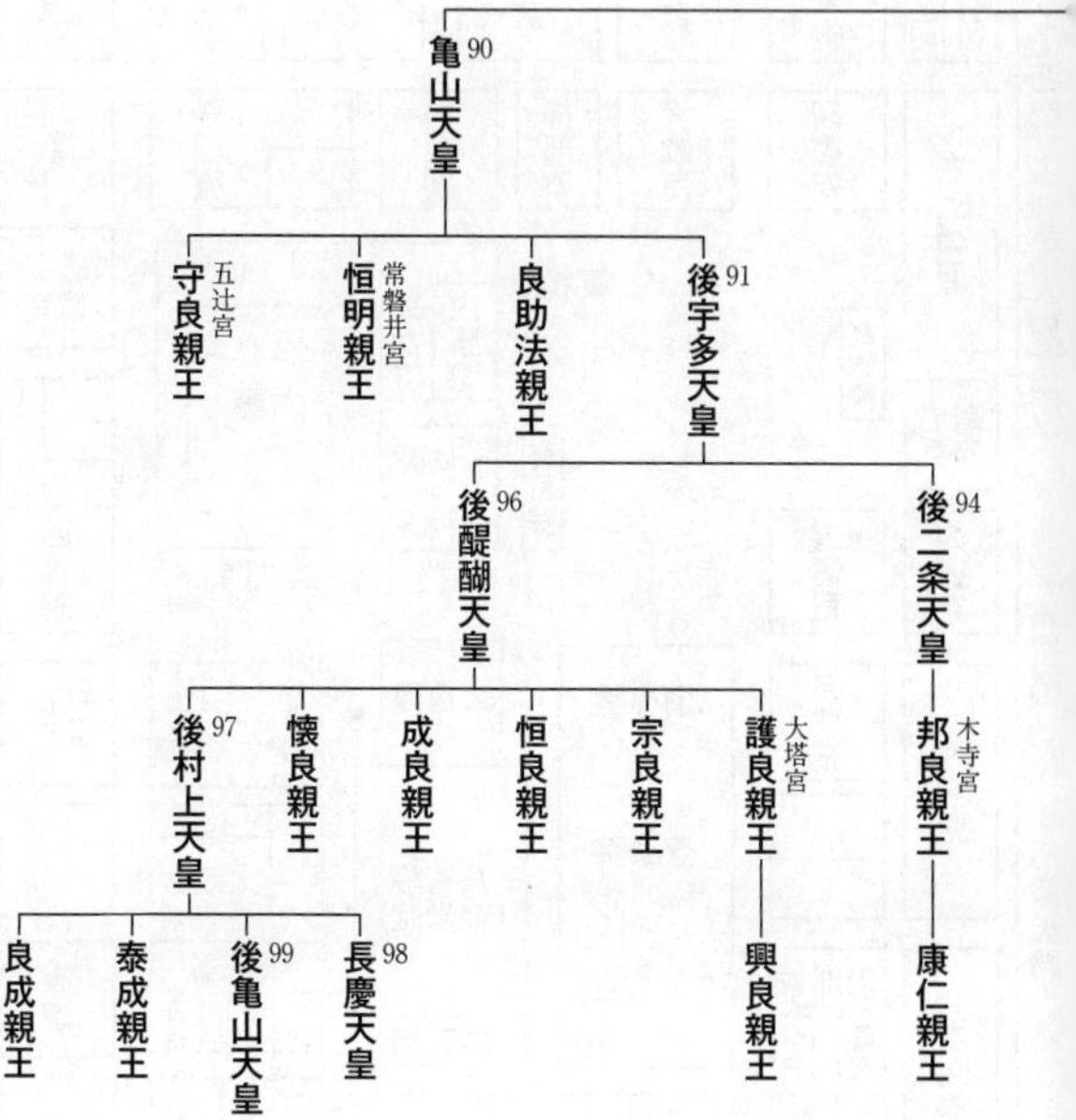
亀山天皇 90
後宇多天皇 91
良助法親王
恒明親王 常磐井宮
守良親王 五辻宮
後二条天皇 94
邦良親王 木寺宮
康仁親王
後醍醐天皇 96
護良親王 大塔宮
興良親王
宗良親王
恒良親王
成良親王
懐良親王
後村上天皇 97
長慶天皇 98
後亀山天皇 99
泰成親王
良成親王

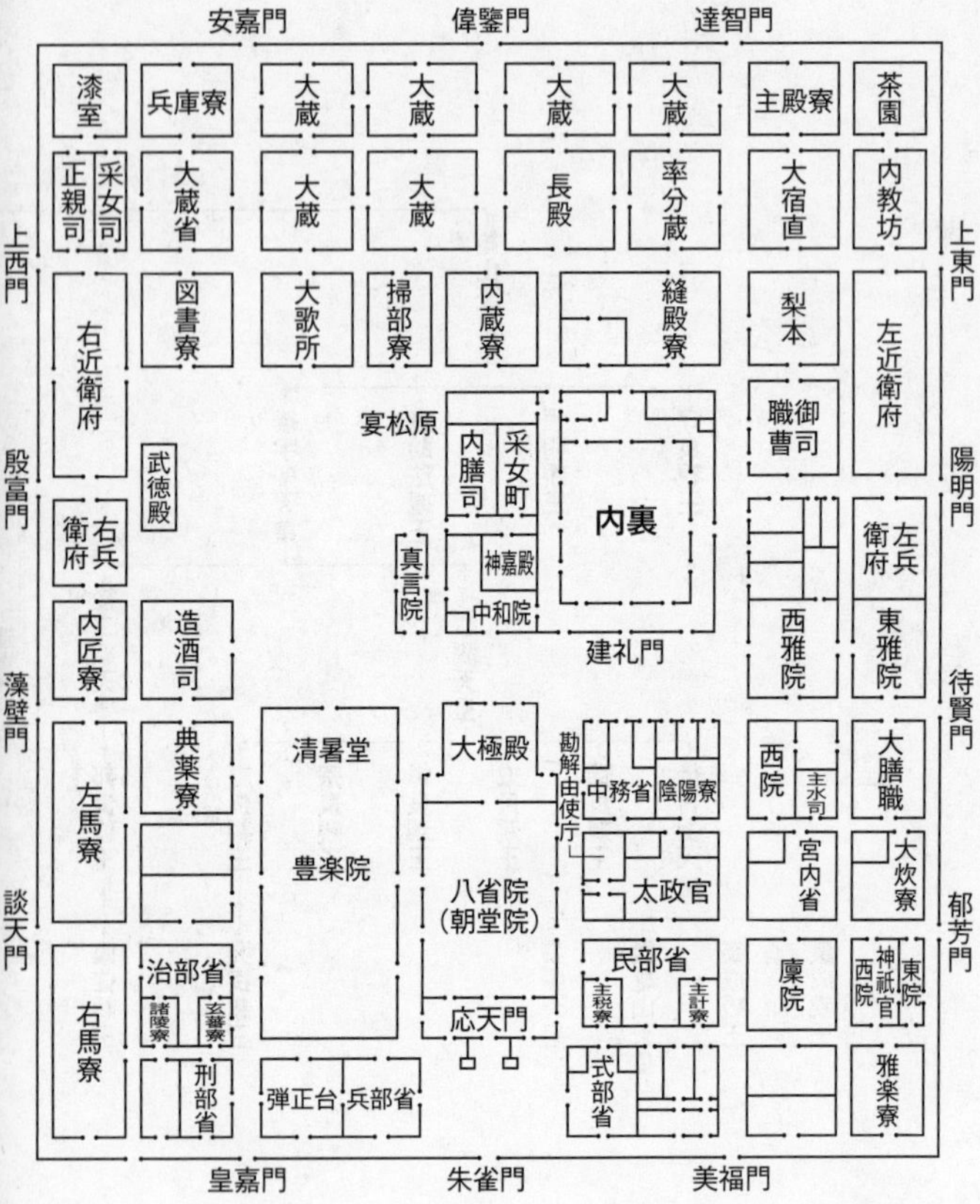
安嘉門
偉鑒門
達智門
漆室
兵庫寮
大蔵
大蔵
大蔵
大蔵
主殿寮
茶園
正親司
采女司
大蔵省
大蔵
大蔵
長殿
率分蔵
大宿直
内教坊
上西門
上東門
右近衛府
図書寮
大歌所
掃部寮
内蔵寮
縫殿寮
梨本
左近衛府
宴松原
職御曹司
内膳司
采女町
殷富門
陽明門
武徳殿
内裏
右兵衛府
真言院
神嘉殿
左兵衛府
中和院
内匠寮
造酒司
建礼門
西雅院
東雅院
藻壁門
待賢門
清暑堂
大極殿
勘解由使庁
典薬寮
中務省
陰陽寮
西院
主水司
大膳職
左馬寮
豊楽院
宮内省
大炊寮
八省院
(朝堂院)
太政官
談天門
郁芳門
民部省
治部省
主税寮
主計寮
廩院
西院
神祇官
東院
右馬寮
諸陵寮
玄蕃寮
応天門
式部省
雅楽寮
刑部省
弾正台
兵部省
皇嘉門
朱雀門
美福門

大内裏

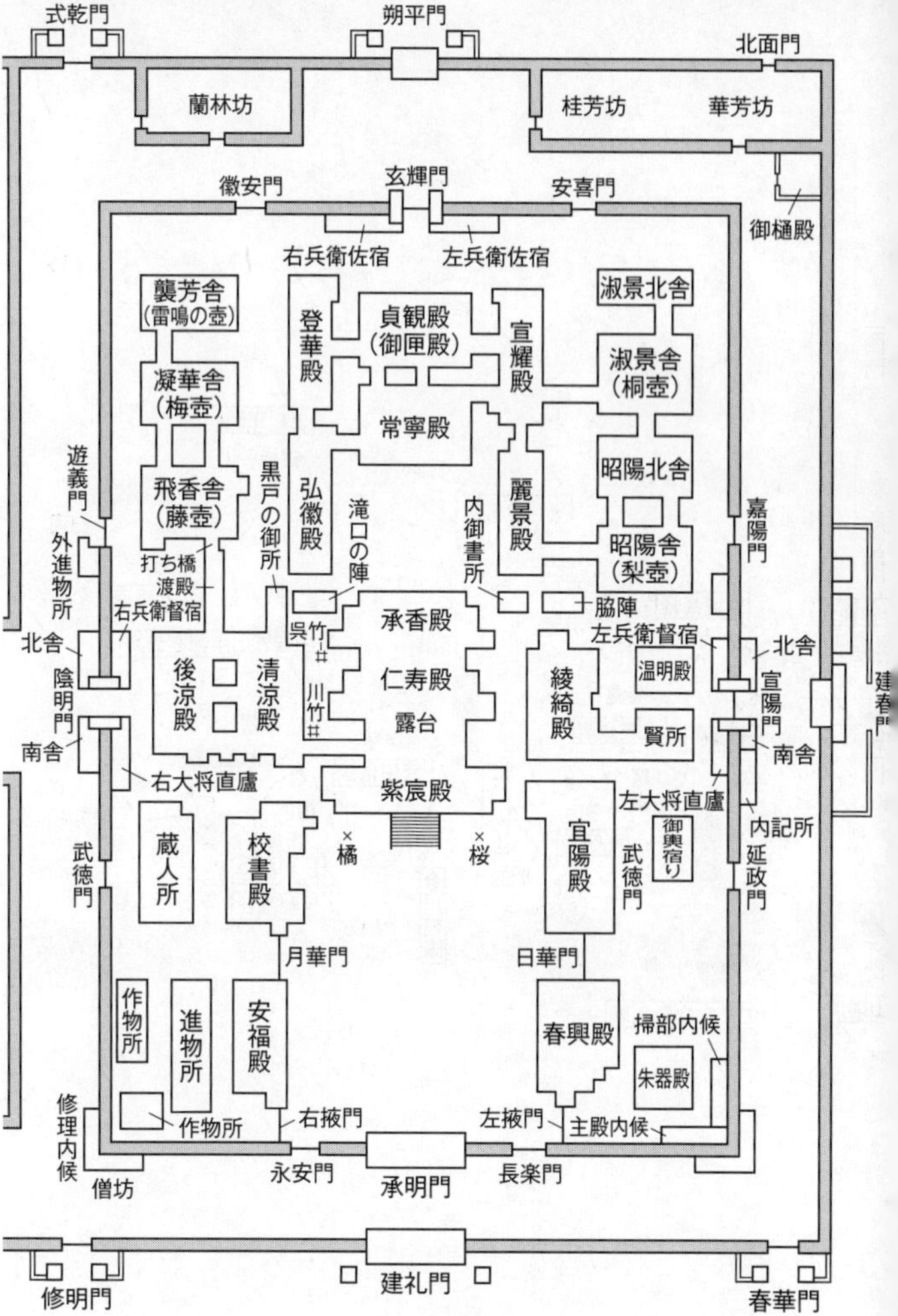
式乾門
朔平門
北面門
蘭林坊
桂芳坊
華芳坊
徽安門
玄輝門
安喜門
御樋殿
右兵衛佐宿
左兵衛佐宿
襲芳舎
(雷鳴の壺)
登華殿
貞観殿
(御匣殿)
宣耀殿
淑景北舎
淑景舎
(桐壺)
凝華舎
(梅壺)
常寧殿
昭陽北舎
遊義門
飛香舎
(藤壺)
黒戸の御所
弘徽殿
滝口の陣
内御書所
麗景殿
嘉陽門
昭陽舎
(梨壺)
外進物所
打ち橋
渡殿
右兵衛督宿
脇陣
承香殿
左兵衛督宿
北舎
呉竹
温明殿
北舎
陰明門
後涼殿
清涼殿
仁寿殿
綾綺殿
宣陽門
建春門
川竹
露台
賢所
南舎
南舎
右大将直廬
紫宸殿
左大将直廬
内記所
蔵人所
校書殿
橘
桜
宜陽殿
武徳門
御輿宿り
武徳門
延政門
月華門
日華門
作物所
進物所
安福殿
春興殿
掃部内候
朱器殿
修理内候
作物所
右掖門
左掖門
主殿内候
僧坊
永安門
承明門
長楽門
修明門
建礼門
春華門

内裏図

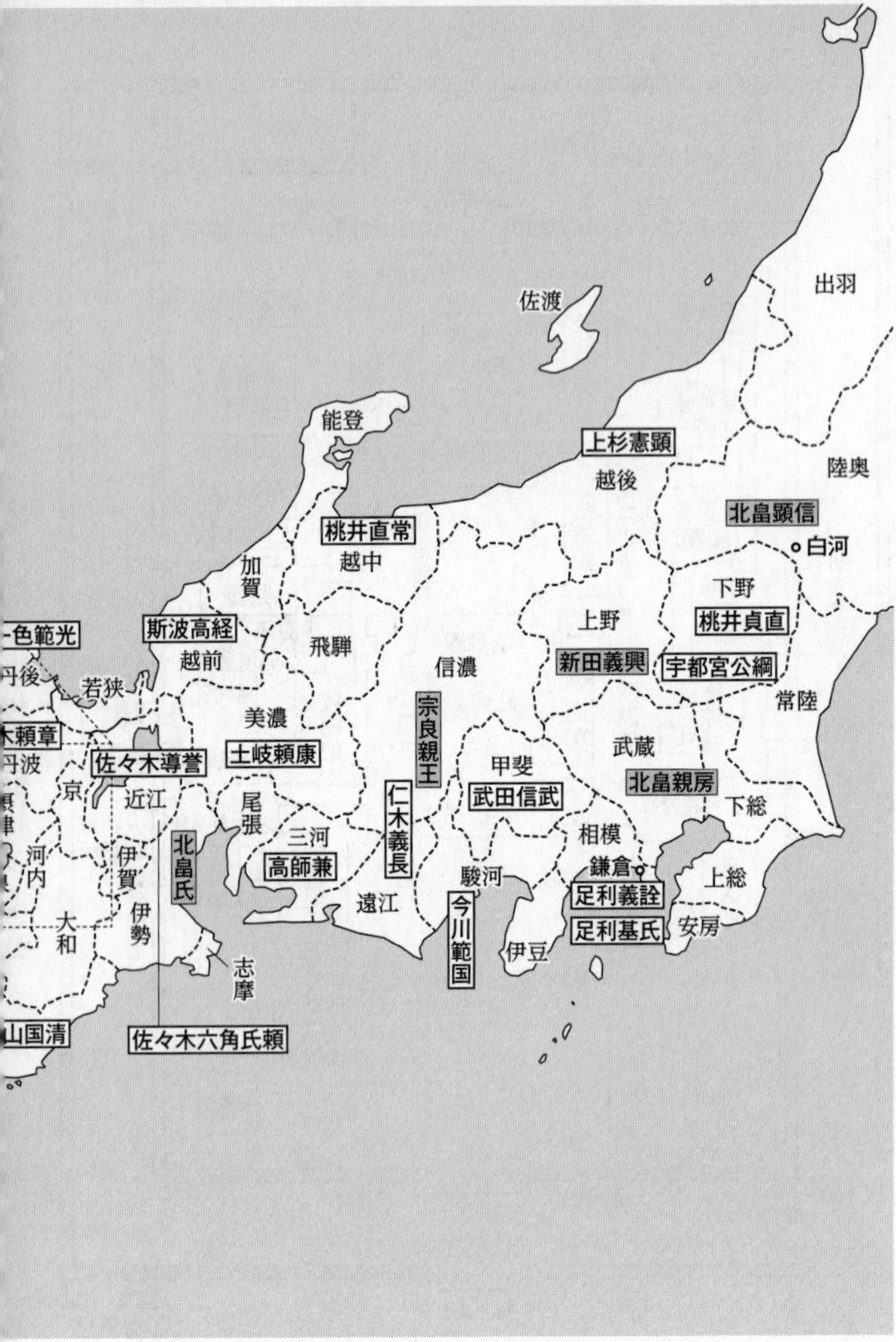

南北朝期の主な武将の配置

丹波
仁木頼章
足利尊氏
京
近江
赤松則村
摂津
桜井
宇治
須磨
和田岬
高師泰
大阪湾
河内
和泉
三輪
細川顕氏
楠木正行
大和
吉野
隠岐
塩冶高貞
名和義高
対馬
出雲
伯耆
因幡
石見
美作
安芸
備後
備中
長門
壱岐
足利直冬
武田信武
赤松円
周防
南宗継
備前
播
一色範氏
大内弘幸
筑前
少弐頼尚
城井冬綱
千葉胤朝
豊前
讃岐
筑後
脇屋義助
肥前
五条頼元
伊予
細川定禅
懐良親王
大友氏泰
河野道盛
阿波
土佐
豊後
菊池武重
肥後
伊東祐持
日向
薩摩
大隅
畠山義顕
島津貞久
南朝
北朝

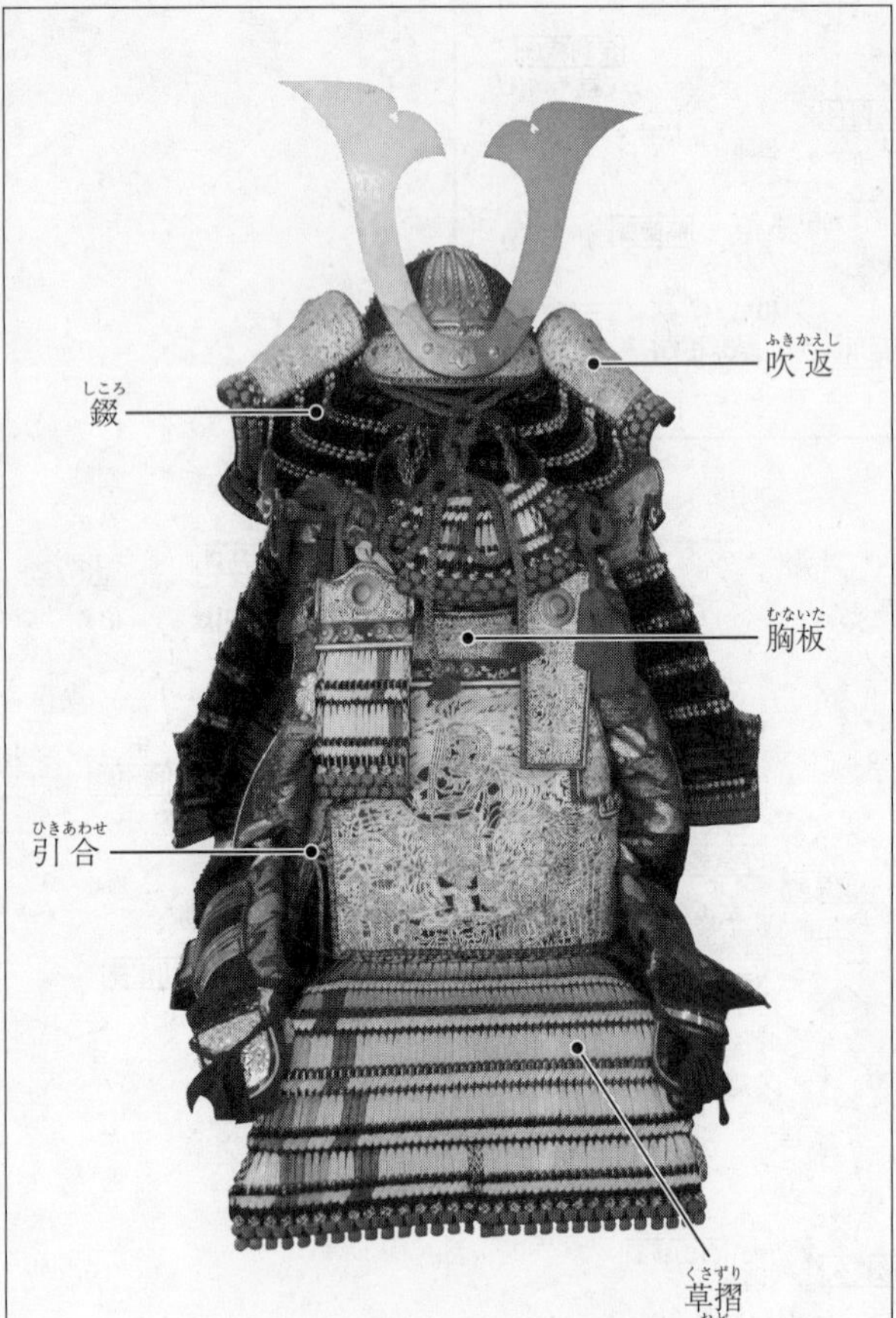

写真資料提供＝（一社）足利市観光協会

『太平記』全話

〈巻1〉序／1　後醍醐天皇武臣を滅ぼすべき御企ての事／2　中宮御入内の事／3　皇子達の御事／4関東調伏の法行はる事／5　俊基資朝朝臣の事／6　土岐十郎と多治見四郎と謀叛の事、付無礼講の事／7　昌黎文集談義の事／8　謀叛露顕の事／9　土岐多治見討たるる事／10　俊基資朝が召し取られ関東下向の事／11　主上御告文関東に下さるる事

〈巻2〉1　南都北嶺行幸の事／2　為明卿歌の事／3　両上人関東下向の事／4　俊基朝臣重ねて関東下向の事／5　長崎新左衛門尉異見の事／6　阿新殿の事／7　俊基朝臣を斬り奉る事／8　東使上洛の事／9　主上南都潜幸の事／10　尹大納言師賢卿主上に替はり山門登山の事、並びに坂本合戦の事

〈巻3〉1　笠置臨幸の事／2　笠置合戦の事／3　楠謀叛の事、並びに桜山謀叛の事、付東国勢上洛の事／4　陶山小見山夜討、笠置没落の事／5　先帝六波羅還幸の事／6　赤坂軍の事、同城落つる事／7　桜山討死の事

〈巻4〉1　宣房卿の歌の事／2　宮々流し奉る事／3　前帝還幸の事、並びに俊明極参内の事／4　和田備後三郎落書の事／5　呉越闘ひの事

〈巻5〉1　持明院殿御即位の事／2　宣房卿二君に仕ふる事／3　中堂の常燈消ゆる事／4

破城寄手南都に引く事

〈巻10〉 1 長崎次郎禅師御房を殺す事／2 義貞叛逆の事／3 天狗越後勢を催す事／4 小手指原軍の事／5 久米河合戦の事／6 分陪軍の事／7 大田和源氏に属する事／8 鎌倉中合戦の事／9 相模入道自害の事

〈巻11〉 1 五大院右衛門、並びに相模太郎の事／2 千種頭中将殿早馬を船上に進ぜらるる事／3 書写山行幸の事／4 新田殿の注進到来の事／5 正成兵庫に参る事、並びに還幸の御事／6 筑紫合戦九州探題の事／7 長門探題の事／8 越前牛原地頭自害の事／9 越中守護自害の事／10 金剛山の寄手ども誅せらるる事

〈巻12〉 1 公家一統政道の事／2 菅丞相の事／3 安鎮法の事／4 千種頭中将の事／5 文観僧正の事（読物あり）／6 解脱上人の事／7 広有怪鳥を射る事／8 神泉苑の事／9 兵部卿親王流刑の事／10 驪姫の事

〈巻13〉 1 天馬の事／2 藤房卿遁世の事／3 北山殿御陰謀の事／4 中先代の事／5 兵部卿親王を害し奉る事／6 干将鏌鎁の事／7 足利殿東国下向の事／8 相模次郎時行滅亡の事、付道誉抜け懸け敵陣を破る、並びに相模川を渡る事

〈巻14〉 1 足利殿と新田殿と確執の事／2 両家奏状の事／3 節刀使下向の事／4 旗文の月日地に堕つる事／5 矢矧合戦の事／6 鷺坂軍の事／7 手越軍の事／8 箱根軍の事／

9 竹下軍の事／10 官軍箱根を引き退く事／11 諸国朝敵蜂起の事／12 将軍御進発の事／13 大渡軍の事／14 山崎破るる事／15 大渡破るる事／16 都落ちの事／17 勅使河原自害の事／18 長年京に帰る事、並びに内裏炎上の事／19 将軍入洛の事／20 親光討死の事

〈巻15〉 1 三井寺戒壇の事／2 奥州勢坂本に着く事／3 三井寺合戦の事／4 弥勒御歌の事／5 龍宮城の鐘の事／6 正月十六日京合戦の事／7 同じき二十七日京合戦の事／8 同じき三十日合戦の事／9 薬師丸の事／10 大樹摂津国に打ち越ゆる事／11 手島軍の事／12 湊川合戦の事／13 将軍筑紫落ちの事／14 主上山門より還幸の事／15 賀茂神主改補の事／16 宗堅大宮司将軍を入れ奉る事／17 少弐と菊池と合戦の事／18 多々良浜合戦の事／19 高駿河守例を引く事

〈巻16〉 1 西国蜂起の事／2 新田義貞進発の事／3 船坂熊山等合戦の事／4 尊氏卿持明院殿の院宣を申し下し上洛の事／5 福山合戦の事／6 義貞船坂を退く事／7 正成兵庫に下向し子息に遺訓の事／8 尊氏義貞兵庫湊川合戦の事／9 本間重氏鳥を射る事／10 正成討死の事／11 義貞敗軍等帰洛の事／12 重ねて山門臨幸の事／13 持明院殿八幡東寺に御座の事／14 正行父の首を見て悲哀の事

〈巻17〉 1 山攻めの事、並びに千種宰相討死の事／2 熊野勢軍の事／3 金輪院少納言夜討の事／4 般若院の童神託の事／5 高豊前守虜らるる事／6 初度の京軍の事／7 二度の

〈巻26〉 1 持明院殿御即位の事／2 大塔宮の亡霊胎内に宿る事／3 藤井寺合戦の事／4 伊勢国より宝剣を進ず事／5 黄粱の夢の事／6 住吉合戦の事／7 四条合戦の事／8 秦の穆公の事／9 和田楠討死の事／10 吉野炎上の事

〈巻27〉 1 賀名生皇后の事／2 師直驕りを究むる事／3 師泰奢侈の事／4 廉頗藺相如の事／5 妙吉侍者の事／6 始皇蓬萊を求むる事／7 秦の趙高の事／8 清水寺炎上の事／9 田楽の事／10 左兵衛督師直を誅せんと欲せらるる事／11 師直将軍の屋形を打ち囲む事／12 上杉畠山死罪の事／13 雲景未来記の事／14 天下怪異の事

〈巻28〉 1 若将軍御政務の事／2 太宰少弐直冬を婿君にし奉る事／3 三角入道謀叛の事／4 鼓崎城熊ゆゑ落つる事／5 直冬蜂起の事／6 恵源禅閤没落の事／7 恵源禅閤南方合体の事、並びに持明院殿より院宣を成さるる事／8 吉野殿へ恵源書状奏達の事／9 漢楚戦ひの事、付吉野殿綸旨を成さるる事

〈巻29〉 1 吉野殿と恵源禅閤と合体の事／2 桃井四条河原合戦の事／3 道誉後攻めの事／4 井原の石龕の事／5 金鼠の事／6 越後守師泰石見国より引っ返す事、付美作国の事／7 光明寺合戦の事／8 武蔵守師直の陣に旗飛び降る事／9 小清水合戦の事／10 松岡城周章の事／11 高播磨守自害の事／12 師直以下討たるる事／13 仁義血気勇者の事

〈巻30〉 1 将軍御兄弟和睦の事／2 下火仏事の事／3 怨霊人を驚かす事／4 大塔若宮赤

松へ御下りの事／5 高倉殿京都退去の事／6 殷の紂王の事、並びに太公望の事／7 賀茂社鳴動の事、同江州八相山合戦の事／8 恵源禅閤関東下向の事／9 那和軍の事／10 薩埵山合戦の事／11 恵源禅門逝去の事／12 吉野殿と義詮朝臣と御和睦の事／13 諸卿参らる事／14 准后禅門の事／15 貢馬の事／16 住吉の松折るる事／17 和田楠京都軍の事／18 細川讃岐守討死の事／19 義詮朝臣江州没落の事／20 三種神器閣かるる事／21 主上上皇吉野遷幸の事／22 梶井宮南山幽閉の御事

〈巻31〉 1 武蔵小手指原軍の事／2 義興義治鎌倉軍の事／3 笛吹崇軍の事／4 荒坂山合戦の事、並びに土岐悪五郎討死の事／5 八幡攻めの事／6 細川の人々夜討せらるる事／7 八幡落つる事、並びに宮御討死の事、同公家達討たれ給ふ事／8 諸国後攻めの勢引っ返す事

〈巻32〉 1 芝宮御位の事／2 神璽宝剣無くして御即位例無き事／3 山名右衛門佐敵と為る事／4 武蔵将監自害の事／5 堅田合戦の事、並びに佐々木近江守秀綱討死の事／6 山名時氏京落ちの事／7 直冬と吉野殿と合体の事／8 獅子国の事／9 許由巣父の事、同虞舜孝行の事／10 直冬上洛の事／11 鬼丸鬼切の事／12 神南合戦の事／13 東寺合戦の事 〈京軍と号す〉／14 八幡御託宣の事

〈巻33〉 1 三上皇吉野より御出の事／2 飢人身を投ぐる事／3 武家の人富貴の事／4 将軍御逝去の事／5 新待賢門院御隠れの事、付梶井宮御隠れの事／6 細川式部大輔霊死の事

〈巻37〉 1 当今江州より還幸の事／2 細川清氏四国へ渡る事／3 大将を立つべき法の事／4 漢楚義帝を立つる事／5 尾張左衛門佐遁世の事／6 身子声聞の事／7 一角仙人の事／8 志賀寺上人の事／9 畠山道誓謀叛の事／10 楊貴妃の事

〈巻38〉 1 悪星出現の事／2 湖水乾く事／3 諸国宮方蜂起の事／4 越中軍の事／5 九州探題下向の事／6 漢の李将軍女を斬る事／7 筑紫合戦の事／8 畠山入道道誓没落の事、並びに遊佐入道の事／9 細川清氏討死の事／10 和田楠と箕浦と軍の事／11 兵庫の在家を焼く事／12 太元軍の事

〈巻39〉 1 大内介降参の事／2 山名御方に参る事／3 仁木京兆降参の事／4 芳賀兵衛入道軍の事／5 神木入洛の事、付鹿都に入る事／6 諸大名道朝を讒する事、付道誉大原野花会の事／7 道朝没落の事／8 神木御帰座の事／9 高麗人来朝の事／10 太元より日本を攻むる事、同神軍の事／11 神功皇后新羅を攻めらるる事／12 光厳院禅定法皇崩御の事

〈巻40〉 1 中殿御会の事／2 将軍御参内の事／3 貞治六年三月二十八日天変の事、同二十九日天龍寺炎上の事／4 鎌倉左馬頭基氏逝去の事／5 南禅寺と三井寺と確執の事／6 最勝八講会闘諍に及ぶ事／7 征夷将軍義詮朝臣薨逝の事／8 細川右馬頭西国より上洛の事

*『太平記』頻出登場人物

後醍醐天皇　1288〜1339年。大覚寺統の天皇。鎌倉幕府を打倒して天皇親政の公武一統政権を樹立したが三年で崩壊し、吉野へ亡命した。

後村上天皇　1328〜68年。南朝二代天皇。後醍醐天皇皇子。初め北畠顕家と共に、奥羽で当地の勢力強化に尽力した。

阿野廉子　1301〜59年。後醍醐天皇の愛妾。後村上天皇、恒良親王、成良親王の母。「三位殿の御局」とも呼ばれる。

北条高時　1303〜33年。鎌倉幕府14代執権で北条氏最後の得宗。長崎高綱・高資に実権を委ね幕府の力を衰退させた。

洞院実世　1308〜58年。公家。後醍醐天皇の信頼厚く、建武政権に背いた尊氏と戦い、南朝方として後村上天皇を助けた。

日野資朝　1290〜1332年。後醍醐天皇の信頼厚く、鎌倉幕府倒幕計画の中心人物に。後に捕らえられ佐渡に配流される。

楠木正成　？〜1336年。河内国の豪族。元弘の変で後醍醐方に属し活躍。後に尊氏を九州に敗走させるも、湊川で戦死。

護良親王　1308〜35年。後醍醐天皇の皇子。大塔宮。尊雲法親王。天台座主。鎌倉幕府打倒に奮戦する。

赤松則村（円心）　1277〜1350年。元弘の変で尊氏と共に行動し活躍。建武政権で優遇されず、離反。播磨守護。

千種忠顕　？〜1336年。後醍醐天皇に信頼された南朝の公家。元弘の変で幕府に捕えられ、天皇と共に隠岐に配流された。

名和長年　？〜1336年。伯耆国の豪族。隠岐を脱出した後醍醐天皇を迎える。建武政権では伯耆・因幡守護となる。

足利尊氏　1305〜58年。足利氏は、下野国足利荘を名字の

地とする名門武士。初め高氏。鎌倉幕府崩壊の契機を作り、室町幕府初代将軍となった。

足利直義　1306〜52年。尊氏の弟。建武政権では鎌倉将軍府の執権。初期室町幕府で政務の中心人物。観応の擾乱で敗北。

足利義詮　1330〜67年。室町幕府二代将軍。尊氏の第三子。新田義貞の鎌倉攻めに父の名代で参加。幕府の基礎を固めた。

足利直冬　生没年未詳。尊氏の庶子。直義の養子となり、尊氏に対抗。直義死後も尊氏と対立するが、後に屈服する。

高師直　？〜1351年。尊氏の執事。室町幕府開府前後の功績により要職を歴任し権勢を振るう。直義と対立し殺される。

高師泰　？〜1351年。師直の弟。観応の擾乱では兄に協力して足利直義を苦境に追い込んだ。

赤松則祐　1311〜72年。赤松則村の三男。元弘の変で護良親王に従い、後に足利尊氏方に属する。

光厳天皇　1313〜64年。持明院統。後伏見天皇皇子。後醍醐天皇笠置逃走の際、鎌倉幕府に擁立される。後に北朝で院政を行う。

後光厳天皇　1338〜74年。光厳天皇の第二皇子で北朝第四代天皇。正平の一統による北朝消滅により俄かに即位した。

新田義貞　？〜1338年。新田氏は、上野国新田荘出身の名門武士。後醍醐天皇に味方し鎌倉を攻める。建武政権で武者所頭人を務め、尊氏と戦う。

脇屋義助　1301〜42年。新田朝氏の子で義貞の弟。兄と共に鎌倉幕府を滅ぼし、建武政権に背いた後の尊氏とも戦った。

結城親光　？〜1336年。元弘の変で尊氏方に属した。建武

政権下、後醍醐天皇に重用された四人の臣下の一人とされる。

佐々木導誉　1296～1373年。近江国の豪族。尊氏に従い鎌倉幕府に背き、室町幕府創業を助けた。婆娑羅大名の代表格。

北条時行　？～1353年。北条高時次男。鎌倉幕府滅亡後、信濃に滞在。後に中先代の乱を起こし一時鎌倉を奪回する。

上杉重能　？～1349年。尊氏の重臣。高師直と対立し権力の座を追われ、越前国に流される。師直の命で殺害された。

畠山直宗　？～1349年。足利直義側近の武将。師直暗殺を図るも失敗。越前国に配流後、師直の命で殺害された。

北畠親房　1293～1354年。後醍醐・後村上両天皇に仕えた南朝の重臣。博学で、『神皇正統記』の著者としても知られる。

北畠顕家　1318～38年。親房の長子。陸奥守として奥羽を統治。尊氏を一時九州に敗走させたが、後に和泉国で戦死。

仁木頼章　1299～1359年。仁木義長の兄。足利尊氏と直義兄弟が対立した観応の擾乱では尊氏方に。室町幕府執事。

仁木義長　？～1376年。足利尊氏に従い各地を転戦。三河国守護。細川清氏や畠山国清らと対立して敗れ、一時南朝に属す。

細川清氏　？～1362年。足利尊氏、義詮に仕える。義詮から追放された後は南朝方に属し京都を攻撃。讃岐国で細川頼之と戦う。

斯波高経　1305～67年。足利尊氏に従い新田義貞を討つなど功績を上げる。越後・若狭守護などを歴任。

山名時氏　1299～1371年。足利尊氏に従い室町幕府創業を助ける。山陰地方の複数の国で守護、侍所頭人。観応の擾乱では直義方。

桃井直常　生没年未詳。足利一門の武将。北畠顕家との戦いで功があり、越中守護となる。観応の擾乱では直義方の中心となる。

畠山国清　?〜1364年。和泉・紀伊守護、引付頭人を務める。観応の擾乱では初め直義方で、のち尊氏に従う。

千葉貞胤　1291〜1351年。下総守護。新田義貞に従い金沢貞将を討つが、のち越前国で斯波高経に降伏して足利方に。

上杉憲顕　1306〜68年。足利尊氏・直義兄弟の従兄弟。室町幕府において関東執事、上野守護。観応の擾乱では直義方。

佐々木氏頼　1326〜70年。近江守護佐々木（六角）時信の嫡子。幼名「千寿丸」。近江守護。室町幕府引付頭人。

土岐頼康　1318〜88年。叔父土岐頼遠の刑死後、美濃・尾張・伊勢守護となる。観応の擾乱では尊氏方について活躍。

※他の主要人物一覧

源頼朝　【1-1】【9-1】【9-5】【15-18】1147〜99年。鎌倉幕府初代将軍。伊豆国の流人生活を経て挙兵、平家を滅ぼす。

北条時政　【1-1】【9-1】【32-11】1138〜1215年。鎌倉幕府初代執権。源頼朝の舅。子の義時・政子に背かれ失脚。

北条義時　【1-1】【13-3】【35-8】【40-8】1163〜1224年。鎌倉幕府二代執権。承久の乱に勝利して幕府の覇権を確立。

北条泰時　【1-1】【35-8】【40-8】1183〜1242年。鎌倉幕府三代執権。評定衆を設置し、『御成敗式目』を制定。

北条経時　【1-1】1224〜46年。鎌倉幕府四代執権。

北条時頼　【1－1】【35－8】1227〜63年。鎌倉幕府五代執権。宝治合戦で三浦氏を滅ぼし、引付衆を設置。

北条時宗　【1－1】【35－8】1251〜84年。鎌倉幕府八代執権。文永の役・弘安の役を指揮し、蒙古の侵略を撃退。

北条貞時　【1－1】【35－8】1271〜1311年。鎌倉幕府一三代執権。

後宇多上皇　【1－1】【39－12】1267〜1324年。大覚寺統の天皇。仏道修行に専念した。

談天門院　【1－1】1268〜1319年。五辻忠子。参議五辻忠継の娘。後醍醐天皇の母。

四条隆資　【1－6】1292〜1352年。後醍醐天皇に信頼された南朝の公家。正中の変の追及を逃れ参議、権中納言を歴任。

二条為明　【2－2】1295〜1364年。二条派の歌人。元弘の変では尊良親王に従う。後に北朝で『新千載和歌集』等を編纂。

常盤範貞　【2－2】【10－9】？〜1333年。北条一門の武将。六波羅北方探題や引付頭人を歴任した。

紀貫之　【2－2】868？〜945年。平安時代の歌人。三十六歌仙の一人。『古今和歌集』序文や『土佐日記』などで著名。

北畠具行　【2－6】1290〜1332年。後醍醐天皇の廷臣。北畠親房は従兄弟の子。元弘の変で、護送中に殺害される。

橘諸兄　【3－1】687〜757年。奈良時代の皇族政治家。右大臣として政治を主導。

万里小路藤房　【3－1】【12－1】【13－3】生没年未詳。後醍醐天皇近臣。帝の失政を直言した硬骨漢。

聖徳太子　【5－4】【6－5】【6－9】【29－9】574〜622年。飛鳥時代の皇族。推古天皇の摂政。『憲法十七条』。法隆寺を建立した。

物部守屋　【6－5】【27－3】生没年未詳。飛鳥時代の豪族。

仏教受容に反対し、蘇我馬子らに滅ぼされた。

持統天皇　【6－5】645～702年。飛鳥時代の女帝。天智天皇の皇女。天武天皇の皇后。律令制度の整備に尽力。

二階堂道蘊　【7－2】1267～1334年。鎌倉幕府の評定衆。俗名貞藤。北条高時に仕え、『太平記』で賢才と評される。

長崎師宗　【6－9】【7－3】　生没年未詳。得宗被官長崎氏一族。

赤松貞範　【7－5】【9－5】【14－8】1306～74年。赤松円心の次男。美作守護。春日部流赤松氏の祖。

木曽義仲　【9－1】【29－2】【38－9】1154～84年。平安時代後期の武将。従兄弟である頼朝と対立して敗北、戦死。

赤橋登子　【9－1】1306～65年。赤橋守時の妹。尊氏の正室。

後伏見上皇　【9－5】【9－7】1288～1336年。持明院統の天皇。弟花園天皇と子息光厳天皇の治世下で院政を行った。

殿法印良忠　【9－5】？～1334年。天台宗の僧侶。

西園寺寧子　【9－5】1292～1357年。広義門院。後伏見天皇女御。光厳天皇・光明天皇の母。北朝で異例の院政を行った。

藤原利仁　【9－5】生没年未詳。富裕の逸話（『今昔物語集』二六「芋粥」）で知られる平安時代の武士。

大高重成　【9－5】？～1362年。高一族の武将で重長の子。

普恩寺仲時　【9－5】【9－7】【10－8】1306～33年。北条一門の武将。鎌倉幕府最後の六波羅北方探題。

佐々木時信　【9－7】1306～46年。近江佐々木氏の嫡流。鎌倉幕府・室町幕府で近江守護。

花園上皇　【9－5】【9－7】1297～1348年。持明院統の天皇。光厳天皇の叔父。好学の君主で宋学に造詣が深かった。

日野資名　【9－7】1285～1338年。光厳上皇の院宣を尊氏に取り次ぎ、足利軍を官軍とした。

康仁親王　【9－7】【12－1】1320〜55年。大覚寺統嫡流。鎌倉幕府滅亡後に廃され、親王号を剝奪される。

勧修寺経顕【9－7】1298〜1373年。従一位内大臣まで昇進。北朝の重鎮と仰がれた。

北条泰家　【10－8】生没年未詳。北条貞時の子で高時の弟。鎌倉幕府滅亡の際に高時の遺児を鎌倉から脱出させた。

堀口貞満　【10－8】【17－13】【32－5】1297〜1338年。新田一族の武将。鎌倉幕府倒幕の功により、建武政権で従五位上。

金沢貞将　【10－8】？〜1333年。北条一門の武将。鎌倉幕府一五代執権金沢貞顕の子息。一番引付頭人。

赤橋守時　【9－1】【10－8】1295〜1333年。北条一門の武将。鎌倉幕府一六代執権。登子の兄（尊氏の義兄）。

大仏貞直　【10－8】【12－1】？〜1333年。北条一門の武将。鎌倉幕府引付頭人。

長崎思元　【10－8】【10－9】？〜1333年。得宗被官。長崎円喜の叔父。

普恩寺信恵　【10－8】1286〜1333年、俗名基時。北条一門の武将。鎌倉幕府一三代執権。六波羅北方探題・仲時の父。

塩田道祐　【10－8】【10－9】1307〜33年。俗名国時。北条一門武将。鎌倉幕府引付頭人。

塩田俊時　【10－8】？〜1333年。北条一門の武将。鎌倉幕府四番引付頭人。塩田道祐の子息。

塩飽聖円　【10－8】　？〜1333年。得宗被官。

安東聖秀　【10－8】　？〜1333年。得宗被官。

諏訪直性　【10－8】【10－9】？〜1333年。俗名宗経。長崎・尾藤氏らと並んで得宗被官の最上層部を形成。

長崎円喜　【9－1】【10－8】【10－9】？〜1333年。得宗被官。内管領等を歴任し、鎌倉幕府内で絶大な権勢を誇った。

安達時顕 【5－4】【10－9】？～1333年。鎌倉幕府引付頭人。長崎円喜と並んで高時政権を支えた。

宗良親王 【12－1】1311～85年。後醍醐天皇皇子。天台座主尊澄法親王。元弘の変では讃岐国配流。歌人としても著名。

桓武天皇 【12－1】【18－13】737～806年。平安京遷都を実施。

嵯峨天皇 【12－1】786～842年。平安時代初期の天皇。桓武天皇皇子。兄平城上皇に勝利。弘仁文化の興隆に寄与。

在原業平 【12－1】【27－2】825～80年。平城天皇の孫。美男のプレイボーイ歌人として著名。六歌仙の一人。

大江朝綱 【12－1】886～957年。平安時代中期の漢詩人、学者。正四位下・参議まで昇進。

空海 【12－1】【39－12】774～835年。唐に留学し、密教を日本に伝えた。真言宗の開祖。高野山金剛峯寺を創建。能書家。

巨勢金岡 【12－1】生没年未詳。平安時代中期の著名な画家。

小野道風 【12－1】894～966年。平安時代中期の書家。藤原佐理・藤原行成とともに、三跡と称される。

堀河天皇 【12－7】1079～1107年。平安時代中期の天皇。

源頼政 【12－7】【21－8】1104～80年。以仁王を奉じ、平家打倒のため挙兵し失敗した。歌人としても知られる。

二条道平 【12－7】【12－9】【27－2】【29－12】1288～1335年。公卿。元弘の変で後醍醐方に味方し鎌倉幕府に譴責を受けた。

近衛天皇 【12－7】【21－8】1139～55年。平安後期の天皇。

西園寺公宗 【13－3】【13－4】1309～35年。公卿。西園寺実衡の子息。後醍醐天皇の暗殺を図った。

西園寺公経 【13－3】1171～1244年。承久の乱後、親幕派

の公卿として朝廷で権勢を振るい太政大臣に昇進。関東申次。

尊良親王　【14－8】【17－18】【19－4】？～1337年。後醍醐天皇第一皇子。元弘の変で土佐に配流された。

大友氏泰　【14－8】【15－18】？～1362年。室町幕府の豊前・豊後・肥前守護。

菊池武重　【14－8】【16－2】【16－10】生没年未詳。肥後国の南朝武将。南北朝分裂後も九州南軍の中心的存在として活躍。

宇都宮公綱　【15－3】【16－2】1302～56年。下野国の武士。尊氏挙兵後はほぼ後醍醐天皇に属して奮戦。氏綱は子息。

高師久　【15－18】？　～1336年。高師直の弟。新田軍に包囲され、比叡山大衆に唐崎の浜で処刑される（【17－5】）。

細川顕氏　【15－18】？～1352年。足利一門の武将。尊氏の創業に功績。室町幕府で河内・和泉・讃岐守護、侍所頭人。

一色道猷　【15－18】？～1369年。足利一門の武将。室町幕府樹立後、初代の九州探題として九州を統治する。

南宗継　【15－18】【26－7】？～1371年。高師直の又従兄弟の武士。観応の擾乱では尊氏方として活躍する。

大内弘幸　【16－9】【16－10】？～1352年。周防国の武士。大内氏惣領。孫の義弘が周防・長門以下六カ国の守護となる。

菊池武朝　【16－10】？～1336年。正しくは「武吉」。武重弟。

薬師寺公義　【16－10】【21－8】【29－9】生没年未詳。摂津国出身の橘姓の武士。歌人。高師直の重臣で武蔵守護代を務めた。

二条師基　【17－10】【34－16】1310～65年。南朝の関白。

江田行義　【10－8】【16－2】【17－13】生没年未詳。新田一族の武将。南朝方として丹波国高山寺に籠城する（【19－

5】)。

大館氏明 【15－3】【16－2】【17－13】?～1342年。新田義貞の甥。伊予国で幕府方の細川頼春と戦い戦死(【24－6】)。

大覚寺宮 【17－10】1292～1347年。性円法親王。後醍醐天皇の同母弟。

岡崎範国 【17－13】?～1363年。建武政権の中級公家。

気比氏治 【17－18】?～1337年。敦賀の気比神宮の大宮司。

恒良親王 【17－18】【19－4】1324～?年。後醍醐天皇皇太子。母は阿野廉子。【19－4】は史実でない可能性がある。

瓜生保 【18－7】?～1337年。瓜生氏は嵯峨天皇の末裔で、越前国に土着した武士。

粟飯原氏光 【19－4】生没年未詳。千葉貞胤の弟。同族粟飯原氏の家督を継ぎ、当主となった。

成良親王 【13－4】【19－4】1326～44年。母は阿野廉子。足利直義に奉ぜられて、鎌倉に下向した。

小笠原貞宗 【19－9】1292～1347年。信濃国の武士。鎌倉陥落に功績があった。尊氏挙兵後は尊氏に味方。信濃守護。

高重茂 【15－3】【19－9】 生没年未詳。高師直の弟。室町幕府武蔵守護や関東執事等を歴任。観応の擾乱後は引付衆頭人。

今川範国 【19－9】【26－7】【27－11】【31－1】?～1384年。足利一門の武将。通称五郎。尊氏創業を支え、今川氏興隆の基礎を作った。

三浦高継 【19－9】生没年未詳。相模国の武士。尊氏に属す。三浦氏は鎌倉幕府の有力御家人。後に北条早雲に滅ぼされた。本文では三浦新介。

北畠顕信 【19－9】生没年未詳。北畠顕家の弟。顕家の戦死後、南朝の鎮守府将軍として陸奥国で幕府軍と戦い続けた。

結城宗広　【12－1】【15－3】【19－9】？～1338年。後醍醐天皇の忠臣。陸奥国南部の武士。後に天竜灘で遭難した。道忠。

新田義顕　【17－18】【33－8】？～1337年。新田義貞の長男。建武政権では、武者所一番方の頭人。

新田義興　【19－9】【31－1】【33－8】【34－16】1331～59年。新田義貞の次男。南朝の忠臣として戦った。幼名「徳寿丸」。

土岐頼遠　【17－10】【19－9】【21－8】【23－8】？～1342年。室町幕府美濃守護。青野原の戦いで奮戦し、勲功は絶大。

細川頼春　【19－9】【26－7】【27－11】？～1352年。足利一門の武将。尊氏の創業を助け、各地を転戦する。讃岐守。

亮性法親王　【21－2】【21－3】1318～63年。光厳上皇の異母弟。後伏見天皇の第九皇子。

栄西　【21－2】1141～1215年。鎌倉時代前期の高僧。臨済宗の開祖。建仁寺を建立。著書に『興禅護国論』など。

藤原成親　【21－3】1138～77年。平安時代後期の公家。後白河法皇の近臣。平家打倒を企てたとされ、備前国で殺された。

後二条師通　【21－3】1062～99年。堀河天皇を補佐した公家。

鳥羽上皇　【21－8】1103～56年。平安時代の天皇。祖父の白河法皇死後に院政を展開。子息の崇徳天皇と不和となる。

近衛忠通　【21－8】1097～1164年。平安時代後期の関白。弟頼長との不和が保元の乱の一因に。能書家としても著名。

伏見上皇　【23－8】1265～1317年。鎌倉時代後期の持明院統の天皇。意欲的な政治が、皇位の南北朝分裂の一因に。

光明天皇　【23－8】【39－12】1321～80年。北朝の天皇。光厳天皇の同母弟。正平の一統の破綻後、北朝の皇統は分裂。

細川定禅　【15－3】【16－9】【23－9】生没年未詳。足利一門の武将。主に四国で活動し尊氏の創業に功。楠木軍を攻

撃。

夢窓疎石　【23－8】【26－2】【27－5】1275～1351年。臨済宗の高僧。当時の権力者の崇敬を受け南禅寺・天龍寺等の住職。

高師秋　【23－9】生没年未詳。高師直の従兄弟。観応の擾乱では直義派。足利家時（尊氏兄弟祖父）の置文所持で有名。

赤松範資　【9－5】【26－7】【29－9】？～1351年。赤松円心の嫡男。尊氏の創業を助け、室町幕府で摂津守護。

厚東武村　【26－7】？～1351年。室町幕府長門守護。厚東氏は、物部守屋の末裔と伝わる。

小早川貞平　【26－7】生没年未詳。安芸国の有力武士。小早川氏は室町幕府奉公衆となり、戦国期には毛利氏の重臣に。

武田信武　【26－7】【27－11】？～1359年。鎌倉幕府、室町幕府で安芸守護。観応の擾乱でも尊氏派。武田信玄は子孫。

高師兼　【26－7】？～1351年。高師直の従兄弟にして甥にして猶子。室町幕府の三河守護を務めた。

荻野朝忠　【26－7】生没年未詳。丹波国の武士。丹波守護仁木頼章の下で守護代。観応の擾乱後、師直遺児師詮を擁立。

河津氏明　【26－7】【29－9】【29－12】？～1351年。高師直の重臣。備中国大旗一揆の盟主。臨済宗高僧・虎関師錬と親交があった。

高橋英光　【26－7】【29－9】生没年未詳。高師直の重臣。河津氏明と共に備中国大旗一揆盟主。師直を見捨てたとされる。

源義家　【9－5】【12－7】【26－7】【27－11】1039～1106年。平安後期の武将。後三年の役に勝利し名将として賞賛され

る。

天武天皇　【12－1】【26－9】？～686年。飛鳥時代の天皇。壬申の乱に勝利し、皇位を掌握。律令制度の整備を進めた。

大友皇子　【26－9】648～72年。天智天皇の皇子。史上初の太政大臣。近江朝廷の中心。明治期に弘文天皇と追諡。

西行　【27－2】1118～90年。平安時代後期の歌人。俗名佐藤義清《のりきよ》。鳥羽上皇の北面の武士だったが遁世し、全国を放浪。

四条隆蔭　【27－3】1297～1364年。光厳院の院政下で別当を務める。

尊胤法親王　【9－5】【27－9】【32－5】1306～59年。後伏見天皇第四皇子。光厳天皇・光明天皇の兄。天台座主。

粟飯原清胤　【27－10】？～1353年。下総国出身の武士。千葉氏の一族。粟飯原氏光の子。室町幕府で文筆官僚。

飯尾宏昭　【27－10】？～1351年。室町幕府奉行人。飯尾氏は、室町幕府の文筆官僚を輩出。

上杉朝房　【27－11】【29－9】生没年未詳。二代将軍足利義詮期に上総・信濃守護。幼少の鎌倉公方足利義満を補佐。

石橋和義　【27－11】生没年未詳。足利一門の武将。室町幕府で伯耆・備前・若狭守護や評定衆・引付頭人等要職を歴任。

饗庭尊宣　【27－11】【31－1】生没年未詳。幼名は「命鶴丸」。尊氏の寵童として知られる。俗名は「氏直」とも。

石塔義基　【29－9】【31－1】生没年未詳。足利一門の武士。初名は「義元」。父義房とともに奥州探題を務めた。

石塔頼房　【29－9】生没年未詳。足利一門の武士。尊氏死後も桃井直常とともに南朝に属し、長く幕府に抵抗。

薬師寺義冬・義治　【29－9】ともに生没年未詳。義治は薬師寺公義の弟。義冬も弟か？

蘇我馬子　【29－9】？〜626年。飛鳥時代の豪族。大和朝廷で絶大な権勢を誇り、物部守屋を滅ぼし、崇峻天皇を殺害。

小野妹子　【29－9】生没年未詳。飛鳥時代の官人。遣隋使として隋に赴き国書（「日出づる処の天子（下略）」）を提出。

高師世　【29－9】【29－12】？〜1351年。高師泰の子。貞和五年（1349）に約二カ月の短期間、執事を務めた。

彦部七郎　【29－12】？〜1351年。高一族庶流彦部氏の武士。

梶原孫六　【29－9】【29－12】？〜1351年。梶原景時の子孫。

今川範氏　【30－10】【36－11】1316〜65年。足利一門の武将。今川範国の嫡子。室町幕府で駿河・遠江守護。

小山氏政　【30－10】1329〜55年。下野半国守護。一貫して室町幕府と足利尊氏に味方した。

千葉氏胤　【30－10】？〜1365年。千葉貞胤の子。室町幕府下総守護。観応の擾乱では直義派から途中で尊氏派に転じた。

畠山高国　【31－1】1305〜51年。室町幕府奥州探題畠山国氏の父。史実では観応二年に国氏とともに戦死。

石塔義房　【31－1】生没年未詳。足利一門の武将。室町幕府で奥州探題。観応の擾乱では子息頼房と共に直義派。

高師有　【31－1】？〜1364年？。高師秋の子。観応の擾乱では直義派。後に初代鎌倉公方足利基氏の下で短期間関東執事を務める。

河越直重　【31－1】生没年未詳。武蔵国の武士。平一揆の盟主。観応の擾乱では尊氏に味方し、武蔵野合戦でも大功を挙げる。

斯波氏頼　【32－5】【32－13】生没年未詳。斯波高経の三男。父に嫌われ執事に就任できなかったため出家したとされる。

二条良基　【27－9】【32－5】1320〜88年。北朝の貴族。何

度も摂政・関白を務めた。北朝の復興に尽力。連歌を大成。

西園寺実俊　【13－3】【32－5】1335～89年。西園寺公宗の子。北朝で従一位右大臣。観応の擾乱後、公武の融和に尽力。

源頼光　【32－11】948～1021年。平安時代中期の武将。源満仲の嫡子。酒呑童子退治の伝説で知られる。

渡辺綱　【32－11】953～1025年。平安時代中期の武将。嵯峨源氏。いわゆる「頼光四天王」の一人。

坂上田村麻呂　【32－11】758～811年。平安初期の武将。蝦夷征討に功績。日本国家の領土を拡大。京都に清水寺建立。

桃井直信《ただのぶ》　【32－13】生没年未詳。兄直常とともに足利直義・同直冬、次いで南朝に属し、室町幕府と戦い続けた。

赤松氏範　【27－10】【32－13】1330～86年。赤松円心四男。観応の擾乱では直義に味方し、以降南朝方の武将として活躍。

足利基氏　【33－8】【36－11】【40－7】1340～67年。初代鎌倉公方。足利義詮の同母弟。関東地方の南朝軍を鎮圧。

日野俊基　【1－6】【2－6】【34－16】？～1332年。後醍醐天皇側近の公家。鎌倉幕府倒幕計画に関わる。

工藤高景　【34－16】生没年未詳。鎌倉幕府の有力御家人。

菊池武時　【34－16】1292～1333年。肥後国の武士。法名寂阿。後醍醐天皇の討幕運動に、九州で最も早く呼応し鎮西探題を攻撃。

醍醐天皇　【35－8】880～930年。平安時代の天皇。律令制度再建に尽力し、その政治は後世「延喜の治」と称えられた。

宇多法皇　【35－8】【39－12】867～931年。平安時代の天皇。天皇親政を行い菅原道真を重用。「寛平の治」と称えられる。

菅原道真　【35－8】845〜903年。平安初期の学者・政治家。藤原時平の讒言で大宰権帥に左遷され、不遇のうちに死去。

安倍貞任　【35－8】？〜1362年。平安中期の陸奥国の俘囚武将。前九年の役で政府軍を苦しめたが、最後は敗死。

伊勢貞継　【36－11】1309〜91年。自邸で生まれた足利義満を養育。康暦の政変後、政所執事に就任し、以降世襲。

今川貞世　【36－11】【36－16】1326〜？年。今川範国次男。法名了俊。義満の時代に九州探題となり、九州平定に尽力。

仁木頼夏　【35－4】【36－11】生没年未詳。足利一門の武将。細川清氏の実弟。仁木頼章の猶子。頼章死後に丹波守護。

佐々木高秀　【36－16】？〜1391年。佐々木導誉の三男。侍所頭人・出雲守護などを歴任。管領細川頼之と対立。

楠木正儀　【36－16】生没年未詳。河内国の南朝方の武将。楠木正成の次男。楠木正行の弟。南朝軍の軍事的主力。

菊池武光　【38－7】？〜1373年。菊池武時の子。肥後国の南朝方の武将。懐良親王を支え、懐良の九州制覇に貢献。

斯波氏経　【32－5】【38－7】生没年未詳。斯波高経の次男。九州探題に任命されるが長者原で南朝軍に大敗し、遁世。

少弐冬資　【38－7】1333〜75年。室町幕府筑前・肥前守護。今川貞世に協力して九州南軍の制圧を進める。

細川頼之　【38－9】【40－8】1329〜92年。細川頼春の子。従兄の細川清氏を倒す。室町幕府の政権基盤を強化した。

佐々木信胤　【16－9】【23－9】【38－9】生没年未詳。備前国の武士。治承・寿永の乱で知られる佐々木盛綱の子孫。

平清盛　【39－12】1118〜81年。平安時代末期の武将。保元の乱・平治の乱に勝利し武家として初の太政大臣に昇進。

花山法皇　【39－12】968〜1008年。平安中期の天皇。退位後、愛人問題で藤原伊周に襲撃された事件で有名。

承胤法親王　【39－12】1317〜77年。天台座主。後伏見天皇

第七皇子。光厳天皇・光明天皇の兄。

足利義満　【40－8】1358～1408年。足利義詮の長男。室町幕府三代将軍。南北朝を合一し、幕府の全盛期を築いた。

解説

亀田俊和

一　本書の構成

一四世紀の日本は皇室が南北両朝に分裂し、約六〇年にわたって全国各地で激しい内戦を繰り広げた動乱の時代である。その実態は、足利氏の樹立した武家政権・室町幕府が紆余曲折を経ながら覇権を確立していく過程であった。『太平記』全四〇巻はその動乱を描いた物語で、一二世紀の治承・寿永の内乱を描く『平家物語』と並んで日本を代表する軍記物語である。

『太平記』は南北朝末期には成立したと推定されており、その直後から相当の人気を博したらしい。江戸時代に大流行し、多数の解説書や同記に由来する小説等が制作された。たとえば元禄一五年（一七〇二）の赤穂《あこう》浪士討入事件を描いた「忠臣蔵」が、江戸幕府の弾圧を避けるために舞台を南北朝期の室町幕府に設定したこともよく知られている。その際にモチーフとされたのが、第二一巻八「塩冶判官讒死の事」であった。

何より『太平記』の歴史観は近世・近代の政治思想にも大きな影響を与え、現実の政治や教育政策をも左右した。昭和二〇年（一九四五）の敗戦に至るまで、国語や修身の教科書に最も多く採択された教材であった。まさに、日本の思想・政治・文化の基礎を形成したと言っても過言ではない古典文学である。

本書は、『太平記』から九〇話（序文を含む）を選んで現代日本語に訳したものである。比較的知名度が高く、親しみやすくて読者の興味を惹《ひ》きやすいと考えられる話を選択した。筆者は、本書を『太平記』の入門書としてとらえている。正確な逐語訳よりも読みやすさやわかりやすさを優先し、敢《あ》えて意訳してくだけた表現にした箇所も多い。どこから読み始めてもかまわないが、通して読むことで南北朝時代の流れがおおまかにつかめるように工夫した。また、観応《かんのう》の擾乱《じょうらん》（一三五〇〜五二）以降は注目されることが少ないので多めに取り上げた。

また『太平記』は、中国の歴史や儒学そして仏教の経典なども多数引用していることもよく知られている。その中には分量が膨大となり、本題の日本の南北朝史を押しのけて項目として独立したものも多数存在する。『太平記』の理解には、こうした中国故事や仏典の知識も必須であるが、基本的に本題とは無関係であるので中国故事は第二七巻七「秦の趙高の事」を除いて割愛した。

『太平記』にはさまざまな系統の写本が存在するが、本書は西源院本《せいげんいんぼん》を翻刻した岩波文庫の『太平記』（兵藤裕己校注、岩波書店、全六冊、二〇一四～一六年）に依拠した（本解説も、同書の兵藤の解説を多く参照している）。西源院本とは、京都市右京区の臨済宗寺院龍安寺《りょうあんじ》の塔頭《たっちゅう》西源院に伝わった古写本である。応永二八～二八年（一四二一～二一）に書写され、現存の写本は大永・天文年間（一五二一～五五）に転写されたことが解明されている。現存本（重要文化財）は昭和四年（一九二九）の龍安寺の火災で一部焼損したが、幸い大正八年（一九一九）に東京大学史料編纂所で制作された精確な影写本が存在するため、その全容を知ることができる。

本書がこの西源院本を採用した理由は、この写本が古本系統（第二二巻を欠いており、比較的古形・古態を保持していると考えられている写本）の中でも相対的により古い形態を残しているとされるからである。

本解説は、以下、

二　『太平記』の成立
三　『太平記』の流布・影響
四　『太平記』史観と史実
五　各話の解説

という構成を採っている。二・三は『太平記』の成立と、それが近世・近代に流布して及ぼした影響に関する議論を紹介する。いわば、『太平記』自体の歴史である。四は、古くから議論となってきた『太平記』史観と史実との関係について、筆者自身の意見も交えて論じる。五で、本書に収録した話の中でも筆者が特に注目する話をピックアップして解説する。物語の背景を補足したり、歴史学的観点から最新の研究を紹介したりしたい。すなわち四・五は『太平記』の内容に関するものと位置づけられよう。

中国故事の引用など本書に収録しなかった話に興味を持つなど、『太平記』のより深い理解を目指す読者は、本書を契機にさらに原典の読解や研究を進められることを願っている。

二　『太平記』の成立

『太平記』の成立についてはいまだに謎が多い。北朝の公家洞院公定《とういんきんさだ》の日記『洞院公定日記』応安七年（一三七四）五月三日条に、『太平記』の作者である小嶋法師《こじまほうし》が前月二八～二九日頃に死去した風聞が書き記されている。

『太平記』は、文保二年（一三一八）の後醍醐天皇即位から物語が実質的に始まり、貞治六年（一三六七）に室町幕府二代将軍足利義詮《よしあきら》が死去して細川頼之《よりゆき》が幕府管領《かんれい》に就任するところで終わる。前述の小嶋法師死去の記事は、同記が完結してからわずか七年後である。また北朝の貴族の日記という比較的信頼性の高い史料に記されており、決して無視できない情報である。ここで小嶋法師は、「卑賤の器たりといへども、名匠の聞こえ有り」と評されている。

この小嶋法師自身が『太平記』に登場しているという説もある。すなわち、第四巻四「和田備後三郎落書の事」に登場する今木三郎高徳《いまきのさぶろうたかのり》である。一般的には、「児島《こじま》高徳」という名で知られている。これが初登場で、以降第三一巻八「諸国後攻めの勢引つ返す事」に至るまで断続的に登場する。児島高徳が年老いて出家し、執筆したのが

『太平記』であるとされたのである。

児島高徳は熱烈な南朝方の武士として描かれている。また『太平記』は、後醍醐皇子で鎌倉幕府倒幕を事実上主導した大塔宮護良親王《おおとうのみやもりよししんのう》や、高徳と同じ南朝忠臣である楠木正成《くすのきまさしげ》などの活躍も好意的に描写する。そのため、『太平記』は南朝寄りの歴史書であると長く考えられてきた。実際、室町幕府の文人武将今川了俊《いまがわりょうしゅん》が『太平記』を批判する目的で執筆した『難太平記《なんたいへいき》』（応永九年〈一四〇二〉成立）にも、「この記の作者は、宮方深重の者」と記されている。

だが『太平記』は、一方では後醍醐天皇の建武の新政を激しく批判している（第一二巻「公家一統政道の事」など）。また、児島高徳は『太平記』以外の同時代史料に一切登場しない。つまり、架空の人物である可能性がある。そもそも、これだけの大長編物語をたった一人で執筆することは可能であろうか。というわけで小嶋法師作者説は、少なくとも彼がただ一人で執筆したという意味では現代ではほとんど支持されていない。

一方で、了俊の『難太平記』の記述も注目されてきた。これによれば、法勝寺《ほっしょうじ》の円観上人《えんかんしょうにん》が『太平記』三〇巻あまりを足利直義《ただよし》（室町幕府初代将軍足利尊氏の弟）に見せたところ多くの誤りがあったので、直義が玄恵法印《げんえほういん》に改訂を命じたという。その後直義の改訂作業は一時中断したが、三代将軍足利義満《よしみつ》の時代まで断続的に加筆された。

円観は比叡山出身の律僧で、一四世紀初頭の歴代天皇の帰依を篤く受けた上人である。建武政権崩壊後は京都にとどまり、南北両朝の和平交渉を行うなどした。直義は、草創期の室町幕府において実質的な最高権力者「三条殿」として幕政を担っていた。玄恵は当該期随一の学僧で、室町幕府の基本法典『建武式目』の制定に関与するなど直義の政策ブレーンとして活躍した。『太平記』にも、第一巻六「土岐十郎と多治見四郎と謀叛の事」、付無礼講の事」などに登場する。

兵藤裕己は、円観が直義に見せたという〝太平記〟は後醍醐天皇の崩御までを描いた後醍醐一代記であったと推定している（兵藤は、「三十余巻」は「二十余巻」の書き誤りであると考えている）。また『難太平記』の記述は、『太平記』の作者が幕府の大名に資料の照会や問い合わせをしたり、大名からも自身の勲功の加筆依頼があったりしたことも窺《うかが》わせる。さらには、義満による直接介入もあったようである。

右の了俊の証言から、『太平記』の作者を円観とする説や玄恵とする説が出た。さらに『太平記』の作者を小嶋法師とする前述の『洞院公定日記』の記事との整合性をとるために、円観作者説・玄恵作者説も融合する形で出されたのが『太平記』工房説である。この説は長谷川端によって提唱され（長谷川「下剋上の合戦記」〈岡見正雄・林屋辰三郎編『文学の下剋上』角川書店、一九六七年〉）、兵藤も支持している。その概要は以下のとおりである。

円観は、「無縁」の上人である。「無縁」とは、中世において世俗の権力や法律が及ばない場所や人を指す言葉であり、網野善彦ら社会史研究者に注目されてきた概念である（網野『無縁・公界・楽』〈『網野善彦著作集　第十二巻』岩波書店、二〇〇七年、初出一九七八年〉）。円観は法勝寺の大勧進も務め、勧進活動を直接担う各種の技芸・芸能の民のオルガナイザーであった。この円観の下に『太平記』制作の工房があり、幕府（具体的には、玄恵ないし玄恵的な人物）の監修を受けながら「卑賤の器」を含む複数の作者によって執筆が進められた。小嶋法師は、そうした『太平記』工房の執筆陣の一人であったという理解である。

さらに了俊の証言からは、『太平記』を「室町幕府の草創を語る正史（または正史に準ずるもの）」と評価する見解まで現れた。加美宏がこの説を初めて提唱し（同「『難太平記』―『太平記』の批判と読み―」（同『太平記享受史論考』桜楓社、一九八五年、初出一九八四年）など）、兵藤も支持している。南朝忠臣が引退後に執筆した南朝寄りの歴史書から幕府の正史へと、まさに百八十度の転換である。

だが、この説も問題を含むと考えられる。『太平記』は、建武政権のみならず室町幕府の諸将も厳しく批判しているからである。まず、玄恵に改訂を命じたという直義自身がまったく好意的に描かれていない。同記における直義は後醍醐天皇綸旨《りんじ》を偽造して、後醍醐との戦いをためらう兄尊氏を欺く権謀術数に長けた人物である（第一四巻八「箱根軍の事」）。

また、幕府執事高師直《こうのもろなお》が既存の権威を認めず不道徳な人物として描かれていることもよく知られている。師直は人妻に横恋慕し、その夫を謀叛《むほん》に追い込む人物である（第二一巻八「塩冶判官讒死の事」）。貞和四年（一三四八）正月の四条畷《しじょうなわて》の戦いの後、兄弟師泰《もろやす》と繰り広げた専横が描写されていることもよく知られている（第二七巻二「師直驕りを究むる事」など）。

何より、二代将軍足利義詮がきわめて凡庸な人物に描かれていることは看過できない。この物語における義詮は、他人（具体的には佐々木導誉《どうよ》）の讒言《ざんげん》をたやすく信用する、主体性に著しく欠ける人物である（第三六巻一一「細川清氏叛逆露顕即ち没落の事」など）。観応の擾乱で滅亡した直義や師直はともかくとして、「幕府の正史」ならば、将軍義満は父義詮が無能な人物とされていることを果たして黙認するであろうか。

さらに、第三三巻三「武家の人富貴の事」に顕著に窺えるように、困窮する公家を尻目に諸国の荘園を侵略して富裕となり、賭博や遊興に明け暮れる幕府諸将に『太平記』は概して手厳しい。ほとんど全否定に近い。

こうした批判に対し、兵藤は第三五巻八「北野参詣人政道雑談の事」に収録されている唐の故事をもって答える。すなわち、唐の玄宗皇帝の圧力に屈せずに「正しい歴史」を記録し続けた史官の逸話をもって、『太平記』作者陣の足利氏におもねらない矜持の存在を推定し、幕府の正史であるにもかかわらず足利方の武将が批判されている理由としたのである。

しかし後述するように、『太平記』には史実の誤りや『平家物語』のパロディとしての改変が多数含まれていることも古くから知られている。たとえば、第一六巻九「本間重氏鳥を射る事」は『平家物語』の那須与一のエピソードをモチーフとしているる。同記の作者陣にそのような「矜持」が存在したのかは自明のことではないのである。

以上の議論を踏まえ、筆者は『太平記』の成立について以下のように考えている。直義が『太平記』の改訂を命じ、その事業が工房において断続的に継続されたのは確かであろう。だが観応の擾乱の勃発および内乱の長期化により、幕府の介入は不徹底に終わったのではないだろうか。

また南北朝時代特有の複雑怪奇な展開は、『平家物語』のような簡潔で一貫した世界観の形成を困難にした。『太平記』完結後も内乱は二〇年以上続き、「中夏無為の代になりて、目出度かりし事どもなり」という最後の文章とはほど遠い情勢であった。現代の人気漫画が行き詰まって連載を続けられなくなり、強引に終了する様相を想起させる。

そもそも、足利氏が自己を正当化する意志をそれほど強固に抱いていたのかも疑わしい。たとえば足利氏寄りの歴史書として知られる『梅松論《ばいしょうろん》』（貞和五年〈一三四九〉頃成立）は、敵将の楠木正成を「まことに賢才武略の勇士」と大絶賛する。さらに、建武の戦乱における足利軍の敗北も包み隠さず記述している。

だが、こうした不徹底さは『太平記』にある種の「公平さ」をもたらすことになった。内乱の複雑な展開も相まって、同記の描く世界はきわめて豊穣なものとなった。そのため現代に至るまで多種多様な論点を提供し、膨大な研究や議論を生産し続けているのである。

なお、その一つに『太平記』を後醍醐天皇などの怨霊鎮魂と救済の書と見なす見解がある。一例として、松尾剛次『太平記―鎮魂と救済の史書―』(中央公論新社、二〇〇一年)を紹介しておきたい。

三 『太平記』の流布・影響

先に紹介した小嶋法師死去の記事には、『太平記』について「これ近日天下に翫《もてあそ》ぶ」と評されている。つまり、『太平記』は完成直後からすでにかなり人気があったとおぼしい。そして、室町時代には寺院で民衆向けに弾き語りが行われたことも貴族の日記や記録に散見される。

このような『太平記』人気は、近世になるといっそう高まった。慶長・元和年間(一五九六~一六二四)に刊行された同記の版本は一〇種類あまりが残存し、これは『徒然草』のおよそ二〇種類に次ぐという。さらに『太平記』の原典だけではなく、その裏話や秘話も創作され、特に楠木正成の兵法や軍学の講釈を読み聴かせることが流行した。それらの集大成は、正保年間（一六四四〜四八）に『太平記《たいへいき》評判《ひょうばん》秘伝《ひでん》理尽《りじん》鈔《しょう》』という書名で刊行された。こうした『理尽鈔』は原典の数倍の分量に達したという。

『太平記』の流行は、やがて現実の政治や学問にも影響を及ぼし始めた。徳川氏（旧姓松平氏）の先祖は賀茂朝臣《かものあそん》であるが、江戸幕府初代将軍徳川家康が系図を改変し、新田氏の祖義重《よししげ》の四男得川《えがわ〈とくがわ〉》義季《よしすえ》ということにした。これはもちろん幕府を開く正統性を得るために徳川氏を清和源氏にしたのであるが、多数存在する清和源氏の中から新田氏を選んだのは『太平記』の歴史観の影響があることが指摘されている。前代室町幕府の将軍が足利氏であったので、足利氏とならぶ清和源氏の二大武家棟梁として同氏と戦った新田氏にあやかり、それを先祖にするという論理である。

徳川氏の先祖が新田氏ということになると、新田氏が支えた南朝こそが正統の皇室であるという歴史観が誕生した。明暦三年（一六五七）、家康の孫である常陸国水戸藩主徳川光圀《みつくに》は同藩の歴史書『大日本史』（明治三九年〈一九〇六〉完成）の編纂事業を開始し、南朝正統史観を樹立した。楠木正成を顕彰するため、現在の湊川《みなとがわ》神社の所在地に「嗚呼《ああ》忠臣楠子之墓《ちゅうしんなんしのはか》」と記した石碑を建立《こんりゅう》したこともよく知られている。

光圀が創始した南朝を正統とする学問は、「水戸学」と称されるようになった。

「現在の皇室は北朝の直系の子孫であるのに、なぜ近世以降に南朝が正統とされたのか」がしばしば問題とされるが、その直接的な起源は徳川家康が『太平記』の愛読者で、その影響を受けたためだったと考えられるのである。新田氏の子孫である徳川氏が天皇を尊崇し、天皇に代わって全国を統治する。水戸学に代表される南朝正統史観は徳川氏の支配を正当化するイデオロギーだったわけであるが、その形成に近世初期の『太平記』人気が大きく作用していることは興味深い。その他、江戸幕府の正規の歴史書である『本朝通鑑《ほんちょうつがん》』（寛文一〇年〈一六七〇〉完成）に前述の『理尽鈔』が多数引用されていることも注目されている。

しかし幕府を開いて天皇に代わって実権を行使するのは、結局は足利氏と何ら異ならない。徳川氏の支配イデオロギーであるはずの南朝正統史観は、当初からその支配イデオロギー自体を突き崩す危険性をはらんでいた。『理尽鈔』にも、足利尊氏だけではなく新田義貞《よしさだ》こそが朝敵であるという解釈が見られる。

早くも慶安四年（一六五一）、幼少の徳川家綱《いえつな》が四代将軍に就任したばかりの不安定な政治情勢につけ込み、軍学者由井正雪《ゆいしょうせつ》が幕府転覆のクーデタを企てた（慶安事件）。正雪は江戸で楠木流兵学の塾を開き、多数の旗本や藩士を集めた。『太平記理尽抄由来』（中村幸彦旧蔵）という書物には、彼が『理尽鈔』に関与したとする説が記されている。

江戸時代の初期の段階ですでにこのような反徳川の思想が存在したことは興味深いが、一八世紀後半に入ると日本内外の政治的な危機の高まりにも連動し、水戸学が藤《ふじ》田《た》幽谷《ゆうこく》らによって変容を遂げる。いわゆる、「後期水戸学」である。後期水戸学は、尊皇思想と反徳川の要素をいっそう強めた。

そして幕末、反徳川の政変に多くの水戸藩士が加わった。万延元年（一八六〇）の桜田門外の変や元治元年（一八六四）の天狗党の乱などである。徳川家康の子孫を藩主とする「御三家」の藩で激しい反幕府の尊皇攘夷運動が起こったのも歴史の皮肉であるが、その起源をさかのぼると『太平記』に行きつくのである。

尊皇攘夷に関わる幕末の事件としては、文久三年（一八六三）の足利三代将軍木像梟首《きょうしゅ》事件も名高い。京都の等持院《とうじいん》が所蔵する足利尊氏・義詮・義満三代の室町幕府将軍の木像の首が南朝への逆賊として三条河原に晒された事件である。

尊皇攘夷の志士たちは、自らの行動規範をしばしば『太平記』の楠木正成に求めたという。彼らにとって、徳川将軍は足利将軍とまったく同列の逆賊であり、尊氏と同様に打倒すべき存在と化していたのである。

近代以降、『太平記』を起源とする南朝正統史観は学校教育という公的な制度によりいっそう流布して影響を強めていった。それでもまだ明治時代は南北両朝を並立して教えていたが、明治四三年（一九一〇）に起こった大逆《たいぎゃく》事件の裁判における、被告幸徳秋水《こうとくしゅうすい》の「現在の天皇は南朝から皇位を奪った北朝の子孫ではないか」という発言などを契機として、正式に南朝が正統と定められた。

それでも学問の世界では南朝正統史観（名分論）にとらわれない実証的な南北朝期研究が続けられたが、建武中興六〇〇年後にあたる昭和九年（一九三四）には建武中興六〇〇年記念事業が大々的に行われ、東大助教授平泉澄《ひらいずみきよし》が所謂《いわゆる》皇国史観に基づいた論文を多数発表した。商工大臣中島久万吉《なかじまくまきち》の足利尊氏礼賛論が貴族院で問題視されて大臣辞職に追い込まれる有名な事件が起こったのもこの年である。楠木正成の顕彰事業も盛んに展開され、戦争を支える強力なイデオロギーの一つとなった。特攻隊員の遺書も、楠公父子に言及するものが多い。反面、足利尊氏は日本史上の大逆賊として貶《おとし》められ続けた。

以上が通説的な見解である。だが筆者の見るところ、尊氏を英雄として高く評価する史観も実は依然として根強かった形跡がある。

寛延二年（一七四九）、読本作家の近路行者《きんろぎょうじゃ》（都賀庭鐘《つがていしょう》）による短編小説集『古今《ここん》奇談英草紙《きだんはなぶさそうし》』が刊行されたが、その第五巻に収録されている「九　高武蔵守婢を出《いだ》して媒《なかだち》をなす話《こと》」は、高師直が身分を隠して庶民と親しく接して窮状を知り、土壇場で正体を明かして困窮した武士を救うという、現代の時代劇のヒーローのように師直を描く話である（拙稿「近世における高師直悪玉史観の検討」〈拙著『南北朝期室町幕府をめぐる諸問題』国立台湾大学出版センター、二〇二二年、初出二〇一九年〉）。

また師直一族の庶流で室町幕府の奉公衆を務め、近世に現群馬県桐生市の名主となった彦部家《ひこべけ》という名家がある。この彦部家が幕末から大正時代初期にかけて作成した家史を筆者は調査したことがあるが（拙稿「近代彦部家の家史編纂事業」〈前掲拙著、初出二〇一八年〉）、同家の歴史観として足利将軍家との密接な結びつきを強調する傾向が窺える。南朝正統史観が強化されていく時代において、親足利の歴史観を一貫して持ち続けたことは注目に値する。

中島商相の筆禍事件も、見方を変えれば昭和初期においてすら依然足利尊氏礼賛を堂々と公言できる風潮が存在したということでもある。貴族院でも追及に熱心だったのはごく一部の議員で、大半の議員は中島に同情的であり、中島自身も薄ら笑いすら浮かべていたという。マスコミも、むしろ中島を追及した議員たちに批判的であった。平泉澄も、東大入学後先生や先輩に北朝論者が多いことに驚いたという。また京都府亀岡市周辺から第二次世界大戦に出征した兵士たちは、市内にある尊氏ゆかりの篠村八幡宮の矢塚の倒木で作ったお守りを所持した。さらに東京裁判において民間人で唯一のA級戦犯として起訴された国家主義者大川周明《おおかわしゅうめい》は、昭和一四年（一九三九）に『日本二千六百年史』という日本通史を刊行し、東亜新秩序と世界維新を主張して数十万部のベストセラーとなったが、足利尊氏を「弓馬の道に於《お》て当時比類なき大将」などと大絶賛した箇所が問題となり、翌年の改訂版以降その箇所が削除された。一般的には「右翼」と見なされる人物も、尊氏の大ファンだったのである。その他、楠木正成の顕彰事業に積極的に関与して公職追放処分を受けた中村直勝《なかむらなおかつ》も、尊氏再評価論のパイオニアとなった（以上、拙稿「近代における足利尊氏逆賊史観の再検討」〈前掲拙著〉）。

そもそも尊氏を偉大な将軍として尊敬する風潮が根強かったからこそ、執拗に南北朝正閏《せいじゅん》論や楠木正成忠臣史観を国民に教育し続けなければならなかったとも言えよう。この一因として、尊氏英雄史観も広い意味では『太平記』の影響であると筆者は考えている。

たとえば、『太平記』における高師直は既存の権威を恐れない好色な人物として描かれるが、一方では人望の篤い有能な武将とされていることも知られている。第二六巻七「四条合戦の事」は、師直の鎧を着用して身代わりとなって戦死した武士の逸話を載せる。師直をヒーローとして描く『英草紙』の小説も、この影響を受けたのではないだろうか。

尊氏については、『太平記』は明確な称賛も非難もしていないが、曲がりなりにも室町幕府初代将軍として内乱を勝ち抜き、長期政権を樹立した歴史の勝者である。そうした厳然たる史実は『太平記』もきちんと描いており、そこから尊氏を英雄と見る史観が誕生したとしても不自然ではないだろう。

考えてみれば尊氏英雄史観と南朝正統史観は、実は矛盾せずに両立し得る。尊氏が強ければ強いほど、それに敢えて立ち向かう護良親王や楠木正成の武勇も光り輝くのである。中村直勝は尊氏の大ファンであるが、終生熱烈な南朝正統史観論者でもあった。彦部家の家史編纂事業においても、摂津国湊川の戦いで戦死した彦部光高という人物が「創造」されているが、これも楠木正成を南朝忠臣として高く評価する歴史観が前提とされていたからにほかならない。

以上に見たように、『太平記』の影響は従来考えられていた以上に広範で複雑である。今後、いっそうの研究の深化が期待される。

四　『太平記』史観と史実

完成直後から人気を博した『太平記』であるが、必ずしも正確に史実を反映していないことは当時から指摘されていた。今川了俊が、「すべてこの太平記の事、誤りも空ごとも多きにや」と述べている。

近代に入ると、重野安繹《しげのやすつぐ》や久米邦武《くめくにたけ》といった帝国大学国史科の初代教授たちが『太平記』を歴史学研究の史料として利用することが不適切であることを論じた。久米の「太平記は史学に益なし」（『史学会雑誌』一七～二二、一八九一年）という論文のタイトルは印象的である。

現代、実証的な歴史学研究において『太平記』が史料として利用されることはほとんどないと言ってよいであろう。せいぜい傍証として引用される程度である。しかし筆者自身の経験に照らし合わせてみても、伝記や一般書を執筆する際はどうしても『太平記』を参照しなければならない場面が多い。史実は『太平記』以外の史料に拠《よ》ることができても、その史実が起こった背景や当事者の心理などを描写する史料は非常に乏しく、『太平記』に依存せざるを得ない状況だからである。

その結果、『太平記』に由来する歴史観、所謂『太平記』史観が世間一般だけではなく、学問の世界にも濃厚に残ることとなった。その実例として顕著なのが、第一二巻一「公家一統政道の事」に典型的に見られる建武政権の政策を失政として厳しく批判し、後醍醐天皇を暗君と見なす歴史観である。しかし現実の建武政権は鎌倉幕府から継承し、室町幕府に発展的に継承された政策が多いことが解明され、ようやく近年その現実的有効性が再評価され始めた（拙稿「「建武の新政」は、反動的なのか、進歩的なのか?」〈呉座勇一編『南朝研究の最前線』朝日新聞出版、二〇二〇年、初出二〇一六年〉）。

そうした研究状況を反映し、最近谷口雄太らによって『太平記』史観の克服が提唱されている。谷口が批判した『太平記』史観とは、足利氏と新田氏が清和源氏の嫡流として同格の存在と見なし、お互いをライバル視して武家の棟梁の座を争っていたとする歴史観である。谷口は『太平記』以外の同時代史料を丹念に調査し、新田氏が足利一門の庶流に過ぎなかったことを解明した〈谷口「『太平記史観』をとらえる」〈荒木浩編『古典の未来学』文学通信、二〇二〇年〉など〉。

筆者自身も『太平記』史観の克服を主張したことがあり、それは今でも必要不可欠であると考えている。具体的には前述の建武政権失政論以外にも、たとえば『太平記』で酷評される幕府執事高師直を有能で現実的な武将・政治家であったと再評価し〈拙著『高師直』吉川弘文館、二〇一五年〉、足利直冬《ただふゆ》が父尊氏に異常に嫌われていたとされるのも同記にしか見られない話であることから否定している〈拙稿「観応の擾乱の主要因は足利直冬の処遇問題だった」〈河内春人他『新説の日本史』SBクリエイティブ、二〇二一年〉〉。しかしこの問題も仔細に考えてみると、一筋縄ではいかない複雑な論点を抱えている。

第一に、そもそも『太平記』史観とは何であろうか。ざっと考えただけでも、一般的には以下のような史観が『太平記』史観として思いつく。

・後醍醐天皇は暗君で、建武の新政の政策は最悪である。

・足利氏と新田氏は清和源氏の嫡流として同格の存在である。
・高師直は既存の権威を恐れない好色な悪人である。
・足利直冬は父尊氏に異常に嫌われていた。
・足利直義はマキャベリストで、足利義詮は他人にだまされやすい暗君である。

ざっと見ただけでも、いかにも統一感に欠け、首尾一貫したイデオロギー性は感じられない。しかし、たとえば後醍醐暗君史観も、第一巻一「後醍醐天皇武臣を亡ぼすべき御企ての事」ではその政策が高く評価されている。第一巻一師直が第二六巻七「四条合戦の事」では名将として描かれていることも前述したとおりである。これも繰り返すように、足利尊氏も同じ『太平記』から逆賊・英雄という両極端な評価が分かれて出てくる。『太平記』自体が矛盾をはらむこともよく指摘されることであるし、「『太平記』史観とは何か」という超基本的な問題さえ、実は自明のことではないのである。

第二に、なぜ『太平記』史観を否定する必要があるのだろうか。否定論には、『太平記』史観はすべて誤っているという大前提が存在するわけだが、それは本当に正しいのであろうか。

たとえば、南北朝時代の文化として田楽や闘犬の流行を挙げることができる。ぜいたくで華美な服飾や奔放な言動を好む、所謂「婆娑羅《ばさら》」文化であるが、『太平記』は概して婆娑羅の風潮には批判的である。一例を挙げれば、第五巻四「相模入道田楽を好む事」と同巻五「犬の事」では、鎌倉幕府最後の得宗《とくそう》北条高時の田楽・闘犬狂いを批判的に描写し、鎌倉幕府滅亡の一因とする。これが建武元年（一三三四）に京都の二条河原に掲げられた落書による建武政権批判と価値観において共通していることが指摘されている。

また室町幕府の基本法典『建武式目』第一条は婆娑羅を戒めて倹約を奨励し、第二条は賭博・闘茶・連歌会を禁止するが、これは二条河原落書の精神と共通し、『太平記』も第三三巻三「武家の人富貴の事」で批判するところである。

つまり、当時婆娑羅の風潮が厳然として存在し、それに対して批判的な意見も広範に存在したことが他のより確実な史料からも確認できるのである。少なくとも、この点に関して『太平記』史観は正しいと言わざるを得ない。そもそも『太平記』自体、南北朝内乱と同時進行で執筆された歴史物語である。同時代人の貴重な証言として簡単に否定はできない。この点でも、多くは江戸時代の創作物に由来する戦国大名像とは同列には並べられない。

第三に、『太平記』史観を否定すべき理由として、同記が描く史実に誤りや誇張が多いことはよく指摘される。誤っている史実に基づいた史観など信用に値しないという論理である。だが現実問題として、日付や兵力といった些細な誤りや誇張をいくら列挙したところで大枠の歴史観は覆らない。

しかしそれ以上に、史実そのものに対しても「『太平記』の記す史実はほとんどすべて誤りである」という先入観を改めて疑う必要があるのではないか。一例として、第一七巻一八「北国下向勢凍死の事」を挙げよう。これは、建武三年（一三三六）冬に越前国に転進した新田義貞軍が同国木目峠《きのめとうげ》で大寒波に遭い、多数凍死したという記事である。この木目峠は標高六〇〇メートルほどしかなく、陰暦一〇月中旬の寒波で多数凍死した記述は一見すると不自然である。しかし長野県木曽御料林のヒノキの年輪成長曲線を調査したところ、建武三年は前後十数年のうちもっともヒノキの成長が悪かった年であり、異常に寒冷であったことが判明した。そのため、新田軍の遭難も史実であった可能性が提示されている（佐藤進一『南北朝の動乱』中央公論社、一九六五年）。『太平記』が記す史実の正しさが現代の自然科学で証明された格好である。

そもそも前述したように、『太平記』工房は幕府の大名たちと接触するなどして史料集めをしていた形跡もある。近江国番場《ばんば》で自害した六波羅探題軍の武士たちの名前は（第九巻七「番場自害の事」）、彼らの墓所がある番場蓮花寺《れんげじ》の過去帳とほとんど一致している。作者陣がこの過去帳に依拠したことは疑いない。このように『太平記』の記述はそれなりの典拠に基づいており、『太平記』の記述だからと言って、またそれが他の史料で裏づけられないからと言ってただちに退けるべきであるという論調もまた逆の意味で安直なのではないだろうか。

第四に、先学たちは本当に『太平記』史観にどっぷり染まっていたのであろうかという問題もある。前述の建武政権失政論も、戦前にすでに平泉澄によって厳しく批判されている（平泉『建武中興の本義』至文堂、一九三四年）。もっとも平泉が公職追放で失脚したこともあり、戦後失政論は息を吹き返したのであるが。

その他、『太平記』では決して好意的に描かれない足利直義も、羽下徳彦《はがのりひこ》によれば戦前からすでに政治家として高く評価する論調が存在した（羽下「足利直義の立場―その三―」〈同『中世日本の政治と史料』吉川弘文館、一九九五年、初出一九九四年〉）。そして戦後になると、佐藤進一によって直義はきわめて高く評価されることとなった。佐藤は下文《くだしぶみ》・下知状などの直義発給文書を網羅的に収集し、幕府内における管轄機関や権限を詳細に解明した〈佐藤「室町幕府開創期の官制体系」〈同『日本中世史論集』岩波書店、一九九〇年、初出一九六〇年〉〉。以降の室町幕府研究は佐藤の理論をベースに進展し、最近では「仏国土の理想郷を目指した」とまで評されることもある。また『太平記』では無能凡庸きわまりない人物として描かれる足利義詮も、一九九〇年代頃から再評価が進み〈山家浩樹「室町幕府訴訟機関の将軍親裁化」〈『史学雑誌』九四―一二、一九八五年〉など〉、現在では将軍親裁権を確立した名君とされている。個人的には現在は直義がかえって過度に美化されていると感じるが〈たとえば、観応の擾乱で真っ先に南朝に寝返ったことはやはり擁護しきれないであろう〉、それはともかく先学たちも『太平記』史観を決して鵜呑みにせず、部分的にせよ着実に実証的な研究を進展させてきたのである。

長々と論じてきたが、結論は至って平凡である。結局、これまでの研究と同様『太平記』に対して是々非々で臨むしかない。他の史料や他分野の研究成果も参照しながら、論理的・常識的に考察を進めて各話の記述や史観の妥当性を検証し続けていくのみである。

その際、『太平記』の記述を即座に否定しようとする姿勢は改めなければならないであろう。平安時代史研究においては、『今昔物語集』などの物語も歴史学の史料として有効に活用されている。我々はこうした他時代の研究姿勢にも学ぶ必要がある。

五　各話の解説

最後に、冒頭でも述べたように、本書に収録した話の中で筆者が特に注目する話を簡単に解説する。物語の背景を補足し、歴史学的観点から最新の研究を紹介するなどしたい。

・第一巻一「後醍醐天皇武臣を亡ぼすべき御企ての事」

南北朝内乱前史として、鎌倉幕府の政治が簡略に紹介されている。前述したように後醍醐天皇の政策が経済面や飢饉対策において非常に高く評価されているのが注目されるが、これは円観上人が足利直義に見せたときの後醍醐一代記としての名残をとどめているのではないだろうか。末尾の後醍醐批判はいかにも唐突に付け加えられた印象があり、直義の介入による加筆なのかもしれない。

・第一巻六「土岐十郎と多治見四郎と謀叛の事、付無礼講の事」

鎌倉幕府倒幕の陰謀（正中の変。一三二四年）のために無礼講を開いたという話で、大勢の美女とのいかがわしい酒宴の場面が有名であるが、正中の変については後醍醐の冤罪であったとする見解も存在する（河内祥輔「後醍醐天皇の倒幕運動について」〈同『日本中世の朝廷・幕府体制』吉川弘文館、二〇〇七年〉）。

筆者はこの見解に賛同するが、土岐《とき》氏庶流が陰謀に加わったとされているのは、後年土岐頼遠《よりとお》が北朝光厳《こうごん》上皇の牛車《ぎっしゃ》に狼藉《ろうぜき》を働き（第二三巻八「土岐御幸に参向し狼藉を致す事」）、土岐頼康《よりやす》も観応の擾乱期に一時南朝に寝返った形跡があることを想起すると、土岐氏と南朝とのつながりを考える上で非常に興味深い。

なお、後醍醐周辺で無礼講が行われ、六波羅探題の調査が入ったこと自体は『花園天皇宸記』元亨四年（一三二四）一一月一日条から史実であったことが確認できる。しかし、花園上皇が批判するのは主に朝廷の風紀の乱れであり、むしろ陰謀不在の傍証とされている。

・第二巻六「阿新殿の事」

日野《ひの》資朝《すけとも》は、正中の変で佐渡に流された。元弘の変（一三三一）の勃発により、翌年佐渡守護代本間《ほんま》山城入道《やましろのにゅうどう》に処刑される。本話は、資朝の子阿新《くまわか》殿が一三歳の若さで単身佐渡島に渡り、父の仇《かたき》本間三郎（山城入道の子）を討つ話である。阿新は後に元服して邦光《くにみつ》と名乗り、建武政権で左兵衛権督に任命された。南北朝分裂後も一貫して南朝廷臣として活躍し、権中納言まで昇進した。貞治二年（一三六三）、四四歳で死去。

・第三巻一「笠置臨幸の事」

後醍醐天皇が大きなクスノキの夢を見て楠木正成の存在を知り、正成を召喚した著名な逸話である。史実は、後醍醐と正成が後醍醐側近の真言僧道祐あるいは隆誉を仲介として結びついた可能性が指摘されている。

また、戦後は楠木氏の出自を反体制的な「悪党」とする見解が有力であったが、近年は駿河国入江荘内楠木村（静岡市清水区）を名字とする得宗被官（北条氏宗家の家来）であり、得宗領河内国観心寺荘等の代官として河内にやってきた外来の武士であったという見解も出されている。つまり、正成は鎌倉幕府権力の中枢と直結する体制側の武士だったのである。もちろん正成に悪党的な要素があったことも確かであり、多面的な存在であったことが注目されている（以上、生駒孝臣「楠木正成」〈筆者・生駒編『南北朝武将列伝　南朝編』戎光祥出版、二〇二一年〉など）。

・第五巻七「大塔宮大般若の櫃に入り替はる事」

大和国般若寺《はんにゃじ》に潜伏した大塔宮護良親王が、寺の経櫃《きょうびつ》の中に隠れて捜索を逃れる話である。護良が二つの経櫃を移動して難を逃れるくだりは『太平記』特有の笑い話で創作であろうが、歴史学では護良が般若寺に潜伏した背景が注目されている。

般若寺は奈良坂の北山非人の本宿の近くにある。護良と般若寺を結びつけたのは、後醍醐天皇に仕えて元弘の変で硫黄島へ流された真言密教の異端僧文観《もんかん》であると考えられている。また、六波羅探題の引付頭人でありながら後醍醐の倒幕運動に加担した伊賀兼光《いがかねみつ》という人物がいるが、この寺の文殊菩薩《もんじゅぼさつ》像の銘文はその証拠とされた。非農業民を結集して倒幕の力とする、「異形《いぎょう》の王権」論である（以上、網野善彦『異形の王権』〈『網野善彦著作集　第六巻』岩波書店、二〇〇七年、初出一九八六年〉）。

だが、近年は後醍醐の仏教政策も父後宇多《ごうだ》天皇の路線を継承したものであり、文殊菩薩像の銘文も倒幕の意味は見いだしがたいとされ、後醍醐の特異性に対する相対化が進んでいる（中井裕子「朝廷は、後醍醐以前から改革に積極的だった！」〈前掲『南朝研究の最前線』〉）。

・第七巻二「村上義光大塔宮に代はり自害の事」

村上義光《よしてる》と義隆《よしたか》の父子が、自らの命を犠牲にして護良親王を逃がす。彼らの活躍も近世以降忠臣の鑑《かがみ》として顕彰され、吉野には義光のものとされる墓もある。村上氏は信濃の武士であるが、楠木氏と同様近年鎌倉幕府の御家人で北条氏と強い結びつきがあったと指摘されている（花岡康隆「鎌倉期信濃村上氏についての基礎的考察」〈『法政史学』七九、二〇一三年〉）。

・第七巻五「赤松義兵を挙ぐる事」

赤松円心《えんしん》が倒幕の兵を挙げた話である。円心は当初鎌倉幕府方の武将であり、元弘元年（一三三一）一二月には京都に侵攻した楠木正成軍を迎撃し、撃退している。赤松氏も北条一門常葉《ときわ》氏に臣従した幕府御家人であった可能性が指摘されている（依藤保「赤松円心私論」〈『歴史と神戸』四〇―一、二〇〇一年〉）。円心が当初幕府に味方したのは当然のことであった。

しかし、円心は三男則祐《そくゆう》がもたらした護良親王令旨《りょうじ》に従い、元弘三年（一三三三）正月に播磨国で挙兵した。赤松則祐は幼少の頃出家して比叡山で修行し、護良の側近（護良は元僧侶で、尊雲法親王と称して天台座主を務めた）として元弘の当初から護良とともに倒幕活動を行っていた。後年、観応の擾乱（一三五〇～五二）の頃、則祐は護良の遺児（大塔若宮）を奉じて南朝方に転じる。それは『太平記』にも記されており

（第三〇巻四「大塔若宮赤松へ御下りの事」）、室町期においても赤松氏と旧南朝勢力であ

る伊勢国司北畠《きたばたけ》氏との関係が続いた。

赤松氏は室町幕府においては播磨守護および侍所頭人（四職）を務める有力守護家となるが、同氏の護良との関係を契機とした南朝との強い結びつきにも筆者は個人的に注目している。

・第一三巻七「足利殿東国下向の事」

建武二年（一三三五）七月、北条高時の遺児時行《ときゆき》が信濃国で挙兵し、鎌倉を目指して進撃した（中先代《なかせんだい》の乱）。当時の関東地方は足利直義が鎌倉将軍府（建武政権の東国統治機関）の執権として統治していたが、直義は時行軍に連戦連敗し、鎌倉を放棄して東海道を西に敗走する。そこで、当時在京していた足利尊氏が弟の危機を救うために征夷大将軍の地位と関東への恩賞充行《あておこない》権を後醍醐天皇に要求したという話である。

ここで筆者が注目するのは、冒頭で入江《いりえ》春倫《はるとも》が駿河国入江荘を後醍醐天皇から恩賞として拝領されたことを理由に直義に味方することを決める場面である。この恩賞充行自体が史実であるか否かはともかくとして、通説とは異なり建武政権の恩賞政策が有効に機能したことが窺える逸話として看過できない。

また時行の乱を鎮圧した後、尊氏は後醍醐に無断で東国の武士に恩賞を与えたとされてきたが、鎮圧前に許可されていたという『太平記』の記述が史実であったとする説も最近登場した（阪田雄一「中先代の乱における足利尊氏の恩賞宛行権について」〈『千葉史学』七八、二〇二一年〉）。だとすれば、尊氏が鎌倉に居座って恩賞充行権を行使したのは建武政権に公認された正当な権限ということになり、尊氏が謀叛人として新田義貞を大将とする追討軍を派遣された理由がわからなくなるのであるが、ともかく注目すべき見解である。なお、『太平記』はこのとき「尊氏」と改名したとするが、史実では改名は鎌倉幕府滅亡直後の元弘三年（一三三三）八月五日である。

・第一六巻九「本間重氏鳥を射る事」

建武二年（一三三五）一二月に尊氏が挙兵し、以降およそ一年間にわたって箱根から九州まで日本列島を股にかけた大戦乱が勃発する。建武三年（一三三六）五月、摂津国湊川の戦いが行われる。これは足利軍が勝利して楠木正成が戦死し、日本史の行く末を大きく決定づけた戦いである。本話はその前哨戦のエピソードであり、前述したように『平家物語』巻一一の那須与一の逸話へのオマージュであることが知られている。このように、『太平記』は先行する古典作品のパロディも非常に多い。

しかし、見事に矢を射返して敵味方の称賛を浴びた那須与一と異なり、『太平記』の佐々木信胤《のぶたね》は間抜けな味方に邪魔をされて弓芸を披露できなかった。『太平記』には、こうした古典を知っている読者を悪い方向で裏切る展開の話が多いことも指摘されている。筆者は、こうした話は『太平記』特有のギャグであると考えている。かなりブラックではあるが、娯楽作品としての『太平記』の趣向にも注目すべきであろう。

なお、同年一〇月に後醍醐天皇が尊氏と講和して帰京した際、本間重氏は足利軍に捕らえられて六条河原で処刑された（第一七巻一七「還幸供奉の人々禁獄せらるる事」）。同話によれば、重氏は元々尊氏方の武士であったが、同年正月一六日の近江国三井寺《みいでら》の戦いで新田軍に寝返ったことで足利軍の恨みを買っていたという。

・第一七巻一三「堀口還幸を押し留むる事」

足利尊氏と建武政権の戦いは、結局足利軍が二度目の京都占領に成功し、比叡山に籠城する後醍醐天皇を徐々に追いつめていった。建武三年（一三三六）一〇月、後醍醐は尊氏と講和して帰京することになったが、これを知った堀口貞満《ほりぐちさだみつ》（新田義貞の部下）が後醍醐を全力で制止する。これも古くから著名な逸話である。

この後、後醍醐は貞満をなだめ、皇太子恒良《つねよし》親王に譲位し、新田軍を越前国に下して再起をはからせる（第一七巻二四「儲君を立て義貞に付けらるる事」）。写であるが「天皇恒良」の綸旨が残存しており（白河集古苑所蔵白河結城文書）、恒良の即位が史実であった可能性がある。

・第一九巻四「金崎の東宮並びに将軍宮御隠れの事」

尊氏と直義が恒良親王と成良《なりよし》親王の兄弟を毒殺する。だが、少なくとも成良については康永三年（一三四四）まで生存が確認されるので史実とは見なせない。そもそも成良はかつて鎌倉将軍府の名目上の首長を務め、尊氏が養育した（『保暦間記《ほうりゃくかんき》』）と言われるほどの親足利の皇子であった。尊氏が後醍醐と講和したときも、北朝光明《こうみょう》天皇の皇太子とされたほどである。この逸話は、後年尊氏が直義を毒殺したこと（第三〇巻一一「恵源禅門逝去の事」）を因果応報とするために創作されたと解すべきであろう。なお、筆者は直義毒殺も史実とは考えていない。

・第二一巻二「天下時勢粧の事、道誉妙法院御所を焼く事」

これも、第二三巻八「土岐御幸に参向し狼藉を致す事」とともに著名な逸話である。いずれの事件も『太平記』以外の史料で史実と確認できる。皇室や寺社の権威を恐れない傍若無人な佐々木導誉や土岐頼遠の姿は、当時の婆娑羅の風潮をよく示すとされている。

しかし前述したように、土岐氏は特に南朝との密接な関係が窺える。佐々木導誉も幕府の使者として北朝に参内し、南朝との講和交渉でも頻繁に登場する。むしろ当時の武士の中では、朝廷に最も強いパイプがあった。

筆者は、彼らがあなどっていたのは、厳密に言えば北朝の権威だったのではないかと考えている。幕府の有力武将でさえ、内心では南朝の天皇こそが天皇であり、北朝天皇は武家が擁立した傀儡《かいらい》にすぎないと思っていた。これらは、その本音が表に出てしまった事件である。こうした北朝を侮蔑する風潮も、南北朝内乱が長期化した一因であろう。

・第二一巻八「塩冶判官讒死の事」

これも非常に著名な逸話である。作者も非常に力を入れて執筆しており、今回現代語訳した話の中では第三五巻八「北野参詣人政道雑談の事」に次ぐ長文である。しかし筆者は高師直の横恋慕は史実ではなく、単純に塩冶《えんや》高貞《たかさだ》が南朝に寝返ったのだと考えている（前掲『高師直』など）。ちなみにこの逸話が創作であることは、すでに明治時代に久米邦武が明解に論じている（前掲「太平記は史学に益なし」）。

むしろ考えるべきは、なぜこの時期に高貞が幕府を裏切ったのかである。当時（『太平記』は暦応二年〈一三三九〉とするが、史実は暦応四年〈一三四一〉三月）の全国の情勢を俯瞰すると、すでに北畠顕家《あきいえ》と新田義貞は戦死していた。関東では関東執事高師冬《もろふゆ》が常陸国小田城に籠もる南朝北畠親房《ちかふさ》に苦戦していたが、他の地域では概ね幕府軍優勢に進展していた。高貞が無理をして幕府を裏切る必然性はなく、実際高貞は山名《やまな》時氏《ときうじ》と桃井《もものい》直常《ただつね》の追討軍にあっさり敗北している。佐々木導誉と土岐頼遠、そして赤松則祐にも通じる南朝の求心力に注目すべきであろう。

・第二三巻一「畑六郎左衛門時能の事」

筆者が個人的に好きなエピソードの一つである。特に、犬獅子《けんじし》という魔犬に萌《も》える。戦前、畑時能《はたときよし》は人気のある武将だったらしい。内容自体は『太平記』特有の誇張が多く荒唐無稽であるが、史実でも時能が大活躍して幕府にとってかなりの脅威となっていたことは、幕府方の武士が残した軍忠状からも窺える（尊経閣文庫所蔵得江文書など）。

・第二三巻九「高土佐守傾城を盗まるる事」

高師秋《もろあき》は高師直の従兄弟である。師直が幕府執事として八面六臂《はちめんろっぴ》の大活躍を見せたのに対し、師秋はごく初期に伊勢守護を務めた以外は幕閣中枢から排除されていた。

その影響か、観応の擾乱では高一族では数少ない直義派となり、かえって生き残った。子の師有《もろあり》は関東執事、孫の師英《もろひで》は義満・義持期に山城守護・佐渡守護を務めている。また、尊氏の祖父家時《いえとき》の置文を所持していたことでも知られる。

それはともかく、第二一巻八「塩冶判官讒死の事」とともに、高一族が美女に振られるユーモラスな役回りとして描かれているのは興味深い。師泰もそうであるが、高一族は『太平記』のギャグ要員だったのではないか。なお、この逸話は『堤中納言物語』収録の「花桜折る少将」のパロディである。また、本話で師秋の恋敵とされる佐々木信胤は、前述の第一六巻九「本間重氏鳥を射る事」では本間に対抗して師直に推薦される足利軍の射手として登場する。

・第二七巻二「師直驕りを究むる事」

この話と次の第二七巻三「師泰奢侈の事」についても、筆者は比較的詳細に検討したことがある（前掲『高師直』）。大半が他愛のない笑い話の類で、史実の裏づけが取れないものである。ただし、師直の京都一条今出川の豪邸の描写が戦前に外山英策に注目され、「師直も亦園林泉石の風流を解せし者であった」と肯定的に評価されているのは注目できる（外山『室町時代庭園史』思文閣出版、一九七三年、初出一九三四年）。

また、菅原在登《すがわらのありのり》が五護殿《ごごどの》という稚児に殺害されたのも史実である（『祇園執行日記』観応元年〈一三五〇〉五月一六日条）。在登は八〇歳の高齢で、当時前代未聞の珍事として話題になったらしい。しかし師泰の関与は裏付けがまったく取れない。当時の師泰は石見遠征の準備で忙しく、無力な老人をいじめ殺すひまなどまったくなかった。

・第二七巻七「秦の趙高の事」

妙吉侍者《みょうきつじしゃ》の口を借りて、師直（と見せかけて、実は直義）を秦の趙高《ちょうこう》になぞらえてその専横を非難する。前述の中国故事引用の一例であるが、その後に列挙された師直の三つの悪行が古くから彼の専横ぶりを示すものとして頻繁に取り上げられてきた。これも鵜呑みにできない、と言うより、これは師直が武士の荘園侵略を推奨しているのではなく、むしろ武士の所領要求を満足に満たせていないことで信望を失ったと解釈すべきであることもたびたび言及してきた（前掲『高師直』）。

なお、本話は足利直冬が実父尊氏に異常に嫌われていたことの根拠ともされてきたが、この通説も再考すべきである（前掲「観応の擾乱の主要因は足利直冬の処遇問題だった」）。

・第二九巻九「小清水合戦の事」

観応二年（一三五一）二月一七日から翌一八日にかけて行われた摂津国打出浜《うちではま》の戦いの話である。この戦いは、観応の擾乱第一幕の最後に行われた、尊氏軍（尊氏自身は後方の兵庫に待機していたため、指揮を執ったのは師直）と直義軍の主力同士の決戦である。この戦いに尊氏軍は大敗し、直義と講和するも二六日の師直・師泰以下高一族の粛清に至るのである（第二九巻一二「師直以下討たるる事」）。

文学作品としての『太平記』で注目できるのは、前日に高師夏《もろなつ》（師直の嫡子）と河津氏明《かわづうじあき》（師直の重臣）が見たという、師直軍が聖徳太子の軍勢に敗北した夢であろう。同記の世界観では、高一族が打出浜の戦いに敗北したのは、かつて高師泰が河内国に駐屯していた際、寺社本所領を押領して天王寺の常灯を消してしまった報いなのである（第二七巻三「師泰奢侈の事」）。実際『太平記』以外の史料からも、師泰軍が聖徳太子廟に乱暴したことを確認できる（『園太暦』貞和四年〈一三四八〉二月三日条など）。『太平記』から、当時の聖徳太子信仰が窺えるのも興味深い。

・第三三巻三「武家の人富貴の事」

前述したとおり、困窮する公家を尻目に闘茶や賭博にふける室町幕府の諸大名を批判している。しかし、特に観応の擾乱以降に顕著となった幕府の積極的な恩賞充行政策や守護権限強化政策が奏功し、幕府の政権基盤が強化されたことも読み取るべきであろう。

・第三五巻四「大樹逐電し仁木没落の事」

仁木義長《にきよしなが》も建武期から尊氏の創業を助けた歴戦の武将で、「勇士」と称えられた。『太平記』でも、第三二巻一「武蔵小手指原軍の事」で活躍している。兄の頼章《よりあき》も高師直の後任の執事となり、兄弟で晩年の尊氏をよく支えた。

その義長が延文五年（一三六〇）に突然失脚したわけであるが、その理由については細川清氏《きようじ》・土岐頼康・佐々木六角氏頼《うじより》と守護職や所領問題で衝突していたことが指摘されている（小川信『足利一門守護発展史の研究』吉川弘文館、一九八〇年）。『太平記』は畠山国清《はたけやまくにきよ》の口を借りて、「その器用にあらずして、四ヶ国の守護職を給はり、さしたる忠なくして、数百ヶ処の大庄を領知す（能力もないのに四ヶ国の守護職を拝領し、大した功績もないのに数百ヶ所の大荘園を領有している）」と非難している（第三五巻二「諸大名仁木を討たんと擬する事」）。南北朝内乱長期化の原因が土地の争いであったことがここからも窺える。

なお、義長は貞治五年（一三六六）に幕府に帰参するが、仁木氏は最終的にわずか伊賀一国の守護にとどまり、兄弟で最大八ヶ国の守護を兼任した往時の勢いはなくなってしまった。

・第三五巻八「北野参詣人政道雑談の事」

夜の天満宮で、武士・公家・僧侶の三人が南北朝内乱の収束しない原因について議論する話である。本書の現代語訳の中ではダントツの分量であり、内容的にも『太平記』作者の主張が最も詰められていると言えよう。武士が現在の幕府の政治に失望して南朝に期待し、しかし一方で南朝に仕えていた公家が南朝を激しく批判する構成も興味深い。さらに僧侶が前世の因果応報を述べ、武士・公家が同意する結論からは、作者のペシミスティックな諦念が感じられる。あるいは、「なるようになる」という明るさを感じるべきだろうか。

なお本話に登場する青砥左衛門は公平で無欲な官僚として古くから有名であるが、彼についても実在をめぐって議論がある。

・第三六巻一一「細川清氏叛逆露顕即ち没落の事」

細川清氏は、観応の擾乱期から常に最前線で戦い、合戦のたびにほぼ必ず負傷した勇敢な武将である。一方で和歌にも造詣が深く、足利義詮が将軍に就任した際に執事に抜擢された。その清氏が政敵仁木義長を失脚させたわずか一年後に自身も失脚し、本拠地若狭国に逃亡する。その理由も、義長と同じく守護職や所領をめぐる争いだったようである（前掲『足利一門守護発展史の研究』）。

清氏が義詮を呪詛《じゅそ》する願文を書いたというのは常識的には信じがたいが、今川了俊の『難太平記』にも同様の記述がある（了俊は、この願文を導誉が偽造したことをほのめかしている。ちなみに、今川氏も遠江国の荘園をめぐって清氏と対立していた）。少なくとも、当時そのような噂が流れていたことは確かであろう。

・第三六巻一六「公家武家没落の事」

失脚した細川清氏は南朝に転じる。そして康安元年（一三六一）、楠木正儀《まさのり》らとともに京都に侵攻する。これが南朝四度目にして最後の京都占領となった。佐々木導誉が京都を撤退する際に自邸を美しく飾り立て、残した僧侶に進駐した正儀を接待させたという逸話が記され、これも古くから美談として語り継がれている。

史実では、導誉と正儀の両者は幕府と南朝の講和交渉の窓口を務めている。正儀は一貫して講和論者だったらしく、『太平記』完結後の応安二年（一三六九）に幕府方に転じる。この逸話には、両者のこうした関係も反映されているのである。

なお、細川清氏は開幕以来の細川氏の本拠地四国に転進して再起をはかるが、康安二年（一三六二）に讃岐国白峰《しらみね》山麓で従兄弟の細川頼之と戦って戦死する（第三八巻九「細川清氏討死の事」）。

・第三八巻七「筑紫合戦の事」

足利義詮の治世下で、全国的に南朝の勢力は衰退していった。しかし九州地方のみは征西将軍宮懐良《かねよし》親王がおよそ一〇年間もほぼ全域を掌握し、幕府軍の侵入をまったく受けつけなかった。

九州地方には、当初一色範氏《いっしきのりうじ》が室町幕府の九州探題として赴任し、比較的順調に経営していた。しかし一色氏が少弐《しょうに》・大友・島津といった鎌倉時代以来の守護と潜在的に不和だったこともあり、貞和五年（一三四九）に足利直冬が九州にやってきて一色氏と対立すると、その支配は動揺した。懐良は当初は一色氏と同盟して直冬を、次いで少弐頼尚《よりひさ》と同盟して一色氏を九州から追い出し、漁夫の利を占める形で九州全土を統一した。

そして康安二年（一三六二）九月、懐良は後任の九州探題斯波氏経《しばうじつね》と筑前国長者原《ちょうじゃばる》で決戦し、これを撃破した。その戦いの様子を描いたのが本話である。長者原の戦いに勝利したことで、征西将軍府の勢力基盤はいっそう強化された。氏経退去後、渋《しぶ》川義行《かわよしゆき》が九州探題に任命されるが、義行は九州に上陸することすらできなかった。九州が幕府の勢力圏となるのは、義詮の死後に今川了俊が九州探題として赴任するのを待たなければならなかったが、了俊の九州経営にも長いドラマがある（以上、三浦龍昭「懐良親王」〈前掲『南北朝武将列伝　南朝編』〉）。

・第三九巻六「諸大名道朝を讒する事、付道誉大原野花会の事」

細川清氏が失脚すると、義詮は斯波高経《たかつね》を補佐役に起用する。斯波氏は足利一門の中でも非常に家格が高く、高経の頃までは「足利」を名乗るほど将軍家に匹敵する家柄であった。『太平記』でも、第三一巻一一「鬼丸鬼切の事」にその意識が窺えることが指摘されている。

高経は四男義将《よしゆき》を執事、五男義種《よしたね》を侍所頭人、嫡孫詮将《あきまさ》を引付頭人と要職に配置して幕政を掌握した。そして観応の擾乱以降に幕府と敵対していた山名氏・大内氏・上杉氏を平和裏に幕府に帰参させ、前任の清氏と異なりハト派路線で幕府の政権基盤を固めた。しかし本話にも記述されている増税政策や、赤松則祐や佐々木導誉などとの不和で支持を下げていった。導誉との不和の原因は、高経が導誉の娘婿斯波氏頼《うじより》（高経三男）の執事就任を阻止したことであると言われる（前掲『足利一門守護発展史の研究』）。

本話は将軍邸における高経主催の花見の会に導誉がわざと日程を合わせて大原野《おおはらの》で盛大な花見を催して高経に恥をかかせたエピソードで、第二一巻二「天下時勢粧の事、道誉妙法院御所を焼く事」・第三六巻一六「公家武家没落の事」と同様、彼の婆娑羅ぶりを描写するものとして有名である。単なる武勇ではなく、高い学問的知識と文化的教養に裏打ちされた、軽妙で小洒落た振る舞いこそが婆娑羅の本質であったと筆者は考えている。

貞治五年（一三六六）、高経は失脚して本拠地越前国に撤退し、同国杣山城《そまやまじょう》に籠城したまま六三歳で失意のうちに死去する。この城は、かつてこの三〇年近く前に新田義貞も籠城した城で、そのとき高経は攻撃軍側であった。だが高経の死後義将がすぐに赦免されて帰京し、最終的に斯波氏は室町幕府三管領家（細川・斯波・畠山）の一つとして確立するのである。

・第三九巻一二「光厳院禅定法皇崩御の事」

北朝の光厳上皇も、『太平記』の隠れた主人公の一人と言えよう。元弘二年（一三三二)、元弘の変で後醍醐天皇が失脚すると、代わって鎌倉幕府に擁立されて即位する。しかし足利尊氏の裏切りで六波羅探題が陥落すると(第九巻五「五月七日合戦の事」)、探題軍に奉じられて京都を撤退し、近江国番場で鎌倉武士たちが自害する壮絶な現場を目撃する(第九巻七「番場自害の事」)。その後、尊氏が室町幕府を樹立すると弟が光明天皇として即位し、自身は治天の君として院政を行う。しかし観応二年(一三五一)、足利義詮が南朝と講和したことにより北朝は消滅し(正平《しょうへい》の一統)、さらに翌観応三年(一三五二)に京都に侵入した南朝軍に光明上皇・崇光《すこう》天皇(光厳皇子)・皇太子直《なお》仁《ひと》親王(叔父花園《はなぞの》法皇皇子だが、実は光厳の不倫による実子)とともに大和国賀名生《あのう》に拉致される。その後出家して法皇となり、延文二年(一三五七)に釈放されて帰京するが、本話にも記されているとおり政治の表舞台から遠ざかり、貞治三年(一三六四)に五二歳で崩御した。

本話は、晩年の光厳法皇が近畿地方を行脚し、高野山に参詣した後に南朝を訪れ、かつての敵であった後村上天皇と旧交を温める内容である。史実か否かについては議論があるが、個人的にはとてもきれいでやさしい話だと思う。なお、その生涯や本話の印象から光厳は運命に翻弄された悲劇的で弱々しい君主というイメージが強い。しかし観応の擾乱以前の光厳院政期には、北朝諸機関を精力的に運営して多数の院宣を発給し、足利直義と連携して公武徳政を大々的に展開した。また、通常は専門の公家が担う勅撰和歌集の編纂も、光厳が自ら編纂した(『風雅和歌集』。深津睦夫『光厳天皇』ミネルヴァ書房、二〇一四年)。こうした光厳の政治・文化に対する積極的な姿勢にも注目すべきであろう。

以上で解説を擱筆《かくひつ》したいが、近代日本の思想・政治・文化に至るまで甚大な影響を及ぼしたこの軍記物語の魅力を少しでも伝えることができれば幸いである。

『太平記』関連年表

一三一八（文保《ぶんぽう》二）
三月、後醍醐天皇、即位する。（1-1）

一三二二（元亨《げんこう》二）
内裏で無礼講《ぶれいこう》が行われる。（1-6）

一三二四（正中《しょうちゅう》一）
九月、正中の変が発覚する。（1-8）

一三三一（元弘《げんこう》一）
五月、元弘の変が発覚する。二条《にじょう》為明《ためあきら》、六波羅探題に逮捕されるが許される。（2-2）
日《ひ》野《の》資朝《すけとも》の子阿新《くまわか》、佐渡島で父の仇を討つ。（2-6）
八月、後醍醐天皇、山城国笠置《かさぎ》に臨幸、楠木《くすのき》正成《まさしげ》を召喚する。（3-1）

一三三二（正慶《しょうきょう》一〈北朝〉元弘二〈南朝〉）
三月、後醍醐天皇、隠岐島《おきのしま》に配流される。その途上、児島高徳《こじまたかのり》が後醍醐の奪還を企てるが失敗する。後醍醐宿所の庭の桜樹に詩を記す。（4-4）
六月、この頃、北条高時《ほうじょうたかとき》が田楽《でんがく》や闘犬を好む。（5-4・5-5）
護良親王《もりよししんのう》、大和国般若寺《はんにゃじ》に潜伏し、幕府の捜索を逃れる。（5-7）

八月、楠木正成、摂津国住吉社・天王寺に参詣し、聖徳太子の未来記を見る。（6－5）

一三三三（正慶二 元弘三）

一月、大和国吉野が陥落し、護良親王が紀伊国高野山に逃れる。村上義光《むらかみよしてる》、護良の身代わりとなり、戦死する。（7－2）

二月、鎌倉幕府軍、河内国赤坂城の楠木正成を攻める。人見恩阿《ひとみおんあ》・本間資頼《ほんますけより》が抜け駆けして戦死する。（6－9）

赤坂陥落後、幕府軍、二〇〇万騎以上で同国千早城を攻めるが、正成の巧みな戦術で苦戦する。（7－3）

閏二月、赤松円心《あかまつえんしん》、後醍醐天皇方として挙兵する。西国の街道を封鎖し、摂津国摩耶山《まやさん》に築城する。（7－5）

後醍醐天皇、隠岐島を脱出して伯耆国名和湊《なわみなと》に上陸する。名和長年《ながとし》、後醍醐を船上山《せんじょうさん》に迎える。（7－7・7－8）

三月、足利高氏軍、鎌倉幕府軍として上洛する。（9－1）

五月、足利高氏、丹波国篠村八幡宮《しのむらはちまんぐう》に願文を奉納し、反転して六波羅探題を攻撃する。（9－5）

足利高氏軍に敗れた六波羅探題軍、近江国番場《ばんば》で自害する。（9－7）

新田義貞軍、鎌倉に突入し、激戦を繰り広げる。北条高時が自害し、鎌倉幕府が滅亡する。（10－8・10－9）

六月、護良親王、帰京する。建武政権、

発足する。以降、倒幕に貢献した武士への恩賞政策や大内裏造営政策を推進するが、うまくいかずに不満を集める。(12-1)

一二月、鎌倉将軍府が発足する。足利直義《ただよし》が執権として、成良《なりよし》親王を奉じて関東地方を統治する。(13-4)

一三三四(建武《けんむ》一)

この頃、千種忠顕《ちくさただあき》・文観《もんかん》、後醍醐寵臣として専横を極める。(12-4・12-5)

八月、隠岐広有《おきひろあり》、紫宸殿《ししんでん》の怪鳥を射落とす。(12-7)

九月以降、赤松円心、播磨守護職を罷免され、同国佐用荘《さよのしょう》のみを安堵される。(12-4)

一一月、護良親王、失脚して鎌倉に配流される。(12-9)

一三三五(建武二)

六月、西園寺公宗《さいおんじきんむね》の建武政権転覆計画が発覚し、逮捕される。(13-3)

七月、中先代《なかせんだい》の乱《らん》。北条時行《ほうじょうときゆき》、信濃国で挙兵し、鎌倉を占領する。足利直義、鎌倉脱出に際し、淵野辺甲斐守《ふちのべかいのかみ》に命じて護良親王を暗殺させる。足利尊氏、弟直義を救うために東国に出陣する。(13-4・13-5・13-7)

八月、西園寺公宗、処刑される。(13-3)

一一月(建武政権、足利尊氏を謀叛人《むほんにん》と認定し、新田義貞を主将とする討伐軍を派遣する)

一二月、相模国箱根・竹ノ下の戦い。足利尊氏軍、新田義貞軍に勝利する。（14－8）

一三三六（建武三　延元《えんげん》一）

一月、結城親光《ゆうきちかみつ》、偽って足利尊氏に降参するが、大友貞載《おおともさだのり》を殺害して自身も討たれる。（14－20）

近江国三井寺合戦《みいでらかっせん》。後醍醐天皇軍、三井寺に籠城する足利軍を撃破する。（15－3）

二月、筑前国多々良浜《たたらはま》の戦い。足利尊氏軍、後醍醐天皇方の菊池軍に奇跡的な勝利を収める。（15－18）

三月、新田義貞、播磨国白旗城《しろはたじょう》に籠城する赤松円心を攻めあぐむ。（16－2）

五月、楠木正成、足利尊氏軍を迎撃するために出陣する。途中、摂津国桜井宿で嫡子正行《まさつら》に遺言する。（16－7）

摂津国湊川《みなとがわ》の戦い。新田義貞軍の本《ほん》間重氏《ましげうじ》の弓芸披露から戦闘が開始される。足利尊氏軍が勝利し、楠木正成が戦死する。（16－9・16－10）

足利尊氏、楠木正成の首を遺族に届ける。楠木正行、自害しようとするが、母が制止する。（16－14）

七月、新田義貞軍、京都を占領する足利尊氏軍を総攻撃する。義貞、尊氏と一騎打ちしようとするが果たせずに近江国坂本に戻る。名和長年、戦死する。（17－10）

八月（光明《こうみょう》天皇が即位し、北朝が発

足する）

一〇月、後醍醐天皇、足利尊氏と講和する。新田義貞の部下堀口貞満《ほりぐちさだみつ》、これに猛抗議する。（17－13）

新田義貞、越前国へ転進する。木目《きのめ》峠《とうげ》で大寒波に遭い、多数の凍死者を出しながらも金ケ崎城《かねがさきじょう》に入城する。千葉貞胤《ちばさだたね》、室町幕府越前守護斯波高経《しばたかつね》に降伏する。（17－18）

一一月『建武式目《けんむしきもく》』、制定される。室町幕府、発足する）

一二月（後醍醐天皇、大和国吉野に亡命し、南朝が発足する）

一三三七（建武四　延元二）

一月、南朝瓜生保《うりゅうたもつ》の老母、脇屋義治《わきやよしはる》の前で子息らの戦死を誉れとする。（18－7）

三月、室町幕府の諸将、延暦寺《えんりゃくじ》の破壊を議論する。玄恵法印《げんえほういん》が延暦寺・日吉大社の由緒を説き、この計画を制止する。（18－13）

一三三八（暦応《りゃくおう》一　延元三）

一月、美濃国青野原《あおのがはら》の戦い。南朝北畠顕家《きたばたけあきいえ》軍、室町幕府美濃守護土岐頼遠《ときよりとお》らの軍勢を撃破する。（19－9）

閏七月、新田義貞の首が京の大路を運ばれ、獄門に懸けられる。義貞の妻勾当内侍《こうとうのないし》、出家して京都嵯峨の往生院《おうじょういん》に隠棲する。（20－13）

八月（足利尊氏、征夷大将軍に就任する）

一三三九（暦応二　延元四）

八月、後醍醐天皇、崩御する。(21-5)

一三四〇(暦応三 興国《こうこく》一)

九月、南朝方の越前国杣山城《そまやまじょう》、陥落する。(23-1)

一〇月、佐々木導誉《ささきどうよ》、京都妙法院を焼き討ちする。比叡山衆徒、導誉の処罰を求めて強訴《ごうそ》する。(21-2・21-3)

一三四一(暦応四 興国二)

三月、塩冶高貞《えんやたかさだ》、無断出京する。山名《やまな》時氏《ときうじ》・桃井直常《もものいただつね》に追撃されて自害する。彼の妻に横恋慕した幕府執事高《こうの》師直《もろなお》の策略によると言われる。(21-8)

一〇月、南朝畑時能《はたときよし》、戦死する。南朝方の鷹巣城《たかのすじょう》、陥落する。(23-1)

一三四二(康永《こうえい》一 興国三)

春、佐々木信胤《ささきのぶたね》、南朝方に転じ、脇屋《わきや》義助《よしすけ》の西国転進を援護する。高師秋《もろあき》との女性問題が原因と言われる。(23-9)

八月、土岐頼遠、光厳《こうごん》上皇の行列に狼《ろう》藉《ぜき》を働き、京都六条河原で処刑される。(23-8)

一三四七(貞和《じょうわ》三 正平《しょうへい》二)

六月、足利直義の実子誕生。(26-2)

一三四八(貞和四 正平三)

一月、河内国四条畷《しじょうなわて》の戦い。幕府執事高師直軍、南朝楠木正行軍を撃破し、正行を討ち取る。上山左衛門《うえやまさえもん》が師直の身代わりとなって戦死する。(26-7・26-9)

以降、河内国に駐屯する高師泰《もろやす》軍、国内の寺社本所領の押領などを行う。（27－3）

一三四九（貞和五　正平四）

四月、足利直冬《ただふゆ》、長門探題として西国へ下向する。（27－7）

六月、京都四条河原の田楽桟敷、倒壊して多数の死傷者を出す。（27－9）

閏六月、足利直義、高師直を暗殺しようとして失敗する。（27－10）

七月、高師泰、河内国石川城を出て、京都に向かう。（27－10）

八月、高師泰、高師直の一条今出川邸に入る。赤松円心父子、足利直冬の上洛を阻止するために分国播磨へ進発。（27－10）

高師直、大軍で将軍足利尊氏邸を包囲する。足利直義の政務辞任と上杉重能《うえすぎしげよし》・畠山直宗《はたけやまただむね》の配流が決定する。（27－11）

一三五〇（観応《かんのう》一　正平五）

一〇月（足利尊氏・高師直、足利直冬を討つために京都を出発する。足利直義、その直前に京都を脱出する。観応の擾乱《じょうらん》が始まる）

一二月（直義、南朝に転じる）

一三五一（観応二　正平六）

一月、足利尊氏・義詮《よしあきら》・高師直の軍勢、足利直義派桃井直常軍と京都で市街戦を繰り広げる。（29－2）

二月、摂津国打出浜《うちではま》の戦い。足利尊氏軍、足利直義軍に大敗し講和するが、

高師直一族・部下が暗殺される。（29－9・29－12）
八月（足利直義、足利尊氏と再度不和となり、北陸へ逃れる）
一一月（正平の一統。足利尊氏・義詮、南朝に転じる）
一二月、駿河国薩埵山《さったやま》の戦い。足利尊氏軍、足利直義軍に勝利する。（30－10）

一三五二（文和《ぶんな》一　正平七）
二月、足利直義、死去する。（30－11）
閏二月（正平の一統、破綻する。北朝光厳上皇ら、南朝に拉致される）
武蔵国小手指原《こてさしがはら》の戦い。足利尊氏軍、新田義興《よしおき》らの南朝軍に勝利する。（31－1）

一三五三（文和二　正平八）
六月、足利義詮、北朝後光厳《ごこうごん》天皇を奉じて美濃国垂井《たるい》へ逃れる。幕府の武将佐々木秀綱《ささきひでつな》、近江国堅田《かただ》で南朝堀口貞《ほりぐちさだ》祐《すけ》の軍勢に討たれる。（32－5）

一三五五（文和四　正平一〇）
二月、文和東寺合戦《とうじかっせん》。翌三月まで、足利尊氏軍、東寺に籠城する足利直冬軍を攻撃する。（32－13）

一三五七（延文《えんぶん》二　正平一二）
二月、光厳法皇ら、帰京する。（39－12）

一三五八（延文三　正平一三）
四月、足利尊氏、死去する。（33－4）

一三五九（延文四　正平一四）
一〇月、片沢《かたざわ》右《う》京亮《きょうのすけ》、武蔵国矢口《やぐちの》

渡《わたし》で新田義興を謀殺《ちゅうさつ》する。（33－8）
一三六〇（延文五　正平一五）
七月、幕府執事細川清氏《ほそかわきようじ》ら、仁木義長《にきよしなが》の排斥《はいせき》を謀《はか》る。将軍足利義詮、佐々木導誉の勧めで京都を脱出する。義長、分国伊勢へ逃亡する。（35－4）
一三六一（康安《こうあん》一　正平一六）
九月、幕府執事細川清氏、佐々木導誉の謀略《ぼうりゃく》で失脚し、分国若狭へ逃れる。（36－11）
一二月、南朝軍、四度目にして最後の京都占領。楠木正儀《まさのり》、佐々木導誉邸に駐屯し、見事な接待を受ける。（36－16）
一三六二（貞治《じょうじ》一　正平一七）
六月、越中国において、南朝桃井直常、不在のすきに本陣を攻め落とされ、井《いの》口城《くちじょう》に撤退する。（38－4）
七月、讃岐国白峰山麓《しらみねさんろく》の戦い。南朝細川清氏、幕府中国探題細川頼之《ほそかわよりゆき》に破れ、戦死する。（38－9）
九月、筑後国長者原《ちょうじゃばる》の戦い。幕府九州探題斯波氏経《しばうじつね》軍、南朝菊池軍に大敗する。（38－7）
一三六四（貞治三　正平一九）
七月、光厳法皇、丹波国で崩御する。（39－12）
一三六六（貞治五　正平二一）
三月、佐々木導誉、京都大原野《おおはらの》で盛大な花見の会を開催し、幕府管領斯波高経の面目をつぶす。（39－6）
一三六七（貞治六　正平二二）

一二月、足利義詮、死去する。細川頼之、管領に就任し、幼少の三代将軍足利義満《よしみつ》を補佐する体制となる。（40－7・40－8）

※本書で現代語訳した話に限定して年表に載せた。明らかに創作である話や年月が不明確な話は省略した。適宜、史実を括弧で補った。

訳者あとがき

小学生の頃、学校の図書室に室町時代の歴史の本があった。確か山岡荘八が著者だったと思う。それに記されていた、阿新殿がはるばる佐渡島まで赴き、父日野資朝の仇を討つ話が今でも妙に印象に残っている。今思えば、筆者が南北朝時代の研究を志したのは、この本の影響だったのかもしれない。

筆者が南北朝期の研究者だから、きっと『太平記』は何度も熟読してきたと思っておられる読者も多いだろう。しかし解説にも書いたとおり、現在実証的な歴史学研究において『太平記』が史料として利用されることはほとんどなく、せいぜい傍証として引用されるに過ぎない。室町幕府の執事（管領）が発給した施行状を研究していた時代は、『太平記』をきちんと読んだ記憶がほとんどない。

施行状研究が一段落つき、高師直や足利直義の伝記を執筆するようになって初めて、『太平記』を本格的に読み始めたというのが正直なところである。それでも、これだけ膨大な長編を通して読んだことはなかった。

『太平記』の現代語訳のお話をいただいたとき、正直に言えば最初はとまどった。国文学の分野に、『太平記』を何十年も精読して研究を進めてこられた方々がたくさんいらっしゃる。それなのに、自分のような文学に大して素養のない者がこのようなお仕事を引き受けて果たして大丈夫なのか。ちなみに筆者は高校生の頃、古文も地味に苦手な科目であった。

しかし、一般読者とほとんど同じ素人だからこそ、そういう方々と同じ目線の翻訳が可能で興味を持っていただけるのではないか。また、日本語文学系に就職してから文学研究者の方々と接する機会が増え、歴史学だけではなく文学に対しても何らかの寄与ができればと希望するようになった。そうした意味でも、このお話はまたとない貴重な機会だと思った。

そう考え直し、思いきって引き受けることにした。これも解説で述べたように、正確な逐語訳よりも読みやすさやわかりやすさを優先し、おもしろおかしく読めるように心がけた。こう見えても筆者は感性の人間であるし、翻訳作業は非常に楽しかった。

しかし、一方ではやはり大変な側面もあった。『太平記』の原文はテンポのよい名文であるが、センテンスが長い。そこで現代日本語にする際にはどうしても区切る必要がある。わかりやすくするために語順を変えなければならない場合もあった。また難解な仏教の用語や概念、そして和歌や漢詩もあり、これらについてもさほど知識がないので、作業は非常に難航した。しかし、そうした今までなじみがなかった分野についても非常に勉強となった。

さらに台湾に来てから知り合った、日本文学を専門にされている輔仁大学の坂元さおり先生と中村祥子先生に、一ヶ月に一回『太平記』の読書会を開いていただいた。文学研究者の視点から提起される貴重なご意見は筆者のような歴史学者には思いつかないことが多く、まさに目から鱗が落ちる思いがした。特に坂元先生には、事前に本書の原稿を何度もご確認いただいた。この場を借りて、篤く御礼申し上げたい。

賢明な読者なら容易に推察できると思うが、文学における『太平記』研究は膨大な蓄積がある。本書の三校が終わった段階でも新たな知見を得ることがあり、無理を言って加筆させていただいたが、まだまだ漏れた論文等も多いと思う。そうした失礼を働いてしまった論者の方々に、この場を借りてお詫びを申し上げたい。

本書は、最初の計画では五六話を訳し、一冊で完結する予定であった。しかし筆者の訳を読まれた編集長が二冊九〇話に増やすことを決断されたという。その分時間と労力も大いにかかったが、大変光栄なことで意欲も倍増した。ちなみに話は基本的に筆者が選んだが、第一二巻七「広有怪鳥を射る事」は編集部に隠岐広有のファンがいるそうで、ぜひ訳してほしいとお願いされた。

ところで現在、世間は室町ブームに沸いている。それを象徴する出来事として、たとえば二〇二一年には宝塚歌劇団で楠木正行を主人公とする歌劇『桜嵐記』が上演された。筆者は台湾の映画館で、この演劇の千秋楽公演中継を坂元先生と宝塚ファンの中村先生たちとともに鑑賞した。

また同年からは『週刊少年ジャンプ』（集英社）で北条時行を主人公とした松井優征氏作の漫画『逃げ上手の若君』の連載が開始され、二〇二四年のアニメ化も決定したという。足利尊氏を描いた垣根涼介氏の『極楽征夷大将軍』（文藝春秋、二〇二三年）が直木賞を受賞したことも記憶に新しい。

思えば学部生の頃（一九九〇年代中頃）、筆者が大学の日本史研究室に所属していたときは南北朝時代を研究する先輩や同級生はいなかった。論文も他大学の研究者のものをほぼ独学で勉強したが、全国的にも南北朝期研究者の数は少なかったように思う。

日本史上屈指のマイナー時代だったことを想起すれば、現在の隆盛はただただありがたいと感謝するばかりである。

本書の刊行が日本史学の興隆に少しでも貢献できれば、これに過ぎる喜びはない。さらに現在、筆者は『太平記』を介して歴史学と文学の研究成果を融合することを目指しており、この現代語訳が今後の自分の研究の起点になればと願っている。

本書に読者の方々がどのような反応を示すか正直怖いところもあるが、ひとまずは現在の自分の持っている力をすべて出し切ったと思う。最後に、遠く台湾に離れている筆者と何度もメールのやりとりをして編集の労をとってくださった担当編集者の佐藤美奈子氏に篤く御礼を申し上げます。

二〇二三年九月

亀田 俊和

光文社古典新訳文庫

太平記《たいへいき》（下）

著者　作者未詳《さくしゃみしょう》

訳者　亀田俊和《かめだとしたか》

2023年11月20日　初版第1刷発行

発行者　三宅貴久
印刷　新藤慶昌堂
製本　ナショナル製本

発行所　株式会社光文社

〒112-8011東京都文京区音羽1-16-6
電話　03（5395）8162（編集部）
03（5395）8116（書籍販売部）
03（5395）8125（業務部）
www.kobunsha.com

落丁本・乱丁本は業務部へご連絡くだされば、お取り替えいたします。
ISBN978-4-334-10127-5 Printed in Japan

いま、息をしている言葉で、もういちど古典を

長い年月をかけて世界中で読み継がれてきたのが古典です。奥の深い味わいある作品ばかりがそろっており、この「古典の森」に分け入ることは人生のもっとも大きな喜びであることに異論のある人はいないはずです。しかしながら、こんなに豊饒で魅力に満ちた古典を、なぜわたしたちはこれほどまで疎んじてきたのでしょうか。

ひとつには古臭い教養主義からの逃走だったのかもしれません。真面目に文学や思想を論じることは、ある種の権威化であるという思いから、その呪縛から逃れるために、教養そのものを否定しすぎてしまったのではないでしょうか。

いま、時代は大きな転換期を迎えています。まれに見るスピードで歴史が動いていくのを多くの人々が実感していると思います。

こんな時わたしたちを支え、導いてくれるものが古典なのです。「いま、息をしている言葉で」——光文社の古典新訳文庫は、さまよえる現代人の心の奥底まで届くような言葉で、古典を現代に蘇らせることを意図して創刊されました。気取らず、自由に、心の赴くままに、気軽に手に取って楽しめる古典作品を、新訳という光のもとに読者に届けていくこと。それがこの文庫の使命だとわたしたちは考えています。

このシリーズについてのご意見、ご感想、ご要望をハガキ、手紙、メール等で翻訳編集部までお寄せください。今後の企画の参考にさせていただきます。
メール　info@kotensinyaku.jp